CB080066

Jane Austen

Razão e Sensibilidade

www.editorapedaletra.com.br
(11) 3733-0404 / 3687-7198

Projeto gráfico: Quatria Comunicação
Tradução e revisão: Lívia Bono
Revisão final: João Eduardo Justi e Thaís Coimbra

Equipe editorial
Gustavo Mendes - Direção de Arte
Felipe Fiuza - Capa e Diagramação

Dados Internacionais de Catalogação na Publicação (CIP)
(eDOC BRASIL, Belo Horizonte/MG)

A933r Austen, Jane, 1775-1817.
Razão e sensibilidade / Jane Austen; tradutora Lívia Bono. – Cotia (SP): Pé da Letra, 2021.
336 p. : 16 x 23 cm

Título original: Sense and Sensibility
ISBN 978-85-9520-099-9

1. Ficção inglesa. 2. Literatura inglesa – Romance. I. Bono, Lívia. II. Título.
CDD 823

Elaborado por Maurício Amormino Júnior – CRB6/2422

Jane Austen

Razão e Sensibilidade

PÉ da letra

Capítulo 1

A família Dashwood havia há muito se estabelecido no condado de Sussex. Sua propriedade era grande e sua residência era em Norland Park, no centro das terras, onde, por muitas gerações, haviam vivido de forma tão respeitável, que os tinha valido a boa opinião geral de seus vizinhos. O antigo dono da propriedade era um homem solteiro, que havia atingido uma idade bastante avançada e que, por muitos anos de sua vida, teve sua irmã como constante companhia e governanta. Mas a morte dela, que aconteceu dez anos antes da dele, produziu uma grande alteração em seu lar; pois, para compensar sua perda, ele convidou e recebeu em sua casa a família de seu sobrinho, o Sr. Henry Dashwood, o herdeiro legal da propriedade Norland, e a pessoa a quem pretendia transferi-la. Na companhia de seu sobrinho, sua esposa e seus filhos, o velho senhor passou seus dias de forma confortável. Sua afeição por todos eles crescia. A atenção constante do Sr. e da Sra. Dashwood aos seus desejos, que originava-se não de mero interesse, mas da bondade de seus corações, propiciou a ele todos os confortos sólidos que sua idade poderia receber; e a alegria das crianças acrescentava um encanto a sua existência.

De um casamento anterior, o Sr. Henry Dashwood tinha um filho; com sua atual esposa, três filhas. O filho, um jovem constante e respeitável, estava muito bem provido pela fortuna de sua mãe, que era grande, e metade da qual foi transferida a ele, quando atingiu a maioridade. Também por seu próprio casamento, que aconteceu logo depois, ele aumentou sua fortuna. Para ele, portanto, a sucessão à propriedade de Norland não era tão importante quanto para suas irmãs; pois a fortuna delas, independentemente do que poderia acontecer a elas quando seu pai herdasse a propriedade, seria necessariamente pequena. Sua mãe não possuía nada, e seu pai só tinha sete mil libras à sua própria disposição; pois o restante da meação da fortuna de sua primeira esposa também estava preso ao filho, e ele só tinha uma participação vitalícia.

O velho senhor faleceu; seu testamento foi lido e, assim como quase todos os outros testamentos, trouxe tanto desapontamento, como prazer. Ele não foi nem tão injusto, nem tão ingrato, a ponto de não deixar a propriedade para seu sobrinho; mas a deixou para ele sob tais termos que destruíram metade do valor da herança. O Sr. Dashwood a queria mais pelo bem de sua esposa e filhas, do que de si mesmo ou de seu filho. Mas ela havia sido garantida a seu filho, e ao filho de seu filho, uma criança de quatro anos, de tal maneira que não o permitia prover benefícios para as que lhe eram mais queridas e que mais precisavam de segurança. A totalidade do espólio estava amarrada em benefício deste filho, que, em visitas ocasionais com seus pais a Norland, havia ganhado a afeição de seu tio, pelos atrativos que não são de modo algum incomuns em crianças de dois ou três anos: uma articulação imperfeita, um desejo cândido de que as coisas sejam feitas do seu jeito, diversos truques astutos e um nível considerável de barulho, de tal modo que superou todo o valor da atenção que, por anos, o senhor havia recebido de sua sobrinha e as filhas dela. Não era sua intenção ser indelicado, então, em demonstração de sua afeição pelas três meninas, deixou mil libras para cada uma.

A decepção do Sr. Dashwood foi, primeiro, severa; mas seu temperamento era alegre e otimista, e ele tinha a expectativa razoável de viver ainda por muitos anos e, vivendo economicamente, guardar uma soma considerável dos lucros da propriedade, que já era grande, e capaz de melhorias quase que imediatas. Mas a sorte, que havia chegado tão tardiamente, foi dele só por doze meses. Não sobreviveu ao tio por mais tempo; e dez mil libras, incluindo as heranças do falecido, foram tudo o que sobrou para sua viúva e filhas.

Seu filho foi chamado assim que souberam do perigo, e o Sr. Dashwood colocou em suas mãos, com toda a força e a urgência que uma doença enseja, os interesses de sua madrasta e irmãs.

O Sr. John Dashwood não tinha os sentimentos intensos do resto da família; mas foi afetado pela recomendação de tal natureza, naquele momento, e prometeu fazer tudo o que estivesse em seu poder para que elas ficassem confortáveis. Seu pai foi reconfortado por sua garantia, e o Sr. John Dashwood teve, então, tempo para considerar o que poderia prudentemente fazer por elas.

Ele não era um jovem de temperamento ruim, a menos que ser um tanto quanto frio e egoísta signifique ter um temperamento ruim; mas ele era, no geral, respeitado, pois conduzia-se com correção no cumprimento de seus deveres cotidianos. Se houvesse se casado com uma mulher mais agradável, poderia ter se tornado ainda mais respeitável do que antes – poderia, ainda, ter ele mesmo se tornado agradável, pois era bastante jovem quando se casou, e muito apegado à sua esposa. Mas a Sra. John Dashwood era uma forte caricatura dele mesmo – mais tacanha e egoísta.

Quando fez a promessa para seu pai, contemplou aumentar as fortunas de suas irmãs com um presente de mil libras para cada uma. Naquele momento, ele realmente pensava ser capaz de fazê-lo. A perspectiva de quatro mil libras por ano, além de sua renda atual, em conjunto com a metade restante da fortuna de sua mãe, aquecia seu coração e o fazia se sentir capaz de ser generoso. "Sim, ele daria a elas três mil libras: seria liberal e um belo gesto! O suficiente para fazer com que elas não tivessem absolutamente nada com o que se preocupar. Três mil libras! Ele poderia se dar ao luxo de gastar um valor tão considerável, com pouca inconveniência para si mesmo". Pensou nisso o dia todo, por diversos dias sucessivamente, e não se arrependeu.

O enterro de seu pai mal havia acabado, quando a Sra. John Dashwood, sem dar qualquer aviso de sua intenção para sua sogra, chegou com seu filho e seus criados. Ninguém poderia contestar seu direito de vir; a casa era de seu marido, desde o momento do falecimento de seu pai. Mas a indelicadeza de sua conduta foi muito maior e, para uma mulher na situação da Sra. Dashwood, com sentimentos simples, deve ter sido altamente desagradável; mas na mente dela havia um senso de honra tão aguçado, uma generosidade tão romântica, que qualquer ofensa do tipo, por qualquer pessoa causada ou recebida, era uma fonte de aversão absoluta. A Sra. John Dashwood nunca havia sido a favorita de qualquer membro da família de seu marido; mas ela não havia tido a oportunidade, até então, de mostrar a eles com quão pouca atenção ao conforto dos outros ela poderia agir, quando a ocasião o exigisse.

A Sra. Dashwood se deixou afetar de forma tão aguda por este comportamento desagradável, e desprezou sua nora tão profundamente, que, por ocasião da chegada dela, teria deixado a casa para sempre, não fosse pelo apelo de sua filha mais velha, que primeiro a levou a refletir se valeria a pena ir, e seu próprio amor e carinho por todas as suas três filhas fez com que decidisse ficar e, pelo bem delas, evitar um desentendimento com seu irmão.

Elinor, esta filha mais velha, cujo conselho foi tão eficaz, possuía uma inteligência tão forte e um juízo tão calmo que a qualificavam, apesar de seus dezenove anos, a ser a conselheira de sua mãe, e com frequência permitiam que equilibrasse, para o bem de todas elas, a mente ansiosa da Sra. Dashwood, que geralmente a levava a ser imprudente. Ela tinha um coração excelente; sua disposição era afetuosa e seus sentimentos fortes. Mas ela sabia como controlá-los; era um conhecimento que sua mãe ainda não havia aprendido, e que uma de suas irmãs havia decidido nunca absorver.

As habilidades de Marianne eram, em muitos aspectos, à altura das de Elinor. Ela era sensível e esperta, porém irrequieta em relação a tudo: suas tristezas e suas alegrias não podiam ter qualquer moderação. Era generosa, amigável, interessante; era tudo, menos prudente. As semelhanças entre ela e sua mãe eram notavelmente grandes.

Elinor assistia os excessos da sensibilidade de sua irmã com preocupação; mas a Sra. Dashwood os valorizava e apreciava. Naquele momento, as duas encorajavam uma à outra nos arroubos de sua angústia. Os tormentos da tristeza que primeiro as acometeram eram voluntariamente renovados, buscados, criados de novo e de novo. Elas se devotavam por inteiro à sua tristeza, buscando aumentar a amargura com cada reflexão que as permitisse, e resolveram nunca admitir qualquer consolo no futuro. Elinor também havia sido muito afetada; mas ainda assim conseguia se empenhar, envidar esforços. Conseguia conversar com seu irmão, recepcionar sua cunhada quando chegou e tratá-la com a atenção adequada. Conseguia, também, animar sua mãe a fazer um esforço parecido e encorajá-la a ter uma tolerância semelhante.

Margaret, a outra irmã, era uma garota bem humorada e de temperamento agradável. Mas, como já havia absorvido uma boa quantidade do temperamento romântico de Marianne, sem ter muito de sua sensatez, não conseguia, aos treze anos, se igualar às suas irmãs, que estavam em um período mais avançado da vida.

Capítulo 2

A Sra. John Dashwood havia se instalado como senhora de Norland; e suas sogra e cunhadas foram rebaixadas à condição de visitantes. Nessa qualidade, contudo, eram tratadas por ela com uma civilidade silenciosa; e por seu marido com tanto afeto quanto ele conseguia sentir por qualquer pessoa que não fosse ele mesmo, sua esposa e seu filho. Insistiu, com alguma sinceridade, para que elas considerassem Norland seu lar; e, visto que nenhum plano parecia tão bom quanto a Sra. Dashwood ficar lá até que pudesse se acomodar em uma casa na vizinhança, seu convite foi aceito.

Permanecer em um lugar onde tudo a lembrava de prazeres passados combinava exatamente com seu temperamento. Em épocas alegres, nenhum gênio era mais animado do que o dela, ou possuía, em maior grau, aquela expectativa aguerrida de felicidade, que é a própria felicidade. Mas na tristeza, se deixava igualmente levar por suas fantasias, tão impossível de ser consolada quanto de se moderar em tempos de prazer.

A Sra. John Dashwood não aprovava nem um pouco o que seu marido pretendia fazer por suas irmãs. Tirar três mil libras da fortuna de seu querido filhinho significaria empobrecê-lo da forma mais terrível. Implorou a ele que reconsiderasse. Como ele poderia viver consigo mesmo se roubasse de seu filho, que ainda por cima era filho único, uma quantia tão grande? E que reivindicação poderiam ter as Senhoritas Dashwood, que eram só metade aparentadas a ele, o que ela não considerava de jeito algum ser um relacionamento, sobre sua generosidade, a ponto de receber tamanho valor? Todos sabiam perfeitamente que não deveria haver nenhum afeto entre os filhos dos casamentos diferentes de um homem; e por que ele deveria arruinar-se, e também seu pobrezinho Harry, dando todo o seu dinheiro para suas meias-irmãs?

– Foi o último pedido que meu pai me fez – respondeu seu marido –, que eu auxiliasse sua viúva e filhas.

– Ouso dizer que ele não sabia o que estava dizendo; aposto que estava com a mente confusa, naquele momento. Se estivesse são, não poderia ter cogitado implorar a você que tirasse metade da fortuna de seu próprio filho.

– Ele não estipulou uma quantia exata, minha querida Fanny; só pediu, em termos gerais, que eu as auxiliasse, e tornasse sua situação mais confortável do que estava em seu poder fazê-lo. Talvez houvesse sido melhor se ele tivesse deixado tudo a meu encargo. Não poderia passar pela cabeça dele que eu as fosse negligenciar. Mas como ele me fez prometer, eu não poderia deixar de aquiescer; pelo menos, foi o que pensei na época. A promessa, portanto, foi feita, e deverá ser cumprida. Algo deve ser feito por elas quando deixarem Norland e se instalarem em um novo lar.

– Bem, então que algo seja feito por elas! Mas isso não precisa ser três mil libras. Considere – ela acrescentou – que quando se separa do dinheiro, ele nunca mais volta. Suas irmãs se casarão, e ele desaparecerá para sempre. Se ao menos ele pudesse ser devolvido para nosso pobre menininho...

– Sim, claro – disse seu marido, muito seriamente –, isso faria uma diferença enorme. Pode chegar o momento em que Harry lamente termos doado tamanha quantia. Caso ele tenha uma família numerosa, por exemplo, isso seria um acréscimo conveniente.

– Certamente que seria.

– Talvez, então, seria melhor para todos se o valor fosse diminuído pela metade. Quinhentas libras seria um acréscimo considerável às fortunas delas!

– Oh! Além do que poderiam imaginar! Que irmão no mundo faria tanto por suas irmãs, mesmo que fossem suas irmãs de verdade! E no seu caso – somente meias-irmãs! Mas tens uma alma tão generosa.

– Não gostaria de fazer nada mesquinho – ele respondeu. – Qualquer um preferiria, nessas ocasiões, fazer demais, ao invés de menos. Pelo menos, ninguém poderá pensar que não fiz o suficiente por elas; nem elas mesmas, não poderiam esperar mais do que isso.

– Não podemos saber o que elas esperariam – respondeu sua senhora –, mas não devemos pensar sobre suas expectativas; a questão é o que está em seu poder fazer.

– Certamente. E penso que tenho condições de dar quinhentas libras para cada uma. Na situação atual, sem qualquer acréscimo de minha parte, cada uma delas terá aproximadamente três mil libras por ocasião da morte de sua mãe, uma fortuna bastante confortável para qualquer jovem.

– Claro que é; e também me ocorre que elas podem não precisar de qualquer acréscimo. Terão dez mil libras divididas entre elas. Se casarem, certamente se sairão bem, e se não casarem, poderão todas viver de modo confortável juntas, com os juros sobre as dez mil libras.

– Isso é bem verdade e, portanto, não sei se, no todo, não seria mais aconselhável fazer algo por sua mãe enquanto vive, ao invés de fazê-lo por elas, algo como uma pensão anual, quero dizer. Minhas irmãs sentiriam os bons efeitos disso, assim como ela. Cem libras por ano deixariam todas muito confortáveis.

Sua esposa hesitou um pouco, contudo, em consentir com o plano.

– Claro – disse ela –, é melhor do que se separar de mil e quinhentas libras de uma vez só. Mas, por outro lado, se a Sra. Dashwood viver mais quinze anos, teremos sido completamente ludibriados.

– Quinze anos! Minha cara Fanny, a vida dela não poderia valer nem metade desta soma.

– Certamente que não; mas observe que as pessoas vivem para sempre, quando uma há pensão anual a ser paga a elas. E ela é bastante robusta e saudável, e não tem nem quarenta anos. Uma pensão anual é algo muito sério; se repete a cada ano, e não há como se livrar dela. Conheço bem os problemas que pensões anuais ensejam, pois minha mãe ficou atalhada com o pagamento de três delas, para velhos serviçais aposentados, pelos termos do testamento de meu pai, e era incrível o quão desagradável ela o considerava. Duas vezes a cada ano, essas pensões deviam ser pagas; e depois havia o problema de enviá-las para eles; e então foi dito que um deles havia morrido, e depois acabou que não era o caso. Minha mãe já estava farta disso. Seu dinheiro não era seu, ela dizia, com reivindicações perpétuas sobre ele. E a falta de consideração era maior ainda por ter sido cometida por meu pai, pois de outro modo, o dinheiro estaria inteiramente ao dispor de minha mãe, sem quaisquer restrições. Me deu tamanha ojeriza de pensões anuais que tenho certeza que não me prenderia ao pagamento de uma por nada neste mundo.

– Claro que é algo desagradável – respondeu o Sr. Dashwood –, ter este tipo de esgotamento anual de sua fortuna. A fortuna da pessoa, como sua mãe corretamente dizia, não é dela própria. Ficar preso ao pagamento regular de uma soma, todo dia de pagamento do aluguel, não é desejável de forma alguma: tira a sua independência.

– Sem dúvidas; e no fim das contas, você não recebe nenhum reconhecimento. Eles se consideram seguros, você não faz mais do que o esperado e não enseja qualquer gratidão. Se eu fosse você, o que quer que fizesse seria feito apenas a meu critério. Não me comprometeria a dar a elas nada anualmente. Pode ser bastante inconveniente, alguns anos, tirar cem, ou até mesmo cinquenta, libras de nossas próprias despesas.

– Creio que esteja certa, meu amor; seria melhor não ter nenhuma pensão anual, neste caso. O que quer que eu dê a elas de vez em quando, será um auxílio muito maior do que um subsídio anual, pois elas só aumentariam seu estilo de vida, caso tivessem certeza de uma renda maior, e não teriam um centavo a mais no final do ano. Com certeza, esta será a melhor forma. Um presente ocasional de cinquenta libras impedirá que elas fiquem sem dinheiro e fará, penso eu, com que eu cumpra integralmente a promessa que fiz a meu pai.

– Claro que sim. Na verdade, para ser franca, estou convencida de que seu pai não pretendia que você desse dinheiro algum a elas. O auxílio a que se referia, ouso dizer, era só o que poderia ser razoavelmente esperado de você; por exemplo, procurar uma casinha confortável para elas, ajudá-las a mover seus pertences e enviar a elas peixes e carnes de caça como presentes, quando estiver na temporada. Aposto o que quiser que ele não se referia a nada além disso; na verdade, seria bastante estranho e sem sentido que ele o tivesse feito. Considere, meu caro Sr. Dashwood, o tamanho conforto no qual sua madrasta e suas filhas poderão viver, com os juros sobre sete mil libras, além das mil libras pertencentes a cada uma das meninas, que propicia a elas cinquenta libras por ano para cada e, é claro, elas pagarão à mãe as despesas da casa com esse dinheiro. No todo, terão quinhentas libras por ano, todas juntas, e o que mais quatro mulheres poderiam querer além disso? Viverão de forma tão barata! Suas despesas domésticas não serão nada. Não terão uma carruagem, cavalos e quase nenhum serviçal; não receberão visitas e não terão despesas de qualquer tipo! Imagine só o quão confortáveis estarão! Quinhentas libras por ano! Juro que não consigo imaginar como gastarão metade disso; e quanto a você dar-lhes mais do que isso, é simplesmente absurdo cogitar. Será muito mais possível que elas deem algo a você.

– Ora – disse o Sr. Dashwood –, creio que esteja coberta de razão. Certamente que meu pai não poderia ter pretendido mais do que você diz, com seu pedido. Compreendo com clareza, agora, e cumprirei à risca minha promessa com os atos de auxílio e gentileza para com elas que você descreveu. Quando minha madrasta se mudar para outra casa, meus serviços serão prontamente prestados para acomodá-la, no que estiver em meu poder. Um presentinho na forma de mobília, também, poderá ser aceitável.

– Certamente – respondeu a Sra. John Dashwood –, mas devemos considerar uma coisa. Quando seu pai e sua madrasta se mudaram para Norland, apesar de a mobília de Stanhill ter sido vendida, toda a porcelana, a baixela e o enxoval foram guardados e agora pertencem à sua madrasta. A casa dela estará, portanto, mobiliada quase que por completo, assim que ela tomar posse.

– É uma consideração relevante, sem dúvidas. Um legado valioso, com certeza! Ainda por cima, alguns itens da baixela teriam sido acréscimos bastante agradáveis ao nosso próprio estoque.

– Sim, e o conjunto de porcelanas para o café da manhã tem o dobro da beleza daquele que pertence a esta casa. Bonito demais, na minha opinião, para qualquer lugar que elas consigam pagar. Porém, é assim que as coisas são. Seu pai só pensou nelas. E devo dizer: você não deve a ele qualquer gratidão especial, nem atenção a seus desejos, pois sabemos muito bem que, se ele tivesse podido, teria deixado quase tudo no mundo para elas.

Este argumento era irresistível. Propiciou, à intenção dele, o tanto de decisão que lhe faltava; então, ele por fim decidiu que seria absolutamente desnecessário, para não dizer altamente indecoroso, fazer algo pela viúva e filhas de seu pai além dos atos de generosidade que sua esposa apontara.

Capítulo 3

A Sra. Dashwood permaneceu em Norland por diversos meses; não por qualquer falta de desejo de se mudar, quando a visão de todos os lugares conhecidos parou de ensejar a emoção violenta que havia produzido por um tempo, pois quando seu humor começou a melhorar e sua mente se tornou capaz de fazer um esforço além de aumentar sua aflição com lembranças melancólicas, ela ficou impaciente para ir embora e infatigável em sua procura por uma habitação apropriada na vizinhança de Norland, já que mudar-se para longe daquele amado local era impossível. Mas não ficou sabendo de nenhum estabelecimento que, ao mesmo tempo, correspondesse às suas noções de conforto e comodidade e se adequasse à prudência de sua filha mais velha, cujo juízo mais cauteloso rejeitou diversas casas por serem grandes demais para suas posses, casas que sua mãe teria aprovado.

A Sra. Dashwood havia sido informada por seu marido da promessa solene feita por seu filho a seu favor, que confortou suas últimas reflexões terrenas. Ela havia confiado na sinceridade desta garantia tanto quanto ele e pensou nela com satisfação, pelo bem de suas filhas, apesar de estar convencida de que, para ela mesma, uma provisão muito menor do que sete mil libras seria o suficiente para que vivesse em afluência. Pelo bem do irmão delas, também, pelo bem do coração dele, ela também ficou feliz; e admoestou a si mesma por ter sido injusta quanto aos méritos dele anteriormente, tendo acreditado que ele seria incapaz de ser generoso. Seu comportamento atencioso com ela mesma e com suas filhas convenceu-a de que seu bem-estar era importante para ele e, por um bom tempo, contou firmemente com a munificência de suas intenções.

O desprezo que havia sentido por sua nora, no começo de seu relacionamento, aumentou muito conforme conheceu melhor seu caráter, ao longo dos seis meses de residência em sua casa. E, talvez, apesar de todas as considerações de educação ou afeto materno por parte dela, as duas senhoras poderiam ter achado impossível conviver por tanto tempo, se não fosse por uma circunstância específica, que tornou a permanência de suas filhas em Norland ainda mais aconselhável, na opinião da Sra. Dashwood.

Dita circunstância era uma afeição crescente entre sua filha mais velha e o irmão da Sra. John Dashwood, um jovem cavalheiresco e agradável, que foi apresentado a elas logo depois de sua irmã ter se estabelecido em Norland, e que havia, desde então, passado a maior parte de seu tempo lá.

Algumas mães poderiam ter encorajado a intimidade por motivos de interesse, pois Edward Ferrars era o filho mais velho de um homem que havia morrido muito rico; e algumas poderiam tê-la rejeitado por motivos de prudência, pois, exceto por uma soma insignificante, a totalidade de sua fortuna dependia da vontade de sua mãe. Mas a Sra. Dashwood não se deixava influenciar por nenhuma das considerações. Para ela, era suficiente que ele parecia ser amigável, que amava sua filha e que Elinor correspondia seu afeto. Era contrário a tudo o que ela defendia que a diferença de fortunas separasse qualquer casal atraído por temperamentos semelhantes; e as qualidades de Elinor deixarem de ser reconhecidas por todos os que a conheciam era impossível para ela compreender.

Edward Ferrars não obteve sua boa opinião devido a sua aparência ou conduta. Não era bonito e seus modos exigiam intimidade para tornarem-se agradáveis. Era retraído demais para fazer justiça a si mesmo; mas quando sua timidez natural era superada, seu comportamento dava toda indicação de um coração aberto e afetuoso. Tinha inteligência e sua educação a havia melhorado. Mas não tinha capacidade nem inclinação para satisfazer os desejos de sua mãe e irmã, que queriam vê-lo se destacar – no que, nem elas sabiam. Queriam que ele se sobressaísse de um jeito ou de outro. Sua mãe queria fazer com que se interessasse por assuntos políticos, com que entrasse para o parlamento, ou vê-lo relacionando-se com alguns dos homens mais importantes da época. A Sra. John Dashwood desejava a mesma coisa; mas, enquanto isso, até que uma dessas grandes benesses pudesse ser alcançada, vê-lo dirigindo uma carruagem do estilo barouche teria aquietado sua ambição. Mas Edward não tinha disposição para interessar-se por figurões ou barouches. Todos os seus desejos concentravam-se em conforto doméstico e a quietude de uma vida retirada. Felizmente, ele tinha um irmão caçula mais promissor.

Edward já havia passado diversas semanas na casa, antes de atrair a atenção da Sra. Dashwood; pois ela estava, naquele momento, em tamanha aflição que fazia com que não reparasse em seus arredores. Só havia notado que ele era silencioso e não atrapalhava ninguém, e gostou dele por isso. Ele não interrompia a tristeza que se abatia sobre ela com conversas fora de hora. Foi-lhe solicitado que o observasse e aprovasse pela primeira vez através de uma reflexão que Elinor fez um dia, sobre a diferença entre ele e sua irmã. Era um contraste que fez com que sua mãe o estimasse grandemente.

– É o suficiente – disse ela. – Dizer que ele não se parece com Fanny é suficiente. Implica tudo o que é agradável. Já o amo.

– Creio que gostará dele – disse Elinor –, quando o conhecer melhor.

– Gostar dele! – respondeu sua mãe, com um sorriso. – Não nutro por ele nenhum sentimento de aprovação menor do que o amor.

– Você pode estimá-lo.

– Nunca soube o que é separar estima de amor.

A Sra. Dashwood passou a se esforçar para conhecê-lo melhor. Os modos dela eram atraentes e rapidamente derrubaram a reserva dele. Ela logo compreendeu todos os méritos dele; estar persuadida de que ele havia se afeiçoado a Elinor pode ter ajudado, mas ela estava mesmo convencida de seu valor. E até mesmo a quietude de seus modos, que ia de encontro a todas as ideias preestabelecidas que ela tinha sobre como os modos de um jovem deveriam ser, não era mais desinteressante, agora que sabia que o coração dele era afetuoso e seu temperamento afável.

Assim que percebeu sintomas de amor no comportamento dele em relação a Elinor, já considerou um relacionamento sério entre eles como certo e esperava ansiosamente a rápida aproximação de suas bodas.

– Em alguns meses, minha querida Marianne – dizia ela –, Elinor estará bem estabelecida para o resto de sua vida. Sentiremos a falta dela, mas ela estará feliz.

– Oh, mamãe, o que faremos sem ela?

– Meu amor, quase que não será uma separação. Viveremos a algumas milhas de distância uma da outra e nos veremos todos os dias de nossas vidas. Você ganhará um irmão, um irmão verdadeiro e afetuoso. Tenho o temperamento de Edward na mais alta estima. Mas você parece preocupada, Marianne; desaprova a escolha de sua irmã?

– Talvez – disse Marianne – posso vê-la com alguma surpresa. Edward é bastante agradável e gosto muito dele. Ainda assim, ele não é do tipo de jovem... tem algo faltando. Seu porte não chama atenção, não tem nada daquela graça que espero do homem que poderia interessar de verdade minha irmã. Seu olhar não tem aquela vivacidade, aquele fogo, que demonstram virtude e inteligência ao mesmo tempo. E, além de tudo isso, temo que ele não tenha bom gosto, mamãe. A música parece não atraí-lo e, apesar de ele admirar bastante os desenhos de Elinor, não é a admiração de uma pessoa que consiga compreender seu valor. É evidente, apesar de sua frequente atenção para com ela enquanto ela desenha, que na verdade, ele não entende nada do assunto. Ele admira como um amante, e não como um conhecedor. Para me satisfazer, essas características devem vir juntas. Não poderia ser feliz com um homem cujo gosto não coincidisse, em todos os pontos, com o meu. Ele deve entrar em todos os meus sentimentos: os mesmos livros, as mesmas músicas, precisam encantar a nós dois. Oh, mamãe, a maneira como Edward leu para nós ontem à noite foi tão maçante, tão enfadonha! Senti muita pena de minha irmã. E, no entanto, ela aguentou com tamanha compostura que parecia nem ter notado. Eu mal conseguia ficar sentada. Ouvir aqueles versos tão lindos, que frequentemente quase me levam ao êxtase, pronunciados com uma calma impenetrável, uma indiferença horrível!

– Certamente que ele teria feito mais justiça a uma prosa simples e elegante. Pensei isso naquele momento; mas você teve que dar-lhe Cowper para ler.

– Não, mamãe! Se ele não se anima com Cowper... Mas devemos fazer concessão para diferenças de gosto. Elinor não tem o meu temperamento e, portanto, pode relevar e ser feliz com ele. Mas teria partido o meu coração, caso eu o amasse, ouvi-lo ler com tão pouca sensibilidade. Mamãe, quanto mais conheço o mundo, mais me convenço de que nunca encontrarei um homem que poderei amar de verdade. Eu exijo tanto! Ele deve ter todas as virtudes de Edward e seu porte e modos precisam ornamentar a sua bondade com todos os encantos possíveis.

– Lembre-se, meu amor, de que você ainda não tem nem dezessete anos. É cedo demais para desistir desta felicidade. Por que você deveria ter menos sorte do que sua mãe? Desejo, minha Marianne, que seu destino seja diferente do meu somente em uma circunstância!

Capítulo 4

– Que pena, Elinor – disse Marianne –, que Edward não tem gosto pelo desenho.

– Não tem gosto pelo desenho! – respondeu Elinor. – Por que você pensa assim? Ele mesmo não desenha, é verdade, mas tem grande prazer em ver o desempenho de outras pessoas e asseguro-lhe que seu gosto natural não é deficiente, apesar de não ter tido oportunidade de melhorá-lo. Caso ele pudesse ter aprendido, acredito que desenharia bastante bem. Ele não confia muito em seu próprio julgamento nessas questões, a ponto de nunca estar disposto a dar sua opinião sobre qualquer pintura; mas seu gosto tem uma adequabilidade e uma simplicidade que geralmente o direcionam na direção correta.

Marianne tinha medo de ofender e não disse mais nada sobre o assunto; mas o tipo de aprovação que Elinor disse que os desenhos de outras pessoas despertavam nele estava muito longe do deleite arrebatador que, em sua opinião, era a única coisa que poderia ser chamada de gosto. Ainda assim, apesar de achar graça sozinha no erro de sua irmã, admirava-a por sua parcialidade cega por Edward que dava origem ao equívoco.

– Espero, Marianne – continuou Elinor –, que não considere que falta a ele bom gosto em geral. Na verdade, penso que posso dizer que você não pode considerar tal coisa, pois seu comportamento em relação a ele é perfeitamente cordial, e se fosse essa a sua opinião, tenho certeza de que nunca conseguiria ser civilizada para com ele.

Marianne mal soube o que responder. Não poderia magoar sua irmã por motivo algum, porém falar algo em que não acreditava lhe era impossível. Por fim, respondeu:

– Não se ofenda, Elinor, se meus elogios a ele não correspondem à sua opinião de seus méritos. Não tive tantas oportunidades de estimar os detalhes das propensões de sua mente, suas inclinações e gostos, quanto você; mas tenho sua bondade e sensatez na mais alta estima. Penso que ele seja tudo de valoroso e agradável.

– Tenho certeza – respondeu Elinor, com um sorriso – que os melhores amigos dele não poderiam ficar insatisfeitos com tamanha recomendação. Não imagino como você poderia ter se expressado de forma mais amável.

Marianne exultou com a facilidade que teve em agradar sua irmã.

– Ninguém que tenha conversado o suficiente com ele pode, creio eu – continuou Elinor –, duvidar de sua sensatez e bondade. A excelência de sua mente e seus princípios só podem ficar ocultos pela timidez que o mantém calado com demasiada frequência. Você o conhece o bastante para fazer justiça a seu valor sólido. Mas você foi mantida mais alheia do que eu às suas propensões mais detalhadas, como você as chama, por circunstâncias peculiares. Ele e eu fomos colocados em proximidade mais vezes, enquanto que você tem sido mantida inteiramente envolvida por nossa mãe, devido à sua afeição. Tenho convivido com ele, estudei seus sentimentos e ouvi suas opiniões sobre assuntos de literatura e gosto; e, no geral, ouso dizer que ele é uma pessoa esclarecida, muito dedicada à leitura, de imaginação vívida, observação justa e correta e com gostos delicados e puros. Suas capacidades, em todos os aspectos, melhoram conforme o conhecemos, tanto quanto seus modos e porte. Seu modo de falar não causa uma boa impressão, e ele nem pode ser chamado de bonito, até que se perceba a expressão de seus olhos, que é incomumente bela, e a doçura em geral de suas feições. Neste momento, conheço-o tão bem que considero-o bonito de verdade; ou, pelo menos, quase. O que me diz, Marianne?

– Logo o considerarei bonito, Elinor, ainda que não o considere agora. Quando me disser para amá-lo como a um irmão, não verei mais nenhuma imperfeição em sua face, assim como agora não vejo em seu coração.

Elinor surpreendeu-se com esta declaração e arrependeu-se da afeição que havia delatado ao falar dele. Sentia que tinha Edward em alta conta. Acreditava que o afeto era mútuo; mas precisava de maior certeza disso para fazer com que a convicção de Marianne sobre a relação entre os dois lhe fosse agradável. Sabia que o que Marianne e sua mãe conjecturavam em um momento, acreditavam no próximo – que, com elas, desejar era ansiar, e ansiar era aguardar. Tentou explicar a verdadeira situação para a irmã.

– Não pretendo negar – disse ela – que o tenho em alta conta – que o estimo, que gosto dele.

Marianne, neste momento, explodiu em indignação:

– O estima! Gosta dele! Elinor do coração gelado! Oh, pior do que coração gelado! Com vergonha de ser de outra forma. Use estas palavras novamente e me retirarei deste aposento agora mesmo.

Elinor não conseguiu impedir a risada.

– Desculpe-me – disse ela – e fique certa de que não pretendi ofender-te ao falar de forma tão contida sobre meus sentimentos. Acredite que são mais fortes do que declarei; acredite, em resumo, que são tão grandes quanto os méritos dele e a suspeita – a esperança – da afeição dele por mim permitirem, sem imprudência ou leviandade. Mas não pode acreditar mais do que isso. Não tenho certeza alguma dos sentimentos dele por mim. Há momentos em que a extensão desses sentimentos me parece duvidosa; e até que sejam inteiramente conhecidos, você não pode se surpreender com meu desejo de evitar qualquer encorajamento de minha própria parcialidade, acreditando ou considerando-o mais do que na verdade é. No fundo do meu coração, tenho pouca, quase nenhuma, dúvida de sua preferência. Mas há outros pontos a serem considerados, além de sua inclinação. Ele está muito longe de ser independente. Como sua mãe é de verdade não podemos saber; mas, com base nas menções ocasionais de Fanny sobre a conduta e as opiniões dela, nunca tendemos a considerá-la amigável, e estarei redondamente enganada se o próprio Edward não está ciente de que haveria muitas dificuldades em seu caminho, caso queira se casar com uma mulher sem grande fortuna ou título.

Marianne ficou atônita ao descobrir o quanto as imaginações de sua mãe e dela mesma haviam se antecipado à verdade.

– E você não está mesmo noiva dele! – disse ela. – Mas certamente que logo acontecerá. Duas vantagens resultarão deste atraso: não a perderei tão cedo e Edward terá mais oportunidades de melhorar seu gosto natural por sua atividade preferida, que é indispensável para sua futura felicidade. Ah, se ele fosse tão estimulado por sua genialidade, a ponto de aprender a desenhar, que maravilhoso seria!

Elinor havia expressado sua verdadeira opinião à sua irmã. Não podia considerar seu afeto por Edward tão próspero quanto Marianne o acreditava. Havia, ocasionalmente, um desânimo nele que, ainda que não denotasse indiferença, dizia respeito a algo quase tão desanimador. Dúvidas sobre a afeição dela, supondo-se que era o que ele sentia, não precisaria ensejar nele algo além de inquietude. Não seria provável que conduzisse o desalento que frequentemente se abatia sobre ele. Uma causa mais razoável poderia ser a situação de dependência que o impedia de se dedicar a seus afetos. Ela sabia que sua mãe não o tratava de forma que tornasse sua vida doméstica confortável, naquele momento, nem que garantisse que ele poderia formar um lar para si mesmo, sem encaixar-se estritamente na visão que ela tinha para seu engrandecimento. Com estes conhecimentos, era impossível que Elinor se sentisse confortável com o assunto. Ela estava longe de contar com o resultado da preferência dele por ela que sua mãe e irmã ainda consideravam certeiro. Não, quanto mais tempo passavam juntos, mais duvidosa parecia a natureza da afeição de Edward; e, às vezes, por alguns dolorosos minutos, ela acreditava não ser mais do que amizade.

Mas, quaisquer que fossem os limites dele, eram o suficiente, quando percebidos por sua irmã, para fazer com que ficasse desconfortável e, ao mesmo tempo (o que era ainda mais comum), para fazer com que ela fosse descortês. Ela aproveitou a primeira oportunidade de afrontar sua sogra, na ocasião, contando a ela sobre as grandes expectativas para seu irmão, sobre a resolução da Sra. Ferrars de que ambos os seus filhos fizessem bons casamentos e sobre o perigo que recairia sobre qualquer jovem que tentasse conquistá-lo; a Sra. Dashwood não conseguiu fingir não compreender, nem tentar manter a calma. Respondeu-lhe de forma que demonstrou sua indignação e imediatamente saiu do aposento, decidindo que, não importando a inconveniência ou os custos de tão repentina mudança, sua amada Elinor não poderia ser exposta a mais uma semana de tais insinuações.

Neste estado de espírito, ela recebeu uma carta pelo correio, que continha uma proposta tempestiva. Era a oferta de uma pequena casa, sob termos bastante amenos, pertencente a um parente seu, um cavalheiro de importância e posses no condado de Devonshire. A carta havia sido enviada pelo próprio cavalheiro e escrita no verdadeiro espírito de acolhimento. Ele havia ficado sabendo que ela estava procurando um lugar para morar e, apesar de a casa que estava oferecendo ser somente um chalé, ele garantia que tudo o que ela considerasse necessário seria feito ao local, caso as circunstâncias a agradassem. Insistiu honestamente, após informá-la dos detalhes sobre a casa e o jardim, que ela visitasse, com suas filhas, Barton Park, o local de sua própria residência, de onde ela poderia julgar por si mesma se Barton Cottage, já que as casas estavam na mesma paróquia, poderia se tornar confortável para ela, depois de quaisquer alterações. Ele parecia bastante ansioso para acomodá-las e a totalidade de sua carta havia sido escrita em um estilo tão amigável que não poderia deixar de causar prazer à prima; mais especialmente em um momento em que ela sofria com o comportamento frio e insensível de seus parentes mais próximos. Não precisou de tempo algum para deliberação ou perguntas. Sua resolução foi tomada enquanto lia. As circunstâncias de Barton, em um condado tão distante de Sussex como era Devonshire, o que teria sido, algumas horas antes, objeção suficiente para suplantar todas as possíveis vantagens do lugar, agora era sua primeira recomendação. Sair da vizinhança de Norland não era mais um mal; era um objeto de desejo, uma bênção, em comparação com a agonia de continuar sendo hóspede de sua nora. E sair para sempre daquele amado local seria menos doloroso para ela do que habitá-lo ou visitá-lo enquanto tal mulher era sua senhora. Escreveu imediatamente para Sir John Middleton, agradecendo-lhe por sua gentileza e declarando sua aceitação à proposta dele; então, apressou-se a mostrar ambas as cartas a suas filhas, de modo que pudesse estar segura de sua aprovação antes de enviar a resposta.

Elinor sempre havia pensado que seria mais prudente que elas se estabelecessem a alguma distância de Norland, ao invés de imediatamente dentre seus atuais conhecidos. Neste respeito, portanto, ela não se opôs à intenção da mãe de se mudar para Devonshire. A casa, também, conforme descrita por Sir John, era de escala tão simples e o aluguel tão incomumente moderado, que não permitiam que ela fizesse objeção a qualquer dos dois pontos; portanto, apesar de não ser um plano que a encantasse de qualquer forma, por ser uma retirada da vizinhança de Norland para além do que desejava, não fez qualquer tentativa de dissuadir sua mãe de enviar uma carta de aquiescência.

Capítulo 5

Assim que a resposta foi enviada, a Sra. Dashwood se permitiu o prazer de anunciar a seu enteado e sua esposa que havia arrumado uma casa e só os incomodaria até que tudo estivesse pronto para que pudesse habitá-la. Eles a ouviram com surpresa. A Sra. John Dashwood não disse nada, mas seu marido civilmente declarou que esperava que ela não se estabelecesse longe de Norland. Ela teve grande satisfação em responder que iria para Devonshire – Edward virou-se bruscamente em sua direção ao ouvir isso e, em tom de surpresa e preocupação, que não precisou de qualquer explicação para ela, repetiu:

– Devonshire! Vai mesmo para lá? Tão longe daqui! E para que parte do condado?

Ela explicou a situação. Estaria localizada quatro milhas de distância de Exeter.

– É apenas um chalé – continuou –, mas espero ver muitos dos meus amigos nele. Um quarto ou dois podem ser facilmente acrescentados; e se meus amigos não virem dificuldade em viajar tão longe para ver-me, certamente que não terei nenhuma para acomodá-los.

Concluiu com um convite bastante gentil para que o Sr. e a Sra. Dashwood a visitassem em Barton; e convidou Edward com ainda mais afeição. Apesar de sua conversa anterior com sua nora tê-la feito decidir sair de Norland assim que pudesse, não havia produzido o menor efeito sobre ela em relação à questão que estava em seu cerne. Separar Edward e Elinor estava tão longe de ser sua intenção quanto antes, e ela queria mostrar à Sra. Dashwood, por meio do claro convite a seu irmão, sua total desconsideração para com a desaprovação dela.

O Sr. John Dashwood disse repetidamente à sua madrasta o quanto sentia o fato de ela haver tomado uma casa tão distante de Norland, de forma que o impedisse de ser de qualquer serventia a ela na remoção de sua mobília. Ele sentiu-se aborrecido de verdade, na época, pois o esforço ao qual havia limitado o cumprimento de sua promessa a seu pai havia se tornado, por este arranjo, impraticável. A mobília foi toda enviada por barco. Consistia sobretudo em roupas de cama, baixela, porcelana e livros, com um belo piano de Marianne. A Sra. John Dashwood assistiu os pacotes irem com um suspiro; não podia evitar de se aborrecer com o fato de que, apesar de a renda da Sra. Dashwood ser tão pequena, em comparação com a sua própria, ela ainda teria alguns itens bonitos de mobília.

A Sra. Dashwood alugou a casa por doze meses; já estava mobiliada e ela poderia tomar posse de imediato. Nenhum dos lados opôs qualquer dificuldade quanto ao acordo; ela só aguardou o envio de suas posses de Norland e a determinação de quem seriam seus criados, para viajar para o oeste; e isso, visto que ela era extremamente rápida na realização de tudo que a interessava, foi logo feito. Os cavalos que haviam sido deixados por seu marido foram vendidos logo após seu falecimento e, tendo surgido uma oportunidade de se desfazer de sua carruagem, concordou em vendê-la, também, seguindo o conselho de sua filha mais velha. Para o conforto de suas filhas, caso houvesse se baseado somente em seus próprios desejos, ela teria ficado com ela; mas a opinião de Elinor prevaleceu. Sua sabedoria também limitou o número de serviçais a três; duas criadas e um homem, os quais lhes foram rapidamente arranjados dentre os que faziam parte de seu estabelecimento em Norland.

O homem e uma das criadas foram imediatamente enviados a Devonshire, para preparar a casa para a chegada de sua senhora, pois, como a Sra. Dashwood não conhecia Lady Middleton, preferia ir direto ao chalé, ao invés de ser hóspede em Barton Park. E ela havia se baseado tão firmemente na descrição da casa feita por Sir John, que não sentiu nenhuma curiosidade em examiná-la até que entrasse nela como sua. Sua ansiedade para sair de Norland não foi diminuída, devido à evidente satisfação de sua nora com a iminência de sua saída; satisfação esta que foi minimamente disfarçada por um convite frio para que ela adiasse sua partida. Havia chegado a hora em que a promessa feita por seu enteado a seu pai poderia ser comprida com o mínimo de propriedade. Já que ele havia deixado de cumpri-la ao chegar à casa, o momento da partida de suas irmãs e madrasta poderia ser considerado o período mais adequado para que fosse feito. Mas a Sra. Dashwood logo desistiu de ter qualquer esperança nesse sentido e se convenceu, com base na direção geral de suas conversas, de que o auxílio prestado por ele não iria mais longe do que a estadia de seis meses em Norland. Ele falava com tamanha frequência sobre o aumento das despesas com a manutenção da casa e das exigências constantes sobre o dinheiro às quais um homem de posição proeminente no mundo estava exposto, que parecia mais estar precisando de dinheiro, do que ter intenção de abrir mão dele.

Dentro de poucas semanas após a chegada da primeira carta de Sir John Middleton a Norland, tudo já estava suficientemente estabelecido em sua futura residência para permitir que a Sra. Dashwood e suas filhas começassem sua jornada.

Muitas lágrimas foram derramadas por elas, ao se despedirem de tão amado lugar.

– Querida, amada Norland! – exclamava Marianne, enquanto andava sozinha na frente da casa, em sua última noite lá. – Quando deixarei de sentir sua falta? Quando me sentirei em casa em outro lugar? Oh, casa feliz, não poderás saber o quanto sofro ao vê-la agora desta posição, da qual talvez nunca mais a verei! E vocês, conhecidos teixos, continuarão os mesmos. Nenhuma folha apodrecerá por estarmos longe, tampouco irá qualquer galho ficar imóvel, apesar de não podermos mais observá-los! Não, vocês continuarão os mesmos, inconscientes do prazer ou das saudades que causam, e insensíveis a qualquer mudança naqueles que andam sobre suas sombras! Mas quem permanecerá aqui para aproveitá-los?

Capítulo 6

A primeira parte de sua jornada foi realizada em um estado de espírito melancólico demais para que fosse algo que não tediosa e desagradável. Mas conforme se aproximava do fim, seu interesse na aparição do condado que iriam habitar superou sua tristeza, e a vista do Vale de Barton, conforme o adentravam, lhes propiciou alegria. Era um local agradável e fértil, com belas florestas e rico em pastos. Após percorrerem suas trilhas serpeantes por mais de uma milha, chegaram a sua própria casa. Um pequeno pátio verdejante compunha toda a parte frontal, com um bonito postigo de madeira abrindo passagem.

Como casa, Barton Cottage era, apesar de pequena, confortável e compacta. Mas como chalé, tinha defeitos, pois a construção era regular, a cobertura era de telhas, as janelas não eram pintadas de verde e as paredes não estavam cobertas por madressilvas. Uma passagem estreita passava direto pela casa, para o jardim atrás dela. Em cada lado da entrada havia uma sala de estar, de aproximadamente dois metros quadrados; e para além delas estavam os escritórios e as escadas. Quatro quartos e dois sótãos formavam o resto da casa. Não havia sido construída há muito tempo e estava em bom estado de conservação. Em comparação com Norland, era mesmo pobre e pequena! Mas as lágrimas que as lembranças trouxeram, conforme entravam na casa, logo secaram. A alegria dos criados perante sua chegada as alegrou, e cada uma delas, pelo bem das outras, decidiu aparentar felicidade. Era início de setembro; o clima estava agradável e, ao ver o lugar pela primeira vez com o tempo bom, tiveram uma impressão favorável que serviu para que o aprovassem indefinidamente.

A localização da casa era boa. Altas colinas erguiam-se logo atrás da casa e a uma pequena distância em cada um dos lados; algumas delas eram campos abertos, outras áreas cultivadas e arborizadas. A maior parte do vilarejo de Barton estava em uma dessas colinas e formava uma vista agradável das janelas do chalé. A paisagem à frente era mais extensa; tomava o vale inteiro, chegando até os campos além dele. As colinas que cercavam o chalé terminavam o vale naquela direção; sob outro nome e em outro curso, o vale se abria novamente entre as duas mais altas.

A Sra. Dashwood estava, no geral, satisfeita com o tamanho e a mobília da casa, pois apesar de seu antigo estilo de vida fazer com que fosse necessário acrescentar diversas coisas à atual morada, acrescentar e melhorar eram um prazer para ela, e ela tinha, naquele momento, dinheiro disponível o suficiente para tudo de mais elegante que os cômodos necessitavam.

– No que tange à casa em si – disse ela –, claro que é pequena demais para nossa família, mas ficaremos razoavelmente confortáveis no momento, visto que já está tarde para fazermos melhorias ainda este ano. Talvez na primavera, caso eu tenha bastante dinheiro, o que ouso dizer que terei, poderemos pensar em construir. Estas salas são pequenas demais para as reuniões de nossos amigos que espero ver com frequência juntos aqui; e estou cogitando mudar a passagem para uma delas, talvez numa parte da outra, e deixar o resto da outra como entrada. Isto, com uma sala de estar que pode ser facilmente acrescentada, um quarto de dormir e um sótão acima, darão um belo chalezinho. Gostaria que as escadas fossem elegantes. Mas não se pode esperar tudo; apesar de que suponho que não seria muito difícil alargá-las. Verei quanto terei quando a primavera chegar e planejaremos nossas melhorias de acordo.

Enquanto isso, até que essas alterações pudessem ser feitas com as economias de uma renda de quinhentas libras por ano, por uma mulher que nunca havia guardado dinheiro na vida, elas tiveram a sabedoria de se contentar com a casa como ela era; e cada uma se ocupou com seus próprios assuntos e tentou, colocando ao seu redor livros e outras posses, formar para si um lar. O piano de Marianne foi desembalado e adequadamente posicionado; e os desenhos de Elinor foram afixados às paredes da sala de estar.

Tais tarefas foram interrompidas logo após o café da manhã do dia seguinte, pela entrada de seu senhorio, que as visitara para dar-lhes as boas-vindas a Barton e oferecer todos os confortos de sua própria casa e jardim que lhes faltassem naquele momento. Sir John Middleton era um homem bem apessoado, de aproximadamente quarenta anos. Já as havia visitado em Stanhill, mas há tempo demais para que suas jovens primas se lembrassem dele. Sua aparência era bem-humorada e seus modos tão amigáveis quanto o estilo de sua carta. A chegada delas parecia ter lhe dado verdadeira satisfação e seu conforto ser um objeto de real solicitude para ele. Falou muito sobre seu sincero desejo de que suas primas vivessem nos termos mais sociáveis com sua própria família e insistiu tão cordialmente para que jantassem em Barton Park todos os dias, até que estivessem melhor estabelecidas em casa, que, apesar de seus pedidos terem sido persistentes a ponto de ultrapassarem a civilidade, não puderam causar ofensa. Sua gentileza não estava confinada às palavras, pois uma hora após partir, uma grande cesta cheia de legumes e frutas chegou de sua casa, seguida, antes do fim do dia, por um presente de carne de caça. Ele insistiu, ainda, em levar e trazer suas cartas do correio e não aceitou que lhe fosse negado o prazer de enviar a elas seu jornal todos os dias.

Lady Middleton havia enviado uma mensagem bastante cordial através dele, denotando sua intenção de visitar a Sra. Dashwood assim que tivesse certeza de que não seria uma inconveniência; e, visto que a mensagem foi respondida com um convite igualmente educado, a senhora foi apresentada a ela no dia seguinte.

Elas estavam, é claro, bastante ansiosas ao ver uma pessoa de quem tamanha parcela de seu conforto em Barton dependeria; e a elegância de sua aparência foi favorável a seus desejos. Lady

Middleton não tinha mais do que vinte e seis ou vinte e sete anos; seu rosto era belo, sua figura alta e airosa e seu porte gracioso. Seus modos tinham toda a elegância que faltava a seu marido, mas teriam sido melhorados por um pouco da franqueza e gentileza dele. Sua visita foi longa o suficiente para retirar um pouco da primeira admiração, tendo mostrado que, apesar de perfeitamente bem educada, ela era reservada, fria e não tinha nada a dizer por si além das observações ou perguntas mais comuns.

Não faltou conversa, contudo, pois Sir John era bastante falador, e Lady Middleton havia tomado a precaução de trazer com eles seu filho mais velho, um belo menininho de mais ou menos seis anos, através de quem houve sempre um assunto ao qual as damas puderam recorrer em casos extremos, pois tiveram que perguntar seu nome e idade, admirar sua beleza e fazer-lhe perguntas que eram respondidas por sua mãe, enquanto ele ficava ao seu redor e mantinha a cabeça baixa, para grande surpresa da senhora, que estranhou sua timidez perante estranhos, visto que fazia bastante barulho em casa. Em todas as visitas formais, uma criança deveria fazer parte do grupo, na qualidade de assunto para conversa. No presente caso, levaram dez minutos para determinar se o menino era mais parecido com o pai ou a mãe e que características tinha de cada um deles, pois, é claro, todos discordaram e ficaram surpresos com as opiniões dos outros.

As mulheres Dashwood logo tiveram a oportunidade de debater sobre o resto das crianças, pois Sir John não partiu sem antes extrair uma promessa de que jantariam em sua casa no dia seguinte.

Capítulo 7

Barton Park ficava a mais ou menos oitocentos metros do chalé. As damas haviam passado perto dela em seu caminho pelo vale, mas não podiam vê-la de casa por estar protegida por uma colina. A casa era grande e bela, e os Middleton viviam em um estilo de igual hospitalidade e elegância. A primeira era para gratificação de Sir John, a última para sua senhora. Quase nunca estavam sem amigos hospedados em sua casa e mantinham mais companhia de todo tipo do que qualquer outra família da vizinhança. Era necessário para a felicidade de ambos, pois por mais dessemelhantes que fossem, em temperamento e comportamento, eram muito parecidos na total ausência de talento e gosto que restringia suas ocupações não-sociais a uma gama bastante adstrita. Sir John era um esportista, Lady Middleton mãe. Ele caçava e atirava, ela entretia seus filhos, e estes eram seus únicos recursos. Lady Middleton tinha a vantagem de poder mimar seus filhos o ano todo, enquanto que as ocupações independentes de Sir John só eram possíveis durante metade do tempo. Contudo, compromissos contínuos, em casa e fora dela, supriam todas as deficiências de natureza e educação, levantavam o ânimo de Sir John e exercitavam a boa educação de sua esposa.

Lady Middleton orgulhava-se da elegância de sua mesa e todos os seus arranjos domésticos, e este tipo de vaidade lhe propiciava seu maior prazer em todas as suas festas. Mas a satisfação de Sir John em relacionar-se com os outros era muito mais real; exultava em reunir ao seu redor mais jovens do que cabiam em sua casa, e quanto mais barulhentos fossem, mais feliz ficava. Ele era uma bênção para toda a parte juvenil da vizinhança, pois, nos verões, constantemente formava grupos para fazer piqueniques com presunto e frango ao ar livre, e no inverno, seus bailes privados eram numerosos o suficiente para qualquer jovem dama que não estivesse passando pela fase insaciável dos quinze anos.

A chegada de uma nova família à região era sempre motivo de alegria para ele, e ele havia ficado, sob todos os aspectos, encantado com as habitantes que havia conseguido para seu chalé em Barton. As senhoritas Dashwood eram jovens, bonitas e sem afetação. Era o suficiente para garantir sua boa opinião, pois não ter afetação era tudo o que uma garota bonita precisava para fazer com que sua personalidade fosse tão cativante quanto sua aparência. A cordialidade de sua disposição natural fazia com que ficasse feliz em acomodar aquelas cuja situação poderia ser considerada, em comparação com o passado, desafortunada. Ao ser gentil com suas primas, portanto, ele teve a verdadeira satisfação de um bom coração, e tendo estabelecido em seu chalé uma família formada somente por mulheres, ele teve toda a satisfação de um esportista; pois um esportista, apesar de só estimar aqueles de seu sexo que também sejam esportistas, não costuma desejar encorajar seu gosto permitindo que residam dentro de seu próprio domínio.

A Sra. Dashwood e suas filhas foram recebidas à porta da casa por Sir John, que deu-lhes as boas-vindas a Barton Park com sinceridade e naturalidade; e, enquanto as acompanhava até a sala de estar, repetiu para as jovens damas a preocupação que o mesmo assunto tinha ensejado no dia anterior, de ter sido incapaz de obter jovens elegantes para apresentar-lhes. Elas veriam, ele disse, só um cavalheiro além dele mesmo: um amigo próximo que estava hospedado na casa, mas que não era nem muito jovem, nem muito animado. Ele esperava que elas perdoassem a pequenez do grupo, e garantia que isso jamais se repetiria. Ele havia visitado diversas famílias naquela manhã, na esperança de acrescentar algum convidado ao grupo, mas a lua estava cheia e todos estavam repletos de compromissos. Felizmente, a mãe de Lady Middleton havia chegado em Barton há menos de uma hora e, visto que era uma mulher bastante animada e agradável, ele esperava que as jovens não se entediassem tanto quanto imaginavam. As jovens damas, assim como sua mãe, estavam perfeitamente satisfeitas em ter dois completos estranhos no grupo e não desejavam mais nada.

A Sra. Jennings, mãe de Lady Middleton, era uma senhora de idade, bem-humorada, alegre e gorda, que falava bastante e parecia ser feliz e um tanto quanto vulgar. Era cheia de piadas e risos e, antes do final do jantar, já havia dito diversas coisas espirituosas sobre amores e maridos, esperado que elas não houvessem deixado seus corações em Sussex e fingido tê-las visto corar, tendo elas corado mesmo ou não. Marianne ficou aborrecida por sua irmã e olhou na direção de Elinor para ver como ela estava suportando tais investidas com uma franqueza que doeu muito mais em Elinor do que as provocações comuns da Sra. Jennings.

O Coronel Brandon, o amigo de Sir John, parecia tão mal adaptado, por falta de semelhança de temperamento, para ser seu amigo quanto Lady Middleton para ser sua esposa, ou a Sra. Jennings para ser a mãe de Lady Middleton. Ele era calado e sério. Sua aparência, contudo, não era desagradável, apesar de ser, na opinião de Marianne e Margaret, um velho solteirão, pois estava para lá dos trinta e cinco; porém, apesar de seu rosto não ser belo, sua expressão era sensível e seus modos particularmente cavalheirescos.

Nada havia, em nenhum dos membros do grupo, que os recomendasse como companheiros para as Dashwood, mas a fria insipidez de Lady Middleton era tão particularmente repulsiva que, em comparação, a gravidade do Coronel Brandon, e até mesmo a alegria desmedida do Sir John e de sua sogra eram interessantes. Lady Middleton pareceu se alegrar somente com a entrada de seus quatro filhos barulhentos após o jantar, que a puxaram, rasgaram suas roupas e deram um fim a qualquer tipo de conversa que não se relacionasse com eles.

À noite, quando foi descoberto que Marianne tinha o dom da música, ela foi convidada a tocar. O instrumento foi aberto, todos estavam prontos a se encantar, e Marianne, que cantava muito bem, atendeu ao pedido de tocar a maioria das músicas que Lady Middleton havia trazido para a família por ocasião de seu casamento, e que haviam, talvez, permanecido na mesma posição sobre o piano desde então, pois a senhora tinha celebrado aquele evento deixando de tocar, apesar de costumar fazê-lo extremamente bem, de acordo com sua mãe, e gostar muito de fazê-lo, de acordo com si mesma.

A performance de Marianne foi muito aplaudida. Sir John expressou sua admiração ao final de cada canção em voz alta, tão alta quanto sua conversa com os outros durante cada música. Lady Middleton frequentemente chamava sua atenção, perguntava-se como a atenção de alguém poderia se desviar de música por um único momento e pedia que Marianne cantasse uma canção específica que havia acabado de terminar. Somente o Coronel Brandon, de todo o grupo, a ouviu tocar sem cometer exageros. Só lhe fez o elogio de dar-lhe sua atenção; e ela sentiu respeito por ele, na ocasião, respeito ao qual os outros não fizeram jus por sua descarada falta de bom gosto. O prazer do Coronel pela música, apesar de não atingir o nível de êxtase necessário para equiparar-se ao dela, era estimável, em contraste com a horrível insensibilidade dos outros, e ela era razoável o suficiente para aceitar que um homem de trinta e cinco anos poderia muito bem ter perdido toda a agudez de sentimento e todo poder de deleite. Ela estava bastante disposta a fazer todas as concessões para a idade avançada do Coronel que sua humanidade exigia.

Capítulo 8

A Sra. Jennings era uma viúva de amplas posses. Só tinha duas filhas, ambas as quais ela havia vivido o suficiente para ver respeitavelmente casadas, e agora não tinha nada para fazer além de casar o resto do mundo. Na consecução deste objetivo ela era ativa, no limite de suas capacidades, e não perdia uma oportunidade de projetar casamentos entre todos os jovens que conhecia. Era rápida para descobrir afetos e deleitava-se com o poder de fazer corar e envaidecer muitas jovens damas, com insinuações sobre seus efeitos sobre um determinado jovem cavalheiro; e este tipo de discernimento permitiu, logo após sua chegada em Barton, que pronunciasse decisivamente que o Coronel Brandon estava apaixonado por Marianne Dashwood. Na verdade, suspeitou que fosse assim, logo na primeira noite em que os dois estiveram juntos, com base no fato de ele tê-la ouvido cantar de forma tão atenciosa e, quando a visita foi retribuída pelos Middleton, que foram jantar no chalé, confirmou o fato vendo-o ouvi-la tocar outra vez. Tinha que ser. Ela estava convencida disso. Seria uma união excelente, pois ele era rico e ela bonita. A Sra. Jennings estava há tempos ansiosa por ver o Coronel Brandon bem casado, desde que seu relacionamento com

Sir John o havia trazido a seu conhecimento, e também sempre ansiava encontrar um bom marido para cada garota formosa.

A vantagem imediata para si mesma também era considerável, pois fornecia incontáveis piadas com ambos. Na casa de seu genro, ela ria do Coronel e, no chalé, ria de Marianne. O Coronel não se importava nem um pouco com seus gracejos, no que dizia respeito a ele mesmo; mas Marianne primeiro não compreendeu e, quando finalmente entendeu o objeto da chacota, mal sabia se ria do absurdo ou censurava sua impertinência, pois considerou uma observação insensível sobre a idade avançada do seu Coronel e sua condição deprimente de solteirão.

A Sra. Dashwood, que não conseguia considerar um homem cinco anos mais jovem do que ela tão velho quanto parecia para a imaginação púbere de sua filha, tentou eximir a Sra. Jennings da probabilidade de desejar fazer troça de sua idade.

– Mas pelo menos, mamãe, você não pode negar o absurdo da acusação, apesar de não pensar que foi intencionalmente maldosa. O Coronel Brandon é mais novo do que a Sra. Jennings, mas é velho o bastante para ser meu pai; e se ele já teve vivacidade o suficiente para se apaixonar, deve há muito ter passado da época de sentir qualquer coisa do tipo. É por demais ridículo! Quando um homem poderá estar a salvo de gracejos do tipo, se idade e enfermidade não o protegerem?

– Enfermidade! – disse Elinor. – Você chama o Coronel Brandon de enfermo? Suponho que sua idade possa parecer muito maior para você do que para mamãe, mas você não pode crer que ele não consiga mais usar seus próprios membros!

– Não o ouviu reclamar de reumatismo? E não é esta a enfermidade mais comum no fim da vida?

– Minha querida filha – disse sua mãe, rindo –, nesta toada, você deve estar aterrorizada com o meu declínio e deve lhe parecer um milagre que durei até a idade avançada dos quarenta.

– Mamãe, você não está sendo justa comigo. Compreendo perfeitamente que o Coronel Brandon não é velho o suficiente para fazer com que seus amigos fiquem apreensivos de perdê-lo para causas naturais. Ainda pode viver mais vinte anos. Mas trinta e cinco não tem nada a ver com matrimônio.

– Talvez – disse Elinor – fosse melhor que trinta e cinco e dezessete não tivessem nada a ver com matrimônio juntos. Mas se, por acaso, haja uma mulher que esteja solteira aos vinte e sete, não creio que o fato de o Coronel Brandon ter trinta e cinco anos seja qualquer objeção para que se casasse com ela.

– Uma mulher de vinte e sete – disse Marianne, após pausar um momento – nunca poderia esperar sentir ou inspirar afeição novamente e, se seu lar fosse desconfortável, ou sua fortuna pequena, posso supor que ela poderia se forçar a se submeter ao ofício de enfermeira, para obter o sustento e a segurança de uma esposa. Ele se casar com uma mulher assim, portanto, não seria nada inadequado. Seria um acordo de conveniência e todos ficariam satisfeitos. A meu ver, não seria um casamento, mas isso não importaria. Para mim, pareceria somente uma transação comercial, na qual cada parte desejasse se beneficiar às custas da outra.

– Seria impossível, eu sei – respondeu Elinor – convencê-la de que uma mulher de vinte e sete anos poderia sentir, por um homem de trinta e cinco, qualquer coisa parecida com amor para torná-lo um companheiro desejável para ela. Mas devo protestar contra sua condenação do Coronel Brandon e sua esposa estarem confinados a um quarto de doente, apenas porque ele calhou de reclamar ontem (que foi um dia bastante frio e úmido) de uma sensação reumática em um de seus ombros.

– Mas ele falou de casacos de flanela – disse Marianne – e, para mim, um casaco de flanela está invariavelmente ligado a dores, cãibras, reumatismo e todo tipo de doença que aflige os velhos e frágeis.

– Caso ele estivesse apenas com uma violenta febre, você não o teria desprezado tanto. Confesse, Marianne, não acha um pouco interessantes as faces ruborizadas, os olhos profundos e o pulso acelerado causados por uma febre?

Logo após a conversa, quando Elinor saiu da sala, Marianne disse:

– Mamãe, tenho uma preocupação relativa ao assunto de doença que não posso esconder de você. Estou certa de que Edward Ferrars não está bem. Já estamos aqui há quase duas semanas e ele ainda não veio. Nada além de uma verdadeira indisposição poderia causar este extraordinário atraso. O que mais poderia prendê-lo em Norland?

– Você imaginava que ele viria tão cedo? – disse a Sra. Dashwood.

– Eu não. Pelo contrário, se senti qualquer apreensão quanto a este assunto, foi ao lembrar que ele às vezes demonstrou uma falta de prazer e prontidão em aceitar meu convite, quando mencionei que devia vir a Barton. Elinor já o espera?

– Nunca mencionei isso com ela, mas é claro que deve esperar.

– Penso que esteja enganada, pois quando falei com ela ontem sobre comprar uma nova grelha para o quarto de hóspedes, ela observou que não havia pressa, pois não era provável que o quarto fosse usado por algum tempo.

– Que estranho! Qual poderia ser o sentido disso? Mas todo o comportamento de um para com o outro tem sido inexplicável! Quão frios e compostos estavam ao se despedir! Quão lânguida sua conversa na última noite em que estiveram juntos! Ao se despedir, Edward não fez distinção entre Elinor e eu: foram as felicitações de um irmão afetuoso para ambas. Duas vezes os deixei sozinhos de propósito, durante a última manhã, e em ambas ele inexplicavelmente me seguiu para fora da sala. E Elinor, ao deixar Norland e Edward, não chorou como eu. Até mesmo agora seu autocontrole é invariável. Quando ela fica acabrunhada ou melancólica? Quando tenta evitar companhia, ou parece irrequieta e insatisfeita?

Capítulo 9

As mulheres Dashwood estavam estabelecidas em Barton com razoável conforto. A casa e o jardim, com todos os objetos que os circundavam, já haviam se tornado familiares, e as tarefas comuns, que haviam dado a Norland a metade de sua atração, foram realizadas novamente, com mais deleite do que Norland havia propiciado desde a morte de seu pai. Sir John Middleton, que as visitara todo dia durante a primeira quinzena, e que não costumava ver muitos afazeres sendo cumpridos em casa, não pôde esconder sua surpresa ao encontrá-las sempre ocupadas.

Seus visitantes, exceto os de Barton Park, não eram numerosos, pois, apesar dos pedidos encarecidos de Sir John de que se misturassem mais com a vizinhança, e repetidas garantias de que sua carruagem estava sempre à disposição, a independência natural da Sra. Dashwood superava o desejo de que suas filhas socializassem, e ela estava resolvida a recusar-se a visitar qualquer família que morasse a uma distância que não pudesse ser percorrida a pé. Havia poucas que podiam ser classificadas como tal e nem todas elas eram atingíveis. A mais ou menos dois quilômetros e meio de distância do chalé, ao longo do estreito e serpeante vale de Allenham, que começava onde o vale de Barton acabava, conforme já descrito, as garotas tinham, em um de seus primeiros passeios, descoberto uma mansão antiga e de aparência respeitável, que, por lembrá-las um pouco de Norland, interessou sua imaginação e as fez desejar conhecê-la melhor. Mas descobriram, ao perguntar, que sua proprietária, uma senhora idosa, de excelente reputação, estava doente demais para relacionar-se com o mundo e nunca saía de casa.

Todo o campo ao redor delas tinha inúmeras trilhas para passeio. As altas campinas, que as chamavam de quase todas as janelas do chalé para aproveitar o ar fresco em seus cumes, eram uma feliz alternativa, quando a lama dos vales abaixo encobria sua beleza; e Marianne e Margaret dirigiram seus passos para uma dessas colinas, em uma memorável manhã, atraídas pelos poucos raios de sol em um céu chuvoso, não aguentando mais o confinamento causado pela chuva dos dois dias anteriores. O tempo não estava tentador o suficiente para atrair as outras duas para longe de seu lápis e seu livro, apesar da declaração de Marianne de que o dia iria continuar ensolarado e que todas as nuvens ameaçadoras iriam para longe das colinas; então, as duas meninas partiram juntas.

Subiram as colinas com alegria, deleitando-se com sua própria perspicácia ao ver cada pedaço de céu azul; e, quando sentiam nos rostos as animadoras rajadas de um vento sudoeste, lamentavam os medos que haviam impedido que sua mãe e Elinor compartilhassem de tais aprazíveis sensações.

– Há felicidade no mundo – disse Marianne – superior a isto? Margaret, andaremos aqui pelo menos por duas horas.

Margaret concordou e seguiram caminho contra o vento, resistindo a ele em meio a risadas por mais vinte minutos, quando as nuvens se juntaram repentinamente sobre suas cabeças e uma chuva forte caiu sobre seus rostos. Aborrecidas e surpresas, foram obrigadas, a contragosto, a voltar, pois sua casa era o abrigo mais próximo. Tiveram uma consolação, contudo, que as exigências do momento tornaram mais adequada do que o normal: a de descer correndo o mais rápido que podiam a face inclinada da colina, que levava ao portão de seu jardim.

Partiram. Primeiro, Marianne estava na frente, mas uma pisada em falso fez com que caísse ao chão; e Margaret, incapaz de parar para ajudá-la, continuou em frente, e chegou ao pé da colina em segurança.

Um cavalheiro carregando uma arma, com dois sabujos brincando ao seu redor, estava subindo a colina e a alguns metros de distância de Marianne, quando seu acidente ocorreu. Deixou a arma de lado e correu a seu auxílio. Ela havia se erguido do chão, mas seu pé fora torcido na queda e ela mal podia levantar-se. O cavalheiro ofereceu seus serviços e, ao perceber que a modéstia dela recusava o que sua situação exigia, pegou-a em seus braços sem demora e carregou-a colina abaixo. Então, ao passar pelo jardim, o portão que havia sido deixado aberto por Margaret, levou-a diretamente até a casa, à qual Margaret havia acabado de chegar, e não a soltou antes de colocá-la sentada sobre uma cadeira na sala.

Elinor e sua mãe levantaram-se, atônitas, com a entrada deles, e enquanto os olhares de ambas estavam fixos nele, com evidente surpresa e admiração oculta, ensejadas igualmente por sua aparição, ele desculpou-se pela intrusão relatando a causa, de maneira tão franca e graciosa, que sua pessoa, já incomumente bela, tornou-se ainda mais charmosa devido a sua voz e expressão. Ainda que ele fosse velho, feio e vulgar, a gratidão e gentileza da Sra. Dashwood teriam sido garantidas por qualquer ato de atenção para com sua filha; mas a influência da juventude, da beleza e da elegância fizeram com que a atitude dele afetasse em cheio seus sentimentos.

Ela o agradeceu repetidas vezes e, com seu costumeiro modo meigo de falar, convidou-o a se sentar. Mas isto ele recusou, pois estava sujo e molhado. A Sra. Dashwood, então, pediu para saber a quem devia sua gratidão. Seu nome, ele respondeu, era Willoughby, e sua residência atual era Allenham, de onde ele esperava que ela lhe desse a honra de sair para visitá-las no dia seguinte, para saber da Srta. Dashwood. A honra foi prontamente concedida, e então ele partiu, para ficar ainda mais interessante, no meio da chuva forte.

Sua beleza máscula e elegância acima do comum se tornaram imediatamente o assunto da admiração geral, e os gracejos com Marianne, ensejados por seus modos galantes, foram ainda mais espirituosos devido a seus atrativos externos. A própria Marianne havia visto menos dele do que as outras, pois a confusão que a fez ruborizar, no momento em que ele a tomou nos braços, a havia impedido de olhar para ele após entrarem em casa. Mas ela havia visto o suficiente para juntar-se à admiração das outras, e com o vigor que sempre permeava seus elogios. Sua aparência e modos correspondiam ao que sua imaginação sempre havia conjurado para o herói de suas histórias preferidas; e tê-la carregado para dentro de casa sem qualquer formalidade denotava uma rapidez de pensamento que particularmente fez com que ela admirasse sua atitude. Todas as circunstâncias relativas a ele eram interessantes. Seu nome era bom, sua residência era em seu vilarejo preferido e ela logo descobriu que, de todas as roupas masculinas, o casaco de caça era o mais atraente. A imaginação de Marianne foi tomada, suas reflexões eram agradáveis e a dor do tornozelo torcido foi desconsiderada.

Sir John as visitou assim que o próximo intervalo de tempo bom daquela manhã permitiu que saísse de casa e, após ouvir sobre o acidente de Marianne, foi-lhe perguntado se conhecia um cavalheiro de nome Willoughby em Allenham.

– Willoughby! – exclamou Sir John. – Como assim, ele está no interior? É uma boa notícia, cavalgarei até ele amanhã para convidá-lo para jantar na quinta-feira.

– Você o conhece, então – disse a Sra. Dashwood.

– Se o conheço! Claro que sim. Ele vem para cá todos os anos.

– E que tipo de jovem ele é?

– Do melhor tipo possível, asseguro-lhe. Tem uma mira bastante boa e, na Inglaterra, cavaleiro mais ousado não há.

– Mas isso é tudo que pode dizer sobre ele? – exclamou Marianne, indignada. – Como são seus modos, para os que o conhecem mais intimamente? Quais são seus interesses, talentos e gênio?

Sir John ficou um tanto quanto confuso.

– Nossa – disse ele – , não sei muito sobre ele no que diz respeito a tudo isso. Mas é um camarada agradável, bem-humorado e tem a cadelinha de caça preta mais bonita que já vi. Ela estava passeando com ele hoje?

Mas Marianne deixou de satisfazê-lo quanto à cor do sabujo do Sr. Willoughby, tanto quanto ele foi incapaz de descrever para ela as nuances de sua mente.

– Mas quem é ele? – disse Elinor. – De onde ele é? Ele tem uma casa em Allenham?

Neste quesito, Sir John conseguiu dar informações mais certeiras, contando a elas que o Sr. Willoughby não tinha propriedade naquele condado e só residia lá quando visitava uma velha senhora em Allenham Court, de quem era parente, e cujas posses iria herdar. Acrescentou:

– Sim, sim, ele vale bastante a pena ser capturado, posso te dizer, Srta. Dashwood; ele tem uma bela propriedade pequena, no condado de Somerset e, se eu fosse você, não abriria mão dele por minha irmã mais nova, apesar de todo esse negócio de rolar colina abaixo. A Srta. Marianne não pode esperar ficar com todos os homens para si própria. Brandon ficará enciumado, caso ela não se cuide.

– Não acredito – disse a Sra. Dashwood, com um sorriso bem--humorado –, que o Sr. Willoughby se incomodará com as tentativas de qualquer de minhas filhas em relação ao que o senhor chama de "capturá-lo". Não é uma tarefa para a qual foram criadas. Os homens estão bastante seguros conosco, por mais ricos que sejam. Fico feliz em descobrir, contudo, com base no que diz, que ele é um jovem respeitável e que não será inadequado nos relacionarmos.

– Ele é um camarada tão bom, acredito, quanto se possa esperar – repetiu Sir John. – Lembro-me de que, no último Natal, em um modesto baile em casa, ele dançou das oito às quatro, sem sentar nenhuma vez.

– É mesmo? – exclamou Marianne, com os olhos brilhando. – E com elegância, com ânimo?

– Sim; e já estava de pé às oito, para cavalgar.

– É disso que gosto; é assim que um jovem deve ser. Quaisquer que sejam seus interesses, sua ânsia por eles não deve conhecer qualquer moderação e não devem deixá-lo nem um pouco cansado.

– Sim, sim, estou vendo o que vai acontecer – disse Sir John – vejo o que vai acontecer. Você irá colocá-lo em sua mira, agora, e não pensará mais no pobre Brandon.

– Esta é uma expressão, Sir John – disse Marianne, com exaltação –, da qual particularmente não gosto. Tenho horror a todo clichê que pretenda ser espirituoso; e "colocar um homem na mira" ou "fazer uma conquista" são os mais odiosos. São grosseiros e antiquados; e, se sua interpretação pudesse, de alguma forma, ser considerada inteligente, o tempo há muito já destruiu toda a sua argúcia.

Sir John não entendeu completamente esta repreensão, mas riu com gosto, como se houvesse compreendido, e respondeu:

– Sim, você fará muitas conquistas, ouso dizer, de uma forma ou de outra. Pobre Brandon! Já está bastante apaixonado e vale muito a pena colocá-lo em sua mira, posso te dizer, apesar de todo esse negócio de tombos e torção de tornozelos.

Capítulo 10

O protetor de Marianne, como Margaret havia apelidado Willoughby, com mais elegância do que precisão, visitou o chalé cedo na manhã seguinte, para perguntar dela pessoalmente. Foi recebido pela Sra. Dashwood com mais do que educação; com uma gentileza ensejada pela descrição feita por Sir John e por sua própria gratidão, e tudo o que ocorreu durante a visita tendeu a assegurá-lo do bom-senso, da elegância, do afeto mútuo e do conforto doméstico da família à qual havia sido apresentado por acidente. De seus encantos pessoais, ele não havia precisado de um segundo encontro para ser convencido.

A Srta. Dashwood tinha pele delicada, feições regulares e uma constituição notavelmente bonita. Marianne era ainda mais bela. Sua forma, apesar de não ser tão correta quanto a de sua irmã, era mais marcante, por ter a vantagem da altura; e seu rosto era tão adorável que, no jargão comum dos elogios, a verdade era menos ultrajada do que costuma acontecer. Sua pele era bastante morena, mas, devido a sua transparência, sua cútis era brilhante; suas feições eram todas boas; seu sorriso doce e atraente; e em seus olhos, que eram bastante escuros, havia uma vivacidade, um entusiasmo, uma intensidade, que dificilmente podiam ser vistos sem deleite. De Willoughby, sua expressão foi escondida, de início, pelo embaraço que seu auxílio criava. Porém, quando isso passou, ela se recompôs, testemunhou os perfeitos bons modos do cavalheiro, que unia franqueza e vivacidade e, acima de tudo, quando o ouviu declarar que tinha paixão por música e dança, ela lançou a ele um olhar de tamanha aprovação que prendeu a ela sua conversa pelo resto do dia.

Era necessário somente mencionar qualquer diversão favorita para fazer com que falasse. Ela não conseguia ficar em silêncio quando esses assuntos eram introduzidos e não tinha nem timidez, nem reserva, em suas discussões. Logo descobriram que seu amor por dança e música era mútuo e que advinha de uma conformidade geral de opinião em tudo que se relacionava com qualquer um dos tópicos.

Assim encorajada a um exame mais minucioso das opiniões dele, começou a questioná-lo sobre o assunto de livros; contou-lhe seus autores preferidos e os discutira com tamanho deleite que qualquer jovem de vinte e cinco anos teria que ser muito insensível para não se converter de imediato à excelência de tais obras, por mais que as ignorasse antes. Os gostos dos dois eram surpreendentemente parecidos. Os mesmos livros, os mesmos trechos, eram idolatrados por ambos – ou, caso surgisse qualquer divergência ou objeção, não durava até que a força dos argumentos e o brilho dos olhos dela fossem exibidos. Ele concordava com todas as decisões dela, contagiado por seu entusiasmo; e muito antes do fim de sua visita, já estavam conversando com a familiaridade de um relacionamento há muito estabelecido.

– Bem, Marianne – disse Elinor, assim que ele havia partido –, acho que se saiu muito bem, para uma manhã só. Já averiguou as opiniões do Sr. Willoughby quanto a quase todos os assuntos de importância. Sabe o que ele pensa de Cowper e Scott; está certa de que ele estima as belezas de ambos tal como devia e recebeu toda garantia de que ele não admira Pope mais do que o adequado. Mas como seu relacionamento poderá ter longa duração, com esta extraordinária resolução de todos os assuntos de conversa? Logo terão exaurido todos os tópicos preferidos. Outro encontro será suficiente para explicar os sentimentos dele sobre beleza pitoresca e segundos casamentos, e então não terá mais nada para perguntar.

– Elinor – exclamou Marianne –, isto é justo? Está sendo justa? Minhas ideias são tão escassas? Mas entendo o que quer dizer. Fiquei confortável demais, feliz demais, franca demais. Violei todas as noções comuns de decoro; fui aberta e sincera, quando deveria ter sido reservada, acabrunhada, entediante e enganosa – se houvesse falado somente do tempo e das estradas, e se só tivesse dito uma frase em dez minutos, esta bronca não teria sido dada.

– Meu amor – disse a mãe –, não deve se ofender com Elinor; ela estava apenas brincando. Eu mesma a repreenderia, se ela tivesse tido a intenção de controlar o deleite de sua conversa com nosso novo amigo.

Marianne abrandou no instante seguinte.

Willoughby, por sua vez, deu todos os sinais de encanto com sua nova conhecida que um desejo evidente de aprofundar o contato poderia oferecer. As visitava todos os dias. Perguntar sobre a saúde de Marianne foi sua primeira desculpa; mas o encorajamento de sua recepção, que era mais calorosa a cada dia, tornou a desculpa desnecessária antes que deixasse de ser possível, devido à perfeita recuperação de Marianne. Ela ficou confinada à casa por alguns dias, mas nunca um confinamento foi menos irritante. Willoughby era um jovem de boas habilidades, imaginação rápida, espírito animado e modos francos e afetuosos. Sua natureza tinha tudo o que era necessário para conquistar o coração de Marianne, pois, além de tudo isso, ele tinha não só um jeito cativante, como também um ardor mental natural, estimulado e aumentado pelo exemplo dela, e que fazia, mais do que qualquer outra coisa, com que ela se afeiçoasse a ele.

A companhia dele aos poucos se tornou seu maior prazer. Eles liam, conversavam, cantavam juntos; os talentos musicais dele eram consideráveis e ele lia em voz alta com toda a sensibilidade e ânimo que, infelizmente, faltava a Edward.

Ele era tão impecável na opinião da Sra. Dashwood quanto na de Marianne; e Elinor não viu nada pelo que pudesse censurá-lo, a não ser uma propensão, na qual ele se parecia muito com sua irmã, e que estranhamente a agradava, a falar demais sobre suas próprias opiniões, em todas as ocasiões, sem prestar atenção nas pessoas ou circunstâncias. Formando e dando sua opinião para os outros rapidamente, sacrificando os bons modos pelo prazer da atenção plena da pessoa a quem se afeiçoara e desconsiderando com facilidade demais as regras gerais de educação, ele exibia uma falta de cuidado que Elinor não podia aprovar, apesar de tudo que ele e Marianne pudessem dizer em defesa de tal comportamento.

Marianne começara a perceber que o desespero que a havia acometido aos dezesseis anos e meio, de nunca encontrar um homem que atendesse a todas as suas ideias de perfeição, havia sido apressado e injustificado. Willoughby era tudo o que sua imaginação havia delineado, naquele momento infeliz e em todos os períodos mais alegres, como capaz de atraí-la; e seu comportamento declarava que os desejos dele, nesta questão, eram tão honestos quanto suas habilidades eram sólidas.

Sua mãe, também, em cuja mente nem uma única especulação sobre o casamento dos dois havia surgido devido à possibilidade da fortuna do jovem, foi levada a desejá-lo e esperá-lo antes do fim da semana, e intimamente congratular a si mesma por ter ganhado dois genros como Edward e Willoughby.

A parcialidade do Coronel Brandon por Marianne, que havia sido tão facilmente descoberta por seus amigos, agora havia sido percebida por Elinor, quando os outros haviam deixado de reparar nisso. A atenção e os gracejos de todos foram transferidos para seu rival mais afortunado; e a zombaria que havia ensejado antes de sentir qualquer afeição foi removida quando seus sentimentos de fato começaram a merecer as chacotas tão justamente ligadas à sensibilidade. Elinor foi obrigada, a contragosto, a acreditar que os sentimentos creditados a ele pela Sra. Jennings, para a sua própria satisfação, agora eram despertados de verdade por sua irmã, e que, apesar de uma semelhança geral de temperamentos entre Marianne e o Sr. Willoughby poder ensejar o afeto entre os dois, uma diferença de personalidades igualmente forte não era nenhum obstáculo ao apreço do Coronel Brandon. Ela via tudo com preocupação, pois o que poderia esperar um homem quieto, de trinta e cinco anos, quando comparado a um bastante espirituoso, de vinte e cinco? Não podendo desejar que fosse bem-sucedido, desejava de coração que se tornasse indiferente. Gostava dele – apesar de sua seriedade e reserva, lhe era um objeto de interesse. Seus modos, apesar de sérios, eram brandos, e sua reserva parecia ser o resultado de alguma opressão de espírito, ao invés de uma natural melancolia de temperamento. Sir John havia mencionado feridas e decepções anteriores, que justificavam a crença de Elinor de que o Coronel era um homem desafortunado, o que fazia com que o olhasse com respeito e compaixão.

Talvez sentisse pena e estima por ele ainda mais por ser ofendido por Willoughby e Marianne, que, julgando-o mal por não ser nem vivaz, nem jovem, pareciam ter resolvido desvalorizar seus méritos.

– Brandon é exatamente o tipo de homem – disse Willoughby um dia, quando estavam falando sobre ele juntos – de quem todos falam bem, mas para quem ninguém liga; que todos gostam de ver, mas com quem ninguém se lembra de conversar.

– É exatamente o que penso dele – exclamou Marianne.

– Não se gabem disso – disse Elinor –, pois é uma injustiça da parte de vocês dois. Ele é altamente estimado pela família toda em Barton Park e eu mesma nunca o vejo sem fazer questão de conversar com ele.

– Ele ter a sua consideração – respondeu Willoughby –, certamente conta em seu favor; mas quanto à estima dos outros, é uma recriminação em si mesma. Quem se submeteria à indignidade de ser estimado por uma mulher como Lady Middleton e a Sra. Jennings, para com quem todos os outros são indiferentes?

– Mas talvez as críticas de pessoas como você e Marianne compensem a estima de Lady Middleton e sua mãe. Se os elogios delas são censura, sua censura pode ser um elogio, pois vocês são tão preconceituosos e injustos quanto elas são imponderadas.

– Em defesa de seu protegido, você consegue até mesmo ser atrevida.

– Meu protegido, como o chama, é um homem sensato; e sensatez sempre terá atrações, para mim. Sim, Marianne, até mesmo em um homem entre os trinta e os quarenta. Ele já viu muita coisa na vida; já esteve no exterior, leu e tem uma mente pensante. Descobri que ele é capaz de me dar muitas informações sobre diversos assuntos e sempre respondeu minhas perguntas com uma prontidão que indica bons modos e bom temperamento.

– Quer dizer – exclamou Marianne, com desprezo – que ele te contou que nas Índias Orientais o clima é quente e que os mosquitos incomodam.

– Ele teria mesmo me dito isso, não duvido, caso eu houvesse feito tais perguntas, mas acontece que estes são assuntos sobre os quais já fui informada.

– Talvez – disse Willoughby – as observações dele possam ter abarcado a existência de nababos, moedas de ouro e palanquins.

– Ouso dizer que as observações dele se estenderam para muito além da candura de vocês. Mas por que não gosta dele?

– Não o detesto. Considero-o, pelo contrário, um homem bastante respeitável, que tem a boa opinião de todos, mas a atenção de ninguém; que tem mais dinheiro do que pode gastar, mais tempo do que consegue empregar e dois novos casacos todos os anos.

– Além do que – exclamou Marianne –, ele não tem personalidade, bom gosto ou vivacidade. Suas opiniões não têm brilho, seus sentimentos não têm ardor e sua voz não tem expressão.

– Vocês decidem-se sobre as imperfeições dele de forma tão leviana – respondeu Elinor – e baseando-se tanto na força de suas próprias imaginações, que os elogios que consigo fazer a ele são comparativamente frios e insípidos. Só posso declarar que é um homem sensato, educado, bem informado, de modos gentis e, acredito, dono de um coração amigável.

– Srta. Dashwood – exclamou Willoughby –, agora me tratas de forma injusta. Está tentando me desarmar com a racionalidade e convencer-me contra minha vontade. Mas não poderá ser assim. Descobrirá que sou tão teimoso quanto consegues ser astuta. Tenho três motivos justificados para não gostar do Coronel Brandon; ele me ameaçou com chuva, quando eu queria que o tempo fosse bom; encontrou defeitos na suspensão da minha carruagem e não consigo persuadi-lo a comprar minha égua marrom. Contudo, caso fique satisfeita em ouvir que acredito que seu caráter seja, em todos os outros aspectos, imaculado, estou pronto a confessá-lo. E, em consideração por meu reconhecimento, que me foi doloroso, você não poderá me negar o privilégio de detestá-lo tanto quanto antes.

Capítulo 11

A Sra. Dashwood e suas filhas não poderiam ter imaginado, quando chegaram em Devonshire, que tantos compromissos apareceriam para ocupar seu tempo, ou que teriam convites tão frequentes e convidados tão constantes, que as deixariam com pouco tempo para tarefas sérias. Contudo, foi este o caso. Quando Marianne se recuperou, os esquemas de diversão que Sir John já tinha marcado, em sua casa e fora dela, foram colocados em prática. Os bailes particulares em Barton Park começaram; e as festas na beira do rio foram combinadas e dadas com tanta frequência quanto o outubro chuvoso permitiu. Em todas as reuniões do tipo, Willoughby era incluído; e a facilidade e familiaridade características das festas eram exatamente propícias para o aumento de sua intimidade com as Dashwood, para que ele tivesse oportunidade de testemunhar as qualidades de Marianne, para que sua entusiasmada admiração por ela fosse percebida e para que recebesse, através do comportamento dela perante ele, a mais óbvia garantia de sua afeição.

Elinor não se surpreendeu com a ligação entre eles. Só desejava que fosse mostrada menos abertamente e ousou algumas vezes sugerir a Marianne que seria apropriado exercer um pouco de autocontrole. Mas Marianne abominava todo tipo de ocultação, quando a falta de reserva não ensejasse algum verdadeiro desastre; e tentar reprimir sentimentos que não eram reprováveis por si próprios parecia-lhe não só um esforço desnecessário, como também uma vergonhosa sujeição da racionalidade a noções comuns e errôneas. Willoughby pensava o mesmo, e o comportamento dos dois, a todos os momentos, era uma ilustração de suas opiniões.

Quando ele estava presente, ela não tinha olhos para outra pessoa. Tudo o que ele fazia estava certo. Tudo o que dizia era inteligente. Se fechavam suas noites em Barton Park com um jogo de cartas, ele trapaceava a si mesmo e a todos os outros para conseguir para ela uma boa mão. Se dança fosse a diversão da noite, eles eram parceiros na metade do tempo; e, quando obrigados a se separar por algumas músicas, cuidavam para ficar lado a lado, e mal conversavam com qualquer outra pessoa. Esta conduta, é claro, os tornou objeto de muita troça, mas chacotas não os envergonhavam, e pareciam quase que não os irritar.

A Sra. Dashwood embarcou em todos os seus sentimentos com um entusiasmo que não a deixou com qualquer inclinação para cercear a exibição excessiva dos dois. Para ela, era apenas a consequência natural de uma forte afeição em uma mente jovem e ardorosa.

Foi um período de felicidade para Marianne. Seu coração era devotado a Willoughby e a probabilidade de diminuição de sua ligação amorosa com Norland, que havia trazido consigo de Sussex, era maior do que imaginara ser possível, devido aos encantos que a companhia dele acrescentava a seu lar atual.

A felicidade de Elinor não era tão grande. Seu coração não estava tão tranquilo, tampouco era sua satisfação com suas diversões. Não lhe propiciavam qualquer companhia que pudesse compensar o que ela havia deixado para trás, ou que a fizesse pensar em Norland com menos saudades do que antes. Nem Lady Middleton, nem a Sra. Jennings podiam dar a ela as conversas das quais sentia falta; apesar de Sra. Jennings ser uma faladora constante e ter tido, desde o início, tamanha consideração por ela que a fazia concentrar nela a maior parte de suas conversas. Já havia repetido sua própria história para Elinor três ou quatro vezes, e se a memória de Elinor fosse tão boa quanto suas possibilidades de melhoria, poderia ter conhecido, logo no começo de sua relação com a Sra. Jennings, todos os detalhes da última doença do Sr. Jennings e o que ele disse para a esposa alguns minutos antes de morrer. Lady Middleton era mais agradável do que a mãe só por ser mais quieta. Elinor precisou observar só um pouco para perceber que sua reserva era devida meramente a seus modos calmos e que sensatez não tinha nada a ver com isso. Comportava-se com seu marido e sua mãe da mesma forma que com os outros; e intimidade, portanto, não devia ser buscada nem desejada. Não tinha nada para dizer um dia, que já não houvesse dito no dia anterior. Sua insipidez era invariável, pois mesmo seu humor permanecia sempre o mesmo; e apesar de não se opor às festas arranjadas por seu marido, contanto que tudo fosse conduzido em grande estilo e que seus dois filhos mais velhos a acompanhassem, ela nunca parecia se divertir com elas mais do que se divertiria sentada na sala de casa – e sua presença acrescentava tão pouco ao prazer dos outros, quando participava de suas conversas, que às vezes só se lembravam da presença dela entre eles devido a sua solicitude para com seus meninos travessos.

Somente em Coronel Brandon, de todos os seus novos conhecidos, Elinor encontrou alguém que poderia merecer respeito por suas habilidades, atiçar o interesse em uma amizade ou dar prazer com sua companhia. Willoughby estava fora de questão. A admiração e consideração dela, até mesmo sua consideração como irmã, eram todas dele; mas ele estava apaixonado – sua atenção era toda de Marianne, e um homem bem menos atraente poderia ter sido mais agradável. O Coronel Brandon, infelizmente para si mesmo, não tinha tal encorajamento para pensar só em Marianne e, conversando com Elinor, encontrou o maior consolo para a indiferença de sua irmã.

A compaixão de Elinor por ele aumentou, visto que tinha motivos para suspeitar que ele já havia conhecido a infelicidade de um amor não-correspondido. Esta suspeita era devido a algumas palavras ditas por ele acidentalmente, em uma noite em Barton Park, quando estavam sentados juntos por consentimento mútuo, enquanto os outros dançavam. O olhar dele estava fixo em Marianne e, após um silêncio de alguns minutos, ele disse, com um sorriso fraco:

– Sua irmã, creio, não aprova segundos relacionamentos.

– Não – respondeu Elinor –, suas opiniões são todas românticas.

– Ou, na verdade, creio que considera sua existência impossível.

– Creio que sim. Mas como consegue pensar de tal forma sem refletir sobre o caráter de nosso próprio pai, que teve duas esposas, não compreendo. Alguns anos, contudo, estabelecerão suas opiniões sobre a base razoável do bom senso e da observação; e então poderão ser mais fáceis de definir e justificar do que agora, por qualquer pessoa que não ela.

– Provavelmente será o caso – ele respondeu –, e ainda assim, há algo tão afável nos preconceitos de uma mente jovem, que é uma pena vê-los ser substituídos por opiniões mais gerais.

– Não posso concordar com o senhor quanto a isso – disse Elinor. – Sentimentos como os de Marianne trazem inconveniências que todos os encantos do entusiasmo e ignorância do mundo não podem compensar. Seus sistemas têm a tendência infeliz de desconsiderar o que é apropriado, e um melhor conhecimento do mundo é o que espero para ela como sendo a melhor vantagem possível.

Após uma curta pausa, ele retomou a conversa, dizendo:

– Sua irmã não faz distinção em suas objeções contra um segundo relacionamento? Ou é igualmente censurável para todos? Os que se decepcionaram com sua primeira escolha, seja devido à inconstância de seu objeto, ou a perversidade das circunstâncias, devem permanecer indiferentes pelo resto de suas vidas?

– Asseguro que não estou familiarizada com os detalhes de seus princípios. Só sei que nunca a ouvi admitir qualquer caso em que um segundo relacionamento fosse perdoável.

– Isso – disse ele – não poderá durar; mas uma mudança, uma total mudança de sentimentos – não, não, não a deseje, pois quando os refinamentos românticos de uma mente jovem são obrigados a se remover, com quanta frequência são sucedidos por opiniões comuns demais, perigosas demais! Falo por experiência própria. Uma vez, conheci uma dama que se parecia muito com sua irmã, em temperamento e personalidade, que pensava e julgava como ela, mas que, devido a uma mudança forçada – após uma série de circunstâncias infelizes...

Neste ponto, parou repentinamente; parecia pensar que havia falado demais e sua expressão ensejou conjecturas que não teriam sido feitas por Elinor de outra maneira. É provável que nenhuma suspeita teria recaído sobre a dama, caso ele não houvesse convencido a Srta. Dashwood de que o que dizia respeito a ela não deveria sair de sua boca. No entanto, foi necessário somente um pouco de imaginação para ligar as emoções dele à lembrança carinhosa de um amor passado. Elinor não tentou mais nada. Mas Marianne, se estivesse em seu lugar, não teria feito tão pouco; a história toda teria sido formada por sua imaginação ativa e todos os detalhes mais melancólicos de um amor desastroso teriam sido estabelecidos.

Capítulo 12

Enquanto Elinor e Marianne passeavam juntas, na manhã seguinte, Marianne deu uma notícia à irmã, que, apesar de tudo o que Elinor já sabia sobre a imprudência e a falta de juízo dela, surpreendeu-a por sua prova extravagante de ambas as suas qualidades. Marianne contou a ela, com o maior deleite, que Willoughby lhe havia dado um cavalo, um que ele mesmo tinha criado em sua propriedade no condado de Somerset e que era perfeito para carregar uma mulher. Sem considerar que sua mãe não planejava manter nenhum cavalo e que, se fosse mudar sua resolução a favor deste presente, ela precisaria comprar outro para o serviçal e manter um criado para cavalgá-lo, e ainda construir um estábulo para recebê-los, Mariane havia aceitado o presente sem hesitação e contava a história para sua irmã em êxtase.

– Ele pretende enviar seu pajem a Somerset imediatamente, para buscá-lo – acrescentou –, e quando chegar, cavalgaremos todos os dias. Você compartilhará o uso dele comigo. Imagine só, minha cara Elinor, que delicioso será galopar em algumas destas campinas.

Ela não estava nem um pouco disposta a acordar de tal sonho feliz, para compreender todas as verdades desagradáveis pertinentes à questão e, por algum tempo, recusou-se a ouvi-las. Quanto ao criado adicional, a despesa não seria nada, e mamãe certamente não faria objeção; e qualquer cavalo serviria para ele, que sempre poderia pegar um de Barton Park. Quanto a um estábulo, o menor dos paióis seria suficiente. Elinor, então, ousou duvidar da decência de sua irmã ao aceitar tal presente de um homem que conhecia tão pouco, ou por tão pouco tempo. Isso, também, era demais.

– Você se engana, Elinor – disse ela, acaloradamente –, ao supor que conheço pouco de Willoughby. De fato, não o conheço há muito tempo, mas estou muito mais familiarizada com ele do que com qualquer outra criatura do mundo, exceto você e mamãe. Não é o tempo ou a oportunidade que determinam a intimidade, e sim somente a disposição. Sete anos seriam insuficientes para fazer com que algumas pessoas conhecessem outras, e sete dias são mais do que o suficiente para outros. Me consideraria mais culpada de indecência se aceitasse um cavalo de meu irmão do que de Willoughby. Sei muito pouco sobre o John, apesar de termos vivido juntos por anos, mas meu juízo de Willoughby foi formado há muito tempo.

Elinor achou melhor não tocar mais no assunto. Conhecia o temperamento da irmã. Opor-se a ela quanto a um assunto tão delicado só a faria se apegar mais ainda à sua própria opinião. Mas, apelando para seu amor pela mãe, listando todas as inconveniências que a mãe indulgente traria para si mesma, se (o que provavelmente seria o caso) ela consentisse com este aumento de suas posses, Marianne foi logo convencida e prometeu não instigar a mãe a fazer uma gentileza tão imprudente com uma menção à oferta, e dizer para Willoughby, da próxima vez que o visse, que o presente precisaria ser recusado.

Ela cumpriu a palavra e quando Willoughby fez uma visita ao chalé, naquele mesmo dia, Elinor ouvi-a expressar sua decepção a ele, em voz baixa, por ser obrigada a abdicar do presente. Os motivos para tal alteração foram relatados no mesmo momento, e eram tantos que impediram insistência da parte dele. Sua preocupação, contanto, era bastante aparente e, após expressá-la com sinceridade, acrescentou, na mesma voz baixa:

– Mas Marianne, o cavalo ainda é seu, apesar de não poder usá-lo no momento. Ficarei com ele só até você poder vir reivindicá-lo. Quando sair de Barton para formar seu próprio lar, mais duradouro, a Queen Mab te receberá.

Tudo isso foi entreouvido pela Srta. Dashwood e, com base na frase toda, no modo em que ele a pronunciou e na forma como chamou sua irmã somente pelo primeiro nome, ela viu uma intimidade tão decidida, um significado tão direto, que demonstravam o perfeito acordo entre eles. Daí em diante, ela não duvidou mais do noivado entre os dois e sua única surpresa foi que ela, ou quaisquer de seus conhecidos, haviam sido deixados por temperamentos tão francos para descobrir o fato por acidente.

Margaret contou algo a ela, no dia seguinte, que fez a questão ficar ainda mais clara. Willoughby havia passado a noite anterior com eles, e Margaret, tendo sido deixada na sala por um tempo só com ele e Marianne, teve a oportunidade de fazer observações que, com uma expressão bastante séria, comunicou à irmã mais velha, da próxima vez que puderam ficar sozinhas.

– Oh, Elinor! – exclamou. – Tenho um segredo tamanho para contar para você sobre Marianne. Tenho certeza de que se casará com o Sr. Willoughby sem demora.

– Você tem dito isso – respondeu Elinor – quase todo dia, desde que eles se conheceram em High-Church Down; e eles não se conheciam nem há uma semana, creio que, quando você teve certeza de que Marianne usava uma foto dele em um camafeu no pescoço, mas acabou que era só a miniatura de nosso tio-avô.

– Mas insisto que isso é bem diferente. Estou certa de que se casarão logo, pois ele tem um cacho do cabelo dela.

– Cuidado, Margaret. Pode ser somente o cabelo de algum tio-avô dele.

– Estou te dizendo, Elinor, é da Marianne. Estou quase certa de que seja, pois o vi cortá-lo. Ontem à noite, após o chá, quando você e mamãe saíram da sala, eles estavam sussurrando e falando juntos, o mais rápido que podiam, e ele parecia estar implorando algo a ela, e depois pegou as tesouras dela e cortou um longo cacho de seu cabelo, pois estava solto nas costas; então, beijou-o, dobrou-o em um pedaço de papel branco e colocou-o em sua carteira.

A esses detalhes, declarados com tanta autoridade, Elinor não pôde deixar de dar crédito; tampouco estava disposta a tanto, pois as circunstâncias estavam em perfeito acordo com o que ela própria havia ouvido e visto.

A sagacidade de Margaret nem sempre era exibida de forma tão satisfatória para sua irmã. Quando a Sra. Jennings a atacara, uma noite em Barton Park, para que lhe desse o nome do jovem favorito de Elinor, que há muito era um assunto de grande curiosidade para ela, Margaret respondera olhando para a irmã e dizendo:

– Não devo contar, devo, Elinor?

Isso, é claro, fez com que todos rissem, e Elinor também tentou rir. Mas o esforço lhe custara. Estava convencida de que Margaret havia se concentrado em uma pessoa cujo nome ela não aguentaria que se tornasse uma piada recorrente da Sra. Jennings.

Marianne sentiu sinceramente por ela, mas fez mais mal do que bem à causa, enrubescendo e dizendo, com raiva, a Margaret:

– Lembre-se de que, quaisquer que sejam suas conjecturas, não tem o menor direito de repeti-las.

– Nunca tive qualquer conjectura sobre o assunto – respondeu Margaret –, foi você mesma quem me contou.

Isso fez com que todos achassem ainda mais graça e insistiram ansiosamente para que Margaret contasse mais.

– Oh, por favor, Srta. Margaret, nos conte tudo – disse a Sra. Jennings. – Qual é o nome do cavalheiro?

– Não devo dizer, senhora. Mas sei muito bem quem ele é e também onde está.

– Sim, sim, podemos adivinhar onde ele está; em sua própria casa em Norland, é claro. É o vigário da paróquia, ouso dizer.

– Não, isso ele não é. Não tem qualquer profissão.

– Margaret – disse Marianne, acaloradamente –, você sabe muito bem que isso é tudo uma invenção sua e que não existe tal pessoa.

– Bem, então ele morreu bem recentemente, Marianne, porque tenho certeza de que tal homem existiu e seu nome começa com F.

Elinor ficou muito grata a Lady Middleton por ter observado, naquele momento, que "chovia bem forte", apesar de acreditar que a interrupção advinha menos de qualquer atenção para com ela, do que da falta de gosto da referida senhora por todos os assuntos deselegantes que deleitavam seu marido e sua mãe. A ideia, contudo, iniciada por ela, foi imediatamente continuada pelo Coronel Brandon, que sempre prestava atenção nos sentimentos dos outros; e muito foi dito sobre o assunto da chuva por ambos. Willoughby abriu o piano e pediu a Marianne que se sentasse para tocar; assim, dentre os vários esforços de diferentes pessoas para que o tópico fosse abandonado, o tema caiu por terra. Mas Elinor não se recuperou tão facilmente do sobressalto que tudo lhe havia causado.

Um grupo foi formado, naquela noite, para ir, no dia seguinte, visitar um lugar bastante bonito, a cerca de doze milhas de distância de Barton, que pertencia a um cunhado do Coronel Brandon, sem a participação do qual não poderia ser visto, já que o proprietário, que se encontrava no exterior, havia deixado ordens estritas nesse sentido. Foi declarado que as terras eram deslumbrantes e Sir John, que havia tecido elogios particularmente fervorosos a elas, podia ser considerado um juiz razoável, pois formara grupos para visitá-las pelo menos duas vezes por verão, nos últimos dez anos. Continham um nobre curso d'água, onde velejar seria a maior parte da diversão matutina; pratos frios seriam levados, somente carruagens abertas seriam usadas e tudo seria conduzido no estilo habitual de um passeio de lazer.

Para algumas pessoas do grupo, pareceu um empreendimento ousado, considerando a época do ano e que havia chovido todos os dias, pelas últimas duas semanas; e a Sra. Dashwood, que já estava resfriada, foi persuadida por Elinor a ficar em casa.

Capítulo 13

A pretendida excursão a Whitwell acabou sendo bem diferente do que Elinor esperara. Ela estava preparada para ficar encharcada, cansada e assustada, mas o evento foi ainda mais desafortunado, pois eles nem mesmo foram.

Às dez horas, o grupo todo estava reunido em Barton Park, onde iriam tomar café da manhã. A manhã estava bastante favorável, apesar de ter chovido a noite toda, pois as nuvens estavam se dispersando no céu e o sol aparecia com frequência. Estavam todos de muito bom humor, ansiosos para se divertirem e determinados a se sujeitar às maiores inconveniências e dificuldades para que assim fosse.

Enquanto estavam tomando café, a correspondência foi trazida. Dentre elas, havia uma para o Coronel Brandon – ele pegou-a, leu o endereço, mudou de cor e imediatamente deixou a sala.

– Qual é o problema com Brandon? – disse Sir John.

Ninguém sabia dizer.

– Espero que não tenha tido más notícias – disse Lady Middleton. – Deve ser algo extraordinário, para fazer com que o Coronel Brandon saia da minha mesa tão repentinamente.

Dentro de mais ou menos cinco minutos, ele retornou.

– Não era uma notícia ruim, Coronel, espero – disse a Sra. Jennings, assim que ele entrou.

– De forma alguma, senhora, obrigado.

– Era de Avignon? Espero que não tenha sido para dizer que sua irmã piorou.

– Não, senhora. Veio da cidade e é apenas uma carta de negócios.

– Mas como seu conteúdo o abalou tanto, se era apenas uma carta de negócios? Ora vamos, assim não pode ser, Coronel, conte-nos a verdade.

– Minha cara senhora – disse Lady Middleton –, perceba o que está dizendo.

– Talvez tenha sido para dizer que sua prima Fanny se casou? – disse a Sra. Jennings, sem ligar para a censura da filha.

– Não, asseguro-lhe, não foi.

– Bem, então, sei quem a enviou, Coronel. E espero que ela esteja bem.

– A quem se refere, senhora? – disse ele, ruborizando um pouco.

– Ah, você sabe a quem me refiro.

– Sinto muitíssimo, senhora – disse ele, dirigindo-se a Lady Middleton –, por ter recebido esta carta hoje, pois trata de negócios que exigem minha presença imediata na cidade.

– Na cidade! – exclamou a Sra. Jennings. – O que você poderia ter para fazer na cidade, nesta época do ano?

– Minha própria decepção é grande – ele continuou – por ser obrigado a deixar um grupo tão agradável; mas fico mais preocupado por temer que minha presença seja necessária para que possam entrar em Whitwell.

Que baque foi para todos!

– Mas se o senhor escrevesse um bilhete para a governanta, Sr. Brandon – disse Marianne, ansiosamente –, não seria suficiente?

Ele fez que não com a cabeça.

– Precisamos ir – disse Sir John –, o plano não será abandonado, quando estamos tão perto. Você não poderá ir à cidade até amanhã, Brandon, e isso é tudo.

– Gostaria que fosse tão facilmente resolvido. Mas não está em meu poder atrasar minha partida por um só dia!

– Se pelo menos nos contasse o que precisa fazer – disse a Sra. Jennings –, poderíamos ver se pode ser postergado ou não.

– Você não estaria nem seis horas atrasado – disse Willoughby –, se adiasse sua partida para depois da nossa volta.

– Não posso me dar ao luxo de perder uma única hora.

Elinor então ouviu Willoughby dizer, em voz baixa, para Marianne:

– Há pessoas que não aguentam um passeio de lazer. Brandon é um deles. Ele estava com medo de pegar um resfriado, ouso dizer, e inventou este truque para escapar. Apostaria cinquenta guinéus que a carta foi escrita por ele mesmo.

– Não tenho dúvida – respondeu Marianne.

– Não há como persuadi-lo a mudar de ideia, Brandon, sei há tempos – disse Sir John –, quando você está determinado a fazer uma coisa. Contudo, espero que pense melhor. Considere que as duas Senhoritas Carey vieram de Newton, as três Senhoritas Dashwood andaram desde o chalé e o Sr. Willoughby acordou duas horas antes do horário habitual só para ir para Whitwell.

Coronel Brandon repetiu seu pesar em ser o motivo de decepção para o grupo, mas, ao mesmo tempo, declarou ser inevitável.

– Bem, então, quando estará de volta?

– Espero que o vejamos em Barton – acrescentou Lady Middleton – assim que puder, convenientemente, voltar da cidade; e devemos adiar a ida a Whitwell até seu retorno.

– A senhora é gentil. Mas é tão incerto quando poderei voltar, que não ouso marcar um dia para tanto.

– Oh, ele deve e vai voltar – exclamou Sir John. – Se não estiver aqui até o fim da semana, irei atrás dele.

– Sim, faça isso, Sir John – bradou a Sra. Jennings –, e talvez possa descobrir qual é o compromisso dele.

– Não quero me intrometer nos assuntos dos outros. Suponho que seja algo de que se envergonhe.

Os cavalos do Coronel Brandon foram anunciados.

– Não irá cavalgar até a cidade, decerto? – perguntou Sir John.

– Não. Somente até Honiton. De lá, alugarei uma carruagem.

– Bem, já que está resolvido a ir, desejo que faça uma boa viagem. Mas seria melhor se mudasse de ideia.

– Asseguro-lhe que não está em meu poder.

Despediu-se, então, de todo o grupo.

– Há qualquer chance de que veja você e suas irmãs na cidade, este inverno, Srta. Dashwood?

– Temo que não, nenhuma.

– Então devo despedir-me de vocês por mais tempo do que gostaria.

Para Marianne, ele simplesmente fez uma reverência e não disse nada.

– Vamos, Coronel – disse a Sra. Jennings –, antes de ir, nos conte o motivo de sua partida.

Ele a desejou um bom dia e, acompanhado de Sir John, deixou a sala.

As reclamações e lamentações que a educação havia, até então, impedido, foram universalmente liberadas, naquele momento, e todos concordaram, de novo e de novo, o quão irritante era tamanha decepção.

– Posso adivinhar qual é o compromisso dele, contudo – disse a Sra. Jennings, exultante.

– Pode, senhora? – disseram quase todos.

– Sim; tem relação com a Srta. Williams, tenho certeza.

– E quem é a Srta. Williams? – perguntou Marianne.

– Como assim? Não sabe quem é a Srta. Williams? Tenho certeza que já deve ter ouvido falar nela. É parente do Coronel, minha cara, uma parente muito próxima. Não vamos dizer quão próxima, por medo de chocar as jovens damas.

Então, baixando o tom de voz, disse para Elinor: – É a filha biológica dele.

– É mesmo?!

– Sim, e tão parecida com ele quanto possível. Ouso dizer que o Coronel deixará toda a sua fortuna para ela.

Quando Sir John retornou, juntou-se com o maior entusiasmo às lamentações gerais sobre o evento infeliz; porém, concluiu observando que, já que estavam todos reunidos, deviam fazer algo para se animarem e, após uma breve consulta, concordaram que, apesar de só poderem ser felizes em Whitwell, poderiam obter uma compostura tolerável de seus ânimos passeando de carruagem pelo campo. As carruagens foram, então, chamadas; a de Willoughby chegou primeiro e Marianne nunca pareceu tão feliz quanto ao subir nela. Ele dirigiu pelos jardins com bastante rapidez e logo sumiram de vista. Não foram vistos até voltarem, o que só aconteceu depois do retorno de todos os outros. Ambos pareciam deliciados com o passeio, mas somente disseram, em termos gerais, que haviam permanecido nas trilhas, enquanto os outros haviam ido para as campinas.

Decidiram que deveria haver um baile à noite e que todos deviam ficar extremamente alegres o dia todo. Outros membros da família Carey vieram para o jantar e todos tiveram o prazer de se sentarem em um grupo de quase vinte à mesa, o que Sir John observou com enorme contentamento. Willoughby tomou seu lugar de costume entre as duas irmãs Dashwood mais velhas. A Sra. Jennings sentou-se ao lado direito de Elinor, e não estavam sentadas há muito tempo quando ela se inclinou entre Elinor e Willoughby e disse para Marianne, alto o suficiente para ambos ouvirem:

– Descobri a verdade, apesar de todos os seus truques. Sei onde passaram a manhã.

Marianne enrubesceu e respondeu com rapidez:

– Onde, pergunto?

– Não sabias – disse Willoughby – que havíamos saído para passear em minha carruagem?

– Sim, sim, Sr. Impudência, sei muito bem disso, e estava determinada a descobrir aonde haviam ido. Espero que goste de sua casa, Srta. Marianne. É bastante grande, eu sei; e quando for visitá-la, espero que a tenha redecorado, pois precisava muito disso quando estive lá, há seis anos.

Marianne virou-se para o outro lado, em grande consternação. A Sra. Jennings riu com prazer e Elinor descobriu que, em sua decisão de descobrir onde os dois haviam estado, ela chegou ao ponto de ordenar que sua criada perguntasse ao pajem do Sr. Willoughby; por este método, ela foi informada que os dois tinham ido a Allenham e passado um tempo considerável lá, andando pelo jardim e passeando pela casa toda.

Elinor mal podia acreditar que fosse verdade, visto que parecia bastante improvável que Willoughby proporia, ou Marianne consentiria, que entrassem na casa enquanto nela estivesse a Sra. Smith, que Marianne nunca havia conhecido.

Assim que saíram da sala de jantar, Elinor perguntou a ela sobre isso e ficou extremamente surpresa ao descobrir que todas as circunstâncias relatadas pela Sra. Jennings eram verdadeiras. Marianne ficou bastante aborrecida com ela por duvidar do fato.

– Por que não deveríamos, Elinor, ter ido lá, ou visto a casa? Não é o que você mesma costumava querer fazer?

– Sim, Marianne, mas não iria enquanto a Sra. Smith lá estivesse, e sozinha com o Sr. Willoughby.

– O Sr. Willoughby, contudo, é a única pessoa que tem o direito de mostrar aquela casa, e visto que fomos em uma carruagem aberta, era impossível ter um acompanhante. Nunca passei manhã mais agradável em minha vida.

– Temo – respondeu Elinor – que uma ocupação ser agradável não a torna adequada.

– Pelo contrário, nada é uma prova mais forte disso, Elinor, pois se houvesse qualquer indecência no que fiz, eu teria estado ciente disso no momento, pois sempre sabemos quando estamos agindo errado, e com tal convicção, eu não poderia ter tido qualquer prazer.

– Mas minha querida Marianne, como já te expôs a alguns comentários bastante impertinentes, você não começa a duvidar da discrição de sua própria conduta?

– Se os comentários impertinentes da Sra. Jennings forem prova de conduta indecente, todos nós nos conduzimos erroneamente, a cada instante de nossas vidas. Não dou valor à censura por parte dela, tanto quanto a seus elogios. Não estou ciente de ter feito nada errado ao passear pelos jardins da Sra. Smith, ou ao ver sua casa. Ambos serão, um dia, do Sr. Willoughby, e...

– Ainda que eles fossem um dia ser seus, Marianne, você não teria tido justificativa para fazer o que fez.

Ela enrubesceu perante esta insinuação, mas ainda assim visivelmente a agradou; e, após um intervalo de alguns minutos de ponderação, voltou a falar com a irmã e disse, de muito bom humor:

– Talvez, Elinor, eu tenha mesmo julgado mal ao ir a Allenham; mas o Sr. Willoughby queria muito me mostrar o lugar e é uma casa encantadora, te asseguro. Há uma sala de estar incrivelmente bela, no andar de cima, de tamanho confortável para uso constante e, com uma mobília moderna, ficaria um deleite. É um cômodo de canto e tem janelas dos dois lados. De um lado, pode-se ver o gramado atrás da casa, que vai até um belo bosque, e do outro temos a vista da igreja e do vilarejo e, para além deles, vê-se aquelas lindas colinas que tanto admiramos. Não a vi em seu melhor estado, pois nada poderia ser mais deprimente do que a mobília, mas se a sala fosse redecorada – algumas centenas de libras, Willoughby disse, a tornariam uma das salas de estar mais agradáveis da Inglaterra.

Se Elinor pudesse tê-la ouvido sem interrupção por parte dos outros, Marianne teria descrito cada cômodo da casa com igual deleite.

Capítulo 14

A repentina interrupção da visita do Coronel Brandon a Barton Park, com sua firmeza em esconder a causa do fato, preencheu a mente e aguçou a curiosidade da Sra. Jennings por dois ou três dias; ela era uma grande indagadora, assim como todos os que têm um arguto interesse nos detalhes das vidas de seus conhecidos. Indagava-se, com poucas intermissões, qual poderia ter sido o motivo de sua partida; tinha certeza de que deveria ter sido uma notícia ruim e pensava em todo tipo de infelicidade que poderia ter se abatido sobre ele, com uma determinação fixa de que ele não deveria escapar.

– Algo muito triste deve ter acontecido, tenho certeza – disse ela. – Pude ver em sua expressão. Pobre homem! Temo que suas circunstâncias sejam ruins. A propriedade em Delaford nunca rendeu mais do que duas mil libras por ano, e seu irmão deixou tudo endividado, infelizmente. Penso que ele tenha sido convocado devido a problemas financeiros, pois o que mais poderia ser? Fico imaginando se seria isso. Daria tudo para saber a verdade sobre a questão. Talvez tenha a ver com a Srta. Williams, na verdade, ouso dizer que sim, pois ele pareceu tão embaraçado quando a mencionei. Talvez ela esteja doente na capital; nada seria mais provável, porque fiquei sabendo que ela sempre foi meio doente. Aposto qualquer coisa que é sobre a Srta. Williams. Não é muito provável que ele esteja em maus lençóis agora, pois é um homem bastante prudente, e certamente já deve ter quitado as dívidas da propriedade, a esta altura. Imagino o que poderia ser! Talvez sua irmã tenha piorado, em Avignon, e pediu que fosse até ela. Sua partida com tamanha pressa parece indicar que foi isso. Bem, desejo do fundo do coração que resolva seus problemas e que arranje uma boa esposa, também.

Deste modo conjecturava e falava a Sra. Jennings. Sua opinião variando com cada suposição nova, e todas parecendo igualmente prováveis conforme surgiam. Elinor, apesar de se interessar sinceramente pelo bem-estar do Coronel Brandon, não conseguia se indagar tanto em relação a sua partida repentina quanto a Sra. Jennings gostaria; pois, além do fato de a circunstância, em sua opinião, não justificar um fascínio tão duradouro ou variedade de especulação, suas suposições estavam ocupadas em outra direção. Estavam tomadas pelo extraordinário silêncio de sua irmã e Willoughby sobre o assunto que deveriam saber ser especialmente interessante para todos. Conforme esse silêncio perdurava, todo dia que passava o fazia parecer mais estranho e incompatível com a disposição de ambos. O porquê de não reconhecerem abertamente, para sua mãe e para ela própria, o que o comportamento constante de ambos declarava ter ocorrido, Elinor não podia imaginar.

Ela conseguia conceber que o casamento poderia não ser possível de imediato; pois apesar de Willoughby ser financeiramente independente, não havia razão para acreditar que fosse rico. Sua propriedade havia sido estimada por Sir John como rendendo seiscentas ou setecentas libras ao ano; mas tinha um estilo de vida que essa renda dificilmente suportaria e havia, ele mesmo, reclamado de sua pobreza. Mas este estranho tipo de ocultação mantida por eles em relação ao seu noivado, que na verdade não escondia nada, ela não podia explicar, e era tão contraditório às opiniões e práticas de ambos, que Elinor às vezes duvidava que estavam de fato noivos, e esta dúvida era suficiente para impedir que perguntasse algo a Marianne.

Nada poderia expressar melhor a ligação entre os dois do que o comportamento de Willoughby. Dirigia-se a Marianne com todo o afeto especial que o coração de um amante poderia dar e, para o resto da família, consistia na atenção carinhosa de um filho e irmão. Parecia considerar e amar o chalé como seu lar; passava muito mais tempo lá do que em Allenham e se nenhum compromisso coletivo os reunia em Barton Park, o exercício que o fazia sair de casa pelas manhãs quase que certamente terminava lá, onde passava o resto do dia sozinho ao lado de Marianne e seu sabujo preferido aos pés dela.

Em uma noite específica, mais ou menos uma semana após o Coronel Brandon deixar o campo, seu coração parecia mais aberto do que de costume a todos os sentimentos de afeição pelos objetos ao seu redor e, quando a Sra. Dashwood mencionou sua intenção de fazer melhorias ao chalé quando chegasse a primavera, ele se opôs acaloradamente a qualquer alteração ao lugar que sua afeição havia estabelecido como perfeito.

– O que! – exclamou. – Fazer melhorias a este querido chalé! Não. Com isso nunca consentirei. Nenhuma pedra deve ser acrescentada a suas paredes, nem um centímetro a seu tamanho, se meus sentimentos forem levados em consideração.

– Não fique preocupado – disse a Srta. Dashwood –, nada do tipo será feito, pois minha mãe nunca terá dinheiro o suficiente para tentar.

– Fico muito feliz com isso – ele exclamou. – Que ela seja sempre pobre, se não puder usar seu dinheiro de forma melhor.

– Obrigada, Willoughby. Mas fique certo de que não sacrificarei um único sentimento de afeto de sua parte, ou de qualquer outra pessoa de quem gosto, em troca de todas as melhoria do mundo. Confie que qualquer soma que me possa sobrar, quando fizer minhas contas na primavera, eu preferirei deixar que permaneça inútil, do que usá-la de modo tão doloroso para você. Mas tem realmente tamanha afeição por este lugar, a ponto de não ver qualquer defeito nele?

– Tenho – disse ele. – Para mim, é impecável. Não, mais do que isso, considero-o a única forma de construção na qual a felicidade é atingível e, se fosse rico o suficiente, demoliria Combe e a construiria novamente com a planta exata deste chalé.

– Com escadarias escuras e estreitas e uma cozinha que prende fumaça, suponho – disse Elinor.

– Sim – exclamou ele, no mesmo tom de excitação –, com tudo o que pertence a ele, sem qualquer conveniência ou inconveniência, caso a menor variação fosse perceptível. Então, e somente então, sob tal teto, eu poderia, talvez, ser tão feliz em Combe quanto fui em Barton.

– Ouso dizer – respondeu Elinor – que mesmo com a desvantagem de melhores cômodos e uma escadaria mais larga, você acharia sua própria casa tão impecável quanto considera este chalé.

– Certamente que há circunstâncias – disse Willoughby – que poderiam fazer com que me afeiçoasse a ela; mas este local sempre terá uma reivindicação sobre meu afeto, que nenhum outro poderia compartilhar.

A Sra. Dashwood olhou com prazer para Marianne, cujos belos olhos estavam fixos em Willoughby a ponto de demonstrar claramente o quão bem ela o compreendia.

– Quantas vezes não desejei – acrescentou ele –, quando estava em Allenham nestes últimos doze meses, que Barton Cottage fosse habitado! Nunca passei por ele sem admirar sua localização e lamentar que ninguém vivia nele. Não imaginava, naquela época, que a primeiríssima notícia que ouviria da Sra. Smith, da próxima vez que viesse para o interior, seria que Barton Cottage havia sido alugado; e senti imediata satisfação e interesse no evento, que não podem ser explicados por nada além de um tipo de presciência da felicidade que eu experimentaria com o fato. Não deve ter sido isso, Marianne? – disse ele a ela, em voz baixa. Então, continuando em seu tom de voz anterior, disse: – E ainda assim estragarias esta casa, Sra. Dashwood? Tiraria sua simplicidade, com melhorias imaginárias! E esta querida sala de estar, onde nossa amizade primeiro começou e na qual tantas horas felizes foram passadas por nós juntos, você a degradaria à condição de uma entrada comum e todos ficariam ansiosos para passar pelo cômodo que, até então, continha mais conforto e aconchego do que qualquer outra sala do mundo, das mais belas dimensões.

A Sra. Dashwood novamente assegurou de que nenhuma alteração do tipo seria tentada.

– A senhora é uma boa mulher – respondeu acaloradamente. – Sua promessa me acalma. Estenda-a um pouco e me farás feliz. Me diga que não somente sua casa permanecerá a mesma, como também eu sempre encontrarei a senhora e sua família tão imutáveis quanto sua residência, e que sempre me considerarão com a gentileza que fez com que tudo que pertence a vocês se tornasse tão caro para mim.

A promessa foi prontamente feita e o comportamento de Willoughby, durante a noite toda, declarou, ao mesmo tempo, seu afeto e felicidade.

– O veremos amanhã para o jantar? – perguntou a Sra. Dashwood, quando ele partia. – Não o convido para vir pela manhã, pois temos que ir até Barton Park, para visitar Lady Middleton.

Ele combinou de visitá-las às quatro horas.

Capítulo 15

A visita da Sra. Dashwood a Lady Middleton ocorreu no dia seguinte e duas de suas filhas foram com ela; mas Marianne pediu licença para não fazer parte do grupo, sob um pretexto insignificante de que tinha alguma tarefa a cumprir. Então, sua mãe, que concluiu que uma promessa devia ter sido feita por Willoughby na noite anterior, de visitá-la enquanto as outras estivessem ausentes, estava perfeitamente satisfeita com sua permanência em casa.

Ao retornarem de Barton Park, encontraram a carruagem e o criado de Willoughby esperando fora do chalé e a Sra. Dashwood ficou convencida de que sua conjectura estava certa. Até então, tudo estava sendo como ela havia previsto, mas, ao entrar na casa, ela avistou o que nenhuma presciência a havia dito para esperar. Mal haviam entrado no corredor, quando Marianne saiu apressada da sala de estar, aparentemente em uma aflição violenta, com o lenço aos olhos; e, sem perceber sua presença, correu escada acima. Surpresas e alarmadas, dirigiram-se para a sala que ela havia acabado de deixar, onde encontraram Willoughby sozinho, encostado na lareira, de costas para ela. Virou-se quando elas entraram e sua expressão mostrou que ele estava sob o jugo da mesma emoção que afligia Marianne.

– Há algo de errado com ela? – exclamou a Sra. Dashwood, enquanto entrava. – Ela está doente?

– Espero que não – respondeu ele, tentando parecer alegre; e, com um sorriso forçado, acrescentou: – Sou eu que pode-se esperar que fique doente, pois estou sofrendo de uma tremenda decepção!

– Decepção?

– Sim, pois não poderei comparecer a meu compromisso com vocês. A Sra. Smith exerceu, esta manhã, o privilégio de sua riqueza sobre um pobre primo dependente, mandando-me, a negócios, para Londres. Acabei de receber minhas ordens e de me despedir de Allenham; então, para minha alegria, vim despedir-me de vocês.

– Para Londres! E está indo esta manhã?

– Quase que neste exato momento.

– É uma notícia muito infeliz. Mas a Sra. Smith deve ser obedecida e os negócios dela não o manterão longe de nós por muito tempo, espero.

Ele enrubesceu, conforme respondia:

– A senhora é muito gentil, mas não tenho planos de voltar a Devonshire imediatamente. Minhas visitas à Sra. Smith nunca se repetem dentro de um ano.

– E a Sra. Smith é sua única amiga? É Allenham a única casa da vizinhança na qual o senhor seria bem recebido? Que vergonha, Willoughby, você precisaria de convite para vir aqui?

Seu rubor aumentou e, com seus olhos fixos no chão, respondeu:

– A senhora é bondosa demais.

A Sra. Dashwood olhou para Elinor com surpresa. Elinor estava tão atônita quanto a mãe. Por alguns momentos, todos ficaram em silêncio. A Sra. Dashwood foi a primeira a falar.

– Só acrescento, meu caro Willoughby, que sempre será bem-vindo a Barton Cottage, mas não insistirei para que retorne imediatamente, porque você é a única pessoa que pode julgar o quanto isso agradaria a Sra. Smith e, neste sentido, não questionarei o seu julgamento e tampouco duvidarei de sua inclinação.

– Meus compromissos atuais – respondeu Willoughby, confuso – são de tal natureza que não ouso ter esperança...

Ele parou. A Sra. Dashwood estava espantada demais para falar e outra pausa se sucedeu. O silêncio foi interrompido por Willoughby, que disse, com um sorriso débil:

– É besteira postergar desta maneira. Não me atormentarei mais, ficando entre amigas cuja companhia me é impossível aproveitar neste momento.

Então, despediu-se rapidamente de todas e saiu da sala. Elas o viram subir na carruagem e, em um minuto, já estava fora de vista.

Os sentimentos da Sra. Dashwood a impediam de falar, então ela saiu da sala, para se deixar tomar, sozinha, pela preocupação e alarme que tal partida súbita havia ocasionado.

A inquietude de Elinor era, pelo menos, tão grande quanto a de sua mãe. Pensava sobre o que havia acabado de acontecer com ansiedade e suspeita. O comportamento de Willoughby, ao se despedir delas, seu embaraço e alegria fingida e, acima de tudo, sua relutância em aceitar o convite de sua mãe, uma oposição tão pouco característica de um apaixonado, tão pouco característica dele mesmo, a perturbavam enormemente. Em um momento, ela temia que ele nunca havia tido nenhuma intenção séria; e, no momento seguinte, que alguma briga infeliz havia ocorrido entre ele e sua irmã – a agonia na qual Marianne havia saído da sala era de tal forma que poderia ser explicada por uma briga, apesar de, quando considerava o amor de Marianne por ele, uma briga parecer quase que impossível.

Porém, quaisquer que fossem os detalhes da separação dos dois, a agonia de sua irmã era indubitável, e pensou, com a mais terna compaixão, na tristeza violenta que Marianne deveria, com toda probabilidade, estar não só deixando escapar para aliviar-se, como também alimentando e encorajando, como se fosse um dever.

Dentro de mais ou menos meia hora, sua mãe voltou e, apesar de seus olhos estarem vermelhos, sua expressão não era de infelicidade.

– Nosso querido Willoughby está agora a alguns quilômetros de distância de Barton, Elinor, – disse ela, enquanto sentava-se para trabalhar – e com que peso no coração deve ele estar viajando?

– É tudo muito estranho. Partir de forma tão repentina! Parece ter sido feito em um mero momento. E noite passada ele estava conosco tão alegre, tão feliz, tão afetuoso! E agora, avisando com apenas dez minutos de antecedência, foi-se, sem pretender voltar! Algo além do que nos foi dito deve ter acontecido. Ele não falou ou se comportou como si mesmo. A senhora deve ter visto a diferença, tão bem quanto eu. O que pode ter sido? Será que eles brigaram? Por qual outro motivo ele teria se mostrado tão relutante em aceitar nosso convite para vir aqui?

– Não era desejo que faltava a ele, Elinor; eu pude ver isso com clareza. Ele não tinha o poder de aceitar. Pensei muito sobre tudo, garanto, e consigo explicar perfeitamente tudo o que primeiro pareceu estranho para mim, assim como para você.

– Pode, mesmo?!

– Sim. Expliquei tudo para mim mesma da forma mais satisfatória; mas você, Elinor, que adora duvidar sempre que pode, não ficará satisfeita, eu sei. Mas não conseguirá me fazer mudar de ideia. Estou convencida de que a Sra. Smith suspeita do afeto dele por Marianne, desaprova-o (talvez porque tem outros planos para ele) e, por este motivo, está ansiosa para afastá-lo daqui; e os negócios que ela o enviou para resolver foram inventados como uma desculpa para mandá-lo para longe. É isso que creio ter acontecido. Ademais, ele está ciente de que ela desaprova o relacionamento e, portanto, não ousa confessar, neste momento, seu noivado com Marianne, e se sente obrigado, devido a sua situação de dependência, ceder aos esquemas de sua prima e se ausentar de Devonshire um pouco. Você vai me dizer, eu sei, que isso pode ou não pode ter acontecido, mas não darei ouvidos a qualquer argumento, a não ser que consigas me mostrar qualquer outro método de interpretar o assunto, que seja tão satisfatório quanto este. E então, Elinor, o que tens a dizer?

– Nada, pois a senhora já anteviu minha resposta.

– Então você teria me dito que pode ter acontecido assim, ou não. Oh, Elinor, quão incompreensíveis são seus sentimentos! Você prefere acreditar nas más intenções, ao invés das boas. Prefere procurar tristeza para Marianne e culpa para o pobre Willoughby, ao invés de uma desculpa para ele. Decidiu pensar que ele tem culpa, pois se despediu de nós com menos afeto do que o normal, no comportamento que exibiu. E não devemos fazer concessão para sua inadvertência, ou por seu humor, deprimido pela decepção recente? Nenhuma probabilidade deve ser aceita, meramente por não serem certezas? Não devemos nada ao homem que temos tantos motivos para amar e nenhum motivo para não confiar? Não há possibilidade de haver motivos que não possam ser explicados, apesar de serem inevitavelmente secretos por um tempo? E do que é que você suspeita, afinal de contas?

– Mal sei. Mas suspeitar de algo desagradável é a consequência inevitável da alteração que acabamos de ver nele. Há muita verdade, contudo, no que a senhora acabou de exortar, de fazermos as devidas concessões a ele e desejo ser honesta em meu julgamento de todos. Willoughby pode, sem dúvida, ter motivos suficientes para sua conduta e espero que tenha. Mas teria sido mais característico dele caso houvesse reconhecido tais motivos imediatamente. Segredos podem ser aconselháveis, mas não consigo me impedir de ficar surpresa com o fato de ele os guardar.

– Não o culpe, contudo, por não agir de forma característica, quando tal desvio é necessário. Mas reconheces a justiça do que eu disse em defesa dele? Fico feliz e ele absolvido.

– Não inteiramente. Pode ser adequado esconder o noivado dos dois (caso estejam mesmo noivos) da Sra. Smith – e, se for este o caso, seria bastante propício que Willoughby fique pouco em Devonshire, no momento. Mas não é desculpa para escondê-lo de nós.

– Escondê-lo de nós! Minha querida filha, você acusa Willoughby e Marianne de ocultação? Isto é de fato bastante estranho, quando seu olhar os tem admoestado todos os dias por imprudência.

– Não quero provas de seu afeto – disse Elinor –, e sim de seu noivado.

– Estou perfeitamente convencida de ambos.

– E, ainda assim, nenhuma sílaba foi dita à senhora sobre o assunto, por qualquer dos dois.

– Não preciso de sílabas, quando suas ações falaram tão claramente. O comportamento dele com Marianne, e com todas nós, durante pelo menos as últimas duas semanas, não declarou que a ama e considera sua futura esposa, e que sente por nós o afeto de um parente próximo? Não nos compreendemos perfeitamente uns aos outros? Meu consentimento não tem sido pedido dia após dia por seus olhares, modos, respeito atencioso e afetuoso? Minha Elinor, é possível duvidar do noivado deles? Como pode tal pensamento ter ocorrido a você? Como pode supor que Willoughby, convencido como deve estar do amor de sua irmã, a deixaria, talvez por meses, sem falar a ela sobre seu afeto – que eles se separariam sem uma declaração mútua de afeto?

– Confesso – respondeu Elinor – que todas as circunstâncias, exceto uma, depõem a favor de seu noivado; mas esta única circunstância é o total silêncio de ambos sobre o assunto e, para mim, quase que supera todas as outras.

– Que estranho! Você deve ter uma opinião muito ruim de Willoughby se, depois de tudo o que se passou abertamente entre eles, consegue duvidar da natureza dos termos sob os quais estão juntos. Ele esteve atuando, em seu comportamento para com Marianne, este tempo todo? Você supõe que ele é indiferente a ela?

– Não, não penso isso. Ele deve amá-la, e a ama, tenho certeza.

– Mas que tipo estranho de amor, se ele consegue deixá-la com esta indiferença e despreocupação com o futuro que você atribui a ele.

– A senhora deve lembrar-se, minha querida mãe, que nunca considerei esta questão resolvida. Tive minhas dúvidas, confesso, mas são menores do que costumavam ser e podem ser logo inteiramente dissipadas. Se descobrirmos que eles se correspondem, todos os meus medos serão removidos.

– Que bela concessão! Se os visse no altar, suporia que iam se casar. Menina severa! Mas eu não exijo tais provas. Nada, na minha opinião, ocorreu que justifique dúvidas; não tentaram ocultar nada e tudo foi uniformemente aberto e sem reservas. Não podes duvidar dos desejos de sua irmã. Portanto, deve ser de Willoughby que suspeitas. Mas por que? Ele não é um homem honrado e afetuoso? Houve alguma inconsistência, da parte dele, que criasse preocupação? Ele foi enganador?

– Espero que não, creio que não – exclamou Elinor. – Gosto muito de Willoughby, sinceramente, e suspeitar da integridade dele não pode ser mais doloroso para você do que para mim. É algo involuntário e não o encorajarei. Fiquei surpresa, confesso, pela mudança em seus modos, esta manhã – ele não falava como ele mesmo e não correspondeu à sua gentileza com qualquer cordialidade. Mas tudo isso pode ser explicado pela situação dos assuntos particulares dele que a senhora supôs. Ele havia acabado de se despedir de minha irmã, de vê-la sair na maior das aflições; e, se sentia-se obrigado, por medo de ofender a Sra. Smith, a resistir à tentação de voltar aqui tão cedo; ao mesmo tempo em que estava ciente de que ao recusar seu convite, dizendo que iria para longe por algum tempo, ele faria com que pensássemos que estava a agir de forma mesquinha e suspeita, assim pode muito bem ter ficado envergonhado e perturbado. Nesse caso, uma confissão simples e aberta de suas dificuldades teria sido mais digna de sua honra, penso eu, bem como mais consistente com seu caráter; mas não farei objeções à conduta de qualquer pessoa sobre bases tão inadequadas quanto uma diferença entre seu julgamento e o meu, ou um desvio do que eu possa considerar correto e consistente.

– Falou muito corretamente. Willoughby não merece suspeitas. Apesar de não o conhecermos há muito, ele não é um estranho nesta parte do mundo; e quem falou algo desvantajoso sobre ele? Caso ele estivesse em uma situação que o permitisse agir de forma independente e casar-se de imediato, poderia ter sido estranho ele nos deixar sem admitir tudo para mim, mas não é este o caso. É um noivado que, em alguns aspectos, não começou de fora próspera, pois precisarão esperar um tempo incerto para que possam se casar, e até mesmo manter tudo em segredo, na medida do possível, seria agora bastante aconselhável.

Foram interrompidas pela entrada de Margaret e Elinor teve, então, a liberdade de ruminar as declarações de sua mãe, reconhecer a probabilidade de muitas delas e esperar que todas estivessem corretas.

Não viram Marianne até a hora do jantar, quando ela entrou na sala e tomou seu lugar à mesa sem dizer uma palavra. Seus olhos estavam vermelhos e inchados, e parecia que, até naquela hora, tentava impedir suas lágrimas com dificuldade. Evitou os olhares de todas, não conseguia comer nem falar e, após algum tempo, quando sua mãe segurou sua mão, em silêncio, com terna compaixão, seu pouco autocontrole foi rompido, fazendo com que caísse no choro e saísse da sala.

Esta profunda depressão continuou a noite toda. Ela não tinha qualquer força, pois não desejava se recompor. A menor menção a qualquer coisa relativa a Willoughby a abatia instantaneamente e, apesar de sua família cuidar de seu conforto com a maior atenção, era impossível que elas, se abrissem a boca, não mencionassem qualquer assunto que os sentimentos de Marianne não ligassem a ele.

Capítulo 16

Marianne não teria se perdoado se houvesse conseguido dormir na primeira noite após se despedir de Willoughby, por pouco que fosse. Teria se envergonhado de olhar sua família nos olhos, na manhã seguinte, se não houvesse se levantado precisando mais de descanso do que quando havia se deitado. Mas os sentimentos que a faziam pensar em compostura como uma desgraça não faziam com que corresse qualquer perigo de deixar que isso acontecesse. Passou a noite acordada e chorou a maior parte do tempo. Levantou-se com dor de cabeça, incapaz de falar e sem disposição para comer qualquer coisa, preocupando sua mãe e irmãs a todos os momentos e rechaçando qualquer tentativa de consolo por uma delas. Sua sensibilidade era potente o suficiente!

Quando o café da manhã havia acabado, ela saiu sozinha e passeou pelo vilarejo de Allenham, permitindo-se lembrar alegrias passadas e chorando pelo revés atual, durante a maior parte da manhã.

Passou a noite na mesma indulgência de sentimento. Tocou todas as músicas preferidas que costumava tocar para Willoughby, todas as árias em que suas vozes se juntavam com mais frequência, e sentou-se ao piano, olhando todas as linhas das músicas que haviam sido escritas por ela, até que seu coração ficou tão pesado que não poderia admitir mais nem um pouco de tristeza; e esta nutrição do pesar era feita todos os dias. Passava horas ao piano, alternando entre cantar e chorar, sua voz totalmente suspensa por suas lágrimas. Nos livros, também, assim como na música, convidava a infelicidade que um contraste entre o passado e o presente certamente ensejaria. Não lia nada além do que costumavam ler juntos.

Esta agonia tão profunda não poderia ser suportada para sempre; diminuiu, em alguns dias, até se tornar uma melancolia mais calma. Mas estas tarefas, às quais ela voltava diariamente, suas caminhadas solitárias e meditações silenciosas, ainda produziam efusões ocasionais de tristeza, tão fortes quanto antes.

Nenhuma carta de Willoughby chegou; e Marianne não parecia esperar alguma. Sua mãe ficou surpresa e Elinor começou a preocupar-se novamente. Mas a Sra. Dashwood conseguia encontrar explicações sempre que queria, o que, pelo menos, satisfazia a si mesma.

– Lembre-se, Elinor – disse ela –, com que frequência o Sir John busca nossas cartas no correio e as leva para lá. Já concordamos que confidencialidade pode ser necessária e devemos reconhecer que não poderia ser mantida se a correspondência entre os dois passasse pelas mãos do Sir John.

Elinor não podia negar a verdade nisso e tentou encontrar em tal conjectura um motivo suficiente para o silêncio entre os dois. Mas havia um método tão direto, tão simples e, em sua opinião, tão apropriado para que soubessem da realidade da situação, e que removeria imediatamente todo o mistério, que ela não pôde deixar de sugerir à mãe.

– Por que a senhora não pergunta para Marianne – disse ela –, se ela está ou não noiva de Willoughby? Vinda de você, a mãe dela, e uma mãe tão gentil e indulgente, a pergunta não poderia ofender. Seria o resultado natural de seu amor por ela. Ela costumava não ter qualquer reserva, sobretudo com você.

– Não perguntaria tal coisa de jeito algum. Suponhamos que seja possível que eles não estejam noivos, que tristeza uma pergunta dessas não causaria! De qualquer forma, seria muito cruel. Nunca mereceria as confidências dela outra vez, após forçá-la a fazer tal confissão, que precisa, neste momento, ser escondida de todos. Conheço o coração de Marianne, sei que ela me ama muito e que não serei a última a saber quando a questão for trazida a público, quando as circunstâncias permitirem a revelação. Não tentaria forçar a confidência de ninguém, muito menos de uma filha, porque seu senso de dever impediria a negação que seus desejos podem exigir.

Elinor considerou tamanha generosidade um exagero, levando em conta a pouca idade de sua irmã, e insistiu no assunto, mas foi em vão; bom senso, cautela e prudência foram todos perdidos entre as delicadezas românticas da Sra. Dashwood.

Passaram-se diversos dias, antes que o nome de Willoughby fosse mencionado na frente de Marianne por qualquer de seus parentes; Sir John e a Sra. Jennings, contudo, não foram tão gentis; suas pilhérias acrescentaram dores a muitas horas dolorosas. Mas, uma noite, a Sra. Dashwood exclamou, ao pegar um volume de Shakespeare por acidente:

– Não terminamos Hamlet, Marianne; nosso caro Willoughby partiu antes que conseguíssemos acabar. Deixemos o livro separado, para quando ele voltar... mas podem se passar meses, talvez, antes que isso aconteça.

– Meses! – exclamou Marianne, em forte surpresa. – Não... nem muitas semanas.

A Sra. Dashwood sentiu muito pelo que havia dito, mas Elinor ficou satisfeita, pois arrancou uma resposta de Marianne muito expressiva de sua confiança em Willoughby e ciência de suas intenções.

Uma manhã, cerca de uma semana após a partida de Willoughby para a capital, Marianne foi convencida a juntar-se às suas irmãs para sua caminhada costumeira, ao invés de passear sozinha. Até então, ela havia cuidadosamente evitado companhia em suas perambulações. Se suas irmãs pretendiam passear nas planícies, ela se dirigia para as trilhas; se falassem sobre o vale, ela subia as colinas, e nunca estava presente quando as outras partiam. Mas acabou persuadida, pelos esforços de Elinor, que desaprovava tal isolamento duradouro. Andaram ao longo da estrada que cortava o vale, na maior parte do tempo em silêncio, pois a mente de Marianne não podia ser controlada, e Elinor, satisfeita com ter prevalecido em uma questão, não ousou tentar mais. Para além da entrada do vale, onde os campos, apesar de ainda serem verdejantes, eram menos selvagens e mais abertos, um longo trecho da estrada pela qual haviam viajado ao chegar a Barton se estendia perante elas; e, ao chegar naquele ponto, pararam para olhar ao redor, e examinar o cenário que era formado pela distância entre elas e o chalé, de um local que nunca haviam atingido antes, em nenhum de seus passeios.

Dentre os objetos da cena, logo descobriram um animador; um homem a cavalo, cavalgando em direção a elas. Em alguns minutos, puderam perceber que era um cavalheiro e, um momento depois, Marianne exclamou, em êxtase:

– É ele; é ele, sim – sei que é! E começou a correr ao encontro dele, quando Elinor clamou:

– Na verdade, Marianne, creio que está enganada. Não é Willoughby. Esta pessoa não é tão alta quanto ele e não tem o jeito dele.

– Tem, sim, tem, sim – conclamou Marianne –, tenho certeza que sim. O jeito, o casaco, o cavalo dele. Sabia que voltaria logo.

Andava rapidamente, enquanto falava, e Elinor, para proteger Marianne, já que tinha quase certeza de que não era Willoughby, acelerou o passo e andou junto a ela. Logo estavam a vinte metros do cavalheiro. Marianne olhou de novo e seu coração apertou; deu meia-volta abruptamente e apressou-se a voltar, quando suas duas irmãs levantaram suas vozes para detê-la. Uma terceira voz, quase tão familiar quanto a de Willoughby, juntou-se às outras para pedir que parasse, o que a fez virar, surpresa, e ver Edward Ferrars.

Ele era a única pessoa do mundo que poderia, naquele momento, ser perdoado por não ser Willoughby; o único que poderia ter arrancado um sorriso dela. Então, deixou de lado as lágrimas para sorrir para ele e, com a felicidade de sua irmã, esqueceu-se, por um tempo, de sua própria decepção.

Ele desmontou e, dando seu cavalo ao criado, acompanhou-as de volta a Barton, para onde se dirigia propositalmente para visitá-las.

Foi recebido por todas com muita cordialidade, mas de modo especial por Marianne, que exibiu mais afeto em sua recepção do que a própria Elinor. Na verdade, para Marianne, o encontro entre Edward e sua irmã era apenas uma continuação daquela inexplicável frieza que observava com frequência em Norland, no comportamento de ambos. Do lado de Edward, mais particularmente, havia uma deficiência de tudo o que um apaixonado deveria parecer e dizer em tal ocasião. Estava confuso, parecia mal derivar qualquer prazer em vê-las, não demonstrava deleite ou alegria, dizia pouco mais do que era arrancado dele por perguntas e não distinguia Elinor com nenhuma demonstração de afeto. Marianne o observava e ouvia com crescente surpresa. Quase começou a deixar de gostar de Edward, e tudo terminou, como quase todos os sentimentos terminam com ela, fazendo com que sua mente se voltasse para Willoughby, cujos modos faziam um contraste notável com os daquele que havia elegido para futuro cunhado.

Após um curto silêncio, que se sucedeu à primeira surpresa e perguntas iniciais, Marianne perguntou a Edward se ele havia vindo direto de Londres. Não, ele havia passado duas semanas no condado de Devon.

– Duas semanas! – ela repetiu, surpresa com o fato de ele ter passado tanto tempo no mesmo condado que Elinor sem tê-la visto antes.

Ele pareceu um tanto quanto abalado ao acrescentar que havia se hospedado com alguns amigos perto de Plymouth.

– Esteve em Sussex ultimamente? – disse Elinor.

– Estive em Norland há cerca de um mês.

– E como está nossa querida Norland? – exclamou Marianne.

– Nossa estimada Norland – disse Elinor –, provavelmente está como de costume, a esta época do ano. Os bosques e trilhas cobertos de folhas mortas.

– Oh – exclamou Marianne –, com que sensação de encanto as costumava ver cair! Como me deleitei, enquanto caminhava, ao vê-las espalhadas em círculo ao meu redor pelo vento! Que sensações elas, a estação e o ar me inspiravam! Agora não há ninguém para aproveitá-las. São vistas apenas como um incômodo, apressadamente varridas e escondidas de vista o máximo possível.

– Não são todos – disse Elinor – que têm sua paixão por folhas mortas.

– Não; meus sentimentos não costumam ser compartilhados ou compreendidos por outros. Mas às vezes são, disse Marianne.

Quando disse isso, ficou perdida em pensamentos por alguns instantes, mas, forçando-se a prestar atenção novamente, disse:

– Veja, Edward – disse ela, chamando sua atenção para a vista –, este é o vale de Barton. Olhe em direção a ele e sinta-se tranquilo, se puder. Olhe essas colinas! Já viu coisa parecida? À esquerda está

Barton Park, entre aqueles bosques e plantações. Conseguirá ver a ponta da casa. E ali, abaixo daquela colina mais afastada, que se eleva com tamanha grandeza, está nosso chalé.

– São belos campos – respondeu –, mas o fundo do vale deve ficar sujo, no inverno.

– Como podes pensar em sujeira, com tais objetos à sua frente?

– Porque – ele respondeu, sorrindo – entre o resto dos objetos à minha frente, vejo uma trilha bastante suja.

– Que estranho! – disse Marianne para si mesma, conforme continuava a andar.

– Vocês têm uma vizinhança agradável aqui? Os Middleton são pessoas amigáveis?

– Não, nem um pouco – respondeu Marianne –, não poderíamos estar mais mal localizadas.

– Marianne – exclamou sua irmã –, como pode dizer isso? Como pode ser tão injusta? São uma família muito respeitável, Sr. Ferrars, e comportaram-se conosco da forma mais amistosa possível. Esqueceu, Marianne, quantos dias agradáveis devemos a eles?

– Não – disse Marianne, em voz baixa –, nem quantos momentos dolorosos.

Elinor não prestou atenção a isso e, dirigindo sua atenção ao visitante, tentou manter algum tipo de conversa com ele, falando de sua atual residência, suas conveniências etc., arrancando dele perguntas e observações ocasionais. Sua frieza e reserva a abalaram profundamente; ela estava aborrecida e quase com raiva, mas, tendo decidido basear seu comportamento em relação a ele no passado, ao invés do presente, evitou toda aparência de ressentimento ou desprazer, e tratou-o como achava que deveria ser tratado, devido à conexão familiar.

Capítulo 17

A Sra. Dashwood ficou surpresa somente por um momento ao vê-lo, pois sua vinda a Barton era, na opinião dela, a mais natural de todas as coisas. Sua alegria e expressão de afeto duraram muito mais do que sua surpresa. Ele recebeu as mais calorosas boas-vindas da parte dela, e timidez, frieza e reserva não podiam perdurar mediante tal recepção. Haviam começado a abandoná-las antes de entrar na casa e foram totalmente superadas pelos modos cativantes da Sra. Dashwood. De fato, um homem não poderia estar apaixonado por uma de suas filhas, sem estender essa paixão a ela, e Elinor teve a satisfação de vê-lo logo agir da forma mais característica. Sua afeição a todas elas pareceu ser reanimada e seu interesse em seu bem-estar se tornou perceptível outra vez. Não estava bem-disposto, contudo; elogiou a casa, admirou sua vista, foi atencioso e gentil; mas, ainda assim, não estava animado. A família toda percebeu, e a Sra. Dashwood, atribuindo o fato a alguma falta de liberalidade por parte da mãe dele, sentou-se à mesa indignada com todos os pais egoístas.

– Quais são as intenções da Sra. Ferrars para você neste momento, Edward? – perguntou ela, quando o jantar havia acabado e estavam todos juntos ao redor da lareira. – Você ainda deve ser um grande orador, apesar de seus próprios desejos?

– Não. Espero que minha mãe já esteja convencida de que não tenho nem talento, nem inclinação para a vida pública!

– Mas como sua fama será estabelecida? Pois deves ser famoso, para satisfazer toda a sua família; e sem inclinação para despesas, sem gosto por estranhos, sem profissão e sem garantias, poderá ser uma tarefa difícil.

– Não tentarei. Não tenho qualquer desejo de ser distinto e tenho todos os motivos para esperar que nunca o serei. Graças a Deus! Não posso ser forçado a ter gênio e eloquência.

– Não tens ambição, bem sei. Seus desejos são todos moderados.

– Tão moderados quanto os do resto do mundo, creio eu. Desejo, assim como todos os outros, ser feliz; mas, assim como todos, deve ser do meu próprio jeito. Grandeza não fará com que o seja.

– Seria estranho se fizesse! – exclamou Marianne. – O que riqueza ou grandeza têm a ver com felicidade?

– Grandeza tem pouco – disse Elinor –, mas riqueza tem muito a ver com isso.

– Elinor, que vergonha! – disse Marianne. – Dinheiro só traz felicidade quando não há mais nada que a possa ensejar. Além de comodidade, não dá nenhuma outra satisfação verdadeira, no que tange à pessoa em si.

– Talvez – disse Elinor, sorrindo – cheguemos à mesma conclusão. O que você chama de comodidade e o que eu chamo de riqueza são bastante parecidas, ouso dizer; e, sem elas, no atual estado do mundo, concordaremos que faltaria todo tipo de conforto externo. Suas ideias são só mais nobres do que as minhas. Vamos, o que quer dizer com comodidade?

– Cerca de mil e oitocentos, ou duas mil libras por ano, nada mais que isso.

Elinor riu.

– Duas mil por ano! Mil é o que chamo de riqueza. Já imaginava como a conversa iria acabar.

– Ainda assim, duas mil por ano é uma renda bastante moderada – disse Marianne. – Uma família não pode se manter direito com menos. Estou certa de não ser extravagante em minhas demandas. Um quadro adequado de criados, uma carruagem, talvez duas, e caçadores não podem ser pagos com menos.

Elinor sorriu novamente, ao ouvir sua irmã descrevendo com tamanha precisão suas futuras despesas em Combe Magna.

– Caçadores! – repetiu Edward. – Mas por que precisaria ter caçadores? Nem todo mundo caça.

Marianne corou ao responder:

– Mas a maioria, sim.

– Como queria – disse Margaret, oferecendo uma nova ideia – que alguém desse a cada uma de nós uma grande fortuna!

– Ah, se alguém o fizesse! – exclamou Marianne, com os olhos brilhando de animação e as faces rosadas devido ao deleite de tal felicidade imaginária.

– Este desejo é unânime, suponho – disse Elinor –, apesar da insuficiência de dinheiro.

– Oh, céus – exclamou Margaret –, como eu ficaria feliz! Imagino o que faria com ele!

Marianne parecia não ter qualquer dúvida quanto a este ponto.

– Eu ficaria confusa sobre como gastar uma fortuna tão grande – disse a Sra. Dashwood –, se minhas filhas fossem todas ricas sem minha ajuda.

– É só você começar as reformas desta casa – observou Elinor – e suas dificuldades logo desaparecerão.

– Que encomendas magníficas viajariam desta família até Londres – disse Edward –, em tal ocasião! Que dia feliz para os livreiros, vendedores de partituras e lojas de gravuras! Você, Srta. Dashwood, faria uma encomenda geral para que todas as gravuras que tivessem algum mérito fossem enviadas a você – e quanto a Marianne, conheço a grandeza de sua alma, não haveria música o suficiente em Londres para contentá-la. E livros! Thomson, Cowper, Scott – ela compraria todos, de novo e de novo; compraria todas as cópias, creio eu, para impedir que caíssem em mãos indignas, e teria todos os livros que a dissessem como admirar uma velha árvore retorcida. Não o faria, Marianne? Perdoe-me se estou ousado, só quis mostrar a você que não esqueci de nossas antigas disputas.

– Adoro ser lembrada do passado, Edward, seja ele melancólico ou feliz, amo relembrá-lo, e você jamais me ofenderá falando de tempos que se foram. Está muito certo em supor como meu dinheiro seria gasto – uma parte dele, pelo menos. O que me sobrasse certamente seria usado para melhorar minhas coleções de partituras e livros.

– E a principal parte de sua fortuna seria usada em pensões para os autores ou seus herdeiros.

– Não, Edward, teria outra coisa para fazer com ela.

– Talvez, então, você a daria como recompensa para a pessoa que escrevesse a melhor defesa de sua máxima preferida, a que diz que ninguém nunca pode se apaixonar mais de uma vez na vida – sua opinião quanto a isso permanece inalterada, presumo?

– Sem dúvidas. Na minha idade, opiniões são razoavelmente fixas. Não é provável que, a esta altura, eu veja ou ouça algo que as mude.

– Marianne continua tão firme quanto sempre, veja – disse Elinor –, não mudou nada.

– Só ficou um pouco mais séria do que costumava ser.

– Não, Edward – disse Marianne –, não precisa me admoestar. Você mesmo não está muito alegre.

– Por que haveria de pensar isso? – respondeu ele, com um suspiro. – Mas alegria nunca foi parte da minha personalidade.

– Não acho que façam parte da de Marianne, tampouco – disse Elinor –, dificilmente a chamaria de vivaz; ela é bastante aberta, muito passional em relação a todo o que faz; às vezes fala muito, e sempre com animação, mas não costuma ser verdadeiramente alegre.

– Creio que esteja certa – respondeu ele – e, ainda assim, sempre pensei nela como uma garota vivaz.

– Já me peguei muitas vezes cometendo esses erros – disse Elinor –, em uma interpretação completamente errônea da personalidade de alguém, em um momento ou outro; achar que uma pessoa é mais alegre ou mais séria, ou mais inteligente ou estúpida do que realmente é, e mal consigo saber por que ou o que gerou o engano. Às vezes, somos guiados pelo que a pessoa diz de si mesma, e muito frequentemente por algo que outras pessoas dizem dela sem nos darmos tempo para deliberar e julgar.

– Mas pensei que fosse certo, Elinor – disse Marianne –, se deixar guiar por inteiro pela opinião dos outros. Pensei que nossos julgamentos nos eram dados meramente para serem subservientes aos de nossos vizinhos. Isso sempre foi sua doutrina, tenho certeza.

– Não, Marianne, nunca. Minha doutrina nunca buscou a sujeição do entendimento. Tudo que sempre tentei influenciar foi o comportamento. Não deves confundir meu significado. Sou culpada, confesso, de frequentemente desejar que você trate nossos conhecidos no geral com mais atenção, mas quando a aconselhei a adotar seus sentimentos ou adaptar-se a seus julgamentos em questões de importância?

– Não foi capaz de persuadir sua irmã a adotar seu plano de civilidade geral – disse Edward para Elinor. – Não fez qualquer progresso?

– Muito ao contrário – respondeu Elinor, olhando expressivamente para Marianne.

– Minha opinião – replicou ele – está inteiramente de acordo com a sua, nesta questão, mas temo que minha prática se alinhe mais à de sua irmã. Nunca desejo ofender, mas sou tão tímido que pareço negligente com frequência, quando só sou restrito por meu natural acanhamento. Costumo pensar que a natureza deve ter pretendido que eu gostasse da companhia da classe mais baixa, visto que fico tão pouco à vontade entre estranhos da nobreza!

– Marianne não tem timidez para justificar qualquer falta de atenção de sua parte – disse Elinor.

– Ela conhece o próprio valor bem demais para fingir vergonha – respondeu Edward. – A timidez é apenas o efeito de um senso de inferioridade, de um modo ou de outro. Se pudesse me convencer de que meus modos são naturais e graciosos, não seria tímido.

– Mas ainda seria reservado – disse Marianne –, e isso é pior.

Edward foi pego de surpresa:

– Reservado! Sou reservado, Marianne?

– Sim, muito.

– Não a compreendo – respondeu ele, enrubescendo. – Reservado! Como, de que maneira? O que posso dizer? O que você supõe?

Elinor pareceu surpresa com a emoção dele; mas, tentando fazer troça para mudar de assunto, disse a ele:

– Não conhece minha irmã bem o suficiente para compreender o que ela quer dizer? Não sabe que ela chama de reservados todos os que não falam com tanta rapidez e admiram o que ela admira com tanto arrebatamento quanto ela mesma?

Edward não respondeu. Seu jeito sério e pensativo voltou com tudo – e ele ficou sentado por algum tempo, silencioso e soturno.

Capítulo 18

Elinor assistiu, com muita inquietude, o desânimo de seu amigo. Sua visita deu a ela apenas uma satisfação bastante parcial, pois ele mesmo não parecia satisfeito. Era evidente que ele estava infeliz; ela desejava que fosse igualmente evidente que ele a distinguia com a mesma afeição que ela uma vez tinha certeza de inspirar; mas, até aquele momento, a continuação de sua preferência parecia bastante incerta e seu comportamento reservado em relação a ela contradizia, em um momento, o que um olhar mais animado havia demonstrado antes.

Ele se juntou a ela e a Marianne na sala de café da manhã, no dia seguinte, antes de as outras terem descido, e Marianne, que estava sempre ansiosa por promover a felicidade dos dois, na medida que lhe fosse possível, logo os deixou sozinhos. Porém, antes de alcançar a metade das escadas, ouviu a porta da sala se abrir e, ao virar-se, ficou surpresa ao ver o próprio Edward sair.

– Estou indo ao vilarejo ver meus cavalos – disse ele –, já que ainda não estão prontas para o café. Voltarei logo.

***

Edward retornou com uma admiração renovada dos campos vizinhos; em sua caminhada até o vilarejo, havia visto diversas partes do vale de um ponto de observação avantajado, e o próprio vilarejo, localizado em uma altitude muito maior do que o chalé, propiciava uma vista geral do vale como um todo, o que o havia agradado muito. Este era um assunto que garantia a atenção de Marianne; ela começava a descrever sua própria admiração de tais cenários e pedir mais detalhes a ele sobre os objetos que mais tinham chamado sua atenção, quando Edward a interrompeu, dizendo:

– Não deves fazer perguntas demais, Marianne – lembre-se de que não tenho seu conhecimento do pitoresco e a ofenderei com minha ignorância e falta de gosto, se entrarmos em detalhes. Chamarei uma colina de inclinada, quando deveria ser íngreme; superfícies de estranhas e rústicas, quando deveriam ser chamadas de irregulares e escarpadas; e objetos distantes da vista, que deveriam apenas ser considerados indistintos através da nebulosidade da atmosfera. Você precisará se contentar com a admiração que posso dar honestamente. Considero este um condado muito belo – as colinas são alcantiladas, os bosques parecem ser cheios de boa madeira e o vale confortável e acolhedor – com ricos prados e diversas casas de fazendas bem-arrumadas, espalhadas aqui e acolá. Corresponde exatamente à minha ideia de um belo interior, pois junta beleza e utilidade – e ouso dizer que é pitoresco, também, pois você o admira. Posso acreditar que é cheio de rochas e promontórios, relva cinzenta e matagais, mas não consigo identificá-los. Não conheço nada do pitoresco.

– Temo que seja verdade – disse Marianne –, mas por que você se gaba disso?

– Suspeito – disse Elinor – que, para evitar um tipo de afetação, Edward incorreu em outro. Por acreditar que muitas pessoas fingem mais admiração das belezas da natureza do que realmente sentem, e por ter repulsa deste tipo de pretensão, ele finge ter mais indiferença e menos discernimento ao visualizá-las, do que realmente tem. É fastidioso e não tolera afetação em si mesmo.

– É bem verdade – disse Marianne –, que admiração de uma paisagem se tornou mero clichê. Todos fingem terem sido tocados e tentam descrever as coisas com o gosto e a elegância do primeiro que definiu a beleza pitoresca. Detesto clichês de todo tipo e, às vezes, tenho que manter meus sentimentos para mim mesma, pois não posso encontrar as expressões para descrevê-los, a não ser palavras distorcidas e banalizadas até perderem totalmente o sentido.

– Estou convencido – disse Edward – de que se deleita realmente com uma bela paisagem, da forma que diz comprazer-se. Mas, em troca, sua irmã deve me permitir não sentir mais do que professo. Gosto de uma bela vista, mas não sobre princípios pitorescos. Não gosto de árvores tortas, curvas e ressecadas. As admiro muito mais se forem altas, retas e em flor. Não gosto de chalés arruinados e desgastados.

Não gosto de urtigas ou cardos, ou flores que nascem nos brejos. Sinto mais prazer com uma casa de fazenda aconchegante, do que com uma torre de sentinela – e uma sucessão de vilarejos arrumados e felizes me agrada mais do que os mais belos rufiões do mundo.

Marianne olhou atônita para Edward e com compaixão para a irmã. Elinor apenas riu.

Não continuaram com o assunto e Marianne ficou perdida em pensamentos, até que um novo tema chamou sua atenção. Estava sentada ao lado de Edward e, quando ele pegou a xícara de chá estendida pela Sra. Dashwood, sua mão passou diretamente na frente de Marianne, exibindo de forma bastante conspícua um anel, com uma mecha de cabelo em seu centro, em um de seus dedos.

– Nunca o vi usar um anel antes, Edward – exclamou. – É o cabelo da Fanny? Lembro-me dela prometendo te dar um pouco. Mas achava que o cabelo dela fosse mais escuro.

Marianne falou, sem ponderar, o que realmente sentia – porém, quando viu quanta dor havia causado a Edward, a vergonha causada por sua própria falta de consideração não foi maior do que a dele. Ele enrubesceu profundamente e, com um olhar rápido a Elinor, respondeu:

– Sim, é o cabelo de minha irmã. O engaste faz com que sempre tenha um tom diferente, sabe.

Elinor havia encontrado o olhar dele e parecia igualmente acanhada. De que o cabelo era seu, ela tinha tanta certeza quanto Marianne; a única diferença nas conclusões das duas era que, o que Marianne considerava um presente voluntário de sua irmã, Elinor sabia que deveria ter sido obtido com roubo ou algum truque, do qual não estava ciente. Não estava disposta, contudo, a considerar uma afronta e, fingindo não ter reparado no que havia ocorrido, começou a falar de outra coisa e resolveu a, dali em diante, aproveitar toda oportunidade de olhar o cabelo para convencer-se, além de qualquer dúvida, de que era exatamente da mesma cor que o seu.

O embaraço de Edward durou algum tempo e terminou com uma distração ainda mais profunda. Ficou particularmente sério a manhã toda. Marianne censurou a si mesma com severidade, pelo que tinha dito; mas seu próprio perdão poderia ter sido mais rápido, caso soubesse quão pouco havia magoado sua irmã.

Antes do meio do dia, foram visitados por Sir John e pela Sra. Jennings que, tendo ouvido falar da chegada de um cavalheiro ao chalé, haviam vindo para examinar o hóspede. Com o auxílio de sua sogra, Sir Jon não demorou a descobrir que o nome Ferrars começava com "F" e isso preparou uma futura mina de piadas com a devotada Elinor, que nada menos do que o pouco tempo há que conheciam Edward poderia ter impedido de ter sido iniciada imediatamente. Mas, sob as circunstâncias, ela só ficou sabendo, através de diversos olhares significativos, quão perspicazes os dois haviam sido, com base nas dicas de Margaret.

Sir John nunca visitava a família Dashwood sem convidá-las para jantar em Barton Park no dia seguinte, ou tomar chá com eles na mesma noite. Naquela ocasião, para o melhor entretenimento de seu visitante, com cuja diversão ele se sentia obrigado a contribuir, ele desejou convidá-los para ambas as coisas.

– Vocês devem tomar chá conosco esta noite – disse ele –, pois estaremos completamente sozinhos e amanhã precisam jantar conosco, pois formaremos um grupo grande.

A Sra. Jennings reforçou o pedido:

– E, quem sabe, podem se juntar para dançar – disse ela –, o que seria uma tentação para você, Srta. Marianne.

– Dança! – exclamou Marianne. – Impossível! Quem dançaria?

– Quem! Vocês mesmos, e os Carey, e também os Whitaker, claro. Como pensou que ninguém poderia dançar, só porque uma certa pessoa, que não será nomeada, partiu!

– Como queria, do fundo do meu coração – disse Sir John –, que Willoughby estivesse entre nós novamente.

Isso e o rubor de Marianne levantaram as suspeitas de Edward.

– E quem é Willoughby? – perguntou ele, em voz baixa, para a Srta. Dashwood, ao lado de quem estava sentado.

Ela respondeu a ele de modo breve. A expressão no rosto de Marianne era mais comunicativa. Edward viu o suficiente para compreender, não somente o que os outros quiseram dizer, mas também as expressões de Marianne que o haviam deixado intrigado antes; e, quando as visitas partiram, ele foi imediatamente até ela e disse, em um sussurro:

– Tenho andado adivinhando. Devo contar a você minhas conjecturas?

– O que quer dizer?

– Devo dizer?

– Claro.

– Então direi. Presumo que o Sr. Willoughby caça.

Marianne ficou surpresa e confusa, mas não pôde deixar de sorrir mediante o jeito silenciosamente sugestivo dele e, após um momento de silêncio, disse:

– Oh, Edward! Como pode? Mas chegará o momento, espero... tenho certeza de que gostará dele.

– Não duvido – respondeu ele, um tanto admirado com a sinceridade e ardor dela, pois se não tivesse imaginado ser apenas uma piada, em benefício de seus conhecidos, baseada somente em algo insignificante entre ela e o Sr. Willoughby, ele não teria arriscado mencionar o assunto.

Capítulo 19

Edward ficou uma semana hospedado no chalé; a Sra. Dashwood insistiu com sinceridade para que ficasse mais, mas, como se ele estivesse decidido a se punir, parecia resolvido a partir quando seu prazer entre amigos estava no auge. Seu humor, durante os últimos dois ou três dias, apesar de ainda inconstante, havia melhorado bastante – gostava cada vez mais da casa e de suas cercanias –, e nunca falava em ir embora sem suspirar, declarando que não tinha qualquer compromisso, até mesmo incerto, ou ideia sobre para onde iria quando partisse. Ainda assim, partir ele deveria. Nunca uma semana havia passado com tanta rapidez – ele mal podia acreditar que já havia acabado. Dizia isso repetidamente; dizia outras coisas, também, que demonstravam a direção de seus sentimentos e desmentiam seus atos. Não tinha prazer em Norland; detestava estar na capital; mas para Norland, ou para Londres, deveria ir. Valorizava a gentileza de todas elas mais do que tudo e sua maior felicidade era estar em sua companhia. Mesmo assim, precisava deixá-las ao final da semana, apesar dos desejos delas e dele mesmo, e sem ter qualquer restrição sobre seu tempo.

Elinor creditava à mãe dele toda a estranheza de seu modo de agir e ficava feliz com o fato de ele ter uma mãe sobre cuja personalidade ela sabia tão pouco, que podia ser a desculpa geral para tudo o que o filho dela fazia de curioso. Apesar de decepcionada e aborrecida como estava, e às vezes agastada com o comportamento incerto dele em relação a ela, Elinor estava bastante disposta, no geral, a considerar os atos dele com todas as concessões francas e qualificações generosas que haviam sido arrancadas dela, com mais dificuldade, por sua mãe, em benefício de Willoughby. O humor cabisbaixo, reserva e falta de consistência dele eram mais frequentemente atribuídos à sua falta de independência e melhor ciência da disposição e dos planos da Sra. Ferrars. A brevidade de sua visita e a firmeza de sua decisão de partir originavam-se com a mesma inclinação acorrentada, a mesma necessidade inevitável de postergar as coisas por causa da mãe. O antigo e estabelecido embate entre dever e vontade, pai e filho, era a causa de tudo. Ela teria ficado contente em saber quando essas dificuldades terminariam, quando essa oposição seria derrubada, quando a Sra. Ferrars mudaria e seu filho teria liberdade para ser feliz. Mas foi forçada a encontrar conforto para tais vãos desejos na renovação de sua confiança no afeto de Edward, na lembrança de toda demonstração de afeto, em um olhar ou uma palavra, por parte dele enquanto estava em Barton e, acima de tudo, àquela lisonjeira prova disso que ele constantemente usava no dedo.

– Penso, Edward – disse a Sra. Dashwood, enquanto tomavam café da manhã, no último dia de sua visita –, que seria um homem muito mais feliz se tivesse uma profissão para ocupar seu tempo e dar interesse a seus planos e ações. Alguma inconveniência para seus amigos poderia, de fato, resultar disso – você não poderia dar a eles tanto de seu tempo. Mas – continuou, com um sorriso –, você seria muito beneficiado em um aspecto, pelo menos: saberia para onde iria, quando os deixasse.

– Asseguro-lhe – respondeu ele – que já pensei muito sobre este assunto, como a senhora está pensando agora. Tem sido, ainda é, e provavelmente será sempre uma grande infelicidade para mim, não ter compromissos que me ocupem, não ter uma profissão que possa exercer ou me dar algo que beire a independência financeira. Mas, infelizmente, minha própria fineza, e a de meus amigos, me tornaram o que sou, uma criatura ociosa e fraca. Nunca concordamos sobre que profissão eu deveria escolher. Sempre preferi a igreja, como ainda prefiro. Mas não era elegante o suficiente para a minha família. Recomendaram o exército. Ele era elegante demais para mim. O Direito foi considerado cavalheiresco o suficiente; muitos jovens com escritórios na Câmara, em Londres, foram muito bem apresentados aos círculos superiores da sociedade e dirigem pela cidade em carruagens bem requintadas. Mas eu nunca tive inclinação para o Direito, ainda que neste estudo menos abstruso dele, que minha família aprovava. Quanto à marinha, sua vantagem era estar na moda, mas eu já era velho demais, quando tocamos no assunto pela primeira vez – e, no final das contas, visto que não havia necessidade para que eu tivesse qualquer profissão, já que eu poderia ser elegante e esbanjador com ou sem o casaco vermelho de um oficial, a ociosidade foi considerada o caminho mais vantajoso e honrável, e um jovem de dezoito anos não costuma ser tão decidido a se ocupar, a ponto de resistir às solicitações de seus amigos para que não faça nada. Portanto, entrei em Oxford e tenho sido adequadamente ocioso desde então.

– A consequência do que, suponho eu, será – disse a Sra. Dashwood – que seus filhos serão criados com tantas ocupações, tarefas, profissões quanto a de Columela, já que ficar sem fazer nada não o deixou feliz.

– Serão criados – disse ele, em tom sério – para serem tão dessemelhantes a mim quanto for possível. No que tange a sentimentos, atos, condição, tudo.

– Ora, vamos. Isso tudo é uma efusão de um humor cabisbaixo temporário, Edward. Você está se sentindo melancólico e pensa que qualquer um que for diferente de você deve ser feliz. Mas lembre-se de que a dor de se despedir de amigos é sentida por todos, quaisquer que sejam suas criações ou condições. Conheça sua própria felicidade. Você só precisa de paciência – ou, para dar um nome mais fascinante, chame de esperança. Sua mãe propiciará a você, no devido tempo, a independência pela qual tanto anseia; é o dever dela, e ela será, terá que ser, feliz por impedir que toda a sua juventude seja desperdiçada em descontentamento. O que não pode acontecer dentro de alguns meses?

– Penso – respondeu Edward – que posso desafiar muitos meses a me fazerem qualquer bem.

Este estado de espírito desanimado, apesar de não poder ser comunicado à Sra. Dashwood, causou a todos ainda mais dor por ocasião da despedida, que ocorreu logo em seguida, e deixou uma impressão desconfortável especialmente sobre os sentimentos de Marianne, que necessitou de algum esforço e tempo para ser controlada. Mas, como Elinor estava determinada a controlá-la e impedir que parecesse sofrer mais do que toda a sua família sofria com a partida dele, ela não adotou o método tão bem utilizado por Marianne, em uma ocasião semelhante, de aumentar e agarrar-se à sua tristeza, buscando silêncio, solidão e ociosidade. As táticas de ambas eram tão diferentes quanto seus objetivos e igualmente adequadas para o avanço deles.

Elinor sentou em sua mesa de desenho assim que Edward saíra, ocupou seu tempo o dia todo, não buscou nem evitou qualquer menção ao nome dele, pareceu interessar-se tanto quanto sempre pelos assuntos gerais da família e se, por esta conduta, não diminuiu sua própria tristeza, pelo menos impediu que fosse desnecessariamente aumentada, e sua mãe e irmãs foram poupadas de muita solicitude para com ela.

Tal comportamento, tão oposto ao seu próprio, não pareceu mais louvável a Marianne do que o seu havia parecido a Elinor. Já havia se decidido sobre a questão do autocontrole facilmente – com afetos fortes, era impossível, e com afeições calmas, não podia ter qualquer mérito. Que as afeições de sua irmã eram mesmo calmas, ela não ousava negar, apesar de enrubescer ao reconhecê-lo; e da força das suas próprias, ela dava provas bastante contundentes, continuando a amar e respeitar essa irmã, apesar de sua embaraçosa convicção.

Sem se isolar da família, ou sair de casa, em solidão determinada, para evitá-la, ou passar a noite inteira acordada em meditação, Elinor descobriu que todos os dias propiciavam tempo livre o suficiente para pensar em Edward, e no comportamento dele, sob todos os aspectos possíveis que seus diferentes estados de espírito, em momentos diferentes, podiam produzir – com ternura, pena, aprovação, censura e dúvida. Havia momentos em abundância, nos quais, se não fosse pela ausência de sua mãe e irmãs, pelo menos pela natureza de suas tarefas, conversas eram proibidas entre elas, e todos os efeitos da solidão eram produzidos. Sua mente estava livre; seus pensamentos não podiam ser presos a outro lugar, e o passado e o futuro, em um assunto tão interessante, obrigatoriamente a ocupavam, forçavam sua atenção e tomavam conta de sua memória, sua reflexão e sua imaginação.

De um devaneio como este, enquanto estava sentada à mesa de desenho, ela foi tirada uma manhã, logo após a partida de Edward, pela chegada de visitas. Calhou de ela estar completamente sozinha. O barulho do portãozinho sendo fechado, na entrada do jardim na frente da casa, fez com que olhasse para a janela e visse um grande grupo caminhando até a porta. Entre eles estavam Sir John, Lady Middleton e a Sra. Jennings, assim como dois outros, um cavalheiro e uma dama, completamente desconhecidos. Estava sentada perto da janela e, assim que Sir John a notou, deixou para o resto do grupo a cerimônia de bater à porta e, pulando por cima da floreira, pediu a ela que abrisse a janela para falar com ele, apesar de o espaço entre a porta e a janela ser tão pequeno que tornava difícil falar por uma, sem ser ouvido na outra.

– Bem – disse ele –, trouxemos alguns estranhos. Gosta deles?

– Psst! Eles o ouvirão.

– Não tem problema se ouvirem. São só os Palmer. Charlotte é bem bonita, posso assegurar. Conseguirá vê-la, se olhar nesta direção.

Já que Elinor estava certa de vê-la dentro de alguns minutos, sem tomar essa liberdade, pediu licença para não olhar.

– Onde está Marianne? Fugiu porque chegamos? Vejo que o instrumento dela está aberto.

– Está caminhando, creio eu.

Neste momento, a Sra. Jennings juntou-se a eles, pois não tinha paciência o suficiente para esperar que a porta fosse aberta antes de contar sua própria história. Veio até a janela fazendo seus cumprimentos em voz alta:

– Como vai, minha cara? Como vai a Sra. Dashwood? E onde estão suas irmãs? Como assim! Estás completamente sozinha? Ficará contente em ter um pouco de companhia para sentar com você. Trouxe minha outra filha e meu genro para vê-la. Imagine só, chegaram tão de repente! Pensei ter ouvido uma carruagem na noite passada, enquanto tomávamos chá, mas nunca me passou pela cabeça que poderiam ser eles. Pensei só que poderia ser o Coronel Brandon voltando; então disse para Sir John, acho que ouvi uma carruagem, talvez seja o Coronel Brandon voltando.

Elinor foi obrigada a dar as costas para ela, no meio da história, para receber o resto do grupo; Lady Middleton apresentou os dois estranhos; a Sra. Dashwood e Margaret desceram as escadas ao mesmo tempo, e todos se sentaram para olhar uns para os outros, enquanto a Sra. Jennings continuava sua história, conforme andava pelo corredor até a sala, acompanhada por Sir John.

A Sra. Palmer era muito mais nova do que Lady Middleton, e completamente diferente dela, em todos os aspectos. Era baixa e rechonchuda, tinha um rosto bem bonito e a expressão mais bem humorada possível. Seus modos não eram nem de longe tão elegantes quanto os de sua irmã, porém eram muito mais cativantes. Entrou com um sorriso, sorriu durante toda a visita, exceto quando estava rindo, e sorriu enquanto ia embora. Seu marido era um jovem sério, de vinte e cinco ou vinte e seis anos, com um ar de mais elegância e sensatez do que sua esposa, mas menos disposto a agradar ou ser agradado. Entrou na sala com um jeito de estar consciente de sua própria importância, fez uma ligeira reverência para as damas, sem dizer uma palavra e, depois de examinar a elas e a seus aposentos, pegou um jornal da mesa e continuou a lê-lo durante toda a visita.

A Sra. Palmer, pelo contrário, a quem a natureza havia dado uma disposição para ser invariavelmente educada e alegre, mal havia se sentado, quando explodiu em admiração pela sala de estar e por todas as coisas dentro dela.

– Bem! Que cômodo maravilhoso é este! Nunca vi nada tão charmoso! Pense só, mamãe, como melhorou desde minha última visita! Sempre achei este um lugar tão doce, senhora – disse ela, virando-se para a Sra. Dashwood –, mas vocês o fizeram ficar tão charmoso! Veja só, minha irmã, como tudo é tão bonito! Como eu gostaria de ter uma casa assim para mim! Não acha, Sr. Palmer?

O Sr. Palmer não respondeu, nem mesmo levantou os olhos do jornal.

– O Sr. Palmer não me ouviu – disse ela, rindo –, às vezes, costuma não ouvir. É tão cômico!

Esta ideia era bastante nova para a Sra. Dashwood; não estava acostumada a achar graça na falta de consideração de ninguém e não pôde evitar de encarar os dois com surpresa.

A Sra. Jennings, enquanto isso, falava o mais alto que podia e continuava a história de sua surpresa, na noite anterior, ao ver seus amigos, sem parar até ter contado tudo. A Sra. Palmer riu com gosto ao relembrar da surpresa e todos concordaram, duas ou três vezes, que havia sido uma surpresa bastante agradável.

– Podem imaginar como todos ficamos felizes em vê-los – acrescentou a Sra. Jennings, inclinando-se em direção a Elinor e falando em voz baixa, como se não quisesse ser ouvida por mais ninguém, apesar de estarem sentados em cantos diferentes da sala –, mas gostaria que eles não tivessem viajado tão rápido, nem feito uma viagem tão longa, pois vieram por Londres, por causa de algum assunto de negócios, pois você sabe – acenou ela com a cabeça e apontou para a filha –, não é certo, na condição dela. Queria que ela ficasse em casa e descansasse, esta manhã, mas ela insistiu em vir conosco, queria tanto ver vocês todas!

A Sra. Palmer riu e disse que não faria mal algum.

– Ela calcula que estará de repouso em janeiro – continuou a Sra. Jennings.

Lady Middleton não podia mais aguentar tal conversa, então fez o esforço de perguntar ao Sr. Palmer se havia alguma notícia no jornal.

– Não, nenhuma – respondeu ele e continuou lendo.

– Aí vem Marianne – exclamou Sir John. – Agora, Palmer, você verá uma garota assombrosamente bonita.

Foi de imediato até o corredor, abriu a porta da frente e a convidou, ele mesmo, a entrar. A Sra. Jennings perguntou a ela, assim que ela entrou, se não havia ido a Allenham, e a Sra. Palmer riu com tanto gosto da pergunta, que mostrou que a havia compreendido. O Sr. Palmer olhou para Marianne, quando ela entrou na sala, a encarou por alguns minutos, e depois voltou ao seu jornal. O olhar da Sra. Palmer havia sido atraído pelos desenhos pendurados nas paredes da sala. Levantou-se para examiná-los.

– Oh, como são belos! Puxa! Que deleite! Veja só, mamãe, que doçura! Declaro que são muito charmosos; poderia ficar olhando-os para sempre.

E então, sentando-se novamente, logo esqueceu que existiam tais coisas na sala.

Quando Lady Middleton levantou-se para ir, o Sr. Palmer fez o mesmo, devolveu o jornal, se espreguiçou e olhou a todos ao seu redor.

– Meu amor, estava dormindo? – perguntou sua esposa, rindo.

Ele não respondeu, somente observando, após examinar o cômodo novamente, que era bastante escuro e que o teto era torto. Fez, então, sua reverência e foi embora com o resto do grupo.

Sir John havia insistido bastante para que todas elas passassem o dia seguinte em Barton Park. A Sra. Dashwood, que não queria jantar na casa dele, mais do que jantava em sua própria, recusou firmemente o convite feito para si; suas filhas podiam fazer como quisessem. Mas elas não tinham curiosidade alguma para ver como o Sr. e a Sra. Palmer jantavam, tampouco esperavam se divertir de qualquer forma com eles. Portanto, também tentaram se esquivar; o tempo não estava muito ensolarado e provavelmente não estaria bom no dia seguinte. Mas Sir John não ficou satisfeito – mandaria a carruagem buscá-las e elas teriam que ir. Lady Middleton, também, apesar de não pressionar a mãe das garotas, insistiu para que elas fossem. A Sra. Jennings e a Sra. Palmer juntaram suas vozes aos pedidos, todas parecendo igualmente ansiosas para evitar um jantar em família, e as jovens foram obrigadas a ceder.

– Por que nos chamariam? – perguntou Marianne, assim que as visitas se foram. – O aluguel deste chalé é considerado bem baixo, mas os termos a nós impostos são bastante duros, se formos obrigadas a jantar com eles sempre que alguém estiver hospedado com eles, ou conosco.

– O propósito de tais convites frequentes – disse Elinor – é o mesmo que daqueles que recebemos deles há algumas semanas. A mudança não é neles, se suas visitas são tediosas e enfadonhas. Precisamos procurar mudanças em outra parte.

Capítulo 20

Quando as Srtas. Dashwood entraram na sala de estar de Barton Park, no dia seguinte, por uma porta, a Sra. Palmer apareceu correndo pela outra, tão bem humorada e alegre quanto antes. Pegou-as afetuosamente pela mão e expressou grande prazer em vê-las de novo.

– Estou tão feliz em vê-las! – disse ela, sentando-se entre Elinor e Marianne. – O tempo está tão ruim, que temi que não pudessem vir, o que seria muito triste, pois vamos embora amanhã. Precisamos ir, pois a família Weston nos visitará na semana que vem, sabem. Virmos aqui foi muito repentino, e eu não sabia de nada sobre isso até que nossa carruagem entrou pelos portões, e então o Sr. Palmer perguntou se eu queria ir com ele a Barton. Ele é tão divertido! Nunca me diz nada! Sinto muito por não podermos ficar mais, mas nos encontraremos logo na capital, espero.

As jovens foram obrigadas a pôr um fim a tal expectativa.

– Não irão para a capital! – exclamou a Sra. Palmer, com uma risada. – Ficarei muito decepcionada se não forem. Consigo a casa mais agradável do mundo para vocês, ao lado da nossa, na praça Hanover. Precisam vir, de verdade. Terei o maior prazer em acompanhá-las o tempo todo, até que precisem ficar de repouso, se a Sra. Dashwood não gostar de sair em público.

Agradeceram-na, mas foram forçadas a recusar todos os seus pedidos.

– Oh, meu amor – exclamou a Sra. Palmer para o marido, que havia acabado de entrar na sala –, precisa me ajudar a convencer as Srtas. Dashwood a irem para a capital, neste inverno.

Seu amor não deu resposta e, após fazer uma curta reverência para as damas, começou a reclamar do tempo.

– Como isso tudo é horrível! – disse ele. – Este tempo faz com que tudo e todos fiquem insuportáveis. A chuva faz com que fiquemos entediados dentro e fora de casa. Faz com que detestemos todos os conhecidos. Por que diabos o Sir John não tem uma sala de bilhar nesta casa? Muito poucas pessoas sabem o que é conforto! Sir John é tão ruim quanto o tempo.

O resto do grupo logo chegou.

– Temo, Srta. Marianne – disse Sir John –, que você não tenha podido fazer sua costumeira caminhada até Allenham, hoje.

Marianne ficou séria e não disse nada.

– Oh, não seja tão manhosa conosco – disse a Sra. Palmer –, pois sabemos tudo sobre o assunto, garanto. E admiro muito seu gosto, pois o acho extremamente bonito. Moramos bem perto dele, no campo, sabe. Ouso dizer que a cerca de quinze quilômetros de distância.

– Está muito mais para quarenta e cinco – disse seu marido.

– Ah, bem! Não faz muita diferença. Nunca estive na casa dele; mas dizem que é um lugar adorável.

– Um dos locais mais horrendos que já vi – disse o Sr. Palmer.

Marianne permaneceu em completo silêncio, apesar de sua expressão demonstrar seu interesse no que estava sendo dito.

– É muito feio? – continuou a Sra. Palmer. – Então deve ser outro lugar que é adorável, suponho.

Quando sentaram-se na sala de jantar, Sir John observou, com tristeza, que formavam um grupo de somente oito pessoas.

– Minha querida – disse ele, para sua senhora –, é muito irritante sermos tão poucos. Por que não convidou a família Gilbert para nos visitar hoje?

– Não te falei, Sir John, quando mencionou isso mais cedo, que não poderia fazer isso? Foram eles que jantaram conosco, da última vez.

– Você e eu, Sir John – disse a Sra. Jennings –, não teríamos tanta cerimônia.

– Neste caso, seria muita falta de educação da sua parte – exclamou o Sr. Palmer.

– Meu amor, você contradiz todo mundo – disse sua esposa, com a costumeira risada. – Sabia que isso é bastante rude?

– Não percebi que contradizia a todos, chamando sua mãe de mal-educada.

– Sim, pode me ofender o quanto quiser – disse a bem-humorada velha senhora –, tirou de mim a responsabilidade pela Charlotte e não pode devolvê-la. Então, levo vantagem sobre você.

Charlotte riu com vontade ao pensar que seu marido não podia se livrar dela; e disse, exultante, que não se importava se ele ficasse aborrecido com ela, pois eram obrigados a morar juntos. Era impossível que alguém fosse mais bem-humorado, ou mais determinado a ser feliz, do que a Sra. Palmer. A cuidadosa indiferença, insolência e descontentamento de seu marido não a chateavam nem um pouco, e quando ele a censurava ou ofendia, ela se divertia imensamente.

– O Sr. Palmer é tão divertido! – disse ela, em um sussurro, para Elinor. – Está sempre de mau humor.

Elinor não estava disposta, após uma breve observação, a dar a ele qualquer crédito por ser tão genuína e naturalmente mal-humorado ou mal-educado quanto desejava parecer. O temperamento dele podia, talvez, ter sido estragado um pouco por ter descoberto, como muitos outros de seu sexo, que, através de alguma inexplicável tendência para favorecer a beleza, ele havia se casado com uma mulher muito tola, mas Elinor sabia que este tipo de erro era comum demais para que qualquer homem sensato ficasse aborrecido com isso por muito tempo. Era mais um desejo de parecer distinto, acreditava ela, que produzia este tratamento desdenhoso de todos e suas ofensas dirigidas a tudo o que visse pela frente. Era o desejo de parecer superior aos outros. O motivo era comum demais para causar surpresa, mas o meio, ainda que o levasse a atingir seu objetivo de estabelecer superioridade através de maus modos, não era provável que agradasse a ninguém, exceto sua esposa.

– Oh, minha cara Srta. Dashwood – disse a Sra. Palmer, logo depois –, tenho um enorme favor para pedir a você e sua irmã. Podem vir e passar alguns dias em Cleveland no Natal? Venham, por favor, e enquanto os Weston estiverem conosco. Não podem imaginar o quão feliz ficarei! Será um deleite! Meu amor – pediu ao marido –, não deseja muito que as Srtas. Dashwood venham para Cleveland?

– Certamente – respondeu ele, com um sorriso de escárnio –, vim para Devonshire com este único propósito.

– Viram – disse sua senhora –, o Sr. Palmer as espera, então não podem se recusar.

Ambas recusaram o convite, enfática e decididamente.

– Mas precisam vir. Tenho certeza de que gostarão muito. Os Weston estarão conosco e será muito agradável. Não podem imaginar que lugar charmoso é Cleveland; e nos divertimos tanto, atualmente, pois o Sr. Palmer está sempre passeando pelo condado, pedindo votos para a eleição, e tantas pessoas vêm jantar conosco, as quais nunca vi antes, é encantador! Mas pobre homem, é bastante cansativo para ele! Pois ele é forçado a fazer com que todos gostem dele.

Elinor mal pôde manter uma expressão séria enquanto concordava com a dificuldade de tal obrigação.

– Que encantador será – disse Charlotte –, quando ele estiver no Parlamento! Não é mesmo? Como darei risada! Será muito engraçado, ver todas as cartas endereçadas a ele com a sigla M.P. Mas você sabe, ele diz que nunca franqueará minhas cartas para que eu as envie de graça? Ele declara que não. Não é verdade, Sr. Palmer?

O Sr. Palmer não lhe deu atenção.

– Ele não suporta escrever, sabe – continuou ela –, ele diz que é um ultraje.

– Não – disse ele –, nunca disse nada tão irracional. Não despeje todos os seus abusos da linguagem sobre mim.

– Viram? Vejam como ele é engraçado. É sempre assim com ele! Às vezes não fala comigo por meio dia, depois me vem com algo tão divertido sobre qualquer coisa do mundo.

Pegou Elinor de surpresa, quando voltavam para a sala de estar, perguntando a ela se não havia gostado muito do Sr. Palmer.

– Certamente – disse Elinor –, ele parece ser bastante simpático.

– Bem, fico feliz por ter gostado dele. Pensei que iria, mesmo, ele é tão agradável; e o Sr. Palmer ficou bastante feliz com você e suas irmãs, posso dizer, e você não tem ideia do quanto ele ficaria decepcionado se não vierem a Cleveland, não consigo imaginar por que fariam objeção.

Elinor foi novamente obrigada a recusar o convite; e, mudando de assunto, pôs um fim à sua insistência. Pensou que seria provável que, como moravam no mesmo condado, a Sra. Palmer poderia dar uma descrição mais detalhada do caráter de Willoughby do que poderia ser descoberto através do relacionamento parcial entre ele e os Middleton, e estava ansiosa por obter, de qualquer um, uma confirmação dos méritos dele que pudesse remover a possibilidade de temor por Marianne. Começou perguntando se viam o Sr. Willoughby com frequência em Cleveland e se eram íntimos dele.

– Oh, sim; conheço-o extremamente bem – respondeu a Sra. Palmer. – Não que eu já tenha conversado com ele, claro; mas sempre o vejo na cidade. De algum modo, nunca estive em Barton enquanto ele estava em Allenham. Mamãe o viu aqui, uma vez, mas eu estava com meu tio em Weymouth. Entretanto, ouso dizer que o veríamos muito no condado de Somerset, se não calhasse de nunca estarmos no interior ao mesmo tempo, por infelicidade. Ele fica muito pouco tempo em Combe, creio eu; mas ainda se passasse bastante tempo lá, não acho que o Sr. Palmer o visitaria, pois ele é da oposição, sabe, e além disso, sua casa fica bem longe. Sei muito bem porque pergunta sobre ele: sua irmã se casará com ele. Fico muito feliz com isso, pois então a terei como vizinha, sabe.

– Minha nossa – respondeu Elinor –, a senhora sabe muito mais sobre o assunto do que eu, se tem qualquer motivo para esperar tal união.

– Não tente negar, porque sabe que é o assunto sobre o qual todos estão comentando. Asseguro-lhe que fiquei sabendo disso enquanto passeava pela cidade.

– Minha cara Sra. Palmer!

– Juro que ouvi. Me encontrei com o Coronel Brandon na segunda-feira pela manhã, na rua Bond, logo antes de sairmos da capital, e ele me contou sobre o assunto pessoalmente.

– Pois me surpreende muito. O Coronel Brandon contar à senhora sobre isso! Deve estar enganada. Dar essa informação a uma pessoa que não poderia ter qualquer interesse nela, ainda que fosse verdadeira, não é o que esperaria que o Coronel Brandon fizesse.

– Mas afirmo que foi assim e contarei como aconteceu. Quando esbarramos nele, ele deu meia-volta e caminhou conosco; então, começamos a falar sobre minha irmã e meu cunhado, e outras coisas mais, então disse para ele: 'Então, Coronel, há uma nova família morando no chalé Barton, me disseram, e mamãe me mandou uma carta dizendo que as jovens são bastante bonitas, e que uma delas está para se casar com o Sr. Willoughby, de Combe Magna. É verdade, diga-me? Pois é claro que o senhor deve saber, visto que esteve há tão pouco tempo no condado de Devon".

– E o que o Coronel disse?

– Oh – não falou muito. Mas parecia saber que era verdade, então, a partir daquele momento, dei o assunto como certo. Será um deleite, tenho certeza! Quando ocorrerá?

– O Sr. Brandon estava bem, espero?

– Oh, sim, muito bem; e cheio de elogios a você, disse só coisas boas.

– Fico lisonjeada. Ele parece ser um excelente homem e o acho incomumente agradável.

– Eu também. É um homem tão encantador, que é uma pena ser tão sério e entediante. Mamãe diz que ele também esteve apaixonado por sua irmã. Asseguro-lhe de que seria um grande elogio a ela, se ele estivesse, pois quase nunca se apaixona por ninguém.

– O Sr. Willoughby é bem conhecido em sua parte de Somerset? – perguntou Elinor.

– Oh, sim! Muito bem; quer dizer, não acredito que muitas pessoas tenham amizade com ele, porque Combe Magna é tão longe, mas todos o consideram extremamente simpático, garanto. Ninguém é mais querido que o Sr. Willoughby, onde quer que vá, pode dizer para sua irmã. Ela é muito sortuda por tê-lo conquistado, asseguro-lhe, mas ele é ainda mais, pois ela é tão bela e agradável, que nada é bom o suficiente para ela. Contudo, não a considero mais bonita do que você, garanto, pois acho as duas bastante belas, e o Sr. Palmer também, tenho certeza, apesar de não termos conseguido fazê-lo admitir isso ontem.

As informações da Sra. Palmer sobre Willoughby não eram muito concretas, mas qualquer testemunho em favor dele, por menor que fosse, era agradável para Elinor.

– Fico tão feliz por termos finalmente nos conhecido – continuou Charlotte. – E agora espero que sejamos sempre boas amigas. Nem imagina o quanto queria vê-la! É tão maravilhoso, você morar no chalé! Nada se compara! E fico tão feliz que sua irmã será tão bem casada! Espero que você passe muito tempo em Combe Magna. É um lugar adorável, de acordo com todos os relatos.

– Conhece o Coronel Barton há tempos, não é mesmo?

– Sim, há bastante tempo, desde que minha irmã se casou. Ele era amigo íntimo do Sir John. Creio – acrescentou, em voz baixa –, que ele teria ficado muito feliz em casar-se comigo, se pudesse. Sir John e Lady Middleton desejavam muito que isso acontecesse. Mas mamãe não achou a união boa o suficiente para mim, senão Sir John teria mencionado para o Coronel, e teríamos nos casado imediatamente.

– O Coronel Brandon não ficou sabendo da proposta de Sir John para sua mãe, antes que fosse feita? Ele nunca confessou sua afeição para você?

– Oh, não; mas se mamãe não tivesse feito objeção, ouso dizer que ele teria adorado. Ele não tinha me visto mais que duas vezes, na época, pois foi antes de eu terminar a escola. Entretanto, estou muito mais feliz agora. O Sr. Palmer é o tipo de homem de que gosto.

Capítulo 21

Os Palmer voltaram para Cleveland no dia seguinte e as duas famílias de Barton foram deixadas para entreter-se mutuamente. Porém, isso não durou muito tempo: Elinor mal havia tirado os últimos visitantes da cabeça, mal havia tido tempo para se admirar com o fato de Charlotte ser tão feliz sem motivo, ou de o Sr. Palmer agir de forma tão simplória, apesar de ter boas habilidades, e com o fato de muitos casais não combinarem, quando o zelo ativo de Sir John e da Sra. Jennings em obter companhia propiciou a ela novos conhecidos para ver e observar.

Em uma excursão matutina a Exeter, haviam se encontrado com duas jovens damas, de quem a Sra. Jennings teve a satisfação de descobrir que era parente, e isso foi o suficiente para que Sir John as convidasse para ir a Barton Park, assim que seus compromissos em Exeter estivessem terminados. Seus compromissos em Exeter foram logo abandonados, mediante tal convite, e Lady Middleton ficou bastante alarmada, quando Sir John retornou, ao ouvir que iria receber muito em breve uma visita de duas garotas que nunca havia visto na vida, e de cuja elegância – e estirpe, ainda por cima, não tinha prova alguma, pois as garantias de seu marido e mãe, quanto a esse assunto, não serviam de nada. O fato de elas serem suas parentes também tornou tudo pior ainda, e as tentativas da Sra. Jennings de consolá-la tinham, infelizmente, fundamentos, quando aconselhou a filha a não se importar com o fato de as jovens serem elegantes ou não, pois eram todas primas e teriam que suportar umas às outras. Já que era impossível, àquela altura, impedir a vinda delas, Lady Middleton resignou-se com a ideia, com toda a paciência de uma mulher bem-educada, contentando-se com uma ligeira reprimenda a seu marido quanto ao assunto, cinco ou seis vezes por dia.

As jovens damas chegaram: sua aparência não era nem um pouco ordinária ou deselegante. Suas roupas eram bastante corretas, seus modos muito civilizados, ficaram encantadas com a casa e deleitadas como a mobília, e calharam de gostar tanto de crianças que conquistaram a boa opinião de Lady Middleton em menos de uma hora que estavam em Barton Park. Declarou que eram garotas muito simpáticas, o que, vindo dela, era admiração bastante entusiasmada. A confiança de Sir John em seu próprio julgamento aumentou com tal elogio animado, e partiu diretamente para o chalé para contar às Srtas. Dashwood sobre a chegada das Srtas. Steele, e para assegurá-las de que eram as garotas mais doces do mundo. Com base em tal elogio, contudo, não se podia descobrir muita coisa; Elinor sabia que as garotas mais doces do mundo eram encontradas em todos os cantos da Inglaterra, sob todas as possíveis variações de forma, face, temperamento e inteligência. Sir John queria que a família toda fosse andando até Barton Park imediatamente para ver suas convidadas. Homem benevolente e filantropo! Era doloroso para ele manter até mesmo uma prima distante para si.

– Venham agora – disse ele –, por favor, venham. Vocês precisam vir, não imaginam como vão gostar delas. Lucy é muito bonita, tão bem-humorada e simpática! As crianças já estão todas agarradas a ela, como se fosse uma velha conhecida. E as duas querem vê-las acima de tudo, pois ouviram dizer em Exeter que são as criaturas mais belas do mundo; e eu disse a elas que é tudo verdade, e mais ainda. Ficarão encantadas com ela, tenho certeza. Vieram com a carruagem cheia de brinquedos para as crianças. Como podem ser tão obstinadas a ponto de não virem? Elas são suas primas, sabem, de certo modo. Vocês são minhas primas, e elas de minha esposa, então devem ser parentes.

Mas Sir John não conseguiu convencê-las. Só obteve uma promessa de que iriam a Barton Park dentro de um ou dois dias, e então foi-se atônito com a indiferença delas, andando de volta para casa para vangloriar-se de seus atrativos para as Srtas. Steele, como havia se gabado das Srtas. Steele para elas.

Quando a visita prometida a Barton Park e consequente apresentação das jovens damas ocorreram, não descobriram nada a ser admirado na aparência da mais velha, que tinha quase trinta anos e um rosto bastante comum, com uma expressão de pouca sensatez; mas, na outra, que não tinha mais do que vinte e dois ou vinte e três anos, reconheceram uma beleza considerável: suas feições eram bonitas e ela tinha uma expressão astuta no olhar e um ar inteligente, que, apesar de não propiciar elegância ou graciosidade, fazia com que parecesse distinta. Seus modos eram educados, e Elinor logo deu-lhes crédito por ter um pouco de sensatez, quando viu a constante e judiciosa atenção com que tentavam agradar Lady Middleton. Estavam constantemente encantadas com seus filhos, tecendo elogios à beleza deles, pedindo sua atenção e atendendo a seus desejos; e o tempo que tinham livre das demandas ensejadas por tal delicadeza era gasto em admiração do que quer que fosse que Lady Middleton estivesse fazendo, se calhasse de estar fazendo algo, ou em copiar os moldes de algum vestido novo e elegante, que, tendo sido usado por ela na noite anterior, havia levado as jovens a um êxtase interminável. Felizmente para os que fazem a corte através de tais fraquezas, uma mãe amorosa, apesar de ser a criatura mais ávida por elogios aos seus filhos, é também a mais crédula; suas exigências são exorbitantes, mas ela acredita em qualquer coisa, e a excessiva afeição e paciência das Srtas. Steele por seus filhos foram, portanto, vistas por Lady Middleton sem a menor surpresa ou desconfiança. Ela via, com complacência materna, todas as invasões impertinentes e truques astutos aos quais suas primas se sujeitaram. Viu seus laços serem desamarrados, seus cabelos puxados por cima das orelhas, suas bolsas vasculhadas e suas facas e tesouras de costura roubadas, e não teve dúvidas de que estavam se divertindo tanto quanto as crianças. Não deu origem a qualquer surpresa, a não ser pelo fato de que Elinor e Marianne sentavam-se, compostas, sem tomar parte no que se passava.

– John está tão bem-humorado, hoje! – disse ela, enquanto a criança tomava o lenço da Srta. Steele e o jogava pela janela. – Está cheio de travessuras!

E, logo depois, quando o segundo menino beliscou os dedos da mesma dama, de forma violenta, ela observou, com carinho:

– Como William é brincalhão!

– E aqui está minha doce e pequena Annamaria – acrescentou ela, acariciando carinhosamente uma menininha de três anos, que não havia feito nenhum barulho nos últimos dois minutos. – Ela é sempre tão gentil e quieta, nunca vi uma coisinha tão quieta!

Infelizmente, ao abraçá-la, um grampo no cabelo de Lady Middleton arranhou ligeiramente o pescoço da criança e produziu uma gritaria tão violenta, vinda daquele modelo de gentileza, que não poderia ter sido abafada por qualquer criatura conhecida por sua barulheira. A consternação da mãe foi enorme, mas não superou o alarme das Srtas. Steele, e as três fizeram de tudo, naquela ocasião de emergência tão crítica, que o afeto poderia sugerir como sendo provável de acalmar a dor da pequena sofredora. Estava sentada no colo da mãe, sendo coberta de beijos, com o machucado banhado em água de lavanda por uma das Srtas. Steele, que estava ajoelhada para atendê-la, e com a outra jovem dando bombons em sua boca. Com tamanha recompensa por suas lágrimas, a criança era sábia demais para parar de chorar. Continuava gritando e soluçando com gosto, chutando seus dois irmãos por terem oferecido carinho, e ninguém conseguiu apaziguá-la, até que Lady Middleton teve a sorte de lembrar-se de que, em uma cena de dor semelhante, na semana anterior, um pouco de marmelada de damasco havia sido aplicado com sucesso a uma testa machucada. O mesmo remédio foi avidamente proposto para este infeliz arranhão e uma curta intermissão nos gritos da jovenzinha, ao ouvir a ideia, deu a todos motivo para esperar que não seria rejeitada. Portanto, ela foi carregada para fora da sala nos braços da mãe, em busca de tal remédio, e os dois meninos decidiram segui-las, apesar dos pedidos encarecidos da mãe para que ficassem. As quatro jovens foram deixadas em um silêncio que o cômodo não testemunhava há muitas horas.

– Pobrezinhos! – disse a Srta. Steele, assim que saíram. – Poderia ter sido um acidente bem triste.

– Não sei como – exclamou Marianne –, a não ser que houvesse sido sob circunstâncias completamente diferentes. Mas este é o modo usual de aumentar o desespero, quando não há nada de alarmante, na realidade.

– Que doce mulher é Lady Middleton! – disse Lucy Steele.

Marianne permaneceu em silêncio; era impossível para ela dizer o que não sentia, por mais trivial que fosse a ocasião. Então, sempre ficava a cargo de Elinor a tarefa de mentir, quando a cortesia o exigia. Fez o melhor que podia, naquela ocasião, falando de Lady Middleton com mais afeto do que sentia, apesar de bem menos do que a Srta. Lucy.

– E Sir John, também! – exclamou a irmã mais velha. – Que homem encantador ele é!

Neste ponto, também, os elogios da Srta. Dashwood, sendo somente simples e justos, foram feitos sem qualquer pompa. Ela apenas observou que ele era perfeitamente bem-humorado e amigável.

– E que família encantadora eles têm! Nunca vi crianças tão bonitas. Já me afeiçoei a eles, na verdade, sempre tive paixão por crianças.

– É o que eu imaginava – disse Elinor, com um sorriso –, pelo que vi esta manhã.

– Suspeito – disse Lucy – que você acha os pequenos um pouco mimados demais; talvez passem um pouco dos limites. Mas é tão natural da parte de Lady Middleton e, em minha opinião, adoro ver crianças cheias de vida e personalidade; não aguento se forem mansos e quietos.

– Confesso – respondeu Elinor – que enquanto estou em Barton Park, nunca penso em crianças mansas e quietas com qualquer aversão.

Uma curta pausa sucedeu-se a esta fala, a qual foi quebrada pela Srta. Steele, que parecia bastante disposta a conversas e que disse, um tanto quanto abruptamente:

– E está gostando de Devonshire, Srta. Dashwood? Suponho que tenha ficado muito triste por sair de Sussex.

Com alguma surpresa perante a intimidade de tal pergunta, ou pelo menos com o modo como foi feita, Elinor respondeu que sim.

– Norland é um lugar maravilhoso, não é? – acrescentou a Srta. Steele.

– Ouvimos Sir John admirá-lo bastante – disse Lucy, que parecia pensar que desculpas pela liberdade tomada pela irmã eram necessárias.

– Creio que todos os que vissem o lugar o admirariam – respondeu Elinor –, apesar de não supor que alguém estimaria suas belezas como nós as estimamos.

– E vocês tinham muitos admiradores bonitos lá? Suponho que não tenham tantos nesta parte do mundo; em minha opinião, penso que sempre são um ponto positivo.

– Mas por que pensaria – disse Lucy, parecendo envergonhada da irmã – que não há tantos jovens cavalheiros em Devonshire quanto em Sussex?

– Não, querida, não quis dizer que não há. Tenho certeza de que há muitíssimos jovens bonitos em Exeter; mas sabe, como posso saber quantos deles existem perto de Norland? E apenas temia que as Srtas. Dashwood poderiam achar Barton entediante, se não tivessem tantos admiradores aqui quanto costumavam ter. Mas talvez vocês jovens possam não se importar com admiradores, e passem tão bem sem eles, quanto com eles. De minha parte, penso que são bastante agradáveis, desde que se vistam bem e se comportem civilizadamente. Mas não aguento vê-los sujos e desarrumados. Por exemplo, há o Sr. Rose, em Exeter, um jovem muito inteligente, bastante bonito, secretário do Sr. Simpson, sabe, e ainda assim, se o encontrar pela manhã, ele não estará digno de ser visto. Suponho que seu irmão tenha sido um belo partido, Srta. Dashwood, antes de se casar, por ser tão rico?

– Asseguro-lhe – respondeu Elinor –, não sei dizer, pois não compreendo perfeitamente o significado da palavra. Mas posso dizer que se ele era bonito antes de se casar, continua sendo um, pois não houve a menor alteração nele.

– Oh, céus, ninguém nunca pensa em um homem casado sendo bonito; eles têm outras coisas para fazer.

– Senhor! Anne – exclamou sua irmã –, você só sabe falar em jovens bonitos, vai fazer a Srta. Dashwood acreditar que não pensa em mais nada.

E então, para mudar o assunto, começou a admirar a casa e a mobília.

Esta amostra das Srtas. Steele foi o suficiente. A intimidade vulgar e a tolice da mais velha não permitiu que Elinor a admirasse e, como a beleza ou a aparência astuta da mais nova não a cegavam para sua falta de verdadeira elegância e sinceridade, partiu sem qualquer desejo de conhecê-las melhor.

O mesmo não se passou com as Srtas. Steele. Haviam vindo de Exeter munidas de admiração por poderem se relacionar com Sir John Middleton, sua família e todos os seus parentes, e uma considerável proporção de tal admiração foi direcionada a suas belas primas, que as jovens declararam ser as garotas mais belas, elegantes, habilidosas e simpáticas que já haviam visto, e com quem estavam ansiosas por estreitar relações. Portanto, estreitar relações Elinor logo descobriu ser inevitável, pois como Sir John estava inteiramente de acordo com as Srtas. Steele, seu partido seria forte demais para oposição, e tal tipo de intimidade deveria ser suportado, que consistia em sentarem-se juntas por uma hora ou duas, no mesmo cômodo, quase todos os dias. Sir John não podia fazer mais do que isso, mas não sabia que algo a mais era necessário; estarem juntas significava, em sua opinião, serem íntimas, e enquanto seus planos contínuos para que as jovens se encontrassem eram eficazes, não tinha dúvidas de que a amizade entre elas havia sido estabelecida.

Para fazer justiça a ele, fez tudo o que podia para promover intimidade entre elas, informando as Srtas. Steele de tudo o que ele sabia ou supunha sobre a situação de suas primas, nos mais ínfimos detalhes, e Elinor não as havia visto mais do que duas vezes, quando a mais velha a parabenizou por sua irmã ter tido a sorte de ter conquistado um partido tão bonito em Barton.

– Será uma maravilha, vê-la casada tão jovem – disse ela – e ouvi dizer que ele é um belo partido e muito bonito. E espero que você tenha a mesma sorte logo, mas talvez já tenha um amigo em vista.

Elinor não supunha que Sir John teria mais consideração para com ela do que com Marianne e teria proclamado suas suspeitas sobre seu afeto por Edward; na verdade, era a piada preferida dele, dentre as duas, por ser um pouco mais nova e conjectural e, desde a visita de Edward, eles nunca haviam jantado juntos sem ele fazer um brinde a seus afetos com tanto significado, tanto inclinar de cabeça e tantas piscadelas, que chamava a atenção do grupo todo. A letra "F" era, do mesmo modo, invariavelmente mencionada, e dava origem a tantas piadas, que seu posto de letra mais espirituosa do alfabeto havia, há muito, sido estabelecido por Elinor.

As Srtas. Steele, como ela havia esperado, já sabiam de todas estas piadas, que haviam instigado a curiosidade da mais velha para saber o nome do cavalheiro a quem aludiam, curiosidade que, apesar de costumar ser expressada de forma impertinente, estava perfeitamente de acordo com sua curiosidade em geral quanto aos assuntos da família de Elinor. Mas Sir John não brincou por muito tempo com a curiosidade que havia se divertido tanto ao incitar, pois teve tanto prazer ao dizer o nome, quanto a Srta. Steele teve em ouvi-lo.

– Seu nome é Ferrars – disse ele, em um sussurro bastante audível –, mas rogo-lhe que não conte a ninguém, pois é segredo absoluto.

– Ferrars! – repetiu a Srta. Steele. – O Sr. Ferrars é o felizardo? Como! O irmão de sua cunhada, Srta. Dashwood? Um jovem bastante simpático, claro; o conheço muito bem.

– Como pode dizer isso, Anne? – exclamou Lucy, que geralmente corrigia todas as declarações de sua irmã. – Apesar de o termos visto uma ou duas vezes na casa de meu tio, é demais fingir conhecê-lo bem.

Elinor ouviu tudo isso com atenção e surpresa. Quem era este tio? Onde morava? Como se conheceram? Desejava muito que o assunto continuasse, apesar de não querer participar dele pessoalmente; mas nada mais foi dito sobre isso e, pela primeira vez na vida, achou que faltou à Sra. Jennings curiosidade em relação às informações corriqueiras, ou disposição para comunicá-las. O modo como a Srta. Steele havia falado de Edward aumentou sua curiosidade, pois pareceu ser um tanto quanto maldoso, e sugeriu a suspeita de que a dama sabia, ou pensava saber, algo de negativo sobre ele. Mas sua curiosidade não levou a nada, pois a Srta. Steele não reparou mais no nome do Sr. Ferrars quando mencionado, ou até mesmo dito abertamente por Sir John.

Capítulo 22

Marianne, que nunca tinha muita tolerância com nada que se parecesse com impertinência, vulgaridade, inferioridade de habilidades, ou até mesmo gostos diferentes dos seus, estava, naquele momento, particularmente indisposta, devido ao seu estado de espírito, a gostar das Srtas. Steele, ou encorajar suas tentativas de proximidade. E à invariável frieza de seu comportamento em relação a elas, que punha um fim a toda tentativa de intimidade por parte delas, Elinor atribuía, a preferência por ela mesma que logo se tornou evidente nos modos das duas jovens, mas especialmente de Lucy, que não perdia qualquer oportunidade de iniciar uma conversa com ela, ou de se esforçar para melhorar seu relacionamento, comunicando seus sentimentos de forma fácil e franca.

Lucy era naturalmente esperta; suas observações costumavam ser justas e divertidas e, como uma companhia por meia hora, Elinor a considerava agradável. Mas suas habilidades não haviam recebido qualquer auxílio da educação: era ignorante e iletrada e sua falta de qualquer refinamento intelectual e de informação sobre os assuntos mais comuns não podia ser escondida da Srta. Dashwood, apesar de suas constantes tentativas de se mostrar pelo melhor ângulo. Elinor via a negligência de habilidades que a educação poderia ter tornado tão respeitáveis e compadecia-se dela por isso. Porém, também via, com menos compaixão, a total falta de fineza, retidão e integridade comprovada por suas atenções, assiduidade e bajulação em Barton Park, e não podia extrair qualquer satisfação duradoura da companhia de uma pessoa que combinava insinceridade com ignorância, cuja falta de instrução impedia que conversassem em pé de igualdade e cuja conduta em relação a outros desvalorizava completamente toda demonstração de atenção e deferência a ela.

– Creio que achará minha pergunta esquisita – disse Lucy a ela, um dia, enquanto caminhavam juntas de Barton Park para o chalé –, mas diga-me, você conhece a mãe de sua cunhada, a Sra. Ferrars, pessoalmente?

Elinor achou mesmo a pergunta estranha e sua expressão o demonstrou, conforme respondia que nunca havia visto a Sra. Ferrars.

– É mesmo? – respondeu Lucy. – Imagino o porquê, pois pensei que a teria visto em Norland, às vezes. Então não pode me dizer que tipo de mulher ela é?

– Não – respondeu Elinor, tomando cuidado para não contar sua verdadeira opinião sobre a mãe de Edward e sem muito desejo de satisfazer o que parecia ser uma curiosidade impertinente. – Não sei nada sobre ela.

– Estou certa de que deve me achar muito estranha, por perguntar sobre ela desta maneira – disse Lucy, encarando Elinor com atenção, enquanto falava –, mas talvez haja um motivo e gostaria de poder ousar dizer. Contudo, espero que me faça a justiça de acreditar que não pretendo ser impertinente.

Elinor deu uma resposta graciosa e caminharam por alguns minutos em silêncio. Foi interrompido por Lucy, que retomou o assunto, dizendo, com alguma hesitação:

– Não aguento que pense que tenho uma curiosidade impertinente. Tenho certeza que preferiria qualquer coisa a ser assim considerada por uma pessoa cuja opinião favorável seja tão digna de se ter quanto a sua. E estou certa de que não teria o menor medo de confiar em você; na verdade, ficaria muito feliz com seu conselho sobre como lidar com uma situação tão desconfortável quanto a que me encontro. Contudo, não é o caso de perturbá-la. Sinto muito que não conheça a Sra. Ferrars.

– Sinto muito por não conhecê-la – disse Elinor, com grande surpresa –, se poderia ser de qualquer valia para você saber minha opinião sobre ela. Na verdade, nunca soube que tinha alguma ligação com tal família, portanto, estou um pouco surpresa, confesso, com uma pergunta tão séria sobre o caráter dela.

– Ouso dizer que sim e isso não me surpreende nem um pouco. Mas se ousasse contar tudo a você, não ficaria tão surpresa. A Sra. Ferrars não significa nada para mim, neste momento, mas chegará a hora – com que rapidez, dependerá dela mesma – que teremos uma ligação bastante íntima.

Baixou os olhos, quando disse isso, com uma timidez simpática, olhando enviesado para sua companheira para observar seu efeito sobre ela.

– Céus! – exclamou Elinor. – O que quer dizer? Conhece o Sr. Robert Ferrars? Será isso?

E não se sentiu muito feliz com a ideia de ter tal cunhada.

– Não – respondeu Lucy –, não o Sr. Robert Ferrars; nunca o vi na vida. E sim – continuou, com o olhar fixo em Elinor – seu irmão mais velho.

O que sentiu Elinor naquele momento? Espanto, que teria sido tão doloroso quanto foi forte, não fosse pela imediata descrença quanto à declaração que o causou. Virou-se em direção a Lucy, em silenciosa surpresa, incapaz de adivinhar o motivo ou o propósito de tal declaração; e, apesar da cor de sua face variar, ficou firme em sua incredulidade e não sentiu nenhum risco de cair em um surto de histeria ou desmaiar.

– Está certa em ficar surpresa – continuou Lucy –, pois certamente não poderia ter ideia disso antes. Ouso dizer que ele nunca fez a menor insinuação sobre o assunto, para você ou qualquer pessoa de sua família, pois teve sempre que ser o maior segredo, e tenho certeza que foi fielmente cumprido por mim, até agora. Nem um único parente meu sabe disso, exceto Anne, e eu nunca teria mencionado para você, se não confiasse cegamente que manteria o segredo. Pensei mesmo que minha atitude de fazer tantas perguntas sobre a Sra. Ferrars deve ter parecido tão estranha que deveria ser explicada. E não acho que o Sr. Ferrars possa ficar aborrecido, quando souber que confiei em você, pois sei que ele tem toda a sua família na mais alta estima e considera você e as outras Srtas. Dashwood quase que como irmãs.

Fez uma pausa.

Elinor permaneceu em silêncio por alguns momentos. Seu espanto diante de tudo o que ouvira foi, num primeiro momento, grande demais para colocar em palavras; mas, forçando-se a falar, e a falar com cuidado, disse calmamente, escondendo sua surpresa e solicitude:

– Posso perguntar se seu noivado é antigo?

– Estamos noivos há quatro anos.

– Quatro anos!

– Sim.

Elinor, apesar de bastante chocada, ainda sentia-se incapaz de acreditar.

– Não sabia – disse ela – nem que se conheciam até outro dia.

– Contudo, nos conhecemos há muitos anos. Ele esteve sob os cuidados de meu tio, sabe, por um tempo considerável.

– Seu tio!

– Sim, o Sr. Pratt. Nunca o ouviu falar do Sr. Pratt?

– Penso que sim – respondeu Elinor, com um esforço para manter o ânimo que aumentava junto com suas emoções.

– Ele ficou quatro anos com meu tio, que vive em Longstaple, perto de Plymouth. Foi lá que nos conhecemos, pois minha irmã e eu nos hospedávamos sempre com meu tio, e lá que noivamos, apesar de ter sido só um ano depois de ele ter deixado de ser aluno de meu tio; mas ele nos visitava com frequência, depois disso. Eu hesitei muito em aceitar, como pode imaginar, sem o conhecimento e a aprovação de sua mãe, mas era jovem demais, e também o amava demais, para ser tão prudente quanto deveria ter sido. Apesar de não o conhecer tão bem quanto eu, Srta. Dashwood, deve tê-lo visto o suficiente para saber que ele é bastante capaz de fazer com que uma mulher se afeiçoe a ele.

– Certamente – respondeu Elinor, sem saber o que dizia; mas, após um momento de reflexão, acrescentou, com uma certeza renovada sobre a honra e o amor de Edward e da falsidade de sua companheira: – Noiva do Sr. Edward Ferrars! Confesso estar tão surpresa com o que me diz, que – perdoe-me, mas com certeza deve ter havido uma confusão de pessoas ou nomes. Não podemos estar falando do mesmo Sr. Ferrars.

– Não podemos estar nos referindo a outro – exclamou Lucy, sorrindo. – Sr. Edward Ferrars, o filho mais velho da Sra. Ferrars, de Park Street, e irmão de sua cunhada, a Sra. John Dashwood, é a pessoa a quem me refiro; deve admitir que não seria provável que eu esteja errada quanto ao nome do homem de quem toda a minha felicidade depende.

– É estranho – respondeu Elinor, em uma perplexidade dolorosa – que eu nunca o tenha ouvido nem mencionar seu nome.

– Não, considerando nossa situação, não é estranho. Nossa prioridade sempre foi manter o assunto em segredo. Você não conhecia a mim ou a minha família, portanto ele não teria qualquer motivo para mencionar meu nome a você; e, visto que ele sempre teve medo de que sua irmã, especificamente, suspeitasse de alguma coisa, era motivo o suficiente para que ele não o mencionasse.

Ela ficou em silêncio. A segurança de Elinor a abandonou, mas seu autocontrole não se foi com ela.

– Há quatro anos estão noivos – disse ela, em voz firme.

– Sim; e só Deus sabe por quanto mais tempo teremos que esperar. Pobre Edward! O deixa bastante desanimado.

Então, tirando uma pequena pintura em miniatura do bolso, acrescentou: – Para impedir a possibilidade de haver um erro, tenha a bondade de olhar este rosto. Não faz jus a ele, claro, mas ainda assim, penso que não poderá se enganar quanto à pessoa que retrata. Tenho há mais de três anos.

Colocou-a nas mãos de Elinor, enquanto falava, e quando ela viu a pintura, quaisquer dúvidas que seu medo de tomar uma decisão apressada, ou seu desejo de detectar alguma falsidade, ainda preservavam foram dizimadas; não tinha nenhuma de que era o rosto de Edward. Devolveu-a quase que imediatamente, assumindo a semelhança.

– Nunca pude – continuou Lucy – dar a ele um retrato meu em troca, o que me aborrece bastante, pois ele sempre insistiu tanto para tê-lo! Mas estou determinada a obtê-lo na primeira oportunidade.

– Muito certo – respondeu Elinor, calmamente.

Seguiram, então, em silêncio por mais alguns passos. Lucy falou primeiro.

– Não tenho qualquer dúvida – disse ela – de que manterá este segredo fielmente, pois deve saber como é importante para nós que a mãe dele não fique sabendo, pois jamais aprovaria, ouso dizer. Não tenho fortuna e imagino que ela seja uma mulher extremamente orgulhosa.

– Eu não pedi para que me fizesse confidências – disse Elinor –, mas não é mais do que justa comigo ao imaginar que pode confiar em mim. Seu segredo está seguro comigo, mas perdoe-me se expresso alguma surpresa quanto a esta comunicação tão desnecessária. Você deve ter, pelo menos, sentido que eu estar ciente dele não o faria mais seguro.

Conforme disse isso, olhou com franqueza para Lucy, esperando descobrir algo em sua expressão; talvez a falsidade da maior parte do que havia dito. Porém, a expressão de Lucy não sofreu qualquer mudança.

– Temia que fosse pensar que eu estava tomando uma grande liberdade com você – disse ela –, contando tudo isso. Não a conheço há muito tempo, é claro, pelo menos não pessoalmente, mas conheço você e toda a sua família, por descrição, há muito tempo. E, assim que a vi, senti quase como se fosse uma velha conhecida. Além disso, neste caso, pensei mesmo que devia a você alguma explicação após ter feito perguntas tão específicas sobre a mãe de Edward, e tenho a infelicidade de não ter ninguém para quem possa pedir conselhos. Anne é a única pessoa que sabe do assunto e ela não tem nenhum juízo; na verdade, me faz mais mal do que bem, pois vivo em constante medo de que me traia. Ela não sabe segurar a língua, como deve ter percebido, e me deixou apavorada, outro dia, quando o nome de Edward foi mencionado por Sir John, achando que ela fosse dar com a língua nos dentes. Não imagina como tudo isso perturba minha mente. Fico surpresa de estar viva, depois do que sofri por Edward nestes últimos quatro anos. Tudo em suspense e incerteza; e vê-lo tão pouco... Mal conseguimos nos encontrar mais do que duas vezes ao ano. Me surpreende meu coração não estar totalmente partido.

Naquele momento, pegou seu lencinho, mas Elinor não sentiu muita compaixão.

– Às vezes – continuou Lucy, após secar os olhos –, imagino se não seria melhor para nós dois terminarmos tudo.

Conforme disse isso, olhou diretamente para sua companheira. – Porém, outras vezes, não tenho resolução suficiente para isso. Não aguento pensar nele infeliz, como sei que a mera menção de tal coisa o faria. E por mim mesma, também – ele me sendo tão caro – não creio que conseguiria. O que me aconselharia a fazer neste caso, Srta. Dashwood? O que você mesma faria?

– Perdoe-me – respondeu Elinor, surpresa com a pergunta –, mas não posso dar nenhum conselho, sob estas circunstâncias. Seu próprio juízo deve te guiar.

– Claro – continuou Lucy, após alguns minutos de silêncio de ambos os lados – que sua mãe deverá dar a ele algum dinheiro, mais cedo ou mais tarde; mas o pobre Edward fica tão cabisbaixo com a situação! Você não achou que ele estava horrivelmente abatido, quando esteve em Barton? Ele estava tão infeliz quando nos deixou em Longstaple, para ir visitá-las, que temi que pensassem que ele estivesse doente.

– Ele veio da casa de seu tio, então, quando nos visitou?

– Oh, sim; hospedou-se por uma quinzena conosco. Pensava que tinha vindo direto da capital?

– Não – respondeu Elinor, percebendo cada circunstância que surgia em favor da veracidade de Lucy –, lembro que ele nos contou que havia passado uma quinzena com alguns amigos perto de Plymouth.

Lembrou-se, também, de sua própria surpresa, na época, com o fato de ele não mencionar nenhum detalhe sobre tais amigos, e seu absoluto silêncio até mesmo quanto a seus nomes.

– Não o acharam abatido? – repetiu Lucy.

– Achamos, sim, sobretudo logo que chegou.

– Implorei a ele que se esforçasse, por temer que suspeitassem de que havia algo errado; mas não poder ficar mais do que duas semanas conosco, e me ver bastante afetada, fez com que ele ficasse tão melancólico. Pobre homem! Temo que esteja do mesmo jeito, agora; pois me escreveu em um estado tão lamentável. Recebi notícias dele logo antes de sair de Exeter.

Tirou uma carta do bolso e mostrou o endereço descuidadamente a Elinor. – Você conhece a letra dele, ouso dizer, e é tão charmosa; mas a carta não foi escrita tão bem quanto de costume. Ele estava cansado, aventuro dizer, pois preencheu a folha o mais que pôde.

Elinor viu que era mesmo a letra dele e não pôde duvidar mais. O retrato, havia se permitido acreditar, podia ter sido obtido por acidente; poderia não ter sido presente de Edward. Mas uma correspondência entre eles só poderia existir em caso de noivado confirmado, não poderia ser autorizada por mais nada. Por alguns momentos, quase se deixou levar por suas emoções – seu coração ficou apertado e mal podia ficar de pé. Mas era crucial que se esforçasse, então lutou de forma tão resoluta contra a opressão de seus sentimentos que pôde se controlar rapidamente e, naquele momento, por completo.

– Escrever um para o outro – disse Lucy, colocando a carta de volta no bolso – é o único conforto que temos durante estas longas separações. Sim, seu retrato também me conforta, mas o pobre Edward não tem nem isso. Se pelo menos tivesse um retrato meu, ele diz que seria mais fácil. Dei a ele uma mecha dos meus cabelos dentro de um anel, da última vez que esteve em Longstaple, o que foi um conforto, ele disse, mas não tanto quanto um retrato. Talvez tenha reparado no anel quando o viu?

– Sim – disse Elinor, com compostura em sua voz, que escondia emoção e angústia maiores do que já havia sentido antes. Estava mortificada, chocada, confusa.

Felizmente para ela, haviam chegado ao chalé, e a conversa não pôde continuar. Após sentar-se com elas por alguns minutos, as Srtas. Steele voltaram a Barton Park, e Elinor teve, então, a liberdade de pensar e sentir-se infeliz.

Capítulo 23

Por menos que Elinor acreditasse na veracidade de Lucy, era impossível que ela, após uma reflexão séria, suspeitasse dela neste caso, quando nenhuma tentação justificaria a loucura de inventar tamanha falsidade. O que Lucy havia alegado ser verdade, portanto, Elinor não poderia, não ousaria, duvidar. Ademais, havia embasamento de todas as formas, com probabilidades e provas, e nenhuma contradição que não seus próprios desejos. A oportunidade para os dois se conhecerem na casa do Sr. Pratt era a fundação de todo o resto, ao mesmo tempo indiscutível e alarmante; e a visita de Edward a um lugar perto de Plymouth, seu estado de espírito melancólico, sua insatisfação com suas próprias perspectivas, comportamento incerto em relação a ela mesma, o conhecimento íntimo das Srtas. Steele sobre Norland e suas relações familiares, que frequentemente a surpreendia, o retrato, a carta, o anel, todos formavam tamanho conjunto probatório que superava os medos de condená-lo injustamente e estabelecia como fato, que nenhuma parcialidade poderia ignorar, que ele a havia tratado muito mal. O ressentimento que Elinor sentia em relação a tal comportamento, sua indignação por ter sido enganada, fez com que ela, por um curto período, sentisse pena somente de si mesma. Porém, outras ideias, outras considerações logo surgiram. Teria Edward a enganado de propósito? Teria ele fingido um afeto por ela que não sentia? Seu noivado com Lucy era de coração? Não; o que quer que pudesse ter sido um dia, ela não podia acreditar que continuava sendo. O afeto dele era inteiramente por ela. Ela não poderia ter se enganado quanto a isso. Sua própria mãe, irmãs, Fanny, todas haviam percebido a afeição dele por ela em Norland; não era uma ilusão de sua própria vaidade. Ele certamente a amava. Que bálsamo para o coração era tal convicção! Como a induzia a perdoar! Ele havia sido culpado, bastante culpado, por permanecer em Norland após ter sentido, pela primeira vez, que a influência dela sobre ele era maior do que deveria. Quanto a isso, ele não podia ser defendido; mas se ele a havia machucado, havia machucado a si mesmo ainda mais. Se o caso dela era digno de pena, o dele era sem remédio. A imprudência dele a havia deixado infeliz, por um tempo; mas parecia ter tirado dele todas as chances de, um dia, ser qualquer outra coisa. Ela poderia, com o tempo, recobrar a tranquilidade; mas ele, o que poderia esperar do futuro? Poderia ser, um dia, feliz com Lucy Steele? Poderia ele, se seu afeto por Elinor estivesse fora de questão, com sua integridade, delicadeza e cultura, se satisfazer com uma esposa como ela – iletrada, ardilosa e egoísta? A paixonite jovem dos dezenove anos naturalmente o cegou para tudo que não fosse a beleza e o bom humor dela; mas os quatro anos seguintes – que, se vividos de forma racional, melhoraram tanto seu entendimento e devem ter aberto seus olhos para os defeitos da educação dela, e que, passados por ela em círculos menos eruditos e com tarefas mais frívolas, haviam, talvez, tirado dela aquela simplicidade que pode ter, um dia, dado uma característica interessante à sua beleza.

Se, supondo que ele gostaria de casar-se com ela, suas dificuldades em relação à mãe pareciam grandes, quão maiores não seriam agora, quando o objeto de seu noivado era sem dúvidas inferior socialmente e decerto com uma fortuna menor do que a dela? Estas dificuldades, com seu coração tão afastado de Lucy, poderiam não testar muito sua paciência; mas melancólico é o estado da pessoa que sente-se aliviada com a expectativa de oposição e falta de gentileza por parte de sua família!

Conforme estas considerações lhe ocorriam, em dolorosa sucessão, ela chorava por ele, mais do que por si mesma. Apoiada na convicção de não ter feito nada para merecer sua atual infelicidade, e consolada pela crença de que Edward não havia feito nada para deixar de merecer sua estima, ela pensou que, mesmo agora, sob os primeiros efeitos do duro golpe, poderia ter autocontrole o suficiente para esconder de sua mãe e irmãs qualquer suspeita da verdade. E conseguiu corresponder às suas próprias expectativas tão bem que, quando juntou-se a elas para jantar, apenas duas horas depois de ter sofrido a extinção de todas as suas esperanças mais profundas, ninguém teria suposto, com base na aparência das irmãs, que Elinor estava lamentando em segredo obstáculos que a dividiriam para sempre do objeto de seu amor, e que Marianne devaneava sobre as perfeições de um homem cujo coração sentia pertencer inteiramente a ela e que esperava ver em toda carruagem que passava perto de sua casa.

A necessidade de esconder de sua mãe e de Marianne o que havia sido confiado a ela, apesar de forçá-la a exercer um contínuo controle sobre si mesma, não aumentava a infelicidade de Elinor. Pelo contrário, lhe era um alívio ser poupada da comunicação do que traria tamanha agonia para elas, e também de ouvir a condenação de Edward que provavelmente fluiria do excesso do amor que sentiam por ela, o que era mais do que ela se sentia capaz de suportar.

Dos conselhos ou das conversas de ambas, ela sabia que não receberia qualquer auxílio; a ternura e a infelicidade das duas só iriam aumentar sua desventura, enquanto que seu autocontrole não receberia encorajamento nem de seu exemplo, nem de seus elogios. Ela era mais forte sozinha e sua própria sensatez a carregava tão bem, que sua firmeza não foi abalada, sua aparência de animação sendo tão invariável quanto possível, com amarguras tão agudas e tão recentes.

Por mais que tenha sofrido durante sua primeira conversa com Lucy sobre o assunto, logo sentiu um desejo real de continuá-la e por mais de um motivo. Queria ouvi-la repetir muitos detalhes sobre seu noivado, queria compreender melhor o que Lucy realmente sentia por Edward, se havia alguma sinceridade em sua declaração de terno afeto por ele e, em especial, queria convencer Lucy, com sua prontidão para tocar no assunto outra vez, e sua calma ao falar sobre ele, que não estava interessada nele mais do que como um amigo, que temia que sua agitação involuntária, durante a conversa daquela manhã, tinha tornado, pelo menos, duvidoso seu sentimento. Que Lucy estava disposta a ter ciúmes dela parecia bastante provável; era óbvio que Edward sempre havia falado muito bem dela, não somente com base nas declarações da própria Lucy, mas por ela ter confiado em Elinor, após conhecê-la por tão pouco tempo, com um segredo reconhecida e evidentemente importante. E até mesmo as informações fornecidas pelas piadas de Sir John devem ter tido algum efeito. Decerto que, enquanto Elinor permanecesse tão certa, em seu íntimo, de que Edward a amava, não era necessário fazer nenhuma outra consideração para que o ciúme de Lucy fosse natural. E de que ela sentia mesmo ciúmes, sua própria confissão era prova. Que outro motivo ela poderia ter tido para contar sobre o noivado, senão que Elinor fosse informada do relacionamento superior de Lucy com Edward, e avisada a evitá-lo no futuro? Não teve dificuldade em compreender pelo menos esta parte das intenções de sua rival e, apesar de estar decidida a agir de acordo com todos os seus princípios de honra e honestidade, combatendo seu amor por Edward e vendo-o com a menor frequência possível, não podia negar a si mesma o conforto de tentar convencer Lucy de que seu coração não estava machucado. E, como agora ela não poderia ouvir nada mais doloroso sobre o assunto do que já havia sido dito, ela não duvidava de que seria capaz de aguentar uma repetição dos detalhes sobre a história com compostura.

Porém, uma oportunidade de fazê-lo não se mostrou de imediato, apesar de Lucy estar tão disposta quanto ela a aproveitar qualquer uma que aparecesse, pois o tempo não estava bom o suficiente para permitir que saíssem para caminhar, que seria quando poderiam se separar das outras mais facilmente. E, apesar de se encontrarem pelo menos uma vez a cada dois dias, em Barton Park ou no chalé, não poderiam se encontrar só para conversar. Tal ideia nunca ocorreria a Sir John ou a Lady Middleton e, portanto, muito pouco tempo ficava livre para conversas em grupo, e nenhum para discussões particulares. Encontravam-se para comer, beber, rir, jogar cartas ou jogos de salão, ou qualquer outra brincadeira que fosse barulhenta.

Um ou dois encontros do tipo já haviam ocorrido, sem que Elinor tivesse a chance de falar com Lucy em particular, quando Sir John visitou-as no chalé uma manhã, para implorar que tivessem a bondade de jantar com Lady Middleton naquele dia, pois ele tinha um compromisso em seu clube em Exeter, o que a deixaria completamente sozinha, exceto por sua mãe e as duas Srtas. Steele. Elinor, que anteviu uma abertura para consecução do que tinha em mente, com o tipo de reunião que esta seria, quando teriam mais liberdade, sob a direção tranquila e elegante de Lady Middleton, do que tinham quando seu marido as reunia para um único propósito barulhento, aceitou o convite imediatamente; Margaret, com permissão da mãe, também obedeceu, e Marianne, apesar de nunca estar disposta a juntar-se a qualquer das festas dos Middleton, foi convencida pela mãe, que não queria vê-la se ausentar de qualquer chance de diversão, a ir também.

As jovens damas foram e Lady Middleton foi poupada da horrorosa solidão que a ameaçara. A insipidez do encontro era exatamente o que Elinor havia esperado; não produziu quaisquer pensamentos ou expressões novos, e nada poderia ter sido menos interessante do que toda a conversa, na sala de jantar e na sala de estar. As crianças as acompanharam e, enquanto permaneceram lá, Elinor ficou convencida demais da impossibilidade de atrair a atenção de Lucy. Só saíram quando os utensílios do chá foram levados. A mesa de cartas foi, então, trazida e Elinor começou a se surpreender com sua esperança de encontrar tempo para conversa em Barton Park. Todas se levantaram em preparação para o carteado.

– Fico feliz – disse Lady Middleton para Lucy – que você não vá terminar a cestinha da pobre Annamaria esta noite, pois estou certa de que trabalhar com filigranas à luz de velas deve machucar seus olhos. Compensaremos a queridinha por sua decepção amanhã, então espero que ela não vá se importar muito.

Esta indireta foi o suficiente. Lucy se recompôs em um instante, e respondeu:

– Na verdade, se engana, Lady Middleton. Estou só esperando para saber se conseguem formar o grupo sem mim, senão já estaria trabalhando na filigrana. Não decepcionaria o anjinho por nada neste mundo, e se me quiserem na mesa de cartas agora, estou decidida a terminar a cestinha após a ceia.

– Você é tão gentil, espero que não machuque seus olhos – pode tocar o sino para pedir que tragam algumas velas de trabalho? Minha pobre menininha ficaria muito decepcionada, eu sei, se a cestinha não for terminada amanhã, pois apesar de ter dito a ela que certamente não seria, tenho certeza que ela está confiando que será.

Lucy imediatamente puxou sua mesa de trabalho para si e sentou-se com tamanha energia e alegria, que parecia demonstrar que nada a faria mais feliz do que fazer uma cestinha de filigrana para uma criança mimada.

Lady Middleton propôs uma rodada melhor de três. Ninguém objetou, exceto Marianne que, com sua costumeira desconsideração pelas formas da cortesia, exclamou:

– Peço que a senhora tenha a bondade de me desculpar, sabes que detesto cartas. Irei para o piano. Não encostei nele, desde que foi afinado.

E, sem mais cerimônias, virou-se e andou até o instrumento.

Lady Middleton parecia estar agradecendo aos céus por nunca ter feito um discurso tão rude.

– Marianne nunca consegue ficar muito tempo longe daquele instrumento, sabe, senhora – disse Elinor, tentando amenizar a ofensa –, e não me surpreende, pois é o piano com o melhor tom que já ouvi.

As cinco que restaram agora tinham que sortear suas cartas.

– Talvez – continuou Elinor –, se eu me retirar do jogo, possa ser de alguma valia para a Srta. Lucy Steele, enrolando os papeis para ela. E ainda há tanto o que fazer com a cestinha, que acho que seria impossível que ela a termine sozinha esta noite. O trabalho me agradaria muito, se ela me permitisse compartilhar dele.

– Ficaria muito agradecida por sua ajuda – exclamou Lucy –, pois descubro que há mais a ser feito do que pensava; e seria uma coisa horrível, decepcionar a pequena Annamaria, no final das contas.

– Oh! Seria mesmo terrível – disse a Srta. Steele –, aquela queridinha, como a amo!

– É muita gentileza – disse Lady Middleton para Elinor –, e como gosta muito do trabalho, talvez queira entrar no jogo só na próxima rodada, ou quer se arriscar agora?

Elinor aproveitou-se com prazer da primeira proposta, tendo, então, com um pouco da forma de comunicação que Marianne nunca se rebaixava a utilizar, obteve o que queria e agradou Lady Middleton ao mesmo temp. Lucy abriu espaço para ela prontamente e as duas belas rivais sentaram-se uma ao lado da outra, na mesma mesa e, na maior harmonia, dedicaram-se ao progresso do mesmo trabalho. O piano no qual Marianne havia esquecido que não estava sozinha na sala, envolvida por sua própria música e seus próprios pensamentos, ficava felizmente tão perto delas que a Srta. Dashwood julgava poder, em segurança, sob a proteção de seu barulho, introduzir o assunto que a interessava, sem qualquer risco de ser ouvida na mesa de carteado.

Capítulo 24

Em um tom firme, porém cauteloso, Elinor começou.

– Não mereceria as confidências com as quais me honrou se não sentisse o desejo de continuá-las, ou mais nenhuma curiosidade quanto a seu assunto. Não me desculparei, portanto, por mencioná-lo de novo.

– Obrigada – exclamou Lucy, acaloradamente – por quebrar o gelo; acalmou meu coração, pois temia tê-la ofendido de alguma forma, com o que contei na segunda-feira.

– Me ofendido! Como pode supor tal coisa? Creia-me – disse Elinor, com a maior sinceridade –, nada poderia estar mais longe de minhas intenções do que dar-lhe tal ideia. Poderia ter tido um motivo para a confiança que não fosse honrado e lisonjeiro para mim?

– Ainda assim, asseguro-lhe – respondeu Lucy, com seus olhinhos astutos cheios de significado – que me pareceu haver frieza e desprazer em seus modos, que me deixaram bastante desconfortável. Tive certeza de que estava aborrecida comigo e tenho admoestado a mim mesma desde então, por ter tomado a liberdade de preocupá-la com meus próprios assuntos. Mas fico muito feliz em descobrir que era só minha imaginação e que você realmente não me culpa. Se soubesse que consolo foi para mim, aliviar meu coração contando a você o que passo todos os minutos de minha vida pensando, sua compaixão faria com que desconsiderasse todo o resto, tenho certeza.

– Sim, posso acreditar que foi um enorme alívio para você, falar-me sobre sua situação em voz alta e esteja certa de que nunca terá motivos para arrepender-se. Seu caso é muito infeliz; parecem-me cercados de dificuldades e precisarão de todo o afeto que há entre os dois para aguentar. O Sr. Ferrars é, acredito, inteiramente dependente da mãe.

– Só tem duas mil libras para chamar de suas; seria loucura nos casarmos só com isso, apesar de que, de minha parte, eu desistiria de toda a possibilidade de termos mais, sem hesitar. Estou acostumada a uma renda bastante pequena e conseguiria enfrentar qualquer pobreza por ele; mas o amo demais para ser o meio egoísta de privá-lo, talvez, de tudo o que sua mãe poderia dar a ele, se se casasse de forma que a agradasse. Devemos esperar, poderá ser ainda por muitos anos. Com quase todos os outros homens do mundo, seria uma perspectiva aterrorizante; mas nada poderia me privar do afeto e a constância de Edward, eu sei.

– Tal convicção deve ser tudo para você; e ele se apoia, sem dúvidas, na mesma confiança que tem em você. Se a força de seu afeto recíproco falhasse, como acontece com muitas pessoas, e sob diversas circunstâncias seria natural que isso acontecesse, em um noivado de quatro anos, sua situação seria digna de pena, mesmo.

Neste momento, Lucy levantou o olhar; mas Elinor teve o cuidado de impedir que seu rosto demonstrasse qualquer expressão que pudesse dar às suas palavras uma tendência suspeita.

– O amor de Edward por mim – disse Lucy – tem sido bastante testado por nossa ausência extremamente longa, desde que noivamos, e sobreviveu ao teste tão bem que seria imperdoável que eu duvidasse dele agora. Posso dizer, com segurança, que ele nunca me deu um único momento de preocupação neste sentido, desde o começo.

Elinor mal sabia se sorria ou suspirava, mediante tal declaração.

Lucy continuou:

– Meu temperamento é um tanto quanto ciumento, por natureza, e devido a nossas diferentes condições, por ele ser muito mais vivido do que eu, e nossa separação contínua, eu costumava ter tendência a suspeitar, a descobrir a verdade em um instante, se houvesse a menor alteração no comportamento dele em relação a mim, quando nos encontrávamos, ou qualquer desânimo que eu não pudesse explicar, ou caso ele falasse mais de uma mulher do que de outra, ou parecesse, sob qualquer aspecto, menos feliz em Longstaple do que costumava ser. Não quero dizer que sou observadora ou de raciocínio rápido, no geral, mas neste caso, tenho certeza que não poderia ser enganada.

Tudo isso – pensou Elinor – é bem bonito, mas não engana a nenhuma de nós.

– Mas quais são suas intenções? – disse ela, após um curto silêncio. – Ou não tens nenhuma, a não ser esperar a morte da Sra. Ferrars, que é melancólica e extrema? O filho dela está determinado a se sujeitar a isto, e a todo o tédio dos diversos anos de suspense nos quais ele poderá lhe envolver, ao invés de arriscar o desprazer dela, por um tempo, ao assumir a verdade?

– Se ao menos pudéssemos ter certeza de que seria só por um tempo! Mas a Sra. Ferrars é uma mulher muito orgulhosa e teimosa, e em seu primeiro arroubo de raiva, ao ouvir a notícia, provavelmente daria toda a fortuna para Robert, e essa ideia, pelo bem de Edward, afugenta toda a minha inclinação para medidas apressadas.

– E por seu próprio bem, também, senão você estaria levando seu altruísmo para além do que é razoável.

Lucy olhou para Elinor e caiu em silêncio.

– Você conhece o Sr. Robert Ferrars? – perguntou Elinor.

– Nem um pouco, nunca o vi. Pelo que sei, é completamente diferente do irmão, tolo e um grande fanfarrão.

– Um grande fanfarrão! – repetiu a Srta. Steele, que havia ouvido essas palavras devido a uma repentina pausa na música de Marianne. – Oh, elas estão falando de seus bonitões preferidos, arrisco dizer.

– Não, irmã – exclamou Lucy –, estás enganada. Nossos bonitões preferidos não são grandes fanfarrões.

– Posso garantir que o da Srta. Dashwood não é – disse a Sra. Jennings, rindo à larga –, pois ele é um dos jovens mais modestos e bem-comportados que já conheci. Quanto a Lucy, ela é uma criaturazinha tão astuta, que é impossível descobrir de quem gosta.

– Oh – exclamou a Srta. Steele, olhando de forma significativa para elas –, ouso dizer que o homem por quem Lucy se interessa é tão modesto e bem-comportado do que o da Srta. Dashwood.

Elinor corou, apesar de tentar impedir. Lucy mordeu o lábio e olhou para a irmã com raiva. Um silêncio geral tomou conta da sala, por um tempo. Lucy pôs um fim a ele, dizendo, em um tom baixo, apesar de Marianne estar, àquela altura, dando a elas a poderosa proteção de um magnífico concerto:

– Vou te contar sobre um esquema, que me ocorreu ultimamente, para resolver as coisas. Devo confessar o segredo a você, pois você é uma parte envolvida. Ouso dizer que conhece Edward bem o suficiente para saber que ele preferiria a igreja a todas as outras profissões; agora, meu plano é que ele seja ordenado assim que puder e, então, através de sua intervenção, que tenho certeza que teria a bondade de utilizar, pela amizade que tem por ele e, também, espero, por algum afeto que tenha por mim, seu irmão poderia ser persuadido a dar a paróquia de Norland a ele, que ouvi dizer que é bastante boa, e que o pároco atual não deverá viver mais muito tempo. Isso seria o suficiente para que nos casássemos e poderíamos confiar o resto ao tempo e à sorte.

– Sempre ficaria feliz – respondeu Elinor – em demonstrar minha estima e amizade pelo Sr. Ferrars; mas não acha que minha intervenção, em tal ocasião, seria desnecessária? Ele é irmão da Sra. John Dashwood, isso deve ser recomendação o suficiente para o marido dela.

– Mas a Sra. John Dashwood não aprovaria muito Edward ser ordenado padre.

– Então, suspeito que minha intervenção seria de pouca serventia.

Ficaram em silêncio, por muitos minutos. Em seguida, Lucy exclamou, com um profundo suspiro:

– Acredito que seria mais sábio terminar todo este assunto de vez, dissolvendo o noivado. Parecemos estar tão obstruídos por dificuldades de todos os lados que, apesar de nos fazer infelizes por um tempo, talvez fôssemos mais felizes, no fim. Mas não quer me dar seu conselho, Srta. Dashwood?

– Não – respondeu Elinor, com um sorriso que escondia sentimentos muito agitados –, sobre tal assunto, certamente que não darei. Sabe muito bem que minha opinião não faria qualquer efeito sobre você, exceto se estivesse de acordo com seus desejos.

– Está sendo injusta comigo – respondeu Lucy, com grande solenidade. – Não conheço ninguém cujo juízo tenho em tão alta estima quanto o seu; e acredito, de verdade, que se você dissesse para mim: "aconselho você a terminar seu noivado com Edward Ferrars; seria pelo bem da felicidade de ambos", eu me decidiria a fazê-lo no mesmo instante.

Elinor corou perante a insinceridade da futura esposa de Edward e respondeu:

– Este elogio me desencorajaria a dar qualquer opinião sobre o assunto, caso tivesse formado uma. Considera minha influência maior do que é; o poder de dividir duas pessoas unidas por tanto afeto é demais para alguém indiferente.

– É justamente por ser indiferente – disse Lucy, com um pouco de irritação, enfatizando as últimas palavras – que seu julgamento poderia ter alguma influência sobre mim. Se pudéssemos supor que você tivesse algum interesse, devido a seus próprios sentimentos, sua opinião não valeria de nada.

Elinor achou melhor não responder, para não correr o risco de provocarem uma à outra, aumentando a liberdade e a franqueza entre elas de forma inadequada; e estava até mesmo determinada a nunca mais mencionar o assunto. Outra pausa, portanto, de muitos minutos, seguiu-se a tal discurso, e Lucy foi outra vez a primeira a terminá-la.

– Estará na capital para o inverno, Srta. Dashwood? – disse ela, com toda a sua complacência costumeira.

– Certamente que não.

– Sinto muito por isso – respondeu a outra, enquanto seus olhos brilhavam com a informação –, gostaria tanto de encontrá-la lá! Mas ouso dizer que vai acabar indo, apesar de dizer que não. Evidente que seu irmão e cunhada a convidarão para visitá-los.

– Não estará em meu poder aceitar o convite, se chamarem.

– Que azar! Eu estava contando com nosso encontro lá. Anne e eu iremos no fim de janeiro visitar uns parentes que nos convidam há anos! Mas só vou para poder ver Edward. Ele estará lá em fevereiro, senão Londres não teria qualquer atrativo para mim; não tenho o ânimo para isso.

Logo, Elinor foi chamada à mesa de cartas, devido à conclusão da primeira rodada, e a conversa confidencial das duas damas teve um fim, ao qual ambas se sujeitaram sem relutância, pois nada havia sido dito, de nenhum lado, que as fizessem detestar menos uma à outra. Elinor, então, sentou-se à mesa de cartas com a melancólica convicção de que Edward não só não tinha afeição pela pessoa que seria sua esposa, como também não tinha nem mesmo a chance de ser feliz no casamento, que o sincero afeto de sua parte teria dado, pois somente egoísmo induziria uma mulher a prender um homem a um noivado, parecendo estar plenamente consciente de que ele já estava cansado do mesmo.

Dali em diante, o assunto não foi retomado por Elinor e, quando mencionado por Lucy, que raramente perdia uma oportunidade de introduzi-lo, e fazia questão de informar sua confidente sobre sua felicidade, sempre que recebia uma carta de Edward, era tratado com calma e cautela, e encerrado logo que a cortesia permitisse, pois Elinor sentia que essas conversas eram informações que Lucy não merecia e perigosas para si mesma.

A visita das Srtas. Steele a Barton Park durou muito mais do que o primeiro convite indicara. O apreço da família por elas aumentou; não podiam deixar que se fossem; Sir John não queria nem ouvir falar na partida delas; e, apesar de seus numerosos compromissos, há muito marcados, em Exeter, apesar da absoluta necessidade de voltarem para cumpri-los, que crescia ao final de cada semana, foram convencidas a ficar quase dois meses em Barton Park, e auxiliar na adequada celebração de festividades, que exigem mais do que a quantidade normal de bailes particulares e grandes jantares, para proclamar sua importância.

Capítulo 25

Apesar de a Sra. Jennings ter o hábito de passar uma grande parte do ano nas casas de seus filhos e amigos, tinha sua própria residência. Desde a morte de seu marido, que tinha sido um negociante de sucesso em uma parte elegante da cidade, ela havia passado todos os invernos em uma casa numa das ruas próximas da Praça Portman. Seus pensamentos começaram, com a aproximação do mês de janeiro, a voltar-se para esta casa, e ela pediu que as duas Srtas. Dashwood a acompanhassem até lá, de forma abrupta e bastante inesperada. Elinor, sem reparar na mudança de cor no rosto de sua irmã e a expressão animada que não demonstrava qualquer indiferença ao plano, imediatamente recusou, agradecida porém em nome das duas, acreditando estar expressando os desejos de ambas. O motivo alegado era sua determinação de não abandonar a mãe naquela época do ano. A Sra. Jennings recebeu a recusa com alguma surpresa e repetiu o convite:

– Oh, céus! Tenho certeza que sua mãe passará muito bem sem vocês e peço que me agraciem com sua companhia, pois estou bastante decidida a tê-la. Não achem que serão qualquer inconveniência para mim, pois não farei qualquer esforço por vocês. Só mandarei Betty por carruagem alugada e acho que posso pagar por isso. Nós três poderemos ir muito bem na minha e, quando estivermos na cidade, se não quiserem ir para onde eu for, tudo bem, podem sempre sair com uma de minhas filhas. Tenho certeza que sua mãe não fará objeção, pois tive tanta sorte em me livrar de meus próprios filhos, que ela me achará a pessoa adequada para assumir responsabilidade por vocês. E se não fizer com que pelo menos uma de vocês esteja bem casada antes do fim da visita, não será culpa minha. Falarei bem de vocês para todos os jovens, podem confiar.

– Tenho a impressão – disse Sir John – que a Srta. Marianne não fará objeção a esse esquema, se sua irmã mais velha for convencida. É muito triste que ela não tenha um pouquinho de diversão só porque a Srta. Dashwood não o deseja. Então, aconselharia vocês duas a irem para a capital, quando estiverem cansadas de Barton, sem dizer uma palavra à Srta. Dashwood.

– Não – exclamou a Sra. Jennings –, claro que ficarei muito feliz com a companhia da Srta. Marianne, se a Srta. Dashwood for ou não, só que acho que quanto mais melhor e pensei que seria mais confortável para elas estarem juntas, porque se cansarem de mim, podem conversar uma com a outra e rir do meu jeito antiquado pelas minhas costas. Mas uma ou a outra, se não ambas, tenho que levar. Deus que me ajude! Como acham que consigo viver me distraindo sozinha, tendo me acostumado a ter Charlotte comigo, até o inverno passado? Vamos, Srta. Marianne, vamos fechar acordo com um aperto de mãos, e se a Srta. Dashwood mudar de ideia, melhor ainda.

– Agradeço-lhe, senhora, agradeço-lhe sinceramente – disse Marianne –, serei sempre grata por seu convite, e me daria tanta alegria, sim, quase a maior alegria que consigo imaginar, poder aceitá-lo. Mas minha mãe, minha querida e gentil mãe – compreendendo a justiça do que Elinor disse, e se ela fosse ficar menos feliz, ou menos confortável, devido a nossa ausência – oh! nada me tentaria a deixá-la.

A Sra. Jennings repetiu que assegurava que a Sra. Dashwood passaria muito bem sem elas, e Elinor, que agora compreendia a irmã e viu a que nível de indiferença a todas as outras coisas seu desejo de estar com Willoughby novamente a levava, não se opôs mais ao plano, apenas submeteu-o à decisão da mãe, de quem, contudo, não esperava receber qualquer apoio em sua tentativa de impedir a visita, que Elinor não aprovava em relação a Marianne, e que, por sua própria conta, tinha motivos particulares para evitar. O que quer que Marianne desejasse, sua mãe ficaria ansiosa por promover – Elinor não poderia esperar influenciar a mãe a ter cautela ao conduzir um assunto em relação ao qual nunca havia conseguido inspirar desconfiança; e não ousava explicar o motivo para sua própria falta de desejo de ir a Londres. Que Marianne, melindrosa como era, ciente dos modos da Sra. Jennings e desgostosa com eles, pudesse deixar de lado todas as inconveniências e desconsiderar tudo o que era mais ofensivo a seus sentimentos irritáveis, em busca de um único objetivo, era prova tão forte, tão completa, da importância de tal objetivo para ela, que Elinor, apesar de tudo o que havia ocorrido, não estava preparada para testemunhar.

Ao ser informada do convite, a Sra. Dashwood, convencida de que tal excursão produziria muitos divertimentos para ambas as suas filhas e, percebendo, através de toda a sua atenção afetuosa, o quanto Marianne queria ir, não quis nem ouvir falar sobre recusarem a oferta por sua própria causa. Insistiu que ambas a aceitassem e começou a prever, com sua costumeira alegria, diversas vantagens que todas obteriam com tal separação.

– Estou felicíssima com o plano – exclamou ela –, é exatamente o que eu desejava. Margaret e eu nos beneficiaremos dele tanto quanto vocês. Quando vocês e os Middleton se forem, ficaremos tão quietas e felizes juntas, com nossos livros e nossas músicas! Vão encontrar Margaret muito mais madura, quando voltarem! Tenho um pequeno plano de alterar seus quartos, também, que agora pode ser realizado sem inconveniência para ninguém. Estão certíssimas em irem para a capital; por mim, toda jovem da classe de vocês se familiarizaria com os modos e as diversões de Londres. Estarão sob os cuidados de uma mulher boa e maternal, cuja gentileza com vocês é indubitável. E provavelmente verão seu irmão; quaisquer que sejam seus defeitos, ou os defeitos de sua esposa, quando considero de quem ele é filho, não aguento vê-los tão distantes uns dos outros.

– Apesar de, com sua costumeira ânsia por nossa felicidade – disse Elinor –, a senhora ter ignorado todos os impedimentos, ainda há uma objeção que, em minha opinião, não pode ser tão facilmente removida.

O sorriso de Marianne se extinguiu.

– E o que – disse a Sra. Dashwood – irá minha querida e prudente Elinor sugerir? Que formidável obstáculo ela agora mencionará? Pode nos falar sobre os gastos da viagem.

– Minha objeção é esta: apesar de ter uma boa opinião do coração da Sra. Jennings, ela não é uma mulher cuja companhia possa nos dar prazer, ou cuja proteção vá nos dar status.

– Isso é bem verdade – respondeu sua mãe –, mas quase não ficarão só em companhia dela, separadas de outras pessoas, e quase sempre aparecerão em público com Lady Middleton.

– Se Elinor se deixar afugentar por sua antipatia em relação à Sra. Jennings – disse Marianne –, isso não precisa impedir que eu aceite seu convite. Não tenho tais escrúpulos e estou certa de que poderia aguentar todas essas coisas desagradáveis, com bem pouco esforço.

Elinor não conseguiu segurar um sorriso perante tal demonstração de indiferença em relação aos modos de uma pessoa com a qual ela tinha dificuldade em persuadir Marianne a agir de forma minimamente educada, e decidiu que, se sua irmã insistisse em ir, ela também iria, pois não achava adequado que Marianne se deixasse guiar somente por seu próprio juízo, ou que a Sra. Jennings ficasse à mercê de Marianne todas as horas que passasse em casa. Foi mais fácil para ela aceitar a decisão que tomou ao lembrar-se de que Edward Ferrars, de acordo com Lucy, não estaria na capital antes de fevereiro, e que a visita delas, caso não houvesse nenhuma extensão desarrazoada, poderia terminar antes disso.

– Gostaria que as duas fossem – disse a Sra. Dashwood. – Estas objeções são absurdas. Se divertirão muito em Londres, especialmente por estarem juntas; e se Elinor dignar-se a ter expectativa de diversão, a anteveria de diversas fontes; poderia, talvez, ter a expectativa de divertir-se estreitando laços com a família de sua cunhada.

Elinor já havia desejado, em muitas ocasiões, ter a oportunidade de tentar fazer com que sua mãe não contasse tanto com a ligação entre ela e Edward, de modo que o choque pudesse ser menor, quando a verdade fosse revelada, e agora, com tal investida, apesar de não esperar ter muito sucesso, forçou-se a começar seu plano dizendo, com tanta calma quanto possível:

– Gosto muito de Edward Ferrars e sempre ficarei feliz em vê-lo; mas quanto ao resto da família, sou indiferente quanto a conhecê-los ou não.

A Sra. Dashwood sorriu e não disse nada. Marianne levantou o olhar em espanto e Elinor pensou que deveria ter ficado calada, no final das contas.

Após conversarem mais um pouco, ficou decidido que o convite deveria ser aceito. A Sra. Jennings recebeu a informação com bastante alegria e muitas asseverações de gentileza e cuidado. Não foi uma fonte de prazer somente para ela: Sir John ficou deliciado, pois para um homem cuja principal ansiedade era o medo de ficar sozinho, a aquisição de duas habitantes adicionais em Londres era algo importante. Até mesmo Lady Middleton se deu ao trabalho de expressar seu encanto, que era um esforço e tanto para ela. Quanto às Srtas. Steele, especialmente Lucy, elas nunca haviam ficado tão felizes quanto ao saber da notícia.

Elinor sujeitou-se ao arranjo que ia de encontro a seus desejos com menos relutância do que esperava. Ela não se importava mais com ir para a capital ou não, e quando via sua mãe tão feliz com o plano e sua irmã com uma aparência tão extasiada, elevada para além de sua alegria costumeira, não podia ficar insatisfeita com a causa e não se permitia desconfiar da consequência.

O júbilo de Marianne estava quase que um degrau acima da felicidade, de tão grande que era a exaltação de seu humor e sua impaciência em partir. Sua falta de vontade de abandonar a mãe era a única coisa que a acalmava e, no momento da despedida, sua tristeza neste sentido foi enorme. A aflição da mãe não foi menor e Elinor era a única das três que parecia considerar que a separação não seria eterna.

Partiram na primeira semana de janeiro. A família Middleton as seguiria dentro de uma semana, mais ou menos. As Srtas. Steele ficaram em seus lugares em Barton Park e só iriam embora com o resto da família.

Capítulo 26

Elinor não podia se encontrar dentro de uma carruagem com a Sra. Jennings, começando uma viagem até Londres sob sua proteção, e como sua convidada, sem se indagar quanto à sua própria situação. Sua relação com aquela senhora era tão curta, suas idades e temperamentos não combinavam, e ela havia feito tantas objeções contra tal medida, apenas alguns dias atrás! Mas todas essas objeções haviam, com aquele feliz ardor da juventude que Marianne e sua mãe compartilhavam, sido superadas e desconsideradas; e Elinor, apesar de todas as ocasionais dúvidas quanto à constância de Willoughby, não pôde testemunhar o enlevo de expectativa que preenchia a alma e transparecia pelos olhos de Marianne sem sentir o desânimo de seu próprio estado de espírito, em comparação, e com que felicidade partilharia da situação de Marianne para ter o mesmo objetivo animador, a mesma possibilidade de esperança. Um período curto, bastante curto, agora decidiria quais eram as intenções de Willoughby, que provavelmente, já estaria na capital. A ansiedade de Marianne por partir demonstrava sua confiança em encontrá-lo lá, e Elinor estava decidida a não só obter todas as informações novas sobre o caráter dele que sua própria observação ou os conhecimentos de outros pudessem lhe dar, como também a observar o comportamento dele em relação a sua irmã com atenção absoluta, para poder discernir quem ele era, e o que pretendia, antes que muitos encontros pudessem ocorrer. Caso o resultado de suas observações fosse desfavorável, ela estava determinada a abrir os olhos de sua irmã em todas as oportunidades; caso fosse o contrário, seus esforços seriam diferentes – ela deveria, então, aprender a evitar todas as comparações egoístas e a banir todos os pesares que pudessem diminuir sua satisfação com a felicidade de Marianne.

Viajaram por três dias e o comportamento de Marianne durante a viagem era uma feliz amostra do que podia-se esperar que sua complacência e seu companheirismo para com a Sra. Jennings seriam no futuro. Sentou-se em silêncio quase o caminho todo, absorta por suas próprias meditações, quase nunca falando voluntariamente, exceto quando qualquer objeto de beleza pitoresca arrancava dela uma exclamação de deleite, direcionada à irmã. Para compensar tal comportamento, Elinor tomou posse imediata do posto de civilidade que havia proposto para si, comportando-se com a maior cortesia em relação à Sra. Jennings, falando com ela, rindo com ela e ouvindo-a falar sempre que podia. E a Sra. Jennings, por sua vez, tratou-as ambas com toda a gentileza, foi solícita em todas as ocasiões, para que ficassem a vontade e se divertissem, e só lamentou não ter podido fazer com que as duas escolhessem suas próprias refeições na estalagem e não ter conseguido fazer com que confessassem se preferiam salmão ou bacalhau, aves cozidas ou costeletas de vitela. Chegaram à capital por volta das três horas do dia seguinte, contentes por estarem livres, após tal jornada, do confinamento da carruagem, e prontas para aproveitar o luxo de uma boa lareira.

A casa era bela e bem decorada, e as jovens foram colocadas em um cômodo muito confortável. Havia sido de Charlotte, e uma paisagem colorida, feita por ela, estava pendurada sobre a lareira, como prova de que os sete anos que passou em uma famosa escola da capital surtiram algum efeito.

Como o jantar só ficaria pronto duas horas depois de sua chegada, Elinor decidiu usar o intervalo de tempo para escrever para a mãe e sentou-se para este fim. Dentro de alguns momentos, Marianne fez a mesma coisa.

– Estou escrevendo para casa, Marianne – disse Elinor. – Não seria melhor adiar sua carta por um dia ou dois?

– Não estou escrevendo para mamãe – respondeu Marianne, apressadamente, como se quisesse evitar outras perguntas. Elinor não disse mais nada; ocorreu-lhe que devia estar escrevendo para Willoughby, e a conclusão que se seguiu foi que, por mais misteriosamente que quisessem conduzir as coisas, os dois tinham que estar noivos. Esta convicção, apesar de não ser satisfatória por completo, deu-lhe prazer, e continuou sua carta com mais alacridade. Marianne terminou a sua dento de alguns minutos; em comprimento, não era mais do que um bilhete. Foi dobrada, selada e endereçada com ansiosa rapidez. Elinor pensou ter podido reconhecer um grande "W" no endereço, e assim que terminou, Marianne tocou o sino e pediu para o lacaio que enviasse a carta para ela por correio expresso. Isso decidiu a questão de vez.

Seu humor continuou bom, mas havia uma ansiedade nele que impedia que ficasse muito feliz, e tal agitação aumentou conforme a noite passava. Mal conseguiu jantar e, quando voltaram para a sala de estar, parecia estar ouvindo com nervosismo toda carruagem que passava.

Foi uma grande satisfação para Elinor que a Sra. Jennings, ficando bastante ocupada em seu próprio quarto, viu pouco do que se passou. Os utensílios do chá foram trazidos, e Marianne já havia se decepcionado mais de uma vez com batidas na porta do vizinho, quando uma alta foi ouvida de repente, e não podia ser confundida com alguém batendo em qualquer outra casa. Elinor teve a certeza de que anunciaria a chegada de Willoughby e Marianne levantou-se e andou em direção à porta. Todos ficaram em silêncio; não poderiam aguentar muito mais tempo. Ela abriu a porta, deu alguns passos em direção às escadas e, após ouvir alguns segundos, voltou para o quarto em tal estado de agitação que só a certeza de tê-lo ouvido poderia produzir. No enlevo de seus sentimentos, não pôde se impedir de exclamar:

– Oh, Elinor, é Willoughby, é ele, sim! – e parecia quase pronta a se jogar nos braços dele, quando o Coronel Brandon apareceu.

O choque era grande demais para que aguentasse com calma, então ela saiu do cômodo de imediato. Elinor também ficou decepcionada; mas, ao mesmo tempo, sua consideração pelo Coronel Brandon fez com que ela desse as boas-vindas a ele, e se sentiu um pouco triste por ele, sendo tão afeiçoado a sua irmã, ter percebido que ela só sentiu amargura e decepção ao vê-lo. Viu que ele não havia deixado de reparar, e que havia observado Marianne, enquanto ela saía da sala, com tamanha surpresa e preocupação, que mal pôde agir de forma cortês para com Elinor.

– Sua irmã está doente? – perguntou ele.

Elinor respondeu, com alguma aflição, que estava, sim, e então falou de dores de cabeça, mau-humor e outras fadigas, de tudo a que pudesse atribuir, sem mentir, o comportamento de sua irmã.

Ouviu-a com a mais honesta atenção, mas, parecendo recobrar-se, não disse mais nada sobre o assunto, e começou a falar sobre seu prazer em vê-las em Londres e a fazer as perguntas de sempre sobre a viagem e os amigos que haviam deixado para trás.

Deste modo calmo, com muito pouco interesse de ambos os lados, continuaram a conversar, os dois sem muito ânimo e com seus pensamentos concentrados em outras coisas. Elinor queria muito perguntar se Willoughby estava na cidade, mas temeu causar-lhe dor, mencionando seu rival; e, eventualmente, só para dizer alguma coisa, perguntou a ele se tinha estado em Londres desde a última vez que se viram.

– Sim – respondeu ele, um pouco envergonhado –, quase que o tempo todo; estive em Delaford uma ou duas vezes, por alguns dias, mas nunca pude voltar para Barton.

Isto e o modo como foi dito imediatamente trouxeram de volta à lembrança de Elinor a forma como ele havia deixado o local e a inquietação e suspeitas que havia causado à Sra. Jennings, e temeu que sua pergunta houvesse implicado muito mais curiosidade sobre o assunto do que jamais sentira.

A Sra. Jennings logo entrou.

– Oh, Coronel! – exclamou ela, com sua costumeira alegria barulhenta. – Estou muito feliz em vê-lo – desculpe não poder ter vindo antes – peço desculpas, mas fui forçada a me organizar um pouco, resolver meus assuntos; pois fazia muito tempo que não vinha para casa, e sabe que sempre temos um monte de pequenas coisinhas para fazer, após ficarmos fora por muito tempo. Também tive Cartwright para resolver – meu Deus, fiquei ocupada como uma abelha desde a hora do jantar! Mas diga-me, Coronel, como descobriu que eu estaria na capital hoje?

– Tive o prazer de ouvir a notícia na casa do Sr. Palmer, onde jantei.

– Oh, é mesmo? Bem, e como estão todos por lá? Como vai Charlotte? Aposto que está de um bom tamanho, agora.

– A Sra. Palmer parecia estar bastante bem e me pediu que contasse à senhora que certamente a verá amanhã.

– Sim, claro, pensei que sim. Bom, Coronel, trouxe duas jovens damas comigo, veja – quer dizer, estamos vendo uma delas agora, mas há mais uma, em algum lugar. Sua amiga, a Srta. Marianne, também veio – creio que o senhor ficará feliz em saber. Não sei o que você e o Sr. Willoughby farão entre os dois, em relação a ela. Sim, é muito bom ser jovem e bonita. Bem! Eu já fui jovem, mas nunca muito bonita – azar meu. Contudo, consegui um marido muito bom, e não sei o que mais a mulher mais bela do mundo poderia fazer. Ah, pobre homem! Ele morreu há oito anos e está melhor assim. Mas Coronel, para onde tem ido, desde que nos despedimos? E como seu assunto se resolveu? Vamos lá, sem segredos entre amigos.

Ele respondeu com sua costumeira brandura todas as perguntas dela, mas sem satisfazê-la quanto a nenhuma. Elinor começou a fazer o chá e Marianne foi obrigada a aparecer.

Após sua entrada, o Coronel Brandon ficou mais pensativo e silencioso do que estava antes e a Sra. Jennings não conseguiu convencê-lo a ficar por muito mais tempo. Nenhum outro visitante apareceu aquela noite e as damas concordaram, unanimemente, a irem para a cama cedo.

Marianne levantou-se na manhã seguinte com o humor recobrado e a aparência alegre. A decepção da noite anterior parecia ter sido esquecida, com a expectativa do que aconteceria naquele dia. Não fazia muito tempo que tinham terminado o café da manhã, quando a carruagem da Sra. Palmer estacionou à porta e, dentro de alguns minutos, ela entrou rindo no cômodo: tão feliz por vê-las todas, que era difícil dizer se ela estava mais contente em rever a mãe ou as Srtas. Dashwood. Estava surpresa por terem vindo à capital, apesar de ser o que ela esperara o tempo todo; aborrecida por terem aceito o convite da mãe dela, após terem recusado o seu próprio, apesar de que, ao mesmo tempo, ela nunca as teria perdoado, se não tivessem vindo!

– O Sr. Palmer ficará tão feliz em vê-las – disse ela. – O que você acha que ele disse quando ouviu que você vinha, mamãe? Esqueci agora o que foi, mas foi uma coisa tão engraçada!

Após uma hora ou duas passadas no que sua mãe chamava de "conversa confortável", ou, em outras palavras, todo tipo de pergunta relativa a todos os seus conhecidos, do lado da Sra. Jennings, e risadas sem motivo, do lado da Sra. Palmer, esta última propôs que todas as acompanhassem a algumas lojas que tinha que visitar aquela manhã, com o que a Sra. Jennings e Elinor prontamente consentiram, tendo também compras a fazer; e Marianne, apesar de ter recusado primeiro, também foi convencida a ir.

Aonde quer que fossem, era evidente que ela estava sempre alerta. Sobretudo em Bond Street, onde a maior parte das tarefas delas foi realizada, seu olhar estava sempre procurando; e em qualquer loja onde o grupo estivesse, sua mente estava igualmente abstraída de tudo o que estivesse à sua frente, de tudo o que interessava e ocupava as outras. Irrequieta e insatisfeita em todos os lugares, sua irmã não conseguia obter sua opinião sobre nenhum artigo que queria comprar, por mais que fosse relativo a ambas; não se comprazia com nada, estava apenas impaciente para voltar para casa e só conseguia com dificuldade controlar seu aborrecimento com a Sra. Palmer, cujos olhos detectavam tudo o que fosse bonito, caro ou novo, e que ficava louca para comprar tudo, não decidia por nada e desperdiçava seu tempo em encanto e indecisão.

Já estava no fim da manhã, quando voltaram para casa e, assim que entraram, Marianne voou para o andar de cima. Quando Elinor a seguiu, encontrou-a virando de costas para a mesa com uma expressão cabisbaixa, que indicava que nenhum Willoughby havia estado lá.

– Nenhuma carta foi deixada para mim enquanto estivemos fora? – disse ela para o lacaio que entrava com as compras. A resposta foi negativa. – Tem certeza absoluta? – respondeu ela. – Tem certeza que nenhum criado, nenhum mensageiro deixou alguma carta ou bilhete?

O homem respondeu que ninguém havia deixado nada.

– Que estranho! – disse ela, em voz baixa e decepcionada, enquanto se virava para a janela.

– Que estranho, mesmo! – repetiu Elinor para si mesma, olhando para sua irmã com inquietude. – Se ela não tivesse certeza que ele estava na cidade, não teria escrito para ele, como fez; teria escrito para Combe Magna. E se ele estiver na cidade, que estranho ele não vir, nem escrever! Oh, minha querida mãe, você deve ter agido errado ao permitir que um noivado entre uma filha tão jovem e um homem tão pouco conhecido fosse conduzido de maneira tão duvidosa, tão misteriosa! Anseio por perguntar; e como seria a minha interferência recebida?

Decidiu, após considerar, que se as aparências continuassem por muitos outros dias tão desagradáveis quanto então estavam, ela declararia para a mãe, da forma mais enfática, a necessidade de sérias perguntas sobre o caso.

A Sra. Palmer e duas velhas senhoras, amigas íntimas da Sra. Jennings, que ela havia encontrado e convidado pela manhã, jantaram com elas. A Sra. Palmer foi-se embora logo após o chá, para cumprir seus compromissos noturnos; e Elinor foi obrigada a ajudar a formar um grupo para jogar whist com as outras. Marianne não ajudava em nada, nessas ocasiões, pois nunca quis aprender o jogo; mas apesar de seu tempo estar livre, a noite não deu mais prazer a ela do que para Elinor, pois foi passada com toda a ansiedade da expectativa, e a dor da decepção. Às vezes tentava ler por alguns minutos, mas o livro era logo deixado de lado, e ela retornava à tarefa mais interessante de andar de um lado para o outro da sala, pausando por um momento, sempre que passava pela janela, com a esperança de ouvir a tão aguardada batida.

Capítulo 27

– Se este tempo bom durar muito mais – disse a Sra. Jennings, quando se encontraram para o café da manhã, no da seguinte –, Sir John não vai gostar de sair de Barton na semana que vem; é triste para um esportista perder um dia de prazer. Pobres almas! Sempre fico com pena deles, quando perdem, parecem levar tão a sério.

– É verdade – exclamou Marianne, em voz alegre, e andou até a janela enquanto falava, para examinar o dia. – Não havia pensado nisso. Este tempo manterá muitos esportistas no interior.

Era uma venturosa lembrança e todo o seu bom humor foi restaurado por ela.

– É mesmo um tempo maravilhoso para eles – continuou, enquanto sentava-se à mesa do café, com uma expressão feliz. – Como eles devem aproveitar! Mas – disse, com um pouco da anterior ansiedade –, não pode durar muito. Nesta época do ano e após tantos dias chuvosos seguidos, decerto teremos muito poucos outros dias de sol. A geada logo chegará e deverá ser bastante severa. Dentro de um ou dois dias, talvez; este tempo moderado dificilmente durará muito –, talvez até possa nevar durante a noite!

– De qualquer forma – disse Elinor, querendo impedir que a Sra. Jennings decifrasse as ideias de sua irmã com tanta clareza quando ela –, ouso dizer que Sir John e Lady Middleton estarão na cidade até o final da semana que vem.

– Sim, sim, minha cara, garanto que estarão. Mary sempre consegue fazer as coisas do jeito dela.

– E agora – conjecturou Elinor, em silêncio –, ela mandará uma carta para Combe pelo correio de hoje.

Mas se Marianne mandou mesmo a carta, ela foi escrita e enviada em tal segredo que eludiu a observação de Elinor para averiguar o fato. Qualquer que fosse a verdade, e por menos contente que Elinor estivesse com a situação, ao ver Marianne de bom humor, não conseguia ficar muito preocupada. E Marianne estava de bom humor: feliz com a brandura do tempo e mais feliz ainda com a expectativa de geada.

Passaram a maior parte da manhã deixando cartões nas casas dos conhecidos da Sra. Jennings, para informá-los de que ela estava na cidade; e Marianne ocupou-se o tempo todo observando a direção do vento, olhando as variações do céu e imaginando alterações no ar.

– Não acha que está mais frio do que estava pela manhã, Elinor? Parece-me que há uma diferença definitiva. Mal consigo manter as mãos quentes, mesmo dentro das luvas. Não estava assim ontem, acho. As nuvens parecem estar se dissipando, também, e o sol sairá em breve e teremos uma tarde límpida.

Elinor estava achando graça e se condoendo, ao mesmo tempo; mas Marianne perseverava, e via todas as noites, no brilho do fogo, e todas as manhãs, na aparência da atmosfera, os sintomas certeiros da geada que se aproximava.

As Srtas. Dashwood não tinham mais motivos para insatisfação com o estilo de vida e conhecidos da Sra. Jennings do que com o comportamento dela para com elas, que era invariavelmente gentil. Tudo em seus arranjos caseiros era conduzido da forma mais generosa possível e, exceto por alguns amigos de longa data na capital, os quais, para aborrecimento de Lady Middleton, ela nunca havia largado, ela nunca visitava ninguém que poderia perturbar os sentimentos de suas jovens companheiras. Feliz de se ver em uma situação mais confortável, neste quesito, do que havia imaginado, Elinor estava bastante disposta a se contentar com a falta de verdadeira diversão em seus grupos, que, em casa ou fora, eram formados somente para jogar cartas e tinham pouco a oferecer que a divertisse.

O Coronel Brandon, que tinha a liberdade de visitar a casa sempre que quisesse, estava com elas quase todos os dias; vinha para olhar para Marianne e falar com Elinor, que frequentemente tinha mais prazer em conversar com ele do que em qualquer outra ocorrência diária, mas que via, ao mesmo tempo, com muita preocupação, o contínuo afeto dele por sua irmã. Ela temia que sua afeição estivesse ficando mais forte. A entristecia ver a admiração com que ele observava Marianne e seu estado de espírito estava claramente pior do que em Barton.

Cerca de uma semana após a chegada delas, tiveram a certeza de que Willoughby também havia chegado. Seu cartão estava sobre a mesa da sala, quando chegaram do passeio de carruagem matinal.

– Céus! – exclamou Marianne. – Ele esteve aqui enquanto estávamos fora.

Elinor, exultante por ter certeza de que ele estava em Londres, ousou dizer:

– Acredite, ele vai fazer uma nova visita amanhã.

Mas Marianne pareceu mal ouvi-la e, com a entrada da Sra. Jennings, escapou com o precioso cartão.

Esta ocorrência, apesar de ter melhorado o humor de Elinor, fez com que o humor de sua irmã retomasse toda a sua agitação anterior, e mais ainda. A partir daquele momento, sua mente nunca se acalmou; a expectativa de vê-lo todas as horas, de todo dia, fez com que ela não servisse para mais nada. Insistiu em ser deixada em casa, na manhã seguinte, quando as outras saíram.

Os pensamentos de Elinor ocuparam-se com o que deveria estar acontecendo na casa da Sra. Jennings em Berkeley Street durante sua ausência; mas bastou um breve olhar para sua irmã, ao voltarem, para perceber que Willoughby não havia feito uma segunda visita. Um bilhete foi, naquele momento, trazido e colocado sobre a mesa.

– Para mim! – gritou Marianne, avançando apressada.

– Não, senhorita, para a minha patroa.

Mas Marianne, não estando convencida, o pegou imediatamente.

– É mesmo para a Sra. Jennings, que irritante!

– Está esperando uma carta, então? – disse Elinor, incapaz de permanecer em silêncio por mais tempo.

– Sim, um pouco – não muito.

Após uma curta pausa, disse:

– Não confia em mim, Marianne.

– Não, Elinor, esta bronca vinda de você – logo de você, que não confia em ninguém!

– Eu! – respondeu Elinor, um pouco confusa. – Asseguro, Marianne, que não tenho nada para contar.

– Nem eu – respondeu Marianne, energicamente –, nossas situações são parecidas, então. Nenhuma de nós tem nada para contar; você, porque não se comunica, e eu, porque não escondo nada.

Elinor, chateada com tal acusação de ser reservada demais, a qual não tinha liberdade para refutar, não sabia como insistir para que Marianne se abrisse mais com ela, sob as circunstâncias.

A Sra. Jennings logo apareceu e, ao receber o bilhete, leu-o em voz alta. Era de Lady Middleton, anunciando sua chegada à sua casa em Conduit Street na noite anterior, e solicitando a companhia de suas mãe e primas na noite seguinte. Negócios, da parte de Sir John, e uma forte gripe, de sua própria parte, os impediram de visitá-las em Berkeley Street. O convite foi aceito; porém, conforme a hora do compromisso se aproximava, sendo necessário, de acordo com as regras básicas da cortesia, que Elinor e Marianne acompanhassem a Sra. Jennings em tal visita, Elinor teve alguma dificuldade em persuadir sua irmã a ir, pois ainda não havia visto Willoughby e não estava, portanto, disposta a se divertir fora de casa ou a correr o risco de estar ausente quando ele a visitasse outra vez.

Elinor descobriu, quando a noite terminou, que a disposição não muda de forma relevante com o lugar de residência, pois apesar de mal ter se estabelecido na cidade, Sir John já havia conseguido juntar ao seu redor quase vinte jovens, e diverti-los todos com um baile. Este era um evento, contudo, que Lady Middleton não aprovava. No interior, um baile inesperado era bastante permissível; mas em Londres, onde a reputação de elegância era mais importante, e menos facilmente obtida, fazer com que as pessoas soubessem que Lady Middleton havia dado uma pequena festa, com oito ou nove casais, dois violinos e uma mera ceia simples sobre o aparador, era assumir um risco muito grande pela gratificação de algumas poucas garotas.

O Sr. e a Sra. Palmer faziam parte do grupo. O Sr. Palmer que elas não viam desde antes de sua chegada na capital, pois ele tomava cuidado para evitar parecer prestar a menor atenção à sogra e, portanto, nunca chegava perto dela, não deu qualquer sinal de reconhecê-las, ao entrarem. Olhou brevemente para elas, sem parecer saber quem eram, e apenas inclinou a cabeça em cumprimento à Sra. Jennings, do outro lado da sala. Marianne olhou ao redor da sala, quando entrou; foi o suficiente – ele não estava lá – e sentou-se, decidida a não receber ou dar prazer. Após estarem sentados juntos por cerca de uma hora, o Sr. Palmer caminhou em direção às Srtas. Dashwood para expressar sua surpresa ao vê-las na cidade, apesar de o Coronel Brandon ter ficado sabendo de sua chegada na casa do próprio Sr. Palmer, e ele mesmo ter dito algo muito engraçado ao ouvir que elas estavam a caminho.

– Pensei que ambas estivessem em Devonshire – disse ele.

– Pensou? – respondeu Elinor.

– Quando voltam?

– Não sei.

E assim terminou a conversa.

Marianne nunca havia estado tão pouco disposta a dançar em sua vida quanto esteve naquela noite, tampouco havia ficado tão fatigada pelo exercício. Reclamou disso quando voltavam para Berkeley Street.

– Sim, sim – disse a Sra. Jennings –, sabemos qual é o motivo disso muito bem; se uma certa pessoa, que não será nomeada, estivesse lá, você não teria ficado nem um pouco cansada. E, para dizer a verdade, não foi muito elegante da parte dele não te encontrar, quando foi convidado.

– Convidado! – exclamou Marianne.

– Foi o que minha filha, Lady Middleton, me disse, pois parece que Sir John encontrou-o na rua, em algum lugar, esta manhã.

Marianne não disse mais nada, mas parecia extremamente magoada. Impaciente, naquela situação, por fazer algo que pudesse trazer alívio à sua irmã, Elinor decidiu escrever para sua mãe, na manhã seguinte, esperando, ao despertar nela temor pela saúde de Marianne, conseguir que fizesse as perguntas por tanto tempo adiadas. E ficou ainda mais decidida a fazê-lo ao perceber, após o café da manhã do dia seguinte, que Marianne estava escrevendo para Willoughby de novo, pois não podia supor que seria para qualquer outra pessoa.

Lá pela metade do dia, a Sra. Jennings saiu sozinha, para resolver seus assuntos, e Elinor começou sua carta, enquanto Marianne, irrequieta demais para ocupar-se e ansiosa demais para conversar, andava de uma janela para a outra, ou sentava-se na frente da lareira, em melancólica meditação. Elinor foi bastante franca em seu pedido para a mãe, contando tudo o que havia acontecido, assim como suas suspeitas da inconstância de Willoughby, implorando-lhe, com apelos a seu senso de dever e seu amor, que exigisse que Marianne contasse sua verdadeira situação em relação a ele.

Mal havia acabado sua carta, quando uma batida indicou que tinham visitas, e o Coronel Brandon foi anunciado. Marianne, que o havia visto da janela, e que odiava companhia de todos os tipos, saiu da sala antes que ele entrasse. Sua aparência estava mais séria do que o normal e, apesar de expressar sua satisfação ao encontrar a Srta. Dashwood sozinha, como se tivesse algo particular para contar-lhe, sentou-se por algum tempo, sem dizer uma palavra. Elinor, convencida de que ele tinha alguma comunicação para fazer a ela relativamente à sua irmã, aguardou impaciente que começasse. Não era a primeira vez que sentia tal tipo de convicção, pois, mais de uma vez antes, desde que ele havia feito as observações "sua irmã parece estar mal, hoje", ou "sua irmã parece cabisbaixa", ele parecia estar prestes, ou a divulgar, ou a perguntar algo particular sobre ela. Após uma pausa de diversos minutos, ele quebrou o silêncio, perguntando a ela, em um tom um tanto quanto agitado, quando ele deveria parabenizá-la por ter ganhado um cunhado. Elinor não estava preparada para tal pergunta e, não tendo qualquer resposta pronta, foi obrigada a adotar a medida simples e comum de perguntar o que ele queria dizer com aquilo. Ele tentou sorrir ao responder:

– O noivado entre sua irmã e o Sr. Willoughby já é sabido por todos.

– Não pode ser sabido por todos – respondeu Elinor –, pois a própria família dela não esta sabendo.

Ele pareceu surpreso e disse:

– Peço desculpas, temo que minha pergunta tenha sido impertinente; mas não supunha que qualquer tipo de sigilo fosse pretendido, visto que eles se correspondem abertamente e que seu casamento é comentado por todos.

– Como pode ser? Quem o senhor ouviu mencionar o assunto?

– Muitas pessoas – algumas das quais a senhorita não conhece, outras com quem tem intimidade, a Sra. Jennings, a Sra. Palmer e os Middleton. Ainda assim, eu poderia não ter acreditado, pois em questões das quais a mente não quer ser convencida, ela sempre encontrará algo para embasar suas dúvidas, caso eu não tivesse visto, por acidente, quando o criado me recebeu hoje, uma carta na mão dele, endereçada ao Sr. Willoughby, com a letra de sua irmã. Vim indagar, mas fiquei convencido antes que pudesse fazer a pergunta. Está tudo estabelecido? Será que seria possível... Mas não tenho o direito e não teria qualquer chance de ser bem-sucedido. Desculpe-me, Srta. Dashwood. Creio ter agido errado ao falar tanto, mas mal sei o que fazer e tenho a maior confiança em sua prudência. Diga-me que está tudo absolutamente resolvido, que qualquer tentativa é vã e que, em suma, o segredo, se é que é possível manter segredo, é tudo o que resta.

Estas palavras, que transmitiram a Elinor uma declaração direta do amor dele por sua irmã, a afetaram muito. Não conseguiu falar nada imediatamente, e mesmo quando se recobrou, debateu por um tempo sobre que resposta seria mais apropriada. O verdadeiro estado das coisas entre Willoughby e sua irmã era tão pouco conhecido por ela mesma, que ao tentar explicá-lo, ela corria o risco de falar demais, assim como não falar o suficiente. Ainda assim, visto que estava convencida que a afeição de Marianne por Willoughby não permitiria ao Coronel qualquer esperança de sucesso, qualquer que fosse o resultado de tal afeição e, ao mesmo tempo, querendo proteger a conduta da irmã contra censura, achou mais prudente e gentil, após breve consideração, dizer mais do que realmente sabia ou acreditava. Portanto, reconheceu que, apesar de nunca ter sido informada pelos dois sobre os termos sob os quais se relacionavam, não tinha dúvidas de seu afeto mútuo e não estava surpresa por ficar sabendo que se correspondiam.

Ele ouviu-a falar em silenciosa atenção e, quando Elinor terminou, levantou-se da cadeira e, após dizer, com a voz embargada: – À sua irmã desejo toda a felicidade imaginável; a Willoughby, que ele possa tentar ser digno dela –, despediu-se e saiu.

Tal conversa não propiciou a Elinor qualquer conforto que pudesse diminuir a inquietude de sua mente quanto a outros pontos; pelo contrário, ficou com uma impressão melancólica da infelicidade do Coronel Brandon, e não podia nem ao menos desejar que tal tristeza fosse removida, pela preocupação que lhe causava o próprio evento que a confirmaria.

Capítulo 28

Nada ocorreu nos próximos três ou quatro dias que fizesse com que Elinor se arrependesse de ter pedido ajuda à mãe, pois Willoughby nem apareceu, nem escreveu. Haviam se comprometido, ao final daquele período, a acompanhar Lady Middleton a uma festa, à qual a Sra. Jennings estaria impedida de comparecer devido à indisposição de sua filha mais nova. E para tal festa, Marianne, sem o menor ânimo, descuidada com sua aparência e parecendo não ligar se ia ou ficava, se preparou, sem um único olhar de esperança ou expressão de prazer. Sentou-se perto da lareira da sala de estar após o chá, até a chegada de Lady Middleton, sem se levantar da poltrona ou mudar sua posição uma única vez, perdida em seus próprios pensamentos e inconsciente da presença da irmã. Quando enfim foram avisadas de que Lady Middleton as esperava na porta, teve um sobressalto, como se houvesse esquecido que esperavam alguém.

Chegaram a tempo em seu destino e, assim que a fila de carruagens à frente delas permitiu, desembarcaram, subiram as escadas, ouviram seus nomes anunciados de um andar para o outro, em voz audível, e entraram em um cômodo esplendidamente iluminado, bastante cheio e quente. Após terem cumprido as regras da cortesia, fazendo reverência à dona da casa, puderam misturar-se à multidão e compartilhar do calor e da inconveniência, aos quais sua chegada certamente acrescentara. Após algum tempo passado dizendo pouco, e fazendo menos ainda, Lady Middleton sentou-se para jogar cartas e, visto que Marianne não estava com vontade de circular, ela e Elinor tiveram a sorte de encontrar cadeiras vazias e posicionaram-se perto da mesa.

Não estavam ali sentadas há muito, quando Elinor avistou Willoughby parado a poucos metros delas, absorto por uma conversa com uma jovem de aparência bem elegante. Seu olhar logo cruzou-se com o dele e ele de imediato fez uma reverência, mas sem tentar falar com ela ou abordar Marianne, apesar de tê-la visto; então, continuou sua conversa com a mesma jovem dama. Elinor virou-se para Marianne, para ver se ele poderia passar despercebido por ela. Naquele momento, ela o notou pela primeira vez e, com sua expressão brilhando de felicidade, teria ido em direção a ele no mesmo instante, se sua irmã não a houvesse segurado.

– Céus! – exclamou ela. – Ele está ali – está logo ali – Oh! Por que ele não olha para mim? Por que não posso falar com ele?

– Por favor, se recomponha – pediu Elinor –, e não demonstre o que sente a todos os presentes. Talvez ele ainda não tenha visto você.

Isto, contudo, era mais do que ela mesma podia acreditar; e manter-se calma em tal momento não estava somente além dos poderes de Marianne, como também de seus desejos. Sentou-se em impaciência agoniada, que afetava todos os seus traços.

Então, ele se virou de novo, e olhou para ambas; Marianne teve um sobressalto e, pronunciando seu nome com um tom de afeto, estendeu a mão para ele. Ele aproximou-se e, dirigindo-se a Elinor, ao invés de Marianne, como se quisesse evitar o olhar dela, determinado a não observar sua atitude, perguntou depressa sobre a Sra. Dashwood e há quanto tempo elas estavam na capital. Elinor perdeu toda a presença de espírito com tal tratamento e não conseguiu dizer uma palavra. Mas os sentimentos de sua irmã foram instantaneamente expressados. Sua face ficou rubra e ela exclamou, em tom de grande emoção:

– Deus meu! Willoughby, o que significa isso? Você não recebeu minhas cartas? Não quer apertar minha mão?

Ele não pôde, então, evitar, mas o toque dela parecia causar-lhe dor, e segurou a mão dela só por um momento. Durante todo este tempo, era evidente que ele estava se esforçando para se manter composto. Elinor observou suas feições e viu sua expressão se tornar mais tranquila. Após uma pausa de alguns momentos, falou com calma:

– Tive a honra de fazer uma visita à casa em Berkeley Street na última terça-feira e fiquei muito desapontado por não ter tido a sorte de encontrar vocês e a Sra. Jennings em casa. Meu cartão não se perdeu, espero.

– Mas não recebeu meus bilhetes? – exclamou Marianne, com ansiedade aflita. – Deve ter havido algum erro, tenho certeza, algum erro terrível. Qual pode ser o significado disto? Diga-me, Willoughby; pelo amor de Deus, diga-me, qual é o problema?

Ele não respondeu; seu rosto mudou e todo o seu embaraço voltou. Porém, ao encontrar o olhar da jovem dama com quem estava falando antes, como se sentisse a necessidade de fazer um esforço imediato, recobrou a compostura e disse:

– Sim, tive o prazer de receber informação sobre sua chegada à cidade, que teve a bondade de me enviar.

Então, virou-se apressadamente, fazendo uma ligeira reverência, e foi ao encontro de sua amiga.

Marianne, que estava terrivelmente pálida e incapaz de ficar de pé, afundou-se na cadeira, e Elinor, esperando vê-la desmaiar a qualquer momento, tentou escondê-la dos olhos dos outros e reavivá-la com água de lavanda.

– Vá até ele, Elinor – exclamou ela, assim que conseguiu falar –, e force-o a vir até mim. Diga-lhe que preciso vê-lo novamente; necessito falar com ele neste instante. Não consigo descansar es não terei um momento de paz até que tudo isto esteja explicado – algum desentendimento ou outro. Oh, vá até ele agora mesmo!

– Como poderei fazer isso? Não, minha querida Marianne, você precisa esperar. Este não é o lugar para explicações. Espere só até amanhã.

Contudo, foi com dificuldade que Elinor impediu Marianne de segui-lo; convencê-la a controlar sua agitação, a esperar, pelo menos, com aparência de compostura, até que pudesse falar com ele em maior privacidade e de forma mais eficaz, foi impossível, pois Marianne continuava incessantemente a externar sua tristeza em voz baixa, com exclamações de agonia. Pouco tempo depois, Elinor viu Willoughby sair da sala pela porta perto das escadarias e, dizendo a Marianne que ele havia ido embora, enfatizou a impossibilidade de falar com ele outra vez naquela noite, como um novo argumento para que se acalmasse. No mesmo instante, Marianne implorou à irmã que pedisse a Lady Middleton que as levasse para casa, pois estava arrasada demais para permanecer na festa por mais um minuto.

Lady Middleton, apesar de estar no meio de uma rodada de cartas, ao ser informada de que Marianne não estava bem, era educada demais para fazer objeção, sequer por um momento, a seu desejo de ir embora e, passando suas cartas para uma amiga, partiram assim que a carruagem foi encontrada. Quase que não falaram durante a volta a Berkeley Street. Marianne estava em uma agonia silenciosa, infeliz demais até mesmo para lágrimas; mas, visto que a Sra. Jennings, por sorte, ainda não havia voltado para casa, elas puderam ir direto para o quarto, onde sais de cheiro a fizeram se recompor ligeiramente. Logo já havia se despido e entrado na cama e, como parecia querer ficar sozinha, sua irmã a deixou e, enquanto esperava o retorno da Sra. Jennings, teve tempo para pensar sobre o que havia se passado.

Que algum tipo de noivado havia existido entre Willoughby e Marianne, ela não duvidava, e que Willoughby estava cansado daquilo, parecia também claro; pois, por mais que Marianne alimentasse seus próprios desejos, não podia atribuir tal comportamento a algum tipo de equívoco ou desentendimento. Nada além de uma completa mudança de sentimentos poderia explicá-lo. Sua indignação teria sido ainda mais forte, se não houvesse testemunhado o embaraço que parecia indicar que Willoughby estava consciente de sua própria má conduta, e que impediu que Elinor acreditasse que ele tinha tão poucos princípios que havia brincado com os sentimentos de sua irmã desde o começo, sem qualquer objetivo que merecesse uma investigação. A ausência pode ter enfraquecido sua afeição e a conveniência pode tê-lo feito se decidir por superá-la, mas de que tal afeição havia existido, Elinor não podia duvidar.

Quanto a Marianne, Elinor não podia refletir sobre a dor que um encontro tão duro já deveria ter trazido e sobre a dor ainda mais severa que viria com a provável consequência daquela noite, sem a maior das preocupações. Sua própria situação era melhor, por comparação; pois enquanto ela pudesse estimar Edward tanto quanto antes, por mais que pudessem ser separados no futuro, seu estado de espírito nunca iria sofrer. Mas todas as circunstâncias que pudessem piorar tal mal pareciam estar unidas para aumentar a tristeza de Marianne, em uma separação final de Willoughby – em uma ruptura imediata e irreconciliável com ele.

Capítulo 29

Antes da criada ter acendido o fogo, no dia seguinte, ou do sol ter prevalecido sobre uma manhã fria e escura de janeiro, Marianne, vestida só pela metade, estava ajoelhada sobre um dos bancos da janela, tentando tirar o máximo proveito da pouca luz que conseguia obter de tal forma e escrevendo com a maior rapidez que seu contínuo fluxo de lágrimas permitia. Foi nesta situação que Elinor, acordada por sua agitação e soluços, a percebeu pela primeira vez; e, após observá-la por alguns minutos, em ansiedade silenciosa, disse, com a maior gentileza e consideração:

– Marianne, posso perguntar?

– Não, Elinor – respondeu ela –, não pergunte nada; logo vai saber de tudo.

O tipo de calma desesperada com que esta frase foi dita não durou mais do que o tempo que levou para dizê-la e foi imediatamente seguida pelo retorno da mesma aflição excessiva. Levou alguns minutos até que pudesse continuar com a carta, e os frequentes arroubos de tristeza que ainda a obrigavam, em intervalos, a parar a pena eram provas suficientes de que sentia que era mais do que provável estar escrevendo a Willoughby pela última vez.

Elinor prestou-lhe todos os cuidados silenciosos e discretos que estavam em seu poder e teria tentado acalmá-la e tranquilizá-la ainda mais, se Marianne não houvesse pedido a ela, com a ansiedade ensejada pela mais nervosa das irritações, que não falasse com ela por nada nesse mundo. Sob tais circunstâncias, era melhor para as duas que não passassem muito tempo juntas; e o estado irrequieto da mente de Marianne não só a impedia de ficar no quarto por um minuto sequer, após ter se vestido, como também exigia, ao mesmo tempo, solidão e mudanças contínuas de lugar, fazendo com que andasse pela casa até a hora do café da manhã, evitando ver qualquer pessoa.

No café, ela nem comeu, nem tentou comer qualquer coisa, e a atenção de Elinor foi inteiramente empregada, não em insistir, nem em sentir pena dela, tampouco em parecer estar prestando atenção nela, e sim em tentar chamar a atenção da Sra. Jennings toda para si.

Como esta refeição era a preferida da Sra. Jennings, durava um tempo considerável, e elas acabavam de se sentar, após terminá-la, ao redor da mesa de trabalho em conjunto, quando uma carta foi entregue a Marianne, que ela tirou depressa da mão do criado e, empalidecendo terrivelmente, de imediato saiu do quarto. Elinor, deduzindo, com base nisso, tão claro quanto se tivesse visto o endereço, que a carta era de Willoughby, sentiu um peso no coração tão grande que fez com que mal pudesse levantar a cabeça e permaneceu sentada, tremendo tanto que temeu que seria impossível escapar da atenção da Sra. Jennings. A boa senhora, contudo, apenas viu que Marianne havia recebido uma carta de Willoughby, o que lhe parecia bastante divertido, e assim referiu-se ao assunto, dizendo esperar que a carta a agradasse. A angústia de Elinor lhe passou despercebida, por estar ocupada demais medindo pedaços de lã penteada para o tapete que estava fazendo. Então, continuando com calma sua conversa, assim que Marianne desapareceu, disse:

– Juro que nunca vi uma jovem tão desesperadamente apaixonada na minha vida! As minhas meninas não chegaram aos pés dela e costumavam ser tolas o suficiente; mas a Srta. Marianne está bastante alterada. Espero, do fundo do meu coração, que ele não a faça esperar muito mais tempo, pois me entristece muito vê-la tão mal e infeliz. Diga-me, quando irão se casar?

Elinor, apesar de nunca ter se sentido tão pouco disposta a falar quanto estava naquele momento, obrigou-se a responder a tal investida e, portanto, tentando sorrir, respondeu:

– Mas a senhora convenceu-se mesmo de que minha irmã está noiva do Sr. Willoughby? Pensei que era apenas uma piada, mas uma pergunta tão séria parece insinuar algo mais; devo pedir, portanto, que não se engane mais. Asseguro-lhe que nada me surpreenderia mais do que ouvir que vão se casar.

– Que vergonha, Srta. Dashwood! Como pode falar assim? Não sabemos todos que eles têm que estar noivos, que se apaixonaram perdidamente no momento em que se conheceram? Não os vi juntos em Devonshire todos os dias, e o dia todo, e não sei que sua irmã veio para a capital comigo de propósito, para comprar seu enxoval? Vamos, não faça isso. Por ser tão astuta, pensa que ninguém mais percebe nada, mas isso não é verdade, asseguro-lhe, pois a cidade inteira já está sabendo há muito tempo. Falo para todo mundo sobre o assunto e Charlotte também.

– Realmente, senhora – disse Elinor, bastante séria –, está enganada. Está fazendo algo cruel ao espalhar a história e descobrirá que sim, apesar de não acreditar em mim neste momento.

A Sra. Jennings riu outra vez, mas Elinor não teve ânimo para dizer mais nada e, ansiosa por saber o que Willoughby havia escrito, apressou-se em direção ao quarto. Lá, ao abrir a porta, viu Marianne estirada sobre a cama, quase engasgada pela tristeza, com uma carta na mão e duas ou três outras ao seu lado. Elinor aproximou-se, mas sem dizer uma palavra; e, sentando-se na cama, pegou sua mão, beijou-a com carinho várias vezes e então deixou-se dominar por um arroubo de choro, que, em um primeiro momento, era tão violento quanto o da irmã. Marianne, apesar de não conseguir falar, pareceu ciente de todo o afeto de tal comportamento e, depois de passarem algum tempo em tristeza conjunta, colocou todas as cartas nas mãos de Elinor. Então, cobrindo o rosto com seu lenço, quase gritou de agonia. Elinor, que sabia que esta tristeza, por mais chocante que fosse, precisaria ser vivida até o fim, ficou ao seu lado até que o sofrimento excessivo tivesse diminuído um pouco, voltando-se depois para a carta de Willoughby, que dizia o seguinte:

"Bond Street, Janeiro.

Minha cara senhora,

Acabei de ter a honra de receber sua carta, pela qual peço que aceite meus sinceros agradecimentos. Fiquei bastante preocupado ao descobrir que houve qualquer coisa em meu comportamento, na noite passada, que a desagradou; e, apesar de não saber em que aspecto tive o infortúnio de ofendê-la, peço seu perdão pelo que asseguro-lhe que não foi, de qualquer forma, intencional. Jamais refletirei sobre meu relacionamento com sua família, em Devonshire, sem sentir o mais grato prazer, e me dou ao luxo de pensar que tal relação não será rompida por qualquer equívoco ou interpretação errônea de meus atos. Minha estima por toda a sua família é bastante sincera; mas se tive a infelicidade de fazê-la acreditar que sentia mais do que sinto ou do que quis expressar, recriminarei a mim mesmo por não ter sido mais reservado em minhas declarações da referida estima. Que quis dizer mais do que isso, há de convir que é impossível, quando compreender que minha afeição é, há muito, dirigida a outra pessoa, e não faltam muitas semanas, creio eu, para que este noivado seja cumprido. É com muita tristeza que obedeço suas ordens de devolver as cartas com as quais me honrou e a mecha de cabelo com que me presenteou tão gentilmente.

Permaneço, cara senhora, seu mais obediente e humilde servo.

John Willoughby."

Com que indignação tal carta foi lida pela Srta. Dashwood não é difícil imaginar. Apesar de estar ciente, antes de ter começado a ler, de que deveria conter uma confissão de sua inconstância, e confirmar sua separação para sempre, ela não sabia que utilizaria tal linguajar para anunciá-las, tampouco poderia ter suposto que Willoughby seria capaz de abandonar de tal maneira a aparência de honradez e delicadeza – tão longe do costumeiro decoro de um cavalheiro, a ponto de enviar uma carta imprudentemente cruel: uma carta que, ao invés de trazer, com seu desejo de ser perdoado, algumas declarações de arrependimento, não reconheceu qualquer violação de confiança e negou qualquer afeto particular; uma carta em que todas as linhas eram um insulto e que proclamava que seu escritor estava imerso em maldade.

Pausou com a carta na mão por algum tempo, em espanto indignado; então leu-a repetidas vezes, mas cada leitura só serviu para aumentar sua ojeriza do homem, e seus sentimentos em relação a ele se tornaram tão amargos, que não ousou falar nada, com medo de magoar Marianne ainda mais, tratando seu término não como uma perda, e sim como uma chance de escapar do pior e mais irremediável dos males, a união vitalícia com um homem sem princípios, um livramento dos mais verdadeiros, uma bênção das mais importantes.

Ao ponderar com franqueza sobre o conteúdo da carta, a depravação da mente que a tinha escrito e, provavelmente, a mente muito diferente, de uma pessoa muito diferente, que não tinha qualquer ligação com o caso, exceto a conexão que seu coração fazia com tudo o que acontecia, Elinor esqueceu-se da angústia imediata de sua irmã, esqueceu-se de que tinha três cartas em seu colo que ainda não havia lido e não percebeu quanto tempo havia ficado no quarto, de modo que, ao ouvir uma carruagem chegar na frente da casa, foi até a janela para ver quem poderia vir tão cedo. Ficou surpresa ao vislumbrar a charrete da Sra. Jennings, que sabia ter sido pedida para a uma hora da tarde. Determinada a não abandonar Marianne, apesar de não ter esperanças de contribuir, naquele momento, para tranquilizá-la, apressou-se para pedir à Sra. Jennings que lhe perdoasse por não poder acompanhá-la, devido ao fato de sua irmã estar indisposta. A Sra. Jennings, com uma preocupação bem-humorada pela causa da ausência de Elinor, aceitou suas desculpas prontamente. Elianor despediu-se da Sra. Jennings e voltou a Marianne, quem encontrou tentando levantar-se da cama. Alcançou-a a tempo de impedir que caísse no chão, fraca e zonza por falta de descanso e alimentação adequados, pois fazia muitos dias que não tinha apetite e muitas noites que não dormia direito; e agora, quando sua mente não estava mais ocupada com o suspense, as consequências de tudo o que havia se passado eram sentidas na forma de dor de cabeça, estômago embrulhado e esvaimento nervoso generalizado. Um copo de vinho, que Elinor obteve para ela prontamente, a fez ficar mais confortável, e ela pôde, pelo menos, expressar seu reconhecimento pela bondade da irmã, dizendo:

– Pobre Elinor! Como a faço infeliz.

– Só gostaria – respondeu sua irmã – de haver algo que eu pudesse fazer, que lhe trouxesse conforto.

Isto, como qualquer outra coisa teria sido, foi demais para Marianne, que apenas conseguiu exclamar, na agonia de seu coração: – Oh, Elinor! Estou tão infeliz – antes que sua voz perdeu-se inteiramente entre soluços.

Elinor não pôde mais testemunhar tal enxurrada de tristeza incontida em silêncio.

– Faça um esforço, querida – exclamou ela –, se não quiser acabar consigo mesma e com todos os que te amam. Pense em sua mãe; pense na tristeza dela enquanto você sofre; pelo bem dela, deve se esforçar.

– Não consigo, não consigo – chorou Marianne –, deixe-me, deixe-me, se te aborreço; deixe-me, odeie-me, esqueça-me! Mas não me torture deste jeito. Oh, como é fácil para aqueles que não estão tristes falar sobre controlar-se! Feliz, feliz Elinor, você não faz ideia de como sofro.

– Você chama a mim de feliz, Marianne? Ah, se soubesse! Como pode acreditar que sou feliz, enquanto te vejo tão arrasada!

– Perdão, perdão – disse ela, jogando os braços ao redor do pescoço da irmã –, sei que sente por mim; sei que coração você tem; mas ainda assim, você é... deve ser feliz. Edward te ama, o que poderia desfazer tal alegria?

– Muitas, muitas circunstâncias – disse Elinor.

– Não, não, não – exclamou Marianne, frenética –, ele te ama, e só você. Você não pode estar infeliz.

– Não consigo me alegrar enquanto te vejo neste estado.

– Pois nunca me verá de outro jeito. Minha infelicidade é tal que nada jamais a dissipará.

– Não deve falar desse jeito, Marianne. Não tem qualquer conforto? Amigos? Sua perda é tamanha que não dá abertura para qualquer consolo? Por mais que sofra agora, pense no que poderia ter sofrido se a descoberta do caráter dele tivesse ocorrido mais tarde, se o noivado entre vocês tivesse durado meses e meses, como poderia ter sido, antes de ele decidir pôr um fim em tudo. Cada dia adicional de confiança infeliz, de sua parte, teria feito o baque ser muito pior.

– Noivado! – exclamou Marianne. – Não houve nenhum noivado.

– Nenhum noivado!

– Não, ele não é tão imprestável quanto acredita. Ele não quebrou nenhuma promessa para comigo.

– Mas disse que te amava.

– Sim – não – nunca de forma absoluta. Ficou implícito a cada dia, mas nunca foi abertamente declarado. Algumas vezes, pensei que havia sido, mas nunca foi.

– E ainda assim escreveu para ele?

– Sim, seria errado, depois de tudo o que se passou? Mas não consigo falar sobre isso.

Elinor não disse mais nada e, voltando-se para as três cartas, que agora excitavam muito mais curiosidade do que antes, correu o olhar sobre o conteúdo de todas. A primeira, que era a que sua irmã havia enviado a ele ao chegarem na capital, dizia o seguinte:

"Berkeley Street, Janeiro.

Como ficará surpreso, Willoughby, ao receber esta carta; e penso que sentirá algo mais do que surpresa, ao saber que estou na capital. Uma oportunidade de vir aqui, apesar de ser com a Sra. Jennings, foi uma tentação que não pudemos resistir. Espero que receba esta missiva a tempo de vir até aqui esta noite, mas não contarei com isso. De qualquer forma, esperarei sua visita amanhã. Por hora, adeus.

M. D."

Seu segundo bilhete, que havia sido escrito na manhã seguinte ao baile dos Middleton, continha as seguintes palavras:

"Não tenho palavras para expressar minha decepção por não estar em casa quando foi até lá anteontem, tampouco minha surpresa por não ter recebido qualquer resposta ao bilhete que enviei há mais de uma semana. Tenho esperado notícias suas, e ainda mais uma visita, a cada hora de cada dia. Rogo-lhe que faça uma nova visita assim que possível e explique o motivo de minha espera em vão até o momento. Será melhor que venha mais cedo, da próxima vez, pois geralmente saímos antes da uma hora. Ontem à noite, fomos até a casa de Lady Middleton, onde houve um baile. Me foi dito que você havia sido convidado. Mas como isso é possível? Você deve ter mudado bastante, desde que nos despedimos, se for este o caso, por não ter comparecido. Mas não suporei que isto seja possível e espero que me assegure logo, pessoalmente, que não foi nada do tipo.

M. D."

O conteúdo de seu último bilhete para ele foi este:

"O que devo imaginar, Willoughby, com base em seu comportamento na noite passada? Mais uma vez, exijo uma explicação sobre isso. Estava preparada para encontrá-lo com o prazer que nossa separação naturalmente produziu, com a familiaridade que nossa intimidade em Barton me parecia justificar. Fiquei enojada, de verdade! Passei uma noite horrível, tentando encontrar desculpas para uma conduta que mal pode ser chamada de algo menos que insultuosa; mas apesar de ainda não ter sido capaz de encontrar uma desculpa para seu comportamento, estou pronta para ouvir sua justificativa. Talvez você tenha sido mal informado, ou enganado de propósito, quanto a algo que me diz respeito, que pode ter manchado sua opinião sobre mim. Diga-me o que é, explique o motivo para ter agido da forma como agiu, e ficarei satisfeita por poder satisfazê-lo. Me deixaria muito infeliz ter que pensar mal de você; mas, se tiver que pensar, se for descobrir que você não é o que pensamos até agora, que sua afeição por nós todas não era sincera, que seu comportamento para comigo tinha o objetivo de enganar-me, me conte assim que possível. Meus sentimentos estão, neste momento, em um estado de terrível indecisão; quero absolvê-lo, mas certamente, o que quer que aconteça, será mais fácil do que o que estou sofrendo agora. Se seus sentimentos não são mais o que eram, devolva meus bilhetes e a mecha de meu cabelo, que estão sob sua posse.

M. D."

Que tais cartas, tão cheias de afeto e confiança, foram respondidas daquela maneira, Elinor não conseguiria acreditar, pelo bem de Willoughby. Mas sua reprovação não a cegava para a impropriedade de terem sido escritas, para começo de conversa; e ela estava se afligindo em silêncio com a imprudência que havia dado origem a tais provas indesejadas de ternura, não justificadas por nada que as precedeu, e muito severamente condenadas pelo evento, quando Marianne, tendo percebido que ela havia terminado de lê-las, observou que não continham nada que outras pessoas não teriam escrito, na mesma situação.

– Me considerava – acrescentou ela – tão solenemente noiva dele, como se a avença jurídica mais rigorosa houvesse nos unido.

– Acredito que sim – disse Elinor –, mas, infelizmente, ele não sentia o mesmo.

– Ele sentia o mesmo, sim, Elinor, por semanas e semanas ele sentiu. Eu sei que sim. O que quer que o tenha feito mudar (e nada além do artifício mais cruel contra mim poderia ter feito isso), eu já fui tão cara para ele quanto minha própria alma poderia desejar. Esta mecha de cabelo, da qual ele abriu mão tão facilmente, me foi implorada com as súplicas mais francas. Se você tivesse visto seu olhar, seus modos, se tivesse ouvido sua voz naquele momento! Já se esqueceu da última noite que passamos juntos em Barton? A manhã em que nos despedimos, também! Quando ele me disse que poderiam passar-se semanas antes que pudéssemos nos ver de novo – a aflição dele – como poderei esquecer da aflição dele?

Por alguns momentos, ela não conseguiu dizer mais nada; mas quando esta emoção havia passado, acrescentou, em um tom mais firme:

– Elinor, fui tratada extremamente mal, mas não por Willoughby.

– Minha querida, por quem, senão por ele? Quem poderia ter instigado tudo isso?

– Por todo o mundo, menos pelo coração dele. Eu preferiria acreditar que todas as criaturas que conheço se juntaram para arruinar a opinião dele sobre mim, do que acreditar que o caráter dele é capaz de tamanha crueldade. Esta mulher sobre quem ele escreveu – quem quer que seja ela – ou qualquer outra pessoa que não você, querida, a mamãe e Edward, pode ter sido bárbara o suficiente para me difamar. Além de vocês três, há alguma criatura neste mundo que eu não preferiria suspeitar ter agido mal, do que Willoughby, cujo coração conheço tão bem?

Elinor não quis contradizê-la e limitou-se a responder:

– Quem quer que possa ter agido de forma tão detestável contra você, faça com que esta pessoa não possa aproveitar seu maligno triunfo, minha querida irmã, vendo com que nobreza a consciência de sua própria inocência e boas intenções elevam seu humor. Só um orgulho razoável e louvável resiste a tal malevolência.

– Não, não – exclamou Marianne –, uma tristeza como a minha não tem orgulho. Não me importo que saibam que estou infeliz. O triunfo de me ver assim pode ser de todo o mundo. Elinor, Elinor, os que sofrem pouco podem ser tão orgulhosos e independentes quanto quiserem – podem resistir a insultos, ou magoar o outro em retribuição – mas eu não consigo. Preciso sentir – preciso ficar infeliz – e eles podem alegrar-se com a consciência disso, se quiserem.

– Mas pelo bem de nossa mãe, e de mim mesma.

– Eu faria mais do que faço por mim mesma. Mas aparentar felicidade quando estou tão deprimida – oh! Quem me pediria isso?

Novamente ficaram em silêncio. Elinor ocupou-se andando, pensativa, da lareira até a janela, da janela até a lareira, sem saber se se aquecia em uma ou discernia objetos através da outra; e Marianne, sentada ao pé da cama, com a cabeça encostada em um de seus postes, pegou mais uma vez a carta de Willoughby e exclamou, após chorar ao ler cada frase:

– É demais! Oh, Willoughby, Willoughby, escreveu mesmo isto? Cruel, cruel, nada pode absolvê-lo. Elinor, nada pode. O que quer que ele possa ter ouvido contra mim, não deveria ter aguardado antes de acreditar? Não deveria ter me falado sobre isso, me dado a chance de esclarecer? "A mecha de cabelo" – leu ela, na carta – "com que me presenteou tão gentilmente" – isto é imperdoável. Willoughby, onde estava seu coração quando escreveu tais palavras? Oh, barbaramente insolente! Elinor, ele poderia ser justificado?

– Não, Marianne, de jeito nenhum.

– E ainda assim, esta mulher, quem sabe que artifícios pode ter usado? Há quanto tempo pode ter premeditado e com que profundidade? Quem é ela? Quem pode ser? Sobre quem o ouvi falar, dentre suas conhecidas, que fosse jovem e atraente? Oh, ninguém, ninguém! Ele não falou sobre mais ninguém comigo, a não ser eu mesma.

Outra pausa ocorreu; Marianne estava bastante agitada e encerrou o silêncio dizendo:

– Elinor, preciso ir para casa. Preciso ir e confortar a mamãe. Não podemos partir amanhã?

– Amanhã, Marianne!

– Sim, por que deveria ficar aqui? Vim só por Willoughby e agora, quem se importa comigo? Quem tem consideração para comigo?

– Seria impossível irmos amanhã. Não devemos só cortesia à Sra. Jennings; e a mais básica das cortesias impediria uma partida tão apressada quanto esta.

– Bem, então, dentro de um ou dois dias, talvez; mas não posso ficar aqui por muito mais tempo, não conseguirei aguentar as perguntas e observações de todas essas pessoas. Os Middleton e os Palmer, como suportarei a pena deles? A pena de uma mulher como Lady Middleton! Oh, o que ele diria sobre isso?

Elinor a aconselhou a deitar-se e, por um momento, ela o fez; mas nenhuma posição a deixava confortável e, em irrequieto sofrimento de mente e corpo, mexia-se de um lado para o outro, até que, ficando cada vez mais histérica, sua irmã mal podia mantê-la na cama e chegou a cogitar pedir auxílio. Algumas gotas de lavanda, contudo, que finalmente foi convencida a tomar, surtiram efeito; e, daquele momento, até a volta da Sra. Jennings, ela permaneceu na cama, quieta e imóvel.

Capítulo 30

A Sra. Jennings foi direto ao quarto delas, quando retornou, e, sem esperar resposta a seu pedido para entrar, abriu a porta e adentrou, com uma expressão de verdadeira preocupação:

– Como está, minha querida? – disse ela, em tom de grande compaixão, para Marianne, que virou o rosto sem tentar responder.

– Como está ela, Srta. Dashwood? Pobrezinha! Parece estar bastante mal. Não me surpreendo. Mas sim, é bem verdade. Ele se casará muito em breve – um imprestável! Não tenho paciência com ele. A Sra. Taylor me contou sobre isso há meia hora, e ouviu de uma amiga íntima da própria Srta. Grey, senão tenho certeza que eu não teria acreditado; e mesmo assim, estava prestes a desmaiar. Bem, disse eu, tudo o que posso dizer é que, se for verdade, ele tratou uma jovem dama, conhecida minha, extremamente mal, e desejo do fundo do coração que sua esposa o apoquente o resto da vida. E é o que sempre direi, minha querida, pode confiar. Não aceito que os homens se comportem desta forma; e, se algum dia o vir de novo, dar-lhe-ei uma bronca do tipo que nunca levou na vida. Mas há um conforto, minha querida Srta. Marianne: ele não é o único jovem no mundo que valha a pena e, com seu lindo rosto, nunca ficará sem admiradores. Bem, pobrezinha! Não a perturbarei mais, pois é melhor que chore tudo de uma vez. Felizmente, as famílias Parry e Sanderson estão vindo hoje à noite, sabe, e a divertirão.

Foi-se, então, andando nas pontas dos pés, como se achasse que a aflição de sua jovem amiga piorasse com barulho.

Marianne, para surpresa da irmã, decidiu-se a jantar com elas. Elinor até mesmo a aconselhou a não fazê-lo. Mas não, ela gostaria de ir, conseguiria aguentar muito bem e o rebuliço em relação a ela seria menor. Elinor, contente por sua irmã ter se controlado, por um tempo, com tal objetivo, apesar de mal poder acreditar que ela aguentaria o jantar inteiro, não disse mais nada; e, ajustando o vestido para ela, o melhor que pôde, enquanto Marianne permanecia na cama, estava pronta a acompanhá-la até a sala de jantar, assim que fossem chamadas.

Durante o jantar, apesar de estar com uma aparência de infelicidade extrema, comeu mais e estava mais calma do que sua irmã esperara. Se houvesse tentado falar, ou tomado ciência de metade das atenções bem-intencionadas, porém irrefletidas, da Sra. Jennings para com ela, tal calma não poderia ter sido mantida. Porém, nenhuma sílaba escapou de seus lábios e a abstração de seus pensamentos permitiram que permanecesse ignorante de tudo o que se passava a sua frente.

Elinor, que reconhecia a bondade da Sra. Jennings, apesar de suas efusões costumarem ser angustiantes, e às vezes ridículas, correspondeu e retribuiu as cortesias que sua irmã não podia corresponder ou retribuir por si mesma. Sua boa amiga viu que Marianne estava infeliz e sentiu que deveria fazer tudo o que pudesse para que ficasse menos triste. Tratou-a, portanto, com todo o carinho indulgente de uma mãe pela filha preferida, no último dia das férias. Marianne tinha que ter o melhor lugar perto do fogo, tinha que ser encorajada a comer todas as guloseimas da casa e ser distraída com os relatos de todas as notícias do dia. Se Elinor não houvesse visto, no semblante triste da irmã, uma restrição de toda jovialidade, poderia ter se divertido com as tentativas da Sra. Jennings de curar uma decepção amorosa com uma variedade de doces, azeitonas e uma boa lareira. Contudo, assim que Marianne tomou consciência do que estava ocorrendo, devido à repetição de tudo, não pôde mais ficar no cômodo. Com uma apressada exclamação de tristeza e um sinal para que a irmã não a seguisse, levantou-se e correu para fora da sala.

– Pobrezinha! – bradou a Sra. Jennings, assim que Marianne saiu. – Como me entristece, vê-la assim! E repare que ela saiu sem terminar o vinho! E as cerejas, também! Senhor! Nada parece ajudá-la. Tenho certeza que se soubesse de qualquer coisa que ela gostaria, mandaria buscar em qualquer lugar da cidade. Bem, é a coisa mais estranha, para mim, um homem tratar tão mal uma garota tão bonita! Mas quando há bastante dinheiro de um lado, e quase nenhum do outro, Deus que nos ajude! Eles não ligam mais para outras coisas.

– Esta dama, então – Srta. Grey, creio tê-la ouvido chamar – é muito rica?

– Cinquenta mil libras, minha cara. Já a viu? Uma garota esperta e elegante, dizem, mas não bonita. Lembro-me bem de sua tia, Biddy Henshawe; se casou com um homem muito rico. Mas a família toda é rica. Cinquenta mil libras! E, pelo que dizem, vão chegar em muito boa hora, pois fiquei sabendo que ele está falido. Não me surpreende! Pavoneando-se com suas carruagens e caçadores! Bom, não adianta nada falar; mas quando um jovem, seja quem for, aparece e seduz uma garota bonita, e promete casamento, não tem nada que quebrar sua palavra só porque ficou pobre e tem uma garota rica pronta para aceitá-lo. Por que, neste caso, ele não vende seus cavalos, põe a casa para alugar, demite os criados e faz uma mudança completa imediatamente? Te garanto que a Srta. Marianne estaria disposta a esperar até que tudo se resolvesse. Mas isso não é o suficiente, hoje em dia; os jovens de hoje não abrem mão de nenhum prazer.

– A senhora sabe que tipo de garota é a Srta. Grey? Dizem que é simpática?

– Nunca ouvi falarem mal dela; na verdade, quase nunca ouvi alguém mencioná-la. Exceto que a Sra. Taylor disse hoje de manhã que um dia a Srta. Walker insinuou para ela que acreditava que o Sr. e a Sra. Ellison gostariam que a Srta. Grey se casasse, pois ela e a Sra. Ellison nunca se deram bem.

– E quem são os Ellison?

– Os tutores dela, minha cara. Mas agora ela é maior de idade e pode escolher por si própria; e que bela escolha ela fez! E agora – disse ela, após uma pausa –, sua pobre irmã foi para o quarto, suponho que para chorar sozinha. Não há nada que se possa obter para confortá-la? Pobrezinha, parece tão cruel deixá-la sozinha. Bem, de vez em quando teremos a visita de alguns amigos, o que a animará um pouquinho. O que devemos jogar? Ela detesta whist, eu sei; mas não gosta de nenhum jogo de cartas?

– Minha cara senhora, sua gentileza é desnecessária. Marianne, ouso dizer, não sairá do quarto novamente, esta noite. A convencerei, se conseguir, a ir para a cama cedo, pois tenho certeza que precisa descansar.

– Sim, creio que será melhor para ela. Que ela decida o que quer cear e vá para a cama. Senhor! Não me admira ela estar com uma aparência tão ruim e desanimada, nestas últimas semanas, pois suponho que esta história tenha ocupado sua mente durante todo este tempo. E, então, a carta que chegou hoje terminou tudo! Pobrezinha! Claro que se eu fizesse ideia, não teria brincado com o assunto, de jeito algum. Mas, sabe, quem poderia ter adivinhado? Eu tinha certeza que era somente uma carta de amor usual e os jovens gostam que façam piadas com eles sobre isso. Senhor! Como Sir John e minhas filhas vão ficar preocupados, quando ouvirem! Se estivesse pensando direito, poderia ter passado na casa deles, em Conduit Street, a caminho de casa, e contado a eles sobre isso. Mas os verei amanhã.

– Será desnecessário, tenho certeza, que a senhora avise a Sra. Palmer e Sir John para que nunca mencionem o Sr. Willoughby ou façam a menor alusão ao que aconteceu, na frente de minha irmã. O bom caráter deles decerto os fará perceber a verdadeira crueldade que seria parecerem saber qualquer coisa sobre esta história, na presença dela. E quanto menos puder ser dito para mim sobre este assunto, mais meus sentimentos serão poupados, como a senhora, minha cara, deve certamente perceber.

– Oh! Meu Deus. Sim, claro, percebo, sim. Deve ser terrível para você, ouvir falar sobre o assunto. Quanto a sua irmã, não diria uma palavra a ela, por nada neste mundo. Viu que não disse, durante todo o jantar. Tampouco diriam Sir John ou minhas filhas, pois são todos muito atenciosos e ponderados; sobretudo se eu der uma dica, o que certamente farei. De minha parte, acho que quanto menos se falar sobre essas coisas, melhor, mais rápido tudo acaba e é esquecido. E do que adianta falar, não é?

– Neste caso, falar só causa mal; mais ainda, talvez, do que em muitos casos semelhantes, pois este esteve sob circunstâncias que, pelo bem de todos os envolvidos, não seria conveniente que viessem a público. Devo ser justa com o Sr. Willoughby, pelo menos, neste ponto: ele não rompeu nenhum compromisso explícito para com minha irmã.

– Ora, minha cara! Não finja defendê-lo. Nenhum compromisso explícito, realmente! Após levá-la para passear por Allenham House inteira, se concentrando nos cômodos em que iriam morar pelo resto das vidas!

Elinor, pelo bem de sua irmã, não insistiu no assunto, e torceu para que não fosse esperado dela que o fizesse também pelo bem de Willoughby, visto que, apesar de Marianne poder sair bastante prejudicada, ele obteria muito pouca vantagem se ela insistisse na verdade.

Após um curto silêncio de ambos os lados, a Sra. Jennings, com sua natural hilaridade, explodiu:

– Bom, minha cara, é verdade que há males que vêm para o bem, pois será bom para o Coronel Brandon. Ele ficará com ela, finalmente. Repare no que estou dizendo, estarão casados antes da metade do verão. Deus, como ele rirá com esta notícia! Espero que passe aqui esta noite. Será, de todas as formas, uma parceria melhor para sua irmã. Duas mil libras por ano, sem dívidas ou desvantagens, exceto a filha ilegítima, claro; sim, havia esquecido dela, mas ela pode ser colocada aos cuidados de um tutor, por um pequeno custo, então que diferença faz? Delaford é um lugar agradável, posso assegurar; exatamente o que eu chamo de lugar agradável e antiquado, cheio de confortos e conveniências, bem isolado por cercas de pedra enormes, cobertas pelas melhores árvores frutíferas do país! Nossa, como Charlotte e eu nos empanturramos, da única vez que fomos lá! Ainda há um pombal, uns lindos tanques de peixes e um canal bem bonito; em resumo, tudo o que se pode desejar. Além disso, fica perto da igreja e só uns quatrocentos metros de distância da estrada principal, então nunca é entediante, pois basta ir se sentar debaixo da velha pérgola de teixo atrás da casa que conseguirá ver todas as carruagens passando. Oh, é um lugar agradável! Tem um açougueiro pertinho do vilarejo e a casa paroquial fica logo ali. Na minha opinião, mil vezes mais bonita do que Barton Park, onde eles precisam encomendar carne de um lugar cinco quilômetros de distância e não têm nenhum vizinho mais perto do que sua mãe. Bom, levantarei o ânimo do Coronel assim que puder. Uma coisa leva à outra, sabe. Se ao menos conseguíssemos fazer com que ela tire Willoughby da cabeça!

– Sim, se conseguirmos fazer isso, senhora – disse Elinor –, ficaremos muito bem, com ou sem o Coronel Brandon.

Então, levantando-se, foi juntar-se a Marianne, quem encontrou, como esperava, em seu próprio quarto, debruçada em silenciosa tristeza sobre os restos do fogo na lareira, que tinha sido sua única fonte de luz, até a entrada de Elinor.

– É melhor deixar-me – foi o cumprimento que sua irmã recebeu.

– Deixarei – disse Elinor –, se for para a cama.

Mas isso, devido a um momentâneo arroubo de sofrimento impaciente, ela primeiro recusou-se a fazer. Contudo, a persuasão franca, porém gentil, de sua irmã logo a fez amolecer, e Elinor assistiu-a deitar a cabeça dolorida sobre o travesseiro, esperando que conseguisse descansar um pouco em silêncio antes de deixá-la.

Na sala de estar, para onde retirou-se, Elinor logo recebeu a companhia da Sra. Jennings, com uma taça de vinho cheia na mão.

– Minha cara – disse ela, ao entrar –, acabei de me lembrar que tenho um pouco do melhor vinho Constantia do mundo aqui em casa, então trouxe uma taça para sua irmã. Meu pobre marido! Como ele gostava deste vinho! Sempre que tinha um ataque de gota, dizia que o ajudava mais do que qualquer outra coisa. Leve a taça para sua irmã.

– Cara senhora – respondeu Elinor, sorrindo ao ouvir a diferença entre os dois problemas para os quais o vinho era recomendado –, como és gentil. Mas acabei de deixar Marianne na cama e, espero, quase dormindo; e como penso que nada seria tão bom para ela quanto descansar, se me permitir, beberei o vinho eu mesma.

A Sra. Jennings, apesar de lamentar não ter chegado cinco minutos antes, ficou satisfeita com o acordo; e Elinor, enquanto engolia a maior parte do vinho, refletia que, apesar de seus efeitos sobre gota serem, naquele momento, de pouca importância para ela, seus poderes curativos sobre um coração partido poderiam ser testados tão bem nela, quanto em sua irmã.

O Coronel Brandon chegou enquanto tomavam chá e, pelo seu modo de vasculhar a sala em busca de Marianne, Elinor imediatamente pensou que ele não esperava, nem desejava vê-la lá, ou seja, que ele já estava ciente do que havia causado sua ausência. À Sra. Jennings não ocorreu o mesmo pensamento, pois logo após a entrada dele, ela cruzou a sala até a mesa de chá, que estava sob os cuidados de Elinor, e sussurrou:

– O Coronel está tão sério quanto sempre, veja. Não sabe nada do que aconteceu; conte a ele, minha cara.

Logo depois, ele puxou uma cadeira para perto da dela e, com um olhar que a assegurava perfeitamente de que estava bem informado, perguntou sobre sua irmã.

– Marianne não está bem – disse ela. – Esteve indisposta o dia inteiro e a convencemos a ir para a cama.

– Talvez, então – ele respondeu, com hesitação –, o que ouvi esta manhã possa ser... possa haver mais verdade nisso do que acreditei, primeiramente, ser possível.

– O que o senhor ouviu?

– Que um cavalheiro, que tive motivos para acreditar – que estava noivo... mas como posso contar a você? Se já está sabendo, como decerto deve estar, posso ser poupado.

– O senhor está se referindo – respondeu Elinor, com uma calma forçada – ao casamento do Sr. Willoughby com a Srta. Grey. Sim, já sabemos de tudo. Hoje parece ter sido um dia de elucidação geral, pois foi nesta mesma manhã que ficamos sabendo de tudo. O Sr. Willoughby é incompreensível! Onde o senhor ouviu sobre isso?

– Em uma papelaria em Pall Mall, onde tinha assuntos a resolver. Duas damas estavam esperando sua carruagem, e uma delas estava contando à outra sobre a planejada união, em uma voz que tentava tão pouco ser discreta, que era impossível que eu não ouvisse tudo. O nome Willoughby, John Willoughby, sendo repetido, foi o que primeiro chamou minha atenção; e o que se seguiu foi uma declaração inequívoca de que tudo já estava arranjado para seu casamento com a Srta. Grey; não era mais um segredo e ocorreria dentro de algumas semanas, com vários detalhes sobre os preparativos e outras questões. Lembro-me de outra coisa, em especial, porque serviu para identificar o homem ainda mais: assim que a cerimônia estivesse terminada, o casal iria para Combe Magna, sua propriedade ancestral no condado de Somerset. Como fiquei atônito! Mas seria impossível descrever o que senti. Descobri, após perguntar, pois fiquei na loja até que saíram, que a dama comunicativa chamava-se Sra. Ellison, e este, conforme fui informado desde então, é o nome da tutora da Srta. Grey.

– É mesmo. Mas o senhor ouviu também que a Srta. Grey tem cinquenta mil libras? Podemos encontrar uma explicação nisso, se é que podemos encontrá-la em alguma coisa.

– Pode ser; mas Willoughby é capaz, pelo menos penso eu... – ele parou por um momento e então, acrescentou, em um tom de voz que parecia indicar que não confiava em si mesmo: – E sua irmã, como ela está?

– Seu sofrimento tem sido bastante severo. Posso somente esperar que possa ser proporcionalmente curto. Tem sido, está sendo, uma aflição das mais cruéis. Até ontem, acredito, ela nunca havia duvidado do amor dele; e até mesmo agora, talvez, mas estou quase convencida de que ele nunca teve afeto por ela, de verdade. Ele foi bastante traiçoeiro! E, em alguns aspectos, parece haver uma dureza de coração nele.

– Ah! – disse o Coronel Brandon. – Há, mesmo. Mas sua irmã, creio que me disse, não tem a mesma opinião que você?

– O senhor conhece a disposição dela e pode acreditar com que rapidez ela ainda justificaria os atos dele, se pudesse.

Ele não respondeu e, logo depois, com a remoção dos utensílios de chá e a formação dos grupos para jogar cartas, o assunto teve que ser encerrado. A Sra. Jennings, que os havia observado com prazer enquanto falavam, e que esperava ver a comunicação da Srta. Dashwood fazer com que o Coronel Brandon ficasse imediatamente alegre, como se houvesse retomado a juventude, a esperança e a felicidade, viu-o, com surpresa, passar o resto da noite mais sério e pensativo do que o normal.

Capítulo 31

Após uma noite de mais sono do que havia esperado, Marianne acordou, na manhã seguinte, com a mesma sensação de tristeza que sentira quando fechara os olhos.

Elinor a encorajou, o máximo que pode, a falar sobre o que sentia; e, antes do café estar pronto, haviam discutido o assunto repetidas vezes, com a mesma constante convicção e ternos conselhos, por parte de Elinor, e com os mesmos sentimentos impetuosos e mudanças de opinião, por parte de Marianne. Às vezes, acreditava que Willoughby havia sido tão desafortunado e inocente quanto ela e, em outras, a impossibilidade de inocentá-lo a deixava inconsolável. Em um momento, ela não se importava nem um pouco com a opinião do mundo e, no próximo, dizia que queria se isolar de todos para sempre, logo depois declarando que resistiria a tudo energicamente. Em um aspecto, contudo, ela era uniforme: evitar, sempre que possível, a presença da Sra. Jennings, e permanecer em silêncio obstinado, quando obrigada a aguentá-la. Seu coração havia se endurecido contra a crença de que a Sra. Jennings considerava seu infortúnio com qualquer compaixão.

– Não, não, não, não pode ser – exclamava ela –, ela não sente nada. Sua gentileza não é empatia; sua simpatia não é afeto. Só quer fofocar e só gosta de mim agora porque forneço assunto.

Elinor não precisara ouvir isso para ter certeza da injustiça que o refinamento irritável da mente de sua irmã fazia com que ela cometesse, em sua opinião sobre os outros, e da importância exagerada que dava para a delicadeza de fortes sensibilidades e as graças de modos educados. Como metade de todo o mundo, se é que mais da metade é inteligente e boa, Marianne, com excelentes habilidades e uma excelente disposição, não era nem razoável, nem imparcial. Esperava que os outros tivessem a mesma opinião e os mesmos sentimentos que ela e julgava seus motivos com base nos efeitos imediatos de seus atos sobre ela mesma. Deste modo, uma circunstância ocorreu, enquanto as irmãs estavam juntas em seu quarto, após o café, que fez com que a opinião de Marianne sobre as intenções da Sra. Jennings piorasse ainda mais; porque, devido à sua própria fraqueza, causou nova dor a ela mesma, apesar de a Sra. Jennings ter sido levada a tal ato por um impulso da maior boa vontade.

Com uma carta em sua mão estendida e um sorriso no rosto, convencida de estar trazendo conforto, entrou no quarto delas, dizendo:

– Veja, minha cara, trago algo que tenho certeza que lhe fará bem.

Marianne ouvira o suficiente. Em um instante, sua imaginação a fez enxergar uma carta de Willoughby, cheia de ternura e arrependimento, explicando tudo o que havia acontecido, satisfatória, convincente, imediatamente seguida do próprio Willoughby, entrando apressado no quarto para reforçar, a seus pés, com a eloquência de seu olhar, as declarações feitas na carta. O que um momento havia construído, outro destruiu. A letra de sua mãe, nunca antes indesejável, estava à sua frente; e, na extrema decepção que se seguiu a tal êxtase, mais do que somente esperança, ela sentiu como se nunca houvesse sofrido, até aquele instante.

A crueldade da Sra. Jennings nenhuma palavra poderia expressar, em seus momentos de maior eloquência; então, Marianne só pôde admoestá-la com as lágrimas que escorreram de seus olhos com uma violência ardente – uma admoestação, contudo, tão inteiramente ignorada por seu objeto que, após muitas expressões de pena, Sra. Jennings retirou-se, continuando a insistir para que Marianne usasse a carta para confortá-la. Mas a carta, quando ela estava calma o suficiente para lê-la, trouxe muito pouco conforto. Willoughby era o assunto que preenchia todas as páginas. Sua mãe, ainda crente de que estavam noivos, e confiando tanto quanto antes em sua constância, havia sido exortada por Elinor a pedir que Marianne fosse mais franca com as duas; e isso, com tamanha ternura em relação a ela, tamanho afeto por Willoughby e tal convicção da felicidade futura dos dois juntos, fez com que Marianne chorasse, em agonia, durante toda a leitura.

Toda a sua impaciência por voltar para a casa havia retornado; sua mãe lhe era mais cara do que nunca, mais cara ainda por causa do excesso de confiança equivocada em Willoughby, e ela ficou extremamente ansiosa por ir embora. Elinor, incapaz de decidir sozinha se era melhor para Marianne estar em Londres ou em Barton, não ofereceu nenhum conselho, exceto que tivesse paciência até que pudessem saber o que sua mãe queria que fizessem; e obteve o consentimento da irmã para que esperassem tal informação.

A Sra. Jennings saiu de casa mais cedo do que de costume, pois não descansaria até que os Middleton e os Palmer pudessem lamentar-se tanto quanto ela. E, recusando com veemência a companhia de Elinor, saiu sozinha pelo resto da manhã. Elinor, com o coração pesado, ciente da dor que iria comunicar e percebendo, pela carta de Marianne, como havia preparado mal o caminho para dar tal notícia, sentou-se para escrever para a mãe um relato sobre o que havia ocorrido e pedir suas instruções para o futuro. Enquanto isso, Marianne, que havia entrado na sala de estar quando a Sra. Jennings saiu, permaneceu grudada à mesa onde Elinor escrevia, observando o avanço de sua pena, lamentando o fato de ela estar incumbida de tal tarefa e mais ainda o efeito do relato sobre sua mãe.

Continuaram desta maneira por cerca de quinze minutos, quando Marianne, cujos nervos não aguentavam qualquer barulho repentino, assustou-se com uma batida na porta.

– Quem pode ser? – exclamou Elinor. – E tão cedo! Achei que estivéssemos seguras.

Marianne foi até a janela:

– É o Coronel Brandon! – disse ela, aborrecida. – Nunca estamos a salvo dele.

– Ele não vai entrar, pois a Sra. Jennings não está.

– Não acredito nisso – disse ela, retornando ao quarto. – Um homem que não tem o que fazer com seu próprio tempo livre, não tem consciência de que está se intrometendo no dos outros.

A ocasião provou que estava certa, apesar de ter se baseado em injustiça e erro, pois o Coronel Brandon entrou, mesmo; e Elinor, que estava convencida de que era sua preocupação com Marianne que o havia levado até lá, e que viu tal preocupação em sua aparência perturbada e melancólica, e em sua pergunta ansiosa, porém breve, por ela, não perdoou sua irmã por tê-lo em tão baixa estima.

– Encontrei a Sra. Jennings em Bond Street – disse ele, após os primeiros cumprimentos – e ela me encorajou a vir; e fui facilmente convencido, pois pensei que fosse provável que a encontraria sozinha, o que desejava muito fazer. Meu objetivo – meu desejo – meu único desejo é poder trazer algum conforto. Não, não posso dizer conforto, não um conforto imediato, mas convicção, convicção ao estado de espírito de sua irmã. Minha estima por ela, por você, por sua mãe, permita-me prová-la, relatando certas circunstâncias que nada, a não ser uma estima muito sincera e um desejo verdadeiro de ser útil poderiam justificar. Ele parou.

– Compreendo – disse Elinor. – O senhor tem algo para me contar sobre o Sr. Willoughby, que elucidará ainda mais seu caráter. Contá-lo será o maior ato de amizade em relação a Marianne. Terá a minha gratidão, por qualquer informação nesse sentido, e a dela virá com o tempo. Por favor, rogo-lhe que me conte.

– Contarei; e, para ser breve, quando saí de Barton, em outubro passado – mas isso não a fará entender – devo retroceder ainda mais. A senhorita perceberá que sou um narrador bastante ruim, Srta. Dashwood; mal sei por onde começar. Creio que um breve relato sobre mim mesmo será necessário, e será curto, de verdade. Sobre tal assunto – disse ele, com um profundo suspiro – não tenho a menor tentação para ser prolixo.

Parou um momento, para puxar pela memória, e então prosseguiu, com outro suspiro.

– A senhorita provavelmente já se esqueceu de uma conversa (não posso supor que lhe tenha afetado)... uma conversa entre nós, uma noite em Barton Park. Estava ocorrendo um baile, quando mencionei uma senhorita que conheci, que se parecia, de certa forma, com sua irmã Marianne.

– Na verdade – respondeu Elinor –, não me esqueci.

Ele pareceu contente com isso, e continuou:

– A não ser que esteja enganado pela incerteza, a parcialidade das lembranças ternas, há uma grande semelhança entre elas, de personalidade e aparência. O mesmo coração afetuoso, a mesma animação de mente e humor. Esta senhorita era uma de minhas parentes mais próximas, órfã desde pequena, e sob a tutela de meu pai. Tínhamos quase a mesma idade e, desde a mais tenra infância, fomos companheiros de brincadeiras e amigos. Não posso me lembrar de uma época em que não amei Eliza; e meu afeto por ela, conforme crescíamos, era tamanho que talvez, julgando pela minha atual seriedade amargurada e acabrunhada, a senhorita possa achar que seria impossível que houvesse sentido antes. O afeto dela por mim era, acredito eu, tão fervente quanto o amor de sua irmã pelo Sr. Willoughby, e foi, apesar de o motivo ter sido diferente, tão desafortunado quanto o dela. Aos dezessete anos, a perdi para sempre. Casou-se, contra sua própria vontade, com meu irmão. A fortuna dela era grande e a propriedade de nossa família estava endividada. E isso, temo eu, é tudo o que pode ser dito da conduta daquele que era, ao mesmo tempo, tio e tutor dela. Meu irmão não a merecia; nem mesmo a amava. Eu esperava que seu amor por mim serviria de alento para ela, em caso de dificuldades, e por um tempo, serviu; mas, a infelicidade de sua condição, pois ela sofreu muitas crueldades, subjugou toda a sua força de vontade e, apesar de ela ter prometido para mim que nada... mas como estou contando tudo atropeladamente! Não cheguei a te contar como isso aconteceu. Faltavam algumas horas para fugirmos para casar na Escócia. A traição, ou a tolice, da criada de minha prima nos impediu. Fui banido para a casa de um parente distante e ela foi proibida de ter qualquer liberdade, convivência ou diversões, até que meu pai conseguisse o que queria. Eu havia contado demais com sua fortaleza de espírito, e o golpe foi severo, para mim. Mas se ela houvesse sido feliz no casamento, eu teria aceitado o fato, dentro de alguns meses, pois era tão jovem; ou, pelo menos, não estaria lamentando agora. Contudo, não foi o caso. Meu irmão não tinha a menor consideração para com ela; seus prazeres não eram o que deveriam ser e, desde o começo, ele a tratou mal. A consequência disso sobre uma mente tão jovem, tão cheia de vida e com tão pouca experiência como a da Sra. Brandon, foi natural. Primeiro, resignou-se com a infelicidade de sua condição; e teria sido feliz, e se não tivesse se dedicado a superar a tristeza que suas lembranças de mim causavam. Mas podemos nos espantar com o fato de que, com um marido que provocava inconstância e sem um amigo para aconselhá-la ou controlá-la (pois meu pai viveu só alguns meses, depois do casamento, e eu estava com meu regimento das Índias Orientais), ela cometeria tal erro? Talvez se eu houvesse ficado na Inglaterra... mas eu quis contribuir com a felicidade de ambos, indo para longe dela por anos e, por este motivo, havia pedido transferência. O choque que o casamento dela havia me causado – continuou ele, em um tom de grande agitação – foi irrisório, não foi nada comparado ao que senti quando fiquei sabendo, cerca de dois anos depois, de seu divórcio. Foi isso que ensejou esta melancolia... até mesmo agora, a lembrança do que sofri...

Não conseguiu falar mais nada e, levantando-se depressa, andou pela sala por alguns minutos. Elinor, afetada pela história, e mais ainda pela angústia dele, não conseguiu dizer nada. Ele viu sua preocupação e, andando até ela, pegou sua mão, apertou-a e beijou-a, com respeito e gratidão. Mais alguns minutos de esforço silencioso permitiram que prosseguisse com compostura.

– Só retornei à Inglaterra quase três anos depois deste infeliz período. Minha primeira preocupação, quando cheguei, foi procurá-la, é claro. Mas minha busca foi tão infrutífera quanto melancólica. Não consegui achar seu rastro para além do primeiro homem que a seduziu, e tive todos os motivos para temer que, depois de tê-lo deixado, ela havia se afundado ainda mais em uma vida de pecado. O estipêndio mensal a que tinha direito por lei não era adequado para sua fortuna, tampouco suficiente para que se mantivesse confortavelmente, e descobri de meu irmão que o poder de receber a quantia havia sido transferido, alguns meses antes, para outra pessoa. Ele imaginava, com tanta calma quanto podia, que sua extravagância e consequente dificuldade a obrigaram a usar tal valor para resolver problemas imediatos. Finalmente, após estar na Inglaterra há seis meses, a encontrei. Minha consideração por um antigo criado, que havia enfrentado dificuldades desde a última vez que o vi, me fez visitá-lo em uma casa de detenção, onde havia sido preso por dívidas; e lá, na mesma casa, sob confinamento semelhante, estava minha desafortunada antiga paixão. Tão mudada, tão abatida... combalida por todo tipo de sofrimento! Mal pude acreditar que a figura melancólica e doente perante mim era o que havia sobrado da garota adorável, vivaz e saudável por quem havia sido apaixonado. O que tive que aguentar, ao olhar para ela... não tenho o direito de ferir seus sentimentos tentando descrevê-lo. Já lhe causei dor o suficiente. O fato de ela aparentar estar no último estágio de tuberculose foi... sim, naquela situação, foi meu maior conforto. A vida não poderia fazer nada por ela, além de dar tempo para preparar-se melhor para a morte; e isto foi feito. Fiz com que fosse colocada em aposentos confortáveis e com criados adequados; a visitei todos os dias, pelo resto de sua curta vida e estive com ela em seus últimos momentos.

Novamente, ele parou para se recompor, e Elinor expressou seus sentimentos sobre o destino de sua infeliz amiga em uma exclamação de preocupação terna.

– Sua irmã, espero, não se ofenderá – disse ele – com a semelhança que imaginei entre ela e minha pobre parenta desafortunada. Seus destinos, suas sinas, não podem ser os mesmos; e se a personalidade naturalmente doce de uma houvesse sido protegida por uma mente firme, ou um casamento feliz, poderia ter sido tudo o que viveremos para ver a outra se tornar. Mas aonde tudo isso nos leva? Pareço estar aborrecendo a senhorita por nada. Ah, Srta. Dashwood, um assunto como este, intocado por quatorze anos, é perigoso! Me recomporei e serei mais conciso. Ela deixou aos meus cuidados sua filha única, fruto de seu primeiro relacionamento pecaminoso, que tinha, na época, cerca de três anos. Ela amava a criança e sempre a havia mantido com ela. Era uma confiança valiosa e preciosa em mim, e eu teria cumprido o compromisso ao pé da letra, conduzindo sua educação pessoalmente, se a natureza de nossas condições permitisse; mas eu não tinha família, nem lar, então minha pequena Eliza foi colocada em uma escola. A visitava lá sempre que podia e, após a morte de meu irmão (que aconteceu há aproximadamente cinco anos e que fez com que a posse das propriedades da família passasse para mim), ela me visitava em Delaford. Me referia a ela como uma parenta distante, mas estou bem ciente de que há tempos suspeitam que há uma conexão muito mais próxima entre nós. Há três anos (quando ela havia acabado de fazer quatorze), a tirei da escola e coloquei sob os cuidados de uma mulher bastante respeitável, que residia no condado de Dorset e que estava responsável por outras quatro ou cinco meninas, mais ou menos da mesma idade. E, por dois anos, tive todos os motivos para ficar feliz com sua situação. Porém, em fevereiro passado, há quase um ano, ela desapareceu de repente. Eu havia permitido (imprudentemente, como depois percebi), após muita insistência por parte dela, que fosse a Bath com uma de suas jovens amigas, que estava indo visitar seu pai doente. Sabia que ele era um homem muito bom e tinha sua filha em alta estima – mais do que ela merecia, pois, com uma reserva obstinada e equivocada, ela não me dizia nada, não me dava qualquer pista, apesar de certamente saber de tudo. Seu pai, um homem de boas intenções, mas não de raciocínio rápido, não poderia mesmo me dar qualquer informação, acredito; pois estava confinado à casa, enquanto as meninas passeavam pela cidade inteira, fazendo as novas amizades que quisessem. E ele tentou convencer-me, tanto quanto ele mesmo estava convencido, de que sua filha não tinha tido nada a ver com a situação. Em resumo, não consegui descobrir nada, além de que ela havia sumido; todo o resto, por oito longos meses, foi apenas conjectura. O que pensei, o que temi, pode imaginar; e também o que sofri.

– Céus! – exclamou Elinor. – Será que... é possível que tenha sido Willoughby?

– A primeira notícia que tive dela – continuou ele – foi através de uma carta enviada por ela mesma, em outubro passado. Foi-me encaminhada de Delaford e a recebi naquela manhã em que pretendíamos passear até Whitwell; foi este o motivo de minha partida tão repentina de Barton, o que tenho certeza que deve, naquele momento, ter parecido bastante estranho para todos, e o que acredito ter ofendido alguns. Mal podia o Sr. Willoughby imaginar, suponho eu, quando seu olhar me censurava por descortesia, ao descumprir o compromisso, que eu havia sido chamado para prestar socorro àquela que ele havia tornado infeliz e miserável; mas e se soubesse, que diferença teria feito? Ele teria ficado menos alegre ou risonho com os sorrisos de sua irmã? Não, ele já havia feito aquilo que nenhum homem com consideração pelos outros faria. Ele havia abandonado a garota, cuja juventude e inocência tinha seduzido, em uma situação de absoluta agonia, sem um lar adequado, sem ajuda ou amigos, ignorante de seu endereço! Ele a havia abandonado, prometendo voltar; não voltou, não escreveu, tampouco a prestou auxílio.

– É pior do que eu poderia ter imaginado! – exclamou Elinor.

– Seu caráter agora está diante de você: perdulário, libertino e ainda pior do que isso. Sabendo de tudo isso, como sei há muitas semanas, imagine o que senti ao ver sua irmã tão apaixonada por ele quanto antes e, ao ficar sabendo que iria se casar com ele, imagine o que senti, por vocês todas. Quando a visitei, na semana passada, e a encontrei sozinha, vim determinado a saber a verdade, apesar de não ter me decidido sobre o que fazer quando ficasse mesmo sabendo. Meu comportamento deve ter lhe parecido estranho, naquela ocasião; mas agora o compreenderá. Deixar que vocês todas fossem tão enganadas; ver sua irmã... mas o que eu poderia fazer? Não tinha esperanças de que minha interferência fosse bem sucedida, e às vezes pensava que a influência de sua irmã ainda poderia recuperá-lo. Mas agora, após este tratamento tão maldoso, quem pode dizer quais eram as intenções dele em relação a ela? Quaisquer que tenham sido, contudo, ela pode agora, e no futuro, sentir-se grata por sua situação, quando a comparar com a da minha pobre Eliza, quando considerar a situação infeliz e desesperançada desta pobre menina, e a imaginar, com um afeto por ele ainda tão forte, tão forte quanto o seu próprio, e com a mente atormentada pela culpa, que a acompanhará a vida toda. Ela sentirá que seu sofrimento não é nada. Não é o resultado de um comportamento inadequado e não pode trazer-lhe qualquer desgraça. Pelo contrário, todos os seus amigos ficarão ainda mais próximos dela. Preocupação com sua infelicidade e respeito por sua força, deverão fortalecer todas as suas relações. Use seu próprio critério, contudo, ao comunicá-la sobre tudo o que acabei de contar. Saberá melhor quais serão seus efeitos;

mas se eu não acreditasse, seriamente e do fundo do meu coração, que seria de alguma valia, que diminuiria a tristeza dela, não a teria incomodado com este relato de meus problemas familiares, que pode ter feito com que parecesse que tinha a intenção de enaltecer a mim mesmo, em comparação com os outros.

Os francos agradecimentos de Elinor seguiram-se a tal relato, acompanhados também pela garantia de que esperava que a comunicação do que havia acontecido seria muito útil para Marianne.

– Os esforços dela em inocentá-lo – disse ela – me causaram mais dor do que todo o resto; pois a afetam mais do que a perfeita convicção de que ele não vale nada. Agora, apesar de que ela vá sofrer muito, de início, estou certa de que logo se acalmará. Já encontrou o Sr. Willoughby, desde que se despediu dele em Barton? – perguntou ela, após um curto silêncio.

– Sim – respondeu ele, gravemente –, uma vez. Um encontro foi inevitável.

Elinor, surpresa com seu tom, olhou para ele ansiosamente, dizendo:

– O que? Encontrou-se com ele para...

– Não poderia tê-lo encontrado de outra forma. Eliza havia confessado para mim, com relutância, o nome de seu amante; e, quando ele voltou à cidade, menos de uma quinzena depois de mim, marcamos um encontro, ele para defender e eu para punir sua conduta. Retornamos incólumes, então ninguém nunca ficou sabendo do encontro.

A imaginada necessidade disso tudo arrancou de Elinor um suspiro; mas não ousou censurar um homem, que também era um soldado, por isso.

– Esta – disse o Coronel Brandon, após uma pausa – foi a infeliz semelhança entre os destinos de mãe e filha! E cumpri o dever que me foi confiado de forma tão imperfeita.

– Ela ainda está na cidade?

– Não; assim que terminou seu período de repouso, pois a encontrei prestes a dar à luz, a enviei, com a criança, para o interior, e lá ela permanece.

Lembrando-se, logo depois, que provavelmente estava privando a irmã de Elinor de sua companhia, terminou a visita, recebendo dela mais uma vez seus agradecimentos e deixando-a cheia de compaixão e estima por ele.

Capítulo 32

Quando os detalhes de tal conversa foram repetidos pela Srta. Dashwood à irmã, o que foi feito com bastante rapidez, o efeito não foi exatamente o que ela esperava. Não que Marianne parecesse desconfiar da verdade de qualquer parte da história, pois ouviu tudo com a mais constante e submissa atenção, não fez qualquer objeção ou observação, não tentou defender Willoughby e parecia dizer, com suas lágrimas, que isso seria impossível. Mas, apesar de seu comportamento convencer Elinor de que a mente de sua irmã havia compreendido a culpa dele, apesar de ver, com satisfação, que a história fez com que parasse de evitar o Coronel Brandon quando a visitava, com que falasse com ele, até mesmo voluntariamente, com um tipo de respeito compassivo, e apesar de ver que sua irmã estava menos irritada do que antes, não a viu menos infeliz. Sua mente se acalmou, mas estabeleceu-se em uma depressão melancólica. Sentiu a perda do caráter de Willoughby mais ainda do que havia sentido a perda de seu coração; a sedução e o abandono da Srta. Williams, a infelicidade da pobre garota e a dúvida sobre quais teriam sido suas intenções para com ela mesma a atormentavam tanto, que ela não conseguia falar sobre o que sentia, nem mesmo com Elinor. Então, mergulhando sozinha em sua tristeza, causou ainda mais dor à irmã do que poderia ter sido causada pela mais franca e frequente confissão de tamanho sofrimento.

Narrar os sentimentos ou as palavras da Sra. Dashwood, ao receber e responder a carta de Elinor, seria apenas repetir o que suas filhas já haviam sentido e dito; uma decepção quase que tão dolorosa quanto a de Marianne e uma indignação ainda maior do que a de

Elinor. Longas cartas enviadas por ela, em rápida sucessão, chegaram para contar tudo o que ela sofria e pensava; para expressar sua preocupação com Marianne e pedir que aguentasse este infortúnio com força de vontade. A natureza da aflição de Marianne devia ser muito grande, mesmo, para que sua mãe falasse em força de vontade! Vergonhosa e humilhante devia ser a origem da tristeza, para que sua mãe pedisse que não cedesse a ela!

De encontro aos seus próprios interesses, a Sra. Dashwood havia decidido que seria melhor que Marianne ficasse em qualquer lugar, naquele momento, que não Barton, onde tudo à vista traria lembranças do modo mais forte e aflitivo, fazendo com que visse constantemente em Willoughby, como sempre o havia visto lá. Recomendou, portanto, que suas filhas não encurtassem, de jeito nenhum, sua visita à Sra. Jennings, o comprimento da qual, apesar de não ter sido estabelecido exatamente, esperava-se que totalizasse pelo menos cinco ou seis semanas. Uma variedade de ocupações, objetos e companhia, que não poderia ser obtida em Barton, seria inevitável na capital, e poderia, ela esperava, fazer com que Marianne se interessasse por coisas além de si mesma, e até mesmo se divertisse, apesar de tais ideias serem, naquele momento, rejeitadas por ela.

Do perigo de ver Willoughby de novo, sua mãe considerava que Marianne estava tão a salvo na cidade, quanto no interior, visto que todos os que a chamavam de amiga deveriam cortar relações com ele. Nunca se encontrariam de propósito; negligência não os exporia a uma surpresa e coincidência seria menos provável de acontecer nas multidões de Londres, do que no isolamento de Barton, onde poderia fazer com que ele se encontrasse na presença dela, ao visitar Allenham, por ocasião de seu casamento, que a Sra. Dashwood, que antes acreditava ser um evento provável, já havia se forçado a esperar como certo.

Tinha um outro motivo para desejar que as filhas ficassem onde estavam: uma carta de seu enteado a havia informado que ele e sua esposa estariam na cidade antes do meio de fevereiro e ela achava correto que elas vissem o irmão ocasionalmente.

Marianne havia prometido obedecer o conselho da mãe e sujeitou-se a ele, portanto, sem oposição, apesar de ter sido diferente do que ela desejava e esperava. Sentia que tal conselho estava completamente errado, havia sido formado com base em um engano e que, ao exigir que permanecesse por mais tempo em Londres, a privava do único alívio que poderia ter, o carinho de sua mãe em pessoa, e a condenava ao convívio e às situações que impediriam que tivesse um momento de sossego.

Mas era um grande consolo para ela que o que a aborrecia tanto, faria bem à sua irmã; e Elinor, por outro lado, suspeitando que não conseguiria evitar Edward inteiramente, confortou-se pensando que, apesar da estadia mais longa ser contra sua própria felicidade, seria melhor para Marianne do que um imediato retorno a Devonshire.

Seu cuidado em proteger sua irmã de qualquer menção do nome de Willoughby não foi em vão. Marianne, apesar de inconsciente do fato, beneficiou-se muito disso, pois nem a Sra. Jennings, nem o Sir John, nem mesmo a própria Sra. Palmer falaram dele na frente dela. Elinor gostaria que o mesmo esforço fosse feito para com ela própria, mas isso era impossível, e ela era obrigada a ouvir, dia após dia, a indignação de todos.

Sir John não acreditava que fosse possível. Um homem que ele sempre havia tido todos os motivos para estimar! Um camarada tão simpático! Ele não acreditava haver um cavaleiro mais ousado em toda a Inglaterra! Era um negócio inexplicável. Desejava que fosse para o inferno, do fundo de seu coração. Não dirigiria mais a palavra a ele, onde quer que o encontrasse, por nada neste mundo! Não, nem se estivessem no abrigo de caça em Barton e ficassem de tocaia por duas horas juntos. Que camarada mais canalha! Que patife! Na última vez que se viram, ele havia até mesmo lhe oferecido um dos filhotes da Folly! E havia sido a última vez!

A Sra. Palmer, de seu modo, estava igualmente brava. Estava determinada a cortar relações com ele e muito grata por nunca ter tido qualquer intimidade com ele, para começo de conversa. Desejava de todo coração que Combe Magna não ficasse tão perto de Cleveland;

mas não importava, pois era longe demais para que ela o encontrasse. Odiava-o tanto, que estava decidida a nunca mais mencionar o nome dele e contaria para todo mundo o quão imprestável ele era.

A Sra. Palmer demonstrou o resto de sua empatia obtendo todos os detalhes que pôde sobre o casamento que se aproximava e contando-os a Elinor. Logo já sabia dizer que oficina estava construindo a nova carruagem, que pintor estava fazendo o retrato de Willoughby e em que costureira as roupas da Srta. Grey poderiam ser vistas.

A despreocupação calma e educada de Lady Middleton, naquela ocasião, era um feliz alívio para o estado de espírito de Elinor, abatido como sempre estava pela gentileza clamorosa dos outros. Era um grande conforto para ela estar certa de não despertar interesse em pelo menos uma pessoa, dentre seu círculo de amigos; um grande conforto saber que pelo menos um deles a veria, sem sentir a menor curiosidade sobre detalhes, ou qualquer preocupação com a saúde de sua irmã.

Toda qualidade é mais estimada, eventualmente, devido às circunstâncias do momento, do que seu verdadeiro valor; e ela ficava tão agastada com as oficiosas condolências, a ponto de achar que bons modos eram mais indispensáveis do que uma natureza bondosa.

Lady Middleton expressava sua opinião sobre o assunto mais ou menos uma vez por dia, ou duas, se o tema surgisse com frequência, dizendo: "É bastante chocante, mesmo!" e, com tal desabafo contínuo, porém suave, conseguiu não só ver as Srtas. Dashwood, desde o começo, sem a menor emoção, como também vê-las logo sem lembrar-se de uma palavra sobre a questão. Tendo, deste modo, apoiado a dignidade de seu próprio sexo e censurado o que havia de errado com o outro, considerava-se livre para concentrar-se nas necessidades de suas próprias reuniões sociais e decidiu, portanto (apesar de ir contra a opinião de Sir John) que, como a Sra. Willoughby seria, ao mesmo tempo, uma mulher elegante e rica, deixar seu cartão com ela, logo que se casasse.

As indagações delicadas e circunspectas do Coronel Brandon nunca eram mal recebidas pela Srta. Dashwood. Ele tinha mais do que conquistado o privilégio de conversar intimamente com ela sobre a decepção de sua irmã, através do zelo amigável com que tinha tentado amenizá-la, e sempre conversavam com franqueza. Sua principal recompensa pelo esforço doloroso que havia feito, ao divulgar suas tristezas passadas e humilhações atuais, chegou em forma do olhar de pena com que Marianne às vezes o observava e a gentileza de sua voz, sempre que ela era obrigada (o que não acontecia sempre) ou se forçava a falar com ele. Isto garantiu-lhe que seu esforço havia produzido um aumento de boa-vontade para com ele, e fez com que Elinor esperasse que aumentasse ainda mais. Mas a Sra. Jennings, que não sabia de nada disso, somente que o Coronel continuava tão sério quanto sempre havia sido e que ela não conseguiria nem forçá-lo a pedir Marianne em casamento, nem oferecer-se para fazê-lo no lugar dele, começou a pensar, depois de dois dias, que ao invés de meados do verão, eles não estariam casados antes da festa de São Miguel, no fim de setembro e, depois de uma semana, que não haveria casamento, no fim das contas. O bom entendimento entre o Coronel e a Srta. Dashwood parecia declarar que as honras da amoreira, do canal e da pérgola seriam transferidas para ela; e a Sra. Jennings parou de pensar, por algum tempo, sobre o Sr. Ferrars.

No início de fevereiro, uma quinzena depois do recebimento da carta de Willoughby, Elinor teve a difícil tarefa de informar sua irmã que ele havia se casado. Tomou o cuidado de fazer com que a informação fosse dada por ela mesma, pois estava desejosa de que Marianne não ficasse sabendo pelos jornais, que a via examinando ansiosamente todas as manhãs.

Recebeu a notícia com decidida compostura; não fez qualquer observação e não derramou lágrimas. Porém, após um tempo, caiu em prantos e passou o resto do dia em um estado tão lamentável quanto no dia em que começara a esperar pelo evento.

Os Willoughby saíram da cidade logo depois do casamento e Elinor esperava, visto que não havia mais perigo de que Marianne visse qualquer um dos dois, convencer a irmã, que não havia saído de casa desde que tinha recebido o baque, a sair aos poucos, como fazia antes.

Mais ou menos nessa época, as duas Srtas. Steele, recém-chegadas à casa de sua prima em Bartlett's Buildings, no distrito de Holburn, apresentaram-se novamente a seus parentes mais elegantes, nas ruas Conduit e Berkeley, e foram recebidas por todos eles com grande cordialidade.

Somente Elinor lamentou vê-las. Sua presença sempre lhe causava dor e ela mal soube como dar uma resposta graciosa ao comentário de Lucy, feito com grande deleite, sobre o fato de ela ainda estar na capital.

– Eu teria ficado bastante decepcionada, se não a visse ainda aqui – disse ela repetidas vezes, com forte ênfase – Mas sempre achei que fosse mesmo vê-la. Tinha quase certeza de que você não sairia de Londres tão cedo; apesar de ter me dito, em Barton, que não ficaria mais do que um mês. Mas pensei, naquela época, que você provavelmente mudaria de ideia, quando chegasse a hora. Teria sido uma pena ir embora antes de seu irmão e sua cunhada chegarem. E agora, claro que não terá pressa para ir. Estou muito contente, por você não ter cumprido sua palavra.

Elinor a havia compreendido perfeitamente e foi forçada a usar todo o seu autocontrole para fazer parecer que não tinha.

– Bem, minha cara – disse a Sra. Jennings –, como foi sua viagem?

– Não viemos de diligência, asseguro-lhe – respondeu a Srta. Steele, com rápida exultação. – Viemos de carruagem postal o caminho todo e tivemos um rapaz bastante elegante nos acompanhando. O Sr. Davies estava vindo para a capital, então pensamos em nos juntarmos a ele na carruagem alugada; ele se comportou de forma bastante cavalheiresca e pagou dez ou doze xelins a mais do que nós.

– Oh! – exclamou a Sra. Jennings. – Que maravilha! E o reverendo é solteiro, suponho.

– Ora, ora – disse a Srta. Steele, com um sorriso afetado –, todos tiram sarro de mim por causa do doutor e não consigo imaginar o porquê. Minhas primas disseram que têm certeza que o conquistei; mas declaro que nunca penso nele. "Céus! Aí vem seu pretendente, Nancy", minha prima disse, outro dia, quando o viu atravessando a rua em direção à nossa casa. “Meu pretendente!”, disse eu, “não sei a quem se refere. O doutor não é nada disso”.

– Sim, sim, falou muito bem. Mas não adianta: o reverendo é o homem, estou vendo.

– Não, verdade! – respondeu sua prima, com franqueza afetada. – Rogo-lhe que não me contradiga, se ouvir alguém falar sobre o assunto.

A Sra. Jennings assegurou-lhe de que certamente não a contradiria e a Srta. Steele ficou completamente satisfeita.

– Suponho que irão se hospedar com seu irmão e sua cunhada, Srta. Dashwood, quando chegarem à cidade – disse Lucy, voltando, após uma pausa nas indiretas hostis, ao ataque.

– Não, acho que não iremos.

– Oh, sim, ouso dizer que irão.

Elinor não lhe deu a satisfação de continuar contestando.

– Que bom que a Sra. Dashwood consegue ficar sem vocês duas por tanto tempo!

– Tanto tempo! – interpôs a Sra. Jennings. – Como assim, a visita delas acabou de começar!

– Sentimos por não poder ver sua irmã, Srta. Dashwood – disse a Srta. Steele. – Sentimos por ela não estar bem...

Marianne havia deixado a sala, quando chegaram.

– Quanta gentileza. Minha irmã também ficará sentida por perder o prazer de vê-las, mas tem sofrido muito nos últimos dias com dores de cabeça de nervoso, que fazem com que não possa receber visitas ou conversar.

– Oh, céus, que pena! Mas amigas antigas, como Lucy e eu! Penso que ela poderia nos ver e tenho certeza que não falaríamos uma palavra.

Elinor, com muita cortesia, recusou a proposta. Sua irmã estaria, talvez, deitada ou de roupão e, portanto, não poderia vir até elas.

– Oh, mas se é só isso – exclamou a Srta. Steele –, nós poderíamos muito bem subir para vê-la.

Elinor começou a achar essa impertinência demais para seu temperamento, mas foi poupada de ter que pôr um fim a ela pela reprimenda severa de Lucy que, naquele momento, assim como em muitas ocasiões, apesar de não refinar os modos de uma irmã, tinha a vantagem de conseguir controlar os da outra.

Capítulo 33

Após alguma resistência, Marianne cedeu aos pedidos da irmã e concordou em sair com ela e com a Sra. Jennings uma manhã, por meia hora. Impôs a condição expressa, contudo, de que não faria visitas e só as acompanharia até a loja Gray's, em Sackville Street, onde Elinor estava negociando a troca de algumas joias antiquadas de sua mãe.

Quando pararam em frente à loja, a Sra. Jennings lembrou-se de que havia uma senhora, que morava na outra ponta da rua, que precisava visitar; e, como não tinha o que fazer na Gray's, ficou decidido que, enquanto suas jovens amigas resolviam seus assuntos, ela faria sua visita e voltaria para buscá-las.

Ao subir as escadas, as Srtas. Dashwood se depararam com tantas pessoas na loja que não havia nenhum funcionário livre para pegar seu pedido e foram obrigadas a esperar. Tudo o que podiam fazer era sentar do lado do balcão que parecia estar indo mais rápido; um cavalheiro estava de pé naquela parte e seria provável que Elinor conseguisse apelar para a educação dele, de modo que terminasse seus negócios rapidamente. Mas a precisão de seu olhar e a delicadeza de seu gosto se mostraram maiores do que sua educação. Ele estava encomendando um paliteiro e até que o tamanho, o formato e os ornamentos fossem determinados, após examinar e debater, por quinze minutos, todos os paliteiros da loja, de acordo com sua imaginação rebuscada, ele não teve tempo de prestar atenção nas duas damas, a não ser com três ou quatro olhares bastante gerais, um tipo de atenção que fez com que Elinor se lembrasse dele como uma pessoa de feições fortes e naturais e acentuada insignificância, apesar de estar adornado com o que havia de mais novo na moda.

Marianne foi poupada dos inquietantes sentimentos de desdém e ressentimento, diante de tal exame das características do homem e da fatuidade de seus modos ao analisar todos os horríveis paliteiros diferentes apresentados para sua inspeção, permanecendo inconsciente de tudo, pois ela era tão capaz de concentrar-se somente em seus próprios pensamentos, e ignorar tudo o que se passava ao seu redor, tão bem na loja do Sr. Gray, quanto em seu próprio quarto.

O cavalheiro finalmente decidiu-se. Pediu o marfim, o ouro e as pérolas e, tendo declarado o último dia em que sua existência poderia continuar sem a posse do paliteiro, colocou as luvas com cuidado vagaroso e, lançando outro olhar às Srtas. Dashwood, mas um que parecia exigir, ao invés de expressar, admiração, saiu com um ar alegre de verdadeiro convencimento e afetada indiferença.

Elinor não perdeu tempo em declarar seu objetivo e estava a ponto de concluí-lo, quando outro cavalheiro apareceu ao seu lado. Voltou o olhar para seu rosto e descobriu, com alguma surpresa, que era seu irmão.

Seu afeto e prazer em encontrarem uns aos outros era o mínimo suficiente para uma demonstração bastante aceitável na loja do Sr. Gray. John Dashwood estava, mesmo, muito longe de lamentar ver suas irmãs novamente; elas estavam satisfeitas; e as perguntas que ele fez sobre a mãe delas foram respeitosas e atenciosas.

Elinor descobriu que ele e Fanny haviam chegado na capital há dois dias.

– Queria muito tê-las visitado ontem – disse ele –, mas foi impossível, pois tivemos que levar o Harry para ver os animais selvagens em Exeter Exchange e passamos o resto do dia com a Sra. Ferrars. Harry ficou muito contente. Hoje de manhã, tinha toda a intenção de visitá-las, se conseguisse tirar meia hora de folga, mas sempre temos tanto o que fazer, desde que chegamos na cidade. Vim aqui para encomendar um carimbo feito sob medida para Fanny. Mas amanhã com certeza poderei fazer uma visita a Berkeley Street e ser apresentado à sua amiga, Sra. Jennings. Me disseram que é uma mulher muito rica. E os Middleton também, precisam me apresentar a eles. Como parentes da minha madrasta, terei prazer em prestar meus respeitos a eles. São excelentes vizinhos para vocês, no interior, fiquei sabendo.

– Excelentes, mesmo. Sua preocupação com nosso conforto e sua simpatia sob todos os aspectos são maiores do que posso expressar.

– Fico muito feliz em ouvir isso, asseguro-lhe, muito feliz, mesmo. Mas assim deveria ser; são pessoas de grande fortuna e também seus parentes, pode-se esperar deles toda cortesia e amenidade para fazer com que a situação de vocês seja confortável. Então se estabeleceram muito confortavelmente em seu pequeno chalé e não precisam de nada! Edward nos fez um relato dos mais encantadores sobre o lugar: é o chalé mais completo possível, disse ele, e todas vocês pareciam gostar dele mais do que tudo. Foi uma grande satisfação para nós ouvi-lo, asseguro-lhe.

Elinor ficou com um pouco de vergonha do irmão e não lamentou ser poupada da necessidade de responder a ele pela chegada do criado da Sra. Jennings, que havia vindo para dizer que sua senhora as aguardava na porta.

O Sr. Dashwood as acompanhou até a saída, foi apresentado à Sra. Jennings na porta de sua carruagem e, repetindo sua esperança de conseguir visitá-las no dia seguinte, despediu-se.

Sua visita foi devidamente feita. Ele chegou com uma suposta desculpa em nome da esposa, por não ter ido junto; "ela tinha tantos compromissos com a mãe, que não teria tempo livre para ir a qualquer lugar". A Sra. Jennings, contudo, assegurou-lhe que ela não queria cerimônias, pois eram todos primos, ou algo do tipo, e decerto visitaria a Sra. Dashwood muito em breve e levaria as irmãs dele para vê-la. Os modos dele para com as irmãs, apesar de calmos, foram bastante corteses; para com a Sra. Jennings, extremamente atenciosos e civilizados. E, tendo o Coronel Brandon chegado logo depois, o observou com uma curiosidade que parecia dizer que só estava esperando descobrir se era rico, para que fosse igualmente bem-educado para com ele.

Após passar meia hora com eles, pediu a Elinor que caminhasse com ele a Conduit Street e o apresentasse a Sir John e Lady Middleton. O tempo estava surpreendentemente bom e ela consentiu de imediato. Assim que saíram da casa, começou a fazer perguntas.

– Quem é o Coronel Brandon? Ele é um homem de fortuna?

– Sim; tem uma propriedade muito boa no condado de Dorset.

– Fico feliz. Ele parece ser bastante cavalheiresco; e penso, Elinor, que posso parabenizá-la pela perspectiva de um estabelecimento bastante respeitável.

– Eu, irmão! O que quer dizer?

– Ele gosta de você. O observei de perto e estou convencido disso. Qual é o tamanho de sua fortuna?

– Acredito que duas mil libras por ano.

– Duas mil libras por ano – repetiu, e então, entusiasmando-se até chegar a um nível de exuberante generosidade, acrescentou: – Elinor, desejaria do fundo do coração que fosse o dobro, pelo seu bem.

– Acredito em você – respondeu Elinor –, mas tenho certeza de que o Coronel Brandon não tem o menor desejo de se casar comigo.

– Está enganada, Elinor, está redondamente enganada. Um pouquinho de esforço de sua parte o conquistaria. Talvez, neste momento, ele possa não ter se decidido; a pequenez de sua fortuna pode fazer com que ele hesite. Seus amigos podem todos aconselhá-lo do contrário, mas algumas daquelas pequenas atenções e encorajamentos que as damas dão com facilidade o conquistarão, por mais que ele não o queira. E não há motivos para que você não tente conquistá-lo. Não podemos supor que haja qualquer relacionamento prévio de sua parte, quero dizer, haver qualquer relacionamento deste tipo está fora de questão, as objeções são insuperáveis. Você é sensata demais para não ver tudo isso. O Coronel Brandon deve ser o homem; e nenhuma cortesia de minha parte ficará faltando, para fazer com que ele se agrade com você e sua família. É uma união que trará satisfação a todos. Em resumo, é o tipo de coisa que – disse ele, abaixando a voz até chegar a um sussurro cheio de importância – seria muito bem-vinda para todas as partes.

Recompondo-se, contudo, ele disse:

– Quer dizer, estava me referindo a... seus amigos estão todos ansiosos por vê-la bem estabelecida; Fanny, em especial, pois ela tem seus interesses em alta conta, asseguro-lhe. E a mãe dela, também, a Sra. Ferrars, uma mulher bastante simpática, tenho certeza que daria um enorme prazer a ela, ela disse isso, outro dia.

Elinor não ousou dar qualquer resposta.

– Seria notável – continuou ele – e divertido, se Fanny tivesse um irmão e eu uma irmã se casando ao mesmo tempo. E contudo, não parece muito improvável.

– O Sr. Edward Ferrars vai se casar? – perguntou Elinor, resoluta.

– Não está nada decidido, ainda, mas está havendo um rebuliço. Ele tem uma mãe excelente, a Sra. Ferrars, que é bastante generosa, e dará a ele mil libras por ano, se a união ocorrer. A senhorita é a Honorável Srta. Morton, filha única do falecido Lorde Morton, que possui trinta mil libras. Uma união bastante desejável de ambos os lados e não tenho dúvidas de que ocorrerá logo. Mil libras por ano é uma quantia generosa para uma mãe conceder para sempre; mas a Sra. Ferrars tem um espírito nobre. Para dar a você uma outra ideia de sua generosidade, outro dia, logo que chegamos na capital, ciente de que não podíamos estar muito bem de dinheiro no momento, ela colocou duzentas libras na mão de Fanny. E é um presente extremamente razoável, pois temos um custo de vida muito alto, enquanto estamos aqui.

Ele pausou para que ela demonstrasse sua concordância e compaixão, então Elinor forçou-se a dizer:

– Suas despesas na cidade e no interior devem, certamente, ser consideráveis; mas sua renda é grande.

– Não tão grande, ouso dizer, quanto muitos supõem. Não quero reclamar, contudo; é sem dúvida confortável e espero que melhore. O cercamento do bosque de Norland, que está sendo feito agora, é uma despesa das mais sérias. Além disso, fiz uma pequena compra neste último semestre: a fazenda East Kingham, você deve se lembrar do lugar, onde Gibson morava. As terras eram tão desejáveis para mim, sob todos os aspectos, tão próximas das minhas próprias, que senti ser meu dever comprá-las. Eu não poderia ter deixado que caíssem em outras mãos com a consciência tranquila. Um homem deve pagar por sua conveniência; e me custou mesmo muito dinheiro.

– Mais do que você acha que valem, real e intrinsicamente.

– Ora, espero que não. Eu poderia tê-las vendido, no dia seguinte, por muito mais do que paguei; mas quanto ao dinheiro para a compra, eu poderia ter sido muito desafortunado, pois as ações estavam tão baixas, naquela época, que se eu não tivesse a quantia necessária nas mãos do meu banco, eu teria vendido com uma grande perda.

Elinor só pôde sorrir.

– Tivemos outras despesas, também, grandes e inevitáveis, quando primeiro nos instalamos em Norland. Nosso estimado pai, como você bem sabe, deixou todas as posses vindas de Stanhill, que permaneciam em Norland (e que eram bastante valiosas) para sua mãe. Longe de mim criticá-lo por ter feito isso; ele tinha o indubitável direito de dispor de suas posses como queria, mas, em consequência disso, fomos forçados a fazer grandes compras de roupas de cama, porcelana etc., para repor o que foi levado. Você pode imaginar, depois de todas essas despesas, o quão longe estamos de sermos ricos, e quão aceitável é a gentileza da Sra. Ferrars.

– Certamente – disse Elinor – e, auxiliados pela generosidade dela, espero que cheguem a viver em conforto.

– Mais um ano ou dois poderá fazer toda a diferença – ele respondeu, com seriedade –, mas ainda há muito a ser feito. Ainda não assentamos uma única pedra da estufa de Fanny e só marcamos o local onde será colocado o jardim de flores.

– Onde a estufa será construída?

– Sobre aquele monte, atrás da casa. Todas as velhas nogueiras serão arrancadas, para abrir espaço. Será uma bela vista, de muitas partes da propriedade, e o jardim descerá o monte logo atrás dela, e ficará muito bonito. Tiramos todos os velhos espinheiros que cresciam em moitas sobre a inclinação.

Elinor manteve sua preocupação e admoestações para si mesma e ficou muito feliz por Marianne não estar presente, para compartilhar sua irritação.

Tendo dito o suficiente para deixar clara sua pobreza e livrar-se da necessidade de comprar um par de brincos para cada uma de suas irmãs, da próxima vez que visitasse a loja do Sr. Gray, seus pensamentos tomaram um rumo mais animado e ele começou a parabenizar Elinor por ter uma amiga como a Sra. Jennings.

– Ela parece ser uma mulher bastante valiosa; sua casa, seu estilo de vida, tudo demonstra uma renda excelente; e é uma relação que não só tem sido muito útil para vocês até agora, como também pode se mostrar materialmente vantajosa, no futuro. Ela tê-las convidado para vir à capital é um grande ponto a favor de vocês; e, na verdade, demonstra tamanho afeto por vocês que, quando ela falecer, não serão esquecidas. Ela deve ter muito o que deixar de herança.

– Não tem nada, eu suporia; pois ela tem somente sua pensão, que reverterá para suas filhas.

– Mas não podemos imaginar que ela gaste todo seu dinheiro. Poucas pessoas razoavelmente prudentes fazem isso; e o que quer que ela economize, será dela para fazer o que quiser.

– E não acha mais provável que ela deixe para as filhas, do que para nós?

– As filhas delas estão bem casadas e, portanto, não vejo necessidade dela fazer mais por elas. Enquanto isso, em minha opinião, tendo demonstrado tamanha atenção para com vocês e tratado as duas desta forma, ela lhes deu um certo tipo de expectativa de consideração futura, que uma mulher de consciência não poderia deixar de lado. Nada poderia ser mais gentil do que seu comportamento, e ela não pode fazer tudo isso sem se dar conta da perspectiva que cria.

– Mas não cria nenhuma, nas pessoas mais interessadas. Assevero, irmão, que sua ansiedade por nosso bem-estar e prosperidade está te levando longe demais.

– Ora, certamente – disse ele, parecendo recompor-se –, as pessoas têm pouco, muito pouco, em seu poder. Mas minha cara Elinor, qual é o problema com Marianne? Ela parece estar bastante mal, está pálida e emagreceu muito. Ela está doente?

– Ela não está bem, está com um problema nervoso há algumas semanas.

– Sinto muito por isso. Em sua idade, qualquer doença destrói a vivacidade para sempre! A dela foi bem curta! Setembro passado, ela era a garota mais bonita que já havia visto e com grandes probabilidades de arranjar um marido. Havia algo em seu tipo de beleza que agrada particularmente os homens. Lembro que Fanny me disse que ela casaria antes e arranjaria um marido melhor do que você; não que ela não seja afeiçoada a você, só foi uma ideia que lhe ocorreu. Ela deve estar enganada, contudo. Me pergunto se Marianne agora se casará com um homem que valha mais do que quinhentas ou seiscentas libras por ano, no máximo, e ficarei muito surpreso se você não se sair melhor. Condado de Dorset! Conheço muito pouco de Dorset; mas minha cara Elinor, ficarei muito feliz em conhecer mais. E penso que posso me comprometer, em meu próprio nome e no de Fanny, que estaremos entre os que te visitarão mais cedo e com mais alegria.

Elinor tentou muito convencê-lo de que não havia a menor probabilidade de se casar com o Coronel Brandon; mas ele se comprazia demais com a ideia para abrir mão dela, estava resolvido a fazer amizade com aquele cavalheiro e promover o casamento através de todas as cortesias possíveis. Tinha o mínimo de remorso por não ter feito, ele mesmo, nada por suas irmãs, para ficar extremamente desejoso de que todos os outros fizessem bastante; e um pedido de casamento do Coronel Brandon, ou uma herança da Sra. Jennings eram os meios mais fáceis de compensar sua própria negligência.

Tiveram a sorte de encontrar Lady Middleton em casa e Sir John chegou antes que a visita acabasse. Uma abundância de civilidade jorrou de ambos os lados. Sir John estava sempre pronto para gostar de todos e, apesar de o Sr. Dashwood não parecer entender muito de cavalos, ele logo o tachou de simpático, enquanto que Lady Middleton viu elegância o suficiente em sua aparência para considerar que sua amizade valia a pena. E o Sr. Dashwood partiu muito satisfeito com ambos.

– Terei uma bela descrição para dar a Fanny – disse ele, enquanto caminhava de volta com a irmã. – Lady Middleton é uma mulher assaz elegante! Do tipo de mulher que tenho certeza que Fanny gostaria de conhecer. E a Sra. Jennings, também, uma mulher com um comportamento extremamente correto, apesar de não ser tão elegante quanto a filha. Sua cunhada não precisará ter qualquer receio em ir visitá-la; a ausência dela nessa vista, para dizer a verdade, foi um pouco caso; é claro, pois só sabíamos que a Sra. Jennings era a viúva de um homem que ganhou todo o seu dinheiro de forma pouco refinada. E Fanny e a Sra. Ferrars estavam convencidas de que nem ela, nem suas filhas eram o tipo de mulher com quem Fanny gostaria de se associar. Mas agora posso levar a ela um relato muito satisfatório sobre ambas.

Capítulo 34

A Sra. John Dashwood tinha tanta confiança no julgamento do marido que visitou, no dia seguinte, a Sra. Jennings e sua filha; e sua confiança foi recompensada pela descoberta de que a mulher com quem suas cunhadas estavam hospedadas não era, de forma alguma, indigna de sua atenção; quanto a Lady Middleton, achou-a uma das mulheres mais encantadoras do mundo!

Lady Middleton também ficou satisfeita com a Sra. Dashwood. Havia um tipo de egoísmo frio de ambos os lados que as atraiu mutuamente; e simpatizaram uma com a outra devido à propriedade insípida de seus modos e falta de intelecto em geral.

Contudo, os mesmos modos que fizeram com que Lady Middleton formasse uma boa opinião da Sra. John Dashwood não caíram bem com a Sra. Jennings, e para ela, ela pareceu ser nada mais do que uma mulherzinha de aparência orgulhosa e modos pouco cordiais, que encontrou-se com suas cunhadas sem qualquer afeição, não tendo dito quase nada a elas; pois, dos quinze minutos que teve a bondade de passar em Berkeley Street, sentou-se em silêncio por quase sete e meio.

Elinor queria muito saber, apesar de não ter perguntado, se Edward estava na capital; mas nada teria feito com que Fanny voluntariamente mencionasse seu nome na frente dela, até poder dizer a ela que seu casamento com a Srta. Morton havia sido decidido, ou até que as expectativas de seu marido em relação ao Coronel Brandon fossem atendidas; pois ela acreditava que Elinor e Edward continuavam tão afeiçoados um ao outro que nenhuma separação, por palavras e atos, seria demais. A informação que ela não quis dar, contudo, logo veio de outro canto. Lucy logo chegou para pedir a compaixão de Elinor por não poder ver Edward, apesar de ele ter chegado na cidade com o Sr. e a Sra. Dashwood. Ele não ousava ir até Bartlett's Buildings por medo de ser descoberto e, apesar da impaciência mútua para se encontrarem, não pôde ser convencido e não podiam fazer nada, naquele momento, a não ser enviarem cartas um ao outro.

Edward logo as assegurou, ele mesmo, de sua presença na cidade, visitando-as em Berkeley Street duas vezes. Duas vezes seu cartão foi encontrado sobre a mesa, quando voltaram de seus compromissos matinais. Elinor ficou feliz por ele ter passado lá e ainda mais feliz por terem se desencontrado.

Os Dashwood ficaram tão deleitados com os Middleton que, apesar de não terem o hábito de dar nada, resolveram dar a eles... um jantar; e, logo após conhecê-los, os convidaram a ir a Harley Street, onde haviam alugado uma casa muito bonita por três meses. Suas irmãs e a Sra. Jennings também foram convidadas e John Dashwood certificou-se de chamar o Coronel Brandon que, sempre feliz de estar onde as Srtas. Dashwood estivessem, recebeu sua ávida cortesia com um pouco de surpresa, mas com muito mais prazer. Iriam conhecer a Sra. Ferrars, mas Elinor não conseguiu descobrir se seus filhos fariam parte do grupo. A expectativa de vê-la, contudo, era o suficiente para fazer com que se interessasse pelo compromisso, pois, apesar de agora poder conhecer a mãe de Edward sem a forte ansiedade que outrora ameaçara fazer parte de tal apresentação e apesar de poder, agora, vê-la com perfeita indiferença quanto a sua opinião sobre si, seu desejo de estar na presença da Sra. Ferrars e sua curiosidade por saber como ela era continuavam tão fortes quanto nunca.

O interesse com que aguardava o jantar logo aumentou, com mais força do que prazer, ao descobrir que as Srtas. Steele também estariam lá.

Elas haviam agradado tanto Lady Middleton e sua assiduidade havia sido tão aprazível para ela que, apesar de Lucy não ser tão elegante e sua irmã nem mesmo uma dama, ela estava tão pronta quanto Sir John para convidá-las a passar uma semana ou duas em sua casa em Conduit Street; e calhou de ser particularmente conveniente para as Srtas. Steele, assim que ficaram sabendo sobre o convite da família Dashwood, que sua visita começasse alguns dias antes da data do jantar.

Suas pretensões em relação à atenção da Sra. John Dashwood, na qualidade de sobrinhas do homem que, por muitos anos, educara seu irmão, não teria sido de muita valia para obter lugares à sua mesa; mas, como hóspedes de Lady Middleton, tinham que ser recebidas. E Lucy, que há muito queria conhecer a família pessoalmente, observar mais de perto suas personalidades e as dificuldades que ela própria teria, além de ter a oportunidade de tentar agradá-los, poucas vezes foi mais feliz em sua vida do que ao receber o cartão de visitas da Sra. John Dashwood.

Sobre Elinor, o efeito foi diferente. Começou a conjecturar que Edward, que morava com a mãe, devia ter sido convidado junto com ela, para um jantar dado pela irmã; e vê-lo pela primeira vez depois de tudo o que havia acontecido, em companhia de Lucy! Ela mal sabia como iria aguentar.

Estas apreensões não eram, talvez, baseadas na razão, tampouco na verdade. Foram aliviadas, contudo, não por ela mesma ter se recomposto, e sim pela boa vontade de Lucy, que acreditava estar infligindo uma grave decepção ao contar a ela que Edward certamente não estaria em Harley Street na terça-feira, e esperava causar ainda mais dor convencendo-a de que ele se manteria afastado devido a seu extremo afeto por ela, que ele não conseguia esconder quando estavam juntos.

A importante terça-feira, que ia apresentar as duas jovens damas à formidável sogra, chegou.

– Ai de mim, Srta. Dashwood! – disse Lucy, enquanto subiam as escadas juntas, pois os Middleton chegaram tão imediatamente após a Sra. Jennings, que todos seguiram o criado ao mesmo tempo. – Não há ninguém, exceto você, que poderia sentir pena de mim. Declaro que mal posso ficar de pé. Céus! Dentro de instantes verei a pessoa da qual toda a minha felicidade depende, aquela que será minha sogra!

Elinor poderia tê-la aliviado, sugerindo a possibilidade de ser a sogra da Srta. Morton que estavam prestes a ver, e não a sua; mas, ao invés de fazer isso, assegurou a ela, com grande sinceridade, que sentia pena dela – para a completa surpresa de Lucy que, apesar de estar verdadeiramente desconfortável, esperava ser, pelo menos, um objeto de irreprimível inveja por parte de Elinor.

A Sra. Ferrars era uma mulher pequena e magra, empertigada a ponto de ser formal e séria a ponto de ser azeda. Sua pele era amarelada e suas feições pequenas, sem beleza e naturalmente sem expressão. Mas uma feliz contração do cenho havia salvo seu rosto da desgraça da insipidez, dando a ele as fortes características do orgulho e da antipatia. Ela não era uma mulher de muitas palavras, pois, ao contrário das pessoas em geral, ela as dividia proporcionalmente entre a quantidade de suas ideias, e das poucas sílabas que lhe escapavam, nenhuma foi dirigida à Srta. Dashwood, quem observou com a determinação vivaz de detestar, em todos os casos.

Naquele momento, Elinor não ficou infeliz com tal comportamento. Alguns meses antes, teria ficado extremamente magoada; mas agora, não estava mais no poder da Sra. Ferrars afligi-la, e a diferença de seus modos para com as Srtas. Steele, diferença esta que parecia ser proposital para fazer com que se sentisse ainda mais humilhada, só a divertiu. Ela não pôde deixar de sorrir ao ver a graciosidade da mãe e da filha para com Lucy, era particularmente distinguida, pois se soubessem tanto quanto Elinor sabia, elas mais iriam querer degradá-la; enquanto que ela mesma, que não tinha, em comparação, qualquer poder de feri-las, era desprezada por ambas. Porém, enquanto sorria ao testemunhar uma graciosidade tão mal aplicada, não pôde deixar de refletir sobre a tolice maldosa que dava origem a tal comportamento, tampouco de observar as atenções calculadas que as Srtas. Steel usavam para fazer com que continuasse, sem desprezar todas as quatro.

Lucy ficou exultante por ter sido destacada com tanta honra e a Srta. Steele só precisava que alguém fizesse uma piada sobre ela e o Sr. Davies para ficar perfeitamente feliz.

O jantar foi imponente, os criados eram numerosos, tudo demonstrava a inclinação da anfitriã para o espetáculo e a capacidade do anfitrião de pagar por ele. Apesar das melhorias e acréscimos que estavam fazendo a Norland, e a despeito de seu proprietário quase ter sido obrigado a vender suas posses com prejuízo, por causa de mil libras, nada indicava a indigência que ele havia tentado inferir da situação; não parecia haver qualquer pobreza, exceto de conversa – mas neste quesito, a deficiência era considerável. John Dashwood não tinha muito a dizer que fosse digno de ouvir e sua esposa tinha ainda menos. Mas não havia qualquer problema em especial com isso; pois era o caso da maioria de seus visitantes que tinham, quase todos, uma ou outra desqualificação para serem agradáveis – falta de sensatez, natural ou por educação, falta de elegância, falta de personalidade ou falta de temperamento.

Quando as senhoras retiraram-se para a sala de estar, após o jantar, esta pobreza ficou ainda mais evidente, pois os cavalheiros haviam dado à conversa alguma variedade – a variedade de política, cercamento de terras e treinamento de cavalos. Porém, quando tudo terminou, um único assunto ocupou as senhoras até que o café fosse trazido, a comparação entre as alturas de Harry Dashwood e do segundo filho de Lady Middleton, William, que tinham quase a mesma idade.

Se as duas crianças estivessem lá, o assunto poderia ter sido facilmente finalizado, medindo-os de imediato; mas como só Harry estava presente, era tudo conjectura, de ambos os lados, e todos tinham o direito de estar firmes em suas opiniões, e repeti-las de novo, e de novo, o quanto quisessem.

Os grupos se dividiram da seguinte maneira:

As duas mães, apesar de estarem, na verdade, convencidas de que seu próprio filho era o mais alto, educadamente decidiram em favor da outra.

As duas avós, com tanta parcialidade quanto as mães, mas com mais sinceridade, foram francas em apoio de seu próprio descendente.

Lucy, que estava ansiosa por agradar ambas as mães, achou os dois meninos altos para a idade e não podia admitir que havia a menor diferença entre eles; e a Srta. Steele, com ainda mais afã, defendeu ambos os lados, o mais rápido que pôde.

Elinor, tendo dado, uma vez, sua opinião em favor de William, com o que ofendeu a Sra. Ferrars e Fanny ainda mais, não viu necessidade em reforçá-la com qualquer declaração adicional; e Marianne, quando instada a dar a sua, ofendeu a todas, declarando que não tinha opinião para dar, visto que nunca havia pensado no assunto.

Antes de sair de Norland, Elinor havia pintado um lindo par de telas para sua cunhada, as quais, tendo sido trazidas e montadas, ornamentavam sua atual sala de estar; e essas telas, chamando a atenção de John Dashwood quando seguiu os outros cavalheiros até a sala, foram mostradas por ele ao Coronel Brandon, para que as admirasse.

– Foram feitas por minha irmã mais velha – disse ele – e você, um homem de bom gosto, as apreciará, ouso dizer. Não sei se já teve a oportunidade de ver sua obra antes, mas ela é, em geral, considerada uma ótima desenhista.

O Coronel, apesar de negar qualquer pretensão de ser um conhecedor, admirou as telas calorosamente, como teria feito com qualquer coisa pintada pela Srta. Dashwood. E, com a curiosidade dos outros tendo sido atiçada, as telas foram passadas de mão em mão, para inspeção geral. A Sra. Ferrars, sem saber que eram trabalho de Elinor, pediu que pudesse vê-las e, após terem recebido o testemunho gratificante da aprovação da Lady Middleton, Fanny as apresentou à mãe, ao mesmo tempo que informava-a, com consideração, de que haviam sido feitas pela Srta. Dashwood.

– Hum,– disse a Sra. Ferrars –, muito bonitas.

E, sem nem mesmo olhar para elas, devolveu-as à filha.

Talvez Fanny tenha pensado, por um momento, que sua mãe havia sido bastante rude, pois disse logo em seguida, corando um pouco:

– São bem bonitas, senhora, não são?

Mas então, o medo de ter sido cortês ou encorajadora demais provavelmente tomou conta dela, pois acrescentou: – Não acha que são parecidas com o estilo de pintura da Srta. Morton, senhora? Ela pinta extremamente bem! Que linda ficou sua última paisagem.

– Linda, mesmo! Mas ela faz tudo extremamente bem.

Marianne não pôde aguentar isso. Já estava muito aborrecida com a Sra. Ferrars e este elogio intempestivo a outra pessoa, às custas de Elinor, apesar de ela não saber o que as duas haviam querido dizer com isso, a provocou a dizer, com animação:

– Que admiração peculiar! O que a Srta. Morton tem a ver conosco? Quem a conhece, ou quem se importa com ela? É em Elinor que pensamos e de quem falamos.

Ao dizer isso, tirou as telas das mãos da cunhada para admirá-las ela mesma, como deveriam ser admiradas.

A Sra. Ferrars pareceu ficar nervosa e, empertigando-se mais do que nunca, pronunciou, em resposta, a seguinte invectiva amarga:

– A Srta. Morton é a filha do Lorde Morton.

Fanny também parecia estar bastante brava e seu marido ficou aterrorizado com a audácia de sua irmã. Elinor ficou muito mais magoada com a veemência de Marianne do que por sua causa; mas os olhos do Coronel Brandon, fixos em Marianne, mostravam que ele só percebeu o que havia de amável em seu ato, o coração afetuoso que não suportava ver sua irmã desprezada, por menos que fosse.

Os sentimentos de Marianne não pararam por aí. A fria insolência do comportamento em geral da Sra. Ferrars para com sua irmã parecia, para ela, prever dificuldades e problemas para Elinor, no que seu coração machucado a havia ensinado pensar com horror; e, instada por um forte impulso de afetuosa sensibilidade, foi até a cadeira da irmã, após um momento e, colocando um braço ao redor de seu pescoço e uma face perto da dela, disse em voz baixa, porém ansiosa:

– Minha querida Elinor, não ligue para elas. Não deixe que elas te façam infeliz.

Não conseguiu dizer mais nada; seu ânimo se esvaiu e, escondendo o rosto no ombro de Elinor, irrompeu em lágrimas. A atenção de todos foi atraída e quase todos ficaram preocupados. O Coronel Brandon levantou-se e foi até elas, sem nem se dar conta do que fazia. A Sra. Jennings, exclamando "Ah! Pobre querida", imediatamente deu-lhe sais. E Sir John sentiu tanta raiva contra o autor de tal agonia que mudou de cadeira, para sentar-se perto de Lucy Steele e dar a ela, em sussurros, um breve relato de toda a chocante situação.

Dentro de alguns minutos, contudo, Marianne havia se recuperado o suficiente para pôr um fim à comoção e sentar-se entre o resto do grupo, apesar de seu humor reter um pouco do que havia acontecido, pelo restante da noite.

– Pobre Marianne! – disse seu irmão ao Coronel Brandon, em voz baixa, assim que pôde atrair sua atenção. – Ela não tem uma saúde tão boa quanto a da irmã, é muito nervosa, não tem a constituição de Elinor. E devemos admitir que a perda das atrações pessoais deve ser muito penosa para uma jovem que já foi bonita. Você não imaginaria, talvez, mas Marianne era incrivelmente bonita, até alguns meses; tão bonita quanto Elinor. Agora, você vê, tudo se foi.

Capítulo 35

A curiosidade de Elinor por ver a Sra. Ferrars estava satisfeita. Havia encontrado nela tudo o que tende a tornar uma conexão entre as famílias indesejável. Vira o suficiente de seu orgulho, maldade e preconceito determinado contra si, para compreender todas as dificuldades que assombrariam o noivado e atrasariam o casamento entre Edward e ela, caso ele fosse um homem livre; e vira quase que o suficiente para ser grata, pelo seu próprio bem, que um obstáculo ainda maior a preservava de sofrer por qualquer outro criado pela Sra. Ferrars, a preservava de depender de seus caprichos ou de ter que conquistar sua boa opinião. Ou, pelo menos, ainda que ela não estivesse feliz por Edward estar preso a Lucy, ela determinou que, se Lucy fosse mais simpática, ela deveria ter ficado contente.

Estranhou o fato de Lucy ter ficado tão feliz com a cortesia da Sra. Ferrars, de seu interesse e sua vaidade a cegarem tanto, a ponto de fazer com que a consideração com que foi tratada parecer-lhe um elogio – ou permitir-lhe se sentir encorajada por uma preferência que só lhe foi dada porque sua verdadeira situação era desconhecida. Porém, o olhar de Lucy declarava que este era mesmo o caso, o que também foi dito mais abertamente na manhã seguinte, pois, mediante sua própria solicitação, Lady Middleton a deixou em Berkeley Street, na esperança de encontrar Elinor sozinha, para contar-lhe como estava feliz.

Ela teve sorte, pois uma mensagem da Sra. Palmer foi entregue logo depois de sua própria chegada e fez com que a Sra. Jennings precisasse se retirar.

– Minha cara amiga – exclamou Lucy, logo que ficaram sozinhas –, vim falar-lhe de minha felicidade. Algo poderia ser mais lisonjeiro do que o modo como a Sra. Ferrars me tratou ontem? Foi tão afável! Você sabe como temia encontrá-la, mas desde o momento em que fui apresentada a ela, houve tamanha afabilidade em seu comportamento que parecia demonstrar que ela gostou bastante de mim. Não foi? Você viu tudo; não ficou maravilhada com isso?

– Ela certamente foi bastante cortês com você.

– Cortês! Você não viu nada além de cortesia? Vi muito mais. Uma bondade que demonstrou só comigo! Nenhum orgulho, nenhuma altivez, e sua cunhada fez o mesmo; só doçura e afabilidade!

Elinor queria falar de outra coisa, mas Lucy continuou pressionando-a a admitir que tinha motivos para estar feliz, então Elinor foi obrigada a prosseguir.

– Sem dúvidas, se soubessem de seu noivado – disse ela –, nada poderia ter sido mais lisonjeiro do que o modo como lhe trataram; mas não era este o caso.

– Imaginei que fosse dizer isso – respondeu Lucy, rapidamente – ,mas não havia qualquer motivo para a Sra. Ferrars fazer parecer gostar de mim caso não gostasse, e ela gostar de mim é tudo o que queria. Não me convencerá a não ficar satisfeita. Estou certa de que tudo acabará bem e não haverá qualquer dificuldade que antes tinha imaginado. A Sra. Ferrars é uma mulher encantadora e sua cunhada também. Ambas são mulheres maravilhosas! Estranho você nunca ter me contado como a Sra. Dashwood é simpática.

Para isso, Elinor não tinha resposta e não tentou dar nenhuma.

– Está doente, Srta. Dashwood? Parece cabisbaixa. Não fala. Estou certa de que não está bem.

– Nunca estive mais saudável.

– Fico muito feliz, do fundo do coração; mas estou falando sério, não parece. Ficaria triste de vê-la doente, logo você, que tem sido tamanho conforto para mim! Só Deus sabe o que eu teria feito sem sua amizade.

Elinor tentou dar uma resposta civilizada, apesar de duvidar de seu próprio sucesso. Mas pareceu satisfazer Lucy, pois ela respondeu:

– Sim, estou perfeitamente convencida de seu afeto por mim e, depois do amor de Edward, é meu maior conforto. Pobre Edward! Mas agora há uma coisa boa, poderemos nos encontrar, e com muita frequência, pois Lady Middleton ficou encantada com a Sra. Dashwood, então estaremos sempre em sua casa em Harley Street, ouso dizer, e Edward passará metade de seu tempo com a irmã. Além disso, Lady Middleton e a Sra. Ferrars visitarão uma à outra, agora, e a Sra. Ferrars e sua cunhada tiveram a gentileza de dizer, mais de uma vez, que ficarão muito felizes em me ver. São mulheres tão encantadoras! Estou certa de que se você disser para sua cunhada o que penso dela, nunca falará o suficiente.

Mas Elinor não encorajou-a a esperar que diria qualquer coisa à cunhada. Lucy continuou.

– Tenho certeza que teria percebido logo, caso a Sra. Ferrars tivesse antipatizado comigo. Se ela só houvesse feito uma reverência formal para mim, por exemplo, sem dizer uma palavra, e depois nem reparado mais em mim, ou olhado para mim de uma forma desagradável... você sabe o que quero dizer. Se eu houvesse sido tratada de forma distante, eu teria desistido de tudo. Não teria aguentado. Pois quando antipatizo com alguém, é de forma bastante profunda.

Elinor foi impedida de responder tal vanglória circunspecta pela abertura da porta e o anúncio, pelo criado, do Sr. Ferrars, seguido da entrada de Edward.

Foi um momento muito embaraçoso e as expressões dos três mostravam isso. Todos pareciam bastante tolos, e Edward tinha tanta inclinação para sair da sala, quanto para terminar de entrar. A exata circunstância que todos mais gostariam de evitar havia se abatido sobre eles. Não só estavam os três juntos, como também não tinham o alívio da companhia de ninguém. As damas se recompuseram antes. Não era o papel de Lucy falar primeiro e a aparência de sigilo ainda precisava ser mantida. Ela só podia, portanto, aparentar ternura e, após cumprimentá-lo ligeiramente, não disse mais nada.

Mas Elinor tinha mais coisas para fazer; e tão ansiosa estava ela por fazer tudo direito, por si mesma e por ele, que forçou-se, após um momento para se recompor, a recebê-lo com olhar e modos quase que descontraídos e quase receptivos; um pouco mais de esforço e a energia melhorou ainda mais. Não permitiria que a presença de Lucy, ou a consciência de alguma injustiça para consigo mesma, a impedisse de dizer que estava feliz em vê-lo e que sentia muito por não ter estado em casa quando ele passou por Berkeley Street anteriormente. Não seria intimidada a não prestar as cortesias que, na qualidade de amigo e quase parente, ela devia a ele, pelo olhar observador de Lucy, apesar de ter logo percebido que estava sendo vigiada de perto.

Seus modos acalmaram Edward e ele teve coragem para sentar-se. Mas seu embaraço ainda era maior do que o das damas, em uma proporção razoável, considerando-se a situação, apesar de ser raro em seu sexo; pois seu coração não tinha a indiferença do de Lucy, tampouco podia sua consciência ter a tranquilidade da de Elinor.

Lucy, com um ar recatado e calmo, parecia determinada a não fazer qualquer contribuição para o conforto dos outros e não disse uma palavra; e quase tudo que foi dito veio de Elinor, que foi forçada a fornecer todas as informações sobre a saúde de sua mãe, sua vinda para a capital etc., que Edward deveria ter perguntado, mas não o fez.

Seus esforços não pararam por aí, pois ela logo sentiu-se capaz de deixar os outros dois sozinha, com a desculpa de ir buscar Marianne. E realmente o fez, da maneira mais elegante, pois demorou-se no lance de escadas por vários minutos, com a maior fortaleza de espírito, antes de ir até a irmã. Contudo, era hora da felicidade de Edward acabar, pois a alegria de Marianne fez com que corresse até a sala de estar imediatamente. Seu prazer em vê-lo era como todos os seus outros sentimentos, fortes e veementemente expressos. Ela foi até ele com a mão estendida e um tom de voz que expressava o afeto de uma irmã.

– Querido Edward! – exclamou ela. – Este é um momento de grande felicidade! Quase que compensa tudo o que aconteceu.

Edward tentou reciprocar a gentileza dela de forma digna, mas na frente daquela testemunha, não ousou dizer metade do que realmente sentia. Todos se sentaram e, por um momento ou dois, ficaram em silêncio. Marianne observava, às vezes Edward, às vezes Elinor, com a mais óbvia afeição, lamentando somente que o deleite que sentiam em ver um ao outro estava sendo cerceado pela presença indesejável de Lucy. Edward foi o primeiro a falar e comentou sobre a aparência mudada de Marianne, expressando seu medo de que Londres não estivesse fazendo bem a ela.

– Oh, não ligue para mim! – respondeu ela, com franqueza espirituosa, apesar de seus olhos estarem cheios de lágrimas, enquanto falava. – Não pense na minha saúde. Elinor está bem, veja. Isso deve ser o suficiente para nós dois.

Esta observação não fora calculada para fazer com que Edward ou Elinor ficassem mais confortáveis, tampouco para aplacar Lucy, que olhava Marianne com uma expressão nada benigna.

– Está gostando de Londres? – perguntou Edward, disposto a dizer qualquer coisa que introduzisse um novo assunto.

– Nem um pouco. Esperava ter muito prazer com ela, mas não encontrei nenhum. Vê-lo, Edward, foi o único conforto que ela me proporcionou; e graças a Deus! Você é o que sempre foi.

Ela pausou. Ninguém falou.

– Penso, Elinor – acrescentou depois –, que devemos pedir a Edward que cuide de nós em nosso retorno a Barton. Dentro de uma ou duas semanas, suponho, estaremos a caminho; e confio que Edward não se recusaria a aceitar o encargo.

O pobre Edward murmurou algo, mas o que era, ninguém soube, nem ele mesmo. Mas Marianne, que percebeu sua agitação, e tinha grande capacidade de justificá-la da maneira que mais lhe agradasse, ficou satisfeita e logo começou a falar de outro assunto.

– Que dia que passamos em Harley Street ontem, Edward! Tão entediante, tão absurdamente entediante! Mas tenho muito a lhe contar sobre isso, que não pode ser dito agora.

E, com esta admirável discrição, ela adiou o relato sobre ter achado seus parentes em comum mais desagradáveis do que nunca e sobre ter ficado particularmente enojada com a mãe dele, até que estivessem a sós.

– Mas por que não estava lá, Edward? Por que não foi?

– Tive um compromisso em outro lugar.

– Compromisso! Mas o que foi, quando poderia ter encontrado amigos como nós?

– Talvez, Srta. Marianne – exclamou Lucy, ávida por se vingar dela –, ache que jovens cavalheiros nunca cumprem compromissos, se não quiserem, tanto grandes como pequenos.

Elinor ficou bastante aborrecida, mas Marianne parecia alheia ao insulto, pois respondeu, com calma:

– Não é isso. Falando sério, tenho certeza que foi somente a consciência de Edward que o fez ficar longe de Harley Street. E acredito que ele tenha a consciência mais delicada do mundo, os maiores escrúpulos em cumprir todos os compromissos, por menores que sejam, e por mais que sejam contra seus próprios interesses ou prazer. Seu maior medo é causar dor, ou decepcionar expectativas, e é a pessoa menos capaz de ser egoísta que já vi. Edward, é isso mesmo, e sempre falarei! Oras! Não quer ouvir elogios? Então, não pode ser amigo meu, pois aqueles que aceitam meu amor e estima devem se sujeitar a meus elogios feitos abertamente.

Contudo, a natureza de seus elogios, naquele caso, calhou de ser inadequada para os sentimentos de dois-terços de seus ouvintes e era tão desestimulante para Edward que ele logo levantou-se para ir embora.

– Vai tão cedo! – disse Marianne. – Meu caro Edward, não pode ser.

E, puxando-o um pouco de lado, ela sussurrou a ele que estava convencida de que Lucy não ficaria muito mais. Mas até mesmo este encorajamento falhou, pois ele insistiu em ir; e Lucy, que teria ficado mais tempo do que ele, ainda que ele ficasse duas horas, foi-se embora logo depois.

– Por que ela vem aqui com tanta frequência? – perguntou Marianne, após a partida dela. – Ela não percebeu que queríamos que fosse embora? Que irritante para o Edward.

– Por que? Somos todas amigas dele e ele conhece Lucy há mais tempo do que nós. É natural querer vê-la tanto quanto a nós.

Marianne olhou-a com firmeza e disse:

– Sabe, Elinor, este é um tipo de conversa que não aguento. Se o que você quer é que eu contradiga sua declaração, o que suponho que deva ser o caso, deve lembrar-se de que sou a última pessoa que o faria. Não me rebaixo a fazer declarações que não são verdadeiras.

Então, saiu da sala; e Elinor não ousou segui-la para falar mais, pois como estava presa à promessa de sigilo feita a Lucy, não podia dar informações que convenceriam Marianne. E por mais dolorosas que as consequências de deixá-la no escuro fossem, Elinor foi obrigada a se sujeitar a elas. Tudo o que ela poderia esperar era que Edward não exporia a si mesmo e a ela, com frequência, à agonia de ouvir as declarações de afeição equivocadas de Marianne, ou uma repetição de qualquer outra parte do desconforto que havia acompanhado seu recente encontro – e isso ela tinha todos os motivos para esperar.

Capítulo 36

Alguns dias depois deste encontro, os jornais anunciaram para o mundo que a senhora de Thomas Palmer havia dado à luz um filho e herdeiro, em segurança; um parágrafo muito interessante e satisfatório, pelo menos para todos aqueles amigos íntimos que já haviam sido informados.

Este evento, extremamente importante para a felicidade da Sra. Jennings, produziu uma alteração temporária no modo como dispunha de seu tempo e influenciou, da mesma forma, os compromissos de suas jovens companheiras; pois, como ela desejava passar tanto tempo quanto possível com Charlotte, ia visitá-la todas as manhãs, assim que estivesse vestida, e não voltava até o fim da noite. E as Srtas. Dashwood, por solicitação específica dos Middleton, passavam o dia inteiro, todos os dias, em Conduit Street. Para seu próprio conforto, elas teriam preferido ficar, pelo menos pelas manhãs, na casa da Sra. Jennings, mas não puderam ir de encontro aos desejos de todos. Suas horas, portanto, foram transferidas para Lady Middleton e as duas Srtas. Steele, que valorizavam tão pouco sua companhia quanto alegavam desejar.

Eram sensatas demais para serem companheiras desejáveis para Lady Middleton; e Srtas. Steele consideravam, com inveja, que estavam se intrometendo no terreno delas e compartilhando da gentileza que queriam monopolizar. Apesar de o comportamento de Lady Middleton para com Elinor e Marianne ser absolutamente educado, ela não gostava delas nem um pouco, na verdade. Por elas não elogiarem nem a ela mesma, nem a seus filhos, ela não acreditava que fossem simpáticas; e por gostarem de ler, ela as considerava satíricas, talvez sem saber ao certo o que significava ser satírico. Mas isso não importava. Era uma censura comumente utilizada e facilmente aplicada.

A presença delas era uma restrição para ela e para Lucy. Cerceava a ociosidade de uma e as ocupações da outra. Lady Middleton ficava com vergonha de não fazer nada na frente delas e Lucy tinha medo que a desprezassempela adulação que, em sua ausência, tinha orgulho de inventar e oferecer. Das três, a Srta. Steele era quem ficava menos descomposta com a presença delas e tinha o poder de fazer com que as aceitasse por completo. Se ao menos uma delas contasse, de forma completa e detalhada, a história do caso entre Marianne e o Sr. Willoughby, ela teria considerado estar recompensada pela perda do melhor lugar perto da lareira após o jantar, que a chegada delas havia causado. Mas tal conciliação não foi concedida, pois apesar de ela a todo momento lançar expressões de pena por sua irmã à Elinor, e mais de uma vez fazer menção à inconstância dos homens na frente de Marianne, não surtiu nenhum efeito, exceto um olhar de indiferença por parte de Elinor e de desdém por parte de Marianne. Um esforço ainda menor poderia ter feito com que ela se tornasse sua amiga. Se ao menos elas rissem com ela sobre o reverendo! Mas elas tinham tão pouca vontade de agradá-la, assim como as outras, que se Sir John jantasse fora, ela passaria um dia inteiro sem ouvir nenhuma piada sobre o assunto, além das que ela mesma gentilmente fazia.

Todos esses ciúmes e descontentamentos, contudo, passavam tão despercebidos pela Sra. Jennings que ela pensava ser algo bom, as garotas estarem juntas; e costumava parabenizar suas jovens companheiras todas as noites, por terem escapado da companhia de uma velha tão chata, por tanto tempo. Às vezes, se juntava a elas na casa de Sir John, às vezes em sua própria casa. Mas, onde quer que fosse, sempre chegava de excelente humor, cheia de alegria e orgulho, atribuindo o bem-estar de Charlotte a seus próprios cuidados, e pronta para dar uma descrição tão exata e detalhada da situação dela, que só a Srta. Steele tinha curiosidade o suficiente para desejar. Uma coisa a perturbava, porém, e reclamava disso dia após dia. O Sr. Palmer tinha a opinião pouco paterna, porém comum entre seu sexo, de que todos os bebês eram iguais; e, apesar de ela conseguir perceber com clareza, em momentos diferentes, as semelhanças mais surpreendentes entre o bebê e todos os seus parentes, de ambos os lados, não havia como convencer seu pai disso, nem persuadi-lo a acreditar que aquele não era exatamente como todos os outros bebês da mesma idade. Tampouco podia fazê-lo reconhecer a simples declaração de que era a criança mais bonita do mundo.

Agora relatarei um infortúnio que, naquela época, abateu-se sobre a Sra. John Dashwood. Durante uma visita de suas duas cunhadas e da Sra. Jennings à sua casa em Harley Street, uma outra conhecida dela apareceu – uma circunstância que, sozinha, não seria provável que lhe causasse qualquer mal. Porém, enquanto as imaginações dos outros os levarem a formar juízos errôneos sobre nossa conduta e a chegarem a um veredito com base em aparências, nossa felicidade estará sempre, até certo ponto, à mercê da sorte. Neste caso, esta senhora que chegou por último permitiu que sua imaginação a levasse para tão longe da verdade e da probabilidade que, só por ter ouvido os nomes das Srtas. Dashwood e compreendido que eram irmãs do Sr. Dashwood, ela imediatamente concluiu que estavam hospedadas em Harley Street; e esta interpretação errada produziu, por um ou dois dias, convites para elas, também, além de para seu irmão e cunhada, para uma pequena festa com música na casa dela. A consequência disso foi que a Sra. John Dashwood foi obrigada a se sujeitar não somente à grande inconveniência de enviar sua carruagem para buscar as Srtas. Dashwood, como também, o que foi ainda pior, se sujeitar a todo o desprazer de fingir tratá-las com consideração. E quem poderia dizer que elas não esperariam sair com ela de novo? O poder de decepcioná-las, é verdade, sempre seria dela. Mas isso não era o suficiente, pois quando as pessoas se concentram em um modo de agir que sabem ser errado, sentem-se ofendidas com a expectativa de algo melhor vindo delas.

Marianne, àquela altura, havia sido aos poucos convencida a sair todos os dias, de modo que lhe era indiferente ir ou não. Então, preparava-se silenciosa e mecanicamente para todo compromisso noturno, apesar de não esperar a menor diversão em nenhum deles, e na maioria das vezes sem saber, até o último momento, aonde estava indo.

Havia se tornado tão indiferente a suas roupas e aparência que não dava a metade da atenção, durante todo o tempo que gastava para se arrumar, que a Srta. Steele prestava nos primeiros cinco minutos que passavam juntas. Nada escapava à observação detalhada e à curiosidade geral dela; ela via tudo e perguntava sobre tudo, sem descansar até saber o preço de todas as partes das vestimentas de Marianne. Conseguia adivinhar quantos vestidos de festa ela tinha, com mais precisão do que a própria Marianne, e esperava descobrir, antes de partirem, quanto gastava semanalmente com a lavagem de suas roupas e quanto ela tinha, todo ano, para usar consigo mesma. A impertinência de tal tipo de escrutínio, ademais, costumava ser concluída com um elogio que, apesar de ter o objetivo de adoçá-la, era considerado por Marianne a maior impertinência de todas pois, após aguentar uma análise do valor e do estilo de seu vestido, da cor de seus sapatos e de seu penteado, ela tinha quase certeza de que ouviria que "estava extremamente elegante e que faria muitas conquistas".

Tal encorajamento foi sua despedida na ocasião, ao chegar à carruagem de seu irmão, na qual estavam prontas para entrar cinco minutos após ter estacionado na porta, uma pontualidade não muito agradável para sua cunhada, que havia ido na frente para a casa de sua conhecida e que esperava algum atraso da parte delas, que pudesse causar uma inconveniência para si mesma ou para seu cocheiro.

Os eventos daquela noite não foram muito marcantes. A festa, assim como outras que contavam com música, continha muitas pessoas que tinham um verdadeiro gosto pela performance, e muitas outras mais, que não tinham nenhum; e os próprios músicos eram, como de costume, na opinião deles mesmos e de seus amigos íntimos, os melhores concertistas particulares da Inglaterra.

Como Elinor não tinha talento para a música, e tampouco fingia ter, não teve escrúpulos em desviar o olhar do piano de cauda sempre que queria e, não refreada nem mesmo pela presença de uma harpa e um violoncelo, olhava o quanto queria para todos os outros objetos da sala. Em uma dessas observações gerais, percebeu, dentre um grupo de jovens homens, aquele que havia dado uma palestra sobre paliteiros na joalheria Gray's. Percebeu, logo depois, que olhava para ela e falava com familiaridade com seu irmão. Havia acabado de decidir descobrir seu nome, quando ambos vieram em sua direção e o Sr. Dashwood apresentou-o como Sr. Robert Ferrars.

Dirigiu-se a ela com descontraída cortesia e fez uma reverência tão rebuscada que confirmou sua suspeita de que ele era exatamente tão exibido quanto ouvira Lucy descrevê-lo. Que feliz seria, se seu afeto por Edward dependesse menos de seu próprio mérito, do que do mérito de seus parentes mais próximos! Porque, se fosse esse o caso, a reverência de seu irmão teria sido o toque final para o que o mau humor de sua mãe e irmã tinha começado. Mas apesar de refletir sobre a diferença entre os dois jovens, ela não achou que o convencimento vazio de um punha um fim à sua admiração pela modéstia e valor do outro. O motivo da diferença entre eles, o próprio Robert exclamou para ela ao longo de quinze minutos de conversa; pois, ao falar de seu irmão e lamentar a extrema falta de habilidades sociais que acreditava ser a verdadeira razão de Edward não se misturar com as pessoas apropriadas, ele atribuía o fato, cândida e generosamente, muito menos a qualquer deficiência natural do que ao infortúnio de ter estudado com um tutor particular. Enquanto que ele mesmo, apesar de provavelmente não ter qualquer superioridade natural específica ou relevante, apenas devido à vantagem de ter estudado em um colégio, estava tão apto a conviver com a sociedade quanto qualquer outro homem.

– Juro – acrescentava ele –, acredito não ser nada além disso. E digo com tanta frequência à minha mãe, quando ela lamenta o fato, "minha cara senhora", sempre digo a ela, "deve ficar tranquila. O mal agora é irremediável e foi inteiramente culpa sua. Por que deixou-se convencer por meu tio, Sir Robert, contra sua própria opinião, a colocar Edward aos cuidados de um tutor particular, na época mais crítica de sua vida? Se ao menos o houvesse mandado para Westminster, como eu, ao invés do Sr. Pratt, tudo isso teria sido evitado". É deste modo que sempre considero o assunto, e minha mãe está perfeitamente convencida de seu erro.

Elinor não se opôs à opinião dele, porque qualquer que pudesse ser sua estimativa sobre a vantagem de se estudar em um colégio, ela não podia pensar no tempo que Edward passou com a família do Sr. Pratt com nenhuma satisfação.

– A senhorita reside no condado de Devon, creio eu – foi sua próxima observação –, em um chalé perto de Dawlish.

Elinor corrigiu-o quanto à localização, e pareceu um tanto quanto surpreendente para ele, que alguém morasse em Devon, sem ser perto de Dawlish. Ele concedeu sua calorosa aprovação, contudo, ao tipo de casa onde a família dela residia.

– Eu mesmo – disse ele – gosto muito de um chalé; há sempre tanto conforto, tanta elegância neles. E declaro que, se tivesse algum dinheiro sobrando, compraria um pedaço de terra e construiria um para mim mesmo, dentro de uma curta distância de Londres, para onde eu poderia ir sozinho de carruagem a qualquer momento, reunir alguns amigos ao meu redor e ser feliz. Aconselho a todos que forem construir algo, que construam um chalé. Meu amigo Lorde Courtland me procurou de propósito, outro dia, para pedir meu conselho e me mostrou três plantas diferentes feitas por Bonomi. Eu deveria decidir qual era o melhor. "Meu caro Courtland", disse eu, imediatamente jogando todas na lareira, "não escolha nenhuma delas, e sim construa um chalé". E é o que será feito, creio eu. Algumas pessoas imaginam que não haja conforto ou espaço em um chalé; mas isso é um erro. Estive mês passado na casa de meu amigo Elliott, perto de Dartford. Lady Elliott queria dar um baile. "Mas como poderei fazê-lo?", disse ela; "Meu caro Ferrars, diga-me como conseguirei. Neste chalé não tem nenhum cômodo que abrigue dez casais, e onde poderíamos fazer a ceia?". Imediatamente vi que não haveria qualquer dificuldade em fazê-lo, então disse: "Minha cara Lady Elliott, não se preocupe. Na sala de jantar caberão dezoito casais, com facilidade; as mesas de carteado podem ser colocadas na sala de estar; a biblioteca poderá ser aberta para o chá e outros refrescos; e que a ceia seja servida no salão". Lady Elliott ficou deleitada com minha ideia. Medimos a sala de jantar e descobrimos que caberiam exatamente dezoito casais, então tudo foi arranjado precisamente de acordo com meu plano. De modo que, na verdade, se as pessoas souberem o que fazer, todos os confortos podem ser aproveitados tanto em um chalé, como na residência mais espaçosa.

Elinor concordou com tudo, pois não achou que ele era digno de oposição racional.

Como John Dashwood não se comprazia com a música mais do que sua irmã mais velha, sua mente estava igualmente livre para concentrar-se em qualquer outra coisa, e um pensamento lhe ocorreu, durante aquela noite, que ele comunicou à esposa, para sua aprovação, quando chegaram em casa. A consideração do erro da Sra. Dennison, ao supor que suas irmãs eram suas hóspedes, havia sugerido a possibilidade de convidá-las para que realmente se hospedassem com eles, enquanto os compromissos da Sra. Jennings a mantinham longe de casa. As despesas não seriam nada, a inconveniência pouco mais; e era uma atenção que a delicadeza de sua consciência dizia ser essencial para que se desincumbisse completamente da promessa que havia feito ao pai. Fanny ficou surpresa com a proposta.

– Não vejo como pode ser feito – disse ela – sem afrontar Lady Middleton, pois passam todos os dias com ela; de outro modo, eu ficaria muito feliz em fazê-lo. Sabe que estou sempre disposta a tratá-las com toda a consideração em meu poder, como o fiz ao levá-las para sair esta noite. Mas são visitas da Lady Middleton. Como posso convidá-las para que saiam da casa dela?

Seu marido, com grande humildade, não reconheceu a força de sua objeção. Elas já haviam passado uma semana em Conduit Street e Lady Middleton não poderia ficar aborrecida caso dessem a mesma quantidade de dias para parentes tão próximos.

Fanny pausou por um momento e, então, com vigor renovado, disse:

– Meu amor, as convidaria, do fundo do meu coração, se estivesse em meu poder. Mas acabei de me decidir por chamar as Srtas. Steele para passar alguns dias conosco. São garotas muito bem comportadas e boazinhas, e acho que devemos esta consideração a elas, pois seu tio tratou Edward muito bem. Podemos chamar suas irmãs um outro ano, sabe, mas as Srtas. Steele podem não vir mais à capital. Tenho certeza que gostará delas; na verdade, você já gosta delas, sabe, e minha mãe também. E Harry as adora!

O Sr. Dashwood se convenceu. Reconheceu a necessidade de convidar as Srtas. Steele imediatamente e sua consciência foi tranquilizada pela resolução de convidar suas irmãs um outro ano. Ao mesmo tempo, contudo, suspeitou que outro ano faria com que o convite fosse desnecessário, pois Elinor viria à capital como esposa do Coronel Brandon, Marianne como hóspede deles.

Fanny, regozijando-se por ter se safado e orgulhosa do raciocínio rápido que havia conseguido tal resultado, escreveu para Lucy na manhã seguinte, solicitando sua companhia, e a de sua irmã, por alguns dias, em Harley Street, assim que Lady Middleton pudesse liberá-las. Isto foi o suficiente para fazer com que Lucy ficasse bastante feliz. A Sra. Dashwood parecia estar trabalhando em seu favor; cuidando de todas as suas esperanças e promovendo todos os seus objetivos! Tal oportunidade de estar com Edward e sua família era a coisa mais relevante para seus interesses e este convite a mais gratificante para seus sentimentos! Era uma vantagem que não podia ser suficientemente agradecida e que deveria ser aproveitada com demasiada rapidez; assim decidiram de imediato que sua visita a Lady Middleton, que antes não tinha quaisquer limites precisos, sempre havia sido planejada para acabar dentro de dois dias.

Quando o bilhete foi mostrado a Elinor, o que foi feito dez minutos depois de sua chegada, fez com que ela, pela primeira vez, concordasse um pouco com as expectativas de Lucy, pois tamanha demonstração de gentileza incomum, em tão pouco tempo depois de conhecê-las, parecia declarar que a boa vontade em relação a elas advinha de algo mais do que malícia contra si mesma; e poderia, com tempo e habilidade, fazer tudo o que Lucy desejava. Sua adulação já havia subjugado o orgulho de Lady Middleton e entrado no coração fechado da Sra. John Dashwood; e estes efeitos abriam caminho para a possibilidade de outros ainda maiores.

As Srtas. Steele mudaram-se para Harley Street e tudo o que Elinor ouviu sobre sua influência lá reforçou sua expectativa do que aconteceria. Sir John, que as visitou mais de uma vez, voltou com tais relatos sobre como estavam agradando, que chamaram a atenção de todos. A Sra. Dashwood nunca havia ficado tão feliz com nenhuma jovem antes, como estava com elas; havia dado a cada uma delas um porta-agulhas feito por alguma imigrante; chamava Lucy pelo primeiro nome e não sabia se conseguiria separar-se delas.

Capítulo 37

A Sra. Palmer estava tão bem, depois de uma quinzena, que sua mãe não sentiu mais a necessidade de devotar todo o seu tempo a ela; e, contentando-se com visitá-la uma ou duas vezes por dia, retornou ao final daquele período para sua própria casa e seus próprios hábitos, descobrindo que as Srtas. Dashwood estavam bem prontas para retomar sua antiga parte naquela rotina.

Na terceira ou quarta manhã após estarem restabelecidas em Berkeley Street, a Sra. Jennings, ao voltar de sua costumeira visita à Sra. Palmer, entrou na sala de estar, onde Elinor estava sentada sozinha, com um ar de tamanha importância e pressa que indicou que diria algo maravilhoso; e, dando a ela tempo somente para formar esta ideia, começou imediatamente a justificá-la, dizendo:

– Senhor! Minha cara Srta. Dashwood! Ouviu a notícia?

– Não, senhora. O que foi?

– Algo tão estranho! Mas contarei tudo. Quando cheguei na casa do Sr. Palmer, encontrei Charlotte preocupada com o bebê. Ela estava certa de que ele estava doente, pois chorava e reclamava, e estava cheio de pontinhos vermelhos. Então dei uma olhada discreta nele e disse: "Meu Deus! Querida, não é nada, somente uma alergia", e a babá disse a mesma coisa. Mas Charlotte não ficou satisfeita, então o Dr. Donovan foi chamado. Por sorte, ele havia acabado de chegar de Harley Street, então foi para lá diretamente e, assim que viu a criança, disse o que já havíamos dito, que era só uma alergia, e Charlotte ficou mais tranquila. Mas, quando ele estava saindo, me ocorreu, não sei como, perguntar a ele se tinha alguma outra notícia. Ele sorriu com afetação e ficou sério, parecia saber de alguma coisa, quando disse: "Por temer que qualquer história desagradável chegue aos ouvidos das jovens sob seus cuidados, quanto à indisposição de sua cunhada, penso ser aconselhável dizer que acho que não há grandes motivos para preocupação; espero que a Sra. Dashwood fique muito bem".

– O que? Fanny está doente?

– Foi exatamente o que eu disse, minha cara. "Senhor!", disse eu, "a Sra. Dashwood está doente?". Então ele me contou tudo, e pelo que pude descobrir, parece ser isso. O Sr. Edward Ferrars, o jovem sobre quem eu costumava brincar com você (contudo, agora fico muito feliz por não ter um pingo de verdade nas piadas), parece, está noivo há mais de doze meses de minha prima Lucy! Aí está, minha querida! E nenhuma criatura sabia de nada sobre o assunto, exceto Nancy! Você acredita que isso é possível? Não é muita surpresa que gostem um do outro, mas que a relação entre eles tenha chegado a tal ponto, sem que ninguém suspeitasse! Isso, sim, é estranho! Nunca os vi juntos, senão tenho certeza que teria descoberto. Bem, então mantiveram tudo em absoluto segredo, por medo da Sra. Ferrars, e nem ela, nem seu irmão ou sua cunhada suspeitaram de nada; até que nesta mesma manhã, a pobre Nancy, que, você sabe, tem boas intenções, mas não é muito esperta, deixou escapar a história toda. "Senhor!", pensou ela, consigo mesma, "eles todos gostam tanto de Lucy, que certamente não criarão dificuldades". Então, ela foi até sua cunhada, que estava sentada sozinha, tecendo um tapete, mal suspeitando do que estava por vir – pois tinha acabado de falar para seu irmão, cinco minutos antes, que queria fazer com que Edward se casasse com uma filha de algum Lorde, esqueci quem. Então, pode imaginar que baque que foi para toda a sua vaidade e seu orgulho. Ela entrou em um estado violento de histeria, gritando tanto que chamou a atenção de seu irmão, que estava sentado em sua sala de vestir, no andar de baixo, cogitando escrever uma carta para o administrador de sua propriedade. Correu escada acima e uma cena terrível se passou, pois Lucy havia ido até eles, sem nem imaginar o que estava acontecendo. Pobrezinha! Fico com pena dela. E devo dizer, acho que ela foi tratada com muita severidade, pois sua cunhada a admoestou furiosamente e a fez desmaiar. Nancy caiu de joelhos e chorou, já seu irmão andou pela sala e disse que não sabia o que fazer. A Sra. Dashwood declarou que elas não ficariam nem mais um minuto em sua casa, então seu irmão foi forçado a cair de joelhos, também, para convencê-la a deixar que ficassem até que tivessem arrumado suas malas. Ela ficou histérica outra vez e ele ficou com tanto medo que chamou o Dr. Donavan, quem encontrou a casa naquele tumulto. A carruagem estava à porta, pronta para levar minhas pobres primas embora, e elas estavam subindo nela, quando o médico chegou; a pobre Lucy em um estado, disse ele, que mal podia andar, e Nancy quase tão mal. Declaro que não tenho paciência com sua cunhada e espero, do fundo do meu coração, que eles se casem, apesar de ela não querer. Deus! Como o pobre Sr. Edward ficará aborrecido, quando ouvir! Seu amor tratado com tamanho escárnio! Pois dizem que ele é muito afeiçoado a ela, e está certo. Não me surpreenderia se ele estiver perdidamente apaixonado! E o Dr. Donavan é da mesma opinião. Ele e eu conversamos bastante sobre o assunto. E o melhor de tudo é que ele voltou a Harley Street, para ficar de prontidão quando contarem à Sra. Ferrars, pois a chamaram logo que minhas primas saíram da casa; e sua cunhada acha que ela também terá um ataque de histeria. E pode ter, não me importo. Não tenho pena de nenhuma das duas. Acho um absurdo as pessoas fazerem tamanho estardalhaço por dinheiro e grandeza. Não há nenhum motivo para que o Sr. Edward e Lucy não possam se casar, pois tenho certeza que a Sra. Ferrars pode cuidar muito bem de seu filho e, apesar de Lucy não ter nenhum dinheiro próprio, ela sabe melhor do que ninguém como fazer as coisas durarem. Ouso dizer que se ao menos a Sra. Ferrars permitir que ele tenha quinhentas libras por ano, Lucy saberá manter as aparências do mesmo jeito que outras conseguiriam com oitocentas. Meu Deus! Como viveriam com conforto, em um chalé como o seu – ou um pouco maior – com duas criadas e dois serviçais homens; e acredito que eu poderia ajudá-los a encontrar uma ama, pois minha Betty tem uma irmã desempregada que seria perfeita para eles.

Neste ponto, a Sra. Jennings calou-se, e como Elinor tinha tido tempo o suficiente para organizar seus pensamentos, conseguiu responder e fazer as observações que poderia supor que o assunto ensejava. Feliz por descobrir que não recaía sobre ela nenhuma suspeita de interesse incomum sobre o assunto e que a Sra. Jennings tinha deixado de imaginar que nutria qualquer afeição por Edward; e contente, acima de tudo, por Marianne estar ausente, ela sentiu-se capaz de falar sobre o assunto sem nenhum embaraço e a dar sua opinião, conforme acreditava, com imparcialidade sobre a conduta de todos os envolvidos.

Ela mal podia determinar qual era sua própria expectativa em relação ao caso, apesar de tentar sinceramente banir a noção de ser possível que terminasse de qualquer forma que não com o casamento de Edward e Lucy. O que a Sra. Ferrars faria e diria, apesar de não poder haver dúvidas quanto à natureza disso, ela estava ansiosa por ouvir e ainda mais ansiosa para saber como Edward se comportaria. Por ele, ela sentia muita compaixão; por Lucy, muito pouca, e lhe custava muito obter até mesmo este pouco. Pelos outros, não sentia nenhuma.

Como a Sra. Jennings não conseguia falar de outro assunto, Elinor logo viu a necessidade de preparar Marianne para discuti-lo. Não perdeu tempo em esclarecê-la quanto a verdade e tentar fazer com que pudesse ouvir o assunto ser discutido por outros sem demonstrar sentir qualquer inquietação pela irmã, ou ressentimento contra Edward.

A tarefa de Elinor era dolorosa. Iria remover o que acreditava ser o principal consolo de sua irmã – contar-lhe coisas sobre Edward que temia que arruinassem sua boa opinião sobre ele para sempre e fazer com que se Marianne sentisse decepcionada outra vez, pela semelhança entre suas duas situações, que a mente dela faria com que parecesse grande. Porém, por mais indesejável que tal tarefa pudesse ser, era necessária, e Elinor apressou-se em realizá-la.

Estava longe de desejar mergulhar em seus próprios sentimentos, ou fazer parecer que estava sofrendo muito, de forma que seu autocontrole, que havia praticado desde que tinha ficado sabendo do noivado de Edward, pudesse sugerir a forma como Marianne também deveria se comportar. Sua narração foi clara e simples e, apesar de não poder ser feita sem emoção, não foi acompanhada por nenhuma agitação violenta, ou tristeza impetuosa. Isto ficou a cargo da ouvinte, pois Marianne ouviu com horror e chorou em excesso. Elinor precisava confortar os outros em sua própria angústia e todo o conforto que podia ser dado através de garantias de sua própria compostura, e uma honesta defesa de Edward contra qualquer acusação, a não ser a de imprudência, foi prontamente oferecido.

Mas Marianne, por algum tempo, não deu crédito a nenhuma dessas garantias. Edward parecia um segundo Willoughby e, reconhecendo, como Elinor havia feito, que ela o havia amado com sinceridade, como poderia sentir menos por ela, do que por si mesma? Quanto a Lucy Steele, ela a considerava tão antipática, tão absolutamente incapaz de atrair um homem sensato, que não pôde ser convencida, em um primeiro momento, a acreditar, e depois a perdoar, qualquer antiga afeição de Edward por ela. Não admitia nem mesmo ter sido natural, e Elinor deixou de tentar convencê-la de tal situação, que só poderia ser explicada por um conhecimento mais profundo da natureza humana.

Sua primeira comunicação não abrangeu nada além do fato do noivado e da sua duração. Os sentimentos de Marianne a interromperam, naquele momento, e puseram um fim a todos os detalhes; e, por um tempo, tudo o que pôde ser feito era acalmar sua agonia, diminuir sua preocupação e combater seu ressentimento. A primeira pergunta feita por ela, que levou a mais detalhes, foi:

– Há quanto tempo sabe disso, Elinor? Ele escreveu para você?

– Fiquei sabendo há quatro meses. Quando Lucy chegou a Barton Park, em novembro passado, contou-me sobre o noivado, pedindo segredo.

Ao ouvir essas palavras, o olhar de Marianne expressou o espanto que seus lábios não conseguiam proclamar. Após uma pausa surpresa, exclamou:

– Quatro meses! Você sabe há quatro meses?

Elinor confirmou que sim.

– O que? Enquanto me consolava na tristeza, isto esteve em seu coração? E eu a recriminei por estar feliz!

– Não seria adequado que você soubesse, naquela época, que eu estava exatamente o oposto!

– Quatro meses! – exclamou Marianne, novamente. – Tão calma! Tão alegre! Como aguentou?

– Sentindo que estava cumprindo meu dever. Minha promessa a Lucy obrigou-me a manter segredo. Portanto, eu devia a ela não fazer nenhuma sugestão da verdade; e devia à minha família e aos meus amigos não despertar neles uma solicitude por mim, que não estaria em meu poder satisfazer.

Marianne parecia bastante abalada.

– Muitas vezes quis contar a você e à mamãe – acrescentou Elinor, – e uma ou duas vezes tentei fazê-lo; mas sem trair a confiança em mim depositada, nunca poderia tê-las convencido.

– Quatro meses! E ainda assim, o amava!

– Sim. Mas ele não era o único que amava e, enquanto o conforto dos outros me era caro, ficava feliz em poupá-los de saber o quanto eu sentia. Agora, consigo pensar e falar sobre o assunto com pouca emoção. Não permitiria que você sofresse por minha causa, pois asseguro-lhe de que já não sofro muito. Tenho muitas coisas nas quais me apoiar. Não creio ter provocado a decepção por qualquer imprudência de minha parte e aguentei tudo o máximo que pude, sem fazer com que outros também se decepcionassem. Absolvo Edward de qualquer conduta má. Desejo que seja muito feliz; e tenho tanta certeza de que ele sempre cumpre seu dever que, apesar de agora ele poder se decepcionar, no final acabará sendo feliz. Lucy não precisa de bom senso, e esta é a fundação sobre a qual todas as coisas boas podem ser construídas. E, no final das contas, Marianne, apesar do encanto da ideia de um único e constante amor, e tudo o que pode ser dito sobre a felicidade de alguém depender inteiramente de uma pessoa específica, não é assim que deveria ser, ou que seria adequado ou possível que fosse. Edward se casará com Lucy; se casará com uma mulher com melhor porte e intelecto do que metade de seu sexo, e o tempo e o hábito o ensinarão a esquecer que uma vez considerou outra superior a ela.

– Se é assim que pensa – disse Marianne –, se a perda do que é mais valioso deve ser compensada por outra coisa, sua resolução e autocontrole são, talvez, menos surpreendentes. Se tornam mais fáceis para eu compreender.

– Entendo você. Não supõe que eu sentia muito por ele. Por quatro meses, Marianne, fiquei com tudo isso guardado em minha mente, sem poder falar com uma única pessoa, sabendo que faria você e nossa mãe infelicíssimas, quando a história fosse explicada a vocês, e ainda assim, incapaz de prepará-las para isso. Fui informada – de certa forma, fui forçada a ouvir a história pela própria pessoa cujo noivado arruinou todas as minhas esperanças; e ela me contou, como eu pensei, em tom de triunfo. Tive, portanto, que acabar com as suspeitas dessa pessoa, tentando parecer indiferente, quando estava profundamente interessada; e não foi só uma vez, tive que escutar as esperanças e a exultação dela repetidamente. Fiquei sabendo que estava para sempre separada de Edward, sem ouvir uma única circunstância que pudesse me fazer desejar menos nossa união. Nada provou que ele é indigno, tampouco declarou que é indiferente a mim. Tive que lidar com a crueldade de sua irmã e sofri a punição por uma ligação com ele, sem aproveitar suas vantagens. E tudo isso ocorreu em uma época que, como você sabe muito bem, esta não era a minha única fonte de tristeza. Se me considera capaz de ter sentimentos, decerto supõe que estou sofrendo agora. A compostura com a qual consegui fazer com que encarasse a questão e o consolo que estou disposta a admitir foram os efeitos de um esforço penoso e constante; não surgiram sozinhos, não ocorreram para aliviar meu espírito, naquele primeiro momento. Não, Marianne, naquela época, se eu não houvesse prometido sigilo, talvez nada pudesse ter me impedido, nem mesmo o que devo àqueles que me são mais caros, de mostrar abertamente que eu estava muito infeliz.

Marianne estava bastante acabrunhada.

– Oh, Elinor! – exclamou ela. – Você me fez odiar a mim mesma para sempre! Que atroz fui com você! Você, que tem sido o meu único conforto, que me aguentou durante toda a minha infelicidade, que parecia estar sofrendo somente por mim! É esta minha gratidão? É esta a única retribuição que posso lhe dar? Porque seu mérito me é óbvio, e tenho tentado dispensá-lo.

Os abraços mais ternos seguiram-se a esta confissão. No estado de espírito em que sua irmã se encontrava, Elinor não teve dificuldade em fazer com que prometesse o que quisesse. Então, mediante seu pedido, Marianne concordou em nunca falar do assunto com ninguém, com a menor aparência de amargura; em encontrar Lucy sem demonstrar o menor aumento de sua antipatia por ela, e até mesmo em ver o próprio Edward, se o destino os juntasse de novo, sem qualquer diminuição de sua costumeira cordialidade. Estas foram grandes concessões, mas quando Marianne sentia que havia causado mal, nenhuma reparação poderia ser demais.

Cumpriu de modo admirável sua promessa de ser discreta. Ouviu tudo o que a Sra. Jennings tinha a dizer sobre o assunto sem corar, não discordou dela em nada e disse três vezes: "Sim, senhora". Ouviu seus elogios a Lucy só mudando de uma cadeira para outra e, quando a Sra. Jennings falou sobre o afeto de Edward, custou-lhe somente um espasmo na garganta. O progresso de sua irmã em direção ao heroísmo fez com que Elinor sentisse que ela mesma aguentaria qualquer coisa.

A manhã seguinte trouxe um novo teste, com uma visita de seu irmão, que chegou com uma expressão das mais sérias, para conversar sobre o terrível assunto e trazer para elas novidades sobre sua esposa.

– Já ouviram, suponho – disse ele, com grande solenidade, assim que se sentou –, sobre a descoberta bastante chocante que ocorreu sob nosso teto, ontem.

Todas indicaram que sim com a cabeça; parecia um momento terrível demais para falar.

– Sua cunhada – continuou ele – sofreu muito. A Sra. Ferrars também. Em resumo, foi uma cena de aflição tão complicada... mas espero que passemos pela tempestade, sem que nenhum de nós se abata. Pobre Fanny! Ficou histérica o dia todo, ontem. Mas não quero alarmá-las demais. Donavan disse que não há nada de sério com ela; tem uma boa constituição e sua força de vontade é inigualável. Está aguentando tudo com a fortaleza de um anjo! Ela diz que nunca mais vai pensar bem de ninguém, e não se pode admirar, após ter sido tão enganada! Enfrentar tamanha ingratidão, após ter demonstrado tanta gentileza, ter dado tanta confiança! Foi pela benevolência de seu coração que ela convidou aquelas jovens à nossa casa, apenas porque pensou que mereciam um pouco de atenção, eram garotas inofensivas e bem comportadas, e seriam companheiras agradáveis. Porque senão gostaríamos muito de ter convidado você e Marianne para se hospedar conosco, enquanto sua gentil amiga, aqui, estava cuidando de sua filha. E depois fomos recompensados desta maneira. "Desejava, desejava de todo o meu coração", disse a pobre Fanny, daquele seu jeito afetuoso, "que tivéssemos convidado suas irmãs, ao invés delas".

Neste ponto, parou para ser agradecido e continuou:

– O que a pobre Sra. Ferrars sofreu, quando Fanny contou a história para ela, não consigo descrever. Enquanto ela planejava, com a mais verdadeira das afeições, um casamento altamente desejável para ele, como poderia supor que ele tinha estado, todo este tempo, noivo de outra pessoa! Tal suspeita nunca teria passado por sua cabeça! Se ela houvesse suspeitado de qualquer impedimento, não seria naquele canto. "Ali, é claro", disse ela, "eu pensei que estivesse segura". Ela estava bastante agoniada. Consultamos uns aos outros, contudo, sobre o que deveria ser feito, e finalmente ela decidiu convocar Edward. Ele veio.

Mas o que aconteceu depois me é penoso contar. Nada do que a Sra. Ferrars disse, para fazer com que terminasse o noivado, com o auxílio, como podem supor, de meus argumentos e dos pedidos de Fanny, foi de nenhuma valia. Dever, afeição, tudo foi ignorado. Nunca imaginei que Edward fosse tão teimoso, tão insensível. Sua mãe explicou-lhe suas intenções generosas, caso se casasse com a Srta. Morton; disse a ele que lhe daria a propriedade de Norfolk que, líquida de impostos territoriais, produz umas boas mil libras por ano. Até mesmo ofereceu, quando a situação ficou desesperadora, mil e duzentas; e, em comparação a isso, se ele persistisse nessa união inferior, descreveu a ele a penúria certeira que acompanharia o casamento. As suas próprias duas mil libras, ela declarou, seriam tiradas dele; ela nunca mais o veria; e, ao contrário de dar a ele o mínimo auxílio, caso ele entrasse em qualquer profissão, com a intenção de sustentar-se melhor, ela faria tudo o que estivesse em seu poder para impedir que ele progredisse.

Neste ponto, Marianne, em um frenesi indignado, juntou as mãos e exclamou:

– Santo Deus! Será possível?

– Você pode muito bem imaginar, Marianne – respondeu seu irmão –, a obstinação que poderia resistir a tais argumentos. Sua exclamação é muito natural.

Marianne ia responder, mas lembrou-se de suas promessas e conteve-se.

– Tudo isso, contudo – continuou ele –, foi em vão. Edward disse muito pouco, mas o que disse foi da maneira mais determinada. Nada o convenceria a desistir do noivado. Ficaria firme, a qualquer custo.

– Então – exclamou a Sra. Jennings, com sinceridade brusca, incapaz de permanecer em silêncio –, ele agiu como um homem honesto! Perdoe-me, Sr. Dashwood, mas se ele tivesse agido de outra maneira, o consideraria um patife. Tenho um certo interesse no assunto, assim como o senhor, pois Lucy Steele é minha prima, e acredito que não haja garota melhor no mundo, ou uma que mereça mais um bom marido.

John Dashwood ficou atônito, mas sua natureza era calma, não dada a provocações, e ele nunca queria ofender ninguém, em especial alguém de posses. Respondeu, portanto, sem qualquer ressentimento:

– Longe de mim falar sem o devido respeito sobre qualquer parente seu, senhora. A Srta. Lucy Steele é, ouso dizer, uma jovem bastante merecedora, mas neste caso, sabe, a ligação é impossível. E ter entrado em um noivado secreto com um jovem sob os cuidados de seu tio, o filho de uma mulher com uma fortuna tão grande quanto a Sra. Ferrars, é, talvez, um tanto quanto extraordinário. Em resumo, não pretendo refletir sobre o comportamento de qualquer pessoa pela qual a senhora tenha afeição, Sra. Jennings. Todos desejamos que ela seja extremamente feliz, e a conduta da Sra. Ferrars, durante todo este assunto, tem sido tal que toda mãe conscienciosa e boa adotaria, em circunstâncias semelhantes. Ela tem agido de forma honrada e generosa. Edward fez sua escolha quanto ao seu futuro e temo que será ruim.

Marianne suspirou, indicando sua apreensão semelhante; e o coração de Elinor doía por Edward, enfrentando as ameaças de sua mãe por uma mulher que não o poderia recompensar.

– Bem, senhor – disse a Sra. Jennings –, e como tudo acabou?

– Lamento dizer, senhora, que na ruptura mais infeliz: Edward foi expulso para sempre do convívio com a mãe. Saiu da casa dela ontem, mas para onde foi, ou se continua na capital, não sei; pois nós, é claro, não podemos fazer qualquer pergunta.

– Pobre jovem! E o que será dele?

– O que será dele, mesmo, senhora! É uma conjectura melancólica. Nascido para a perspectiva de tamanha afluência! Não consigo imaginar uma situação mais deplorável. Os juros sobre duas mil libras – como um homem viveria só com isso? E quando acrescentamos a isso a lembrança de que ele poderia, se não fosse por sua própria insensatez, ter recebido, dentro de três meses, duas mil e quinhentas libras por ano, pois a Srta. Morton tem trinta mil libras, não consigo imaginar uma condição mais desgraçada. Todos nós devemos sentir por ele, e mais ainda por sermos absolutamente incapazes de ajudá-lo.

– Pobre jovem! – exclamou a Sra. Jennings. – Claro que ele seria muito bem-vindo para dormir e se hospedar em minha casa; e eu diria isso a ele, se pudesse vê-lo. Não é certo que ele fique vivendo sozinho agora, em quartos alugados e tabernas.

O coração de Elinor ficou muito grato a ela por essa gentileza em relação a Edward, apesar de não conseguir sorrir ao ouvi-la.

– Se ao menos ele tivesse cuidado de si mesmo – disse John Dashwood –, assim como todos os seus amigos estavam dispostos a cuidar dele, poderia estar, agora, em sua situação correta e não necessitaria de nada. Porém, do jeito como está, ninguém pode ajudá-lo. E há mais uma coisa sendo preparada contra ele, que deve ser pior do que tudo: sua mãe decidiu, com um espírito bastante natural, transferir a propriedade, que poderia ter sido de Edward, para Robert imediatamente, sob as condições adequadas. Deixei-a hoje de manhã com seu advogado, discutindo o negócio.

– Bem! – disse a Sra. Jennings. – Esta é a vingança dela. Todo mundo tem seu próprio jeito. Mas não acho que a minha seria tornar um filho independente, só porque o outro me irritou.

Marianne levantou-se e andou pela sala.

– Há tormento maior para o espírito de um homem – continuou John – do que ver seu irmão caçula de posse de uma propriedade que poderia ter sido sua? Pobre Edward! Sinto muito por ele.

Alguns minutos mais, passados neste mesmo tipo de efusão, concluíram sua visita. E, garantindo a suas irmãs que acreditava que Fanny não estava em perigo e que não precisariam se preocupar demais com ela, ele partiu, deixando as três damas unânimes em seus sentimentos quanto a tal ocorrido, pelo menos no que se referia à conduta da Sra. Ferrars, dos Dashwood e de Edward.

A indignação de Marianne explodiu assim que ele saiu da sala, e visto que sua veemência fez com que discrição fosse impossível para Elinor, e desnecessária para a Sra. Jennings, ambas juntaram-se a ela, em uma crítica bastante vigorosa sobre o grupo.

Capítulo 38

A Sra. Jennings fez elogios muito calorosos sobre a conduta de Edward, mas só Elinor e Marianne compreendiam seu verdadeiro mérito. Somente elas sabiam quão pouco ele tinha para instigá-lo a ser desobediente, e quão pequeno era o consolo, além da consciência de ter agido certo, que sobraria para ele, depois da perda de amigos e fortuna. Elinor regozijou-se com a integridade dele e Marianne perdoou todas as suas ofensas, em compaixão por seu castigo. Mas apesar de as confidências entre elas terem sido restauradas a seu antigo estado, devido a esta descoberta pública, não era um assunto que gostavam de discutir enquanto estavam sozinhas. Elinor o evitava por princípio, pois a certeza de Marianne tendia a fazer com que seus pensamentos se voltassem com mais frequência à sua crença de que o afeto de Edward por ela mesma permanecia, o que ela queria ignorar. E o ânimo de Marianne logo abandonou-a, fazendo com que parasse de tentar conversar sobre um tópico que sempre a deixava mais insatisfeita consigo mesma do que antes, pela comparação que necessariamente produzia entre a conduta de Elinor e a sua própria.

Ela sentia toda a força da comparação, mas não como sua irmã havia esperado, fazendo com que se esforçasse agora; ela sofria por recriminar a si mesma, arrependendo-se amargamente de nunca ter se esforçado antes. Mas isso trazia somente a tortura da penitência, sem a esperança de correção. Sua mente estava tão enfraquecida que ela ainda acreditava ser impossível fazer qualquer esforço e, portanto, isso só a desanimava ainda mais.

Não ouviram mais nada, pelos próximos dias, sobre a situação em Harley Street ou em Bartlett's Buildings. Mas apesar de já saberem tanto sobre o assunto que a Sra. Jennings teria muito o que fazer para espalhar seus conhecimentos sem precisar ir atrás de mais, ela havia se decidido, logo no começo, a fazer uma visita às suas primas, para comiserar e fazer perguntas, assim que pudesse; e só o fato de ter tido mais visitantes do que de costume a impediu de ir antes.

O terceiro dia depois de terem ficado sabendo dos detalhes da história foi tão bonito, um domingo tão belo, que atraiu muitas pessoas até Kensington Gardens, apesar de estarem ainda na segunda semana de março. A Sra. Jennings e Elinor estavam entre elas, mas Marianne, que sabia que os Willoughby haviam voltado para a capital, e vivia em medo constante de encontrá-los, preferiu ficar em casa do que aventurar-se em um local tão público.

Uma amiga íntima da Sra. Jennings juntou-se a elas, logo após entrarem nos jardins, e Elinor não ficou aborrecida por ter sido deixada com seus próprios pensamentos, devido ao fato de a senhora ter ficado com elas e atraído toda a atenção da Sra. Jennings. Não viu os Willoughby, ou Edward e, por algum tempo, ninguém, sério ou alegre, que pudesse interessá-la. Mas, para sua surpresa, foi abordada pela Srta. Steele que, apesar de parecer um pouco tímida, expressou grande satisfação em encontrá-las. Ao ser encorajada pela especial gentileza da Sra. Jennings, deixou seu próprio grupo por um tempo, para juntar-se ao delas. A Sra. Jennings sussurrou para Elinor:

– Arranque tudo dela, minha cara. Ela te contará qualquer coisa, se perguntar. Vês que não posso abandonar a Sra. Clarke.

Foi uma sorte, contudo, para a curiosidade da Sra. Jennings e de Elinor, também, que ela contaria qualquer coisa sem ninguém precisar perguntar, pois de outra forma, não teriam ficado sabendo de nada.

– Fico muito feliz em encontrá-la – disse a Srta. Steele, tomando seu braço, de forma íntima –, pois queria vê-la mais do que tudo.

Então, abaixando o tom de voz, continuou:

– Suponho que a Sra. Jennings já tenha ficado sabendo de tudo. Ela está brava?

– Nem um pouco, acredito, com vocês.

– Isso é bom. E Lady Middleton, ela está brava?

– Não suponho que seja possível que esteja.

– Fico muito contente. Deus meu! Que maus bocados passei! Nunca vi Lucy tão furiosa em minha vida. Jurou, primeiro, que nunca mais adornaria um chapéu para mim, ou faria qualquer coisa por mim de novo, enquanto vivesse; mas agora ela se recompôs e estamos nos dando tão bem quanto antes. Veja, ela fez este laço para meu chapéu e colocou a pena ontem à noite. Vamos, você também vai rir de mim. Mas por que eu não deveria usar laço rosa? Não me importo que seja a cor preferida do doutor. Tenho certeza que nem saberia que ele gosta de rosa mais do que de outras cores, se ele não houvesse me contado. Minhas primas têm me provocado tanto! Digo que às vezes não sei para onde olhar, quando estou com elas.

Ela havia ido parar em um assunto sobre o qual Elinor não tinha o que dizer e, portanto, julgou adequado conduzi-la de volta para o primeiro.

– Bem, mas Srta. Dashwood – falou, triunfante –, as pessoas podem dizer o que quiserem sobre o Sr. Ferrars ter declarado que não quer mais Lucy, pois não é verdade, te digo; e é uma vergonha, essas histórias maldosas serem circuladas por aí. O que quer que Lucy possa pensar sobre si mesma, sabe, não é da conta dos outros dizer que é verdade.

– Asseguro-lhe que nunca ouvi qualquer insinuação neste sentido.

– Oh, não ouviu? Mas foi dito, eu sei muito bem, e por mais de uma pessoa, pois a Srta. Godby contou à Srta. Sparks que ninguém com a cabeça no lugar poderia esperar que o Sr. Ferrars desistisse de uma mulher como a Srta. Morton, com uma fortuna de trinta mil libras, por Lucy Steele, que não tem absolutamente nada. E eu ouvi da própria Srta. Sparks. E além disso, meu primo Richard disse que, quando chegasse a hora, o Sr. Ferrars fugiria, e quando Edward não nos visitou por três dias, não soube o que pensar. E acredito que Lucy teria desistido de tudo, pois quando saímos da casa de seu irmão, na quarta-feira, não o vimos mais na quinta, na sexta e no sábado, e não sabíamos o que havia acontecido com ele. Lucy pensou em escrever a ele, mas então se rebelou contra a ideia. Contudo, hoje de manhã, ele nos visitou logo que chegamos da igreja, e então ficamos sabendo de tudo, que ele havia sido convocado a Harley Street na quarta-feira, e que havia levado uma bronca da mãe e dos outros, e declarado, na frente de todos eles, que não amava ninguém exceto Lucy, e que só se casaria com ela. E como ficou tão preocupado com o ocorrido, logo que saiu da casa de sua mãe, montou no cavalo e cavalgou para o interior, a algum lugar, se hospedando em uma estalagem na quinta e na sexta-feira, de propósito, para se recompor. E, após pensar sobre tudo repetidas vezes, ele disse, parecia-lhe que, agora que já não tinha fortuna e nenhuma outra coisa, seria cruel forçá-la a manter o noivado, porque seria uma perda para ela, pois ele não tinha nada além de duas mil libras e nenhuma esperança de ter algo além disso. E, se ele fosse entrar para a igreja, como cogitava, não conseguiria nada além de um vicariato, e como viveriam só com isso? Ele não podia suportar a ideia de que ela não conseguisse um homem melhor, então implorou, se ela tivesse a menor vontade, que pusesse um fim ao noivado e que o deixasse se virar sozinho. Eu o ouvi dizer tudo isso perfeitamente bem. E foi somente pelo bem dela, e pensando nela, que ele mencionou ir embora, e não por si mesmo. Juro que ele nunca disse uma palavra sobre estar cansado dela, ou desejar casar-se com a Srta. Morton, ou qualquer coisa do gênero. Mas claro que Lucy não quis nem ouvir tal coisa, então disse a ele, com muitas menções a doçura e amor, que não tinha a menor intenção de deixá-lo, pois poderia viver ao lado dele com uma miséria, e por menos dinheiro que ele tivesse, ela ficaria feliz. Então, ele ficou tremendamente feliz e falou algum tempo sobre o que fariam, concordaram que ele deveria se ordenar de imediato e esperariam para casar depois que ele conseguisse um lugar na igreja. Naquele momento, não consegui ouvir mais, pois minha prima me chamou do andar de baixo, para dizer que a Sra. Richardson havia vindo de carruagem e queria levar uma de nós a Kensington Gardens, então fui forçada a ir até o cômodo e interrompê-los, para perguntar se Lucy gostaria de ir, mas ela não quis deixar Edward. Então, subi as escadas e coloquei um par de meias de seda e vim para cá com os Richardson.

– Não entendi o que quis dizer quando mencionou que os interrompeu – disse Elinor –, estavam todos na mesma sala, não?

– Não, não estávamos. Oras! Srta. Dashwood, acha que as pessoas fazem declarações de amor quando há outras por perto? Oh, imagine só! Claro que a senhorita deve saber – e riu com afetação. – Não, não, eles estavam entocados na sala de estar e tudo o que ouvi foi através da porta.

– O que! – exclamou Elinor. – Repetiu para mim o que só descobriu ouvindo através da porta? Sinto por não ter sabido disso antes, pois certamente não teria deixado que me desse detalhes de uma conversa que não deveria ser de seu conhecimento. Como pôde comportar-se de forma tão injusta com sua irmã?

– Ora, vamos! Não tem problema nenhum. Só fiquei atrás da porta e ouvi o que pude. E tenho certeza de que Lucy teria feito o mesmo comigo, pois há um ou dois anos, quando Martha Sharpe e eu tínhamos tantos segredos juntas, ela nunca teve escrúpulos em se esconder em um armário, ou atrás da tela de proteção da lareira, de propósito para ouvir o que dizíamos.

Elinor tentou falar de outra coisa, mas a Srta. Steele não conseguia ficar mais do que alguns minutos afastada do assunto que mais ocupava sua mente.

– Edward fala em ir para Oxford em breve – disse ela –, mas agora está hospedado em Pall Mall. Que mulher maldosa é a mãe dele, não? E seu irmão e cunhada não foram muito gentis! Contudo, não falarei nada contra eles para você, e devo admitir que eles nos mandaram para casa em sua própria carruagem, que era mais do que eu esperava. E, no que diz respeito a mim, estava com tanto medo que sua cunhada fosse nos pedir os porta-agulhas que nos deu um ou dois dias antes, mas nada foi dito sobre eles, e eu tomei o cuidado de esconder o meu. Edward tem alguns assuntos para resolver em Oxford, ele diz, então precisa ir lá por um tempo. Depois disso, assim que ele conseguir encontrar algum bispo, ele tomará ordens. Imagino que vicariato ele irá obter! Deus meu! – disse ela, enquanto dava risadinhas –, aposto que já sei o que minhas primas dirão, quando souberem. Me aconselharão a escrever para o Reverendo, para conseguir o vicariato para o Edward. Sei que irão; mas jamais faria algo assim. "Oras!", direi eu, "como podem pensar tal coisa? Eu, escrever para o Reverendo!".

– Bem – disse Elinor –, é um conforto estar preparada para o pior. Já tem sua resposta pronta.

A Srta. Steele ia continuar o assunto, mas a aproximação de seus amigos fez com que outro se tornasse mais necessário.

– Veja, aí vêm os Richardson. Tinha muito mais para dizer a você, mas não posso ficar longe deles por mais tempo. Asseguro-lhe que são pessoas muito distintas. Ele ganha muito dinheiro, e eles têm sua própria carruagem. Não tenho tempo de falar com a Sra. Jennings sobre isso, mas tenha a gentileza de contar a ela que estou muito feliz em ouvir que ela não está brava conosco, e o mesmo vale para Lady Middleton. E se qualquer coisa acontecer, que faça com que você e sua irmã precisem ir embora, e a Sra. Jennings quiser companhia, ficaríamos muito contentes em ficar com ela, por quanto tempo ela quiser. Suponho que Lady Middleton não nos convidará mais, este ano. Adeus, que pena que a Srta. Marianne não esteve aqui. Mande minhas lembranças para ela. Ora veja, está usando seu vestido de musselina com bolinhas! Imagino por que não ficou com medo de rasgá-lo.

Esta foi sua última preocupação, antes de se despedir, pois, depois disso, ela só teve tempo de dizer adeus à Sra. Jennings antes que sua companhia fosse requisitada pela Sra. Richardson. Então, Elinor foi deixada em posse de informações que poderiam alimentar seus poderes de reflexão por algum tempo, apesar de ter ficado sabendo pouco mais do que já havia previsto em sua própria mente. O casamento de Edward com Lucy estava tão firmemente estabelecido, e o momento em que ocorreria continuava tão absolutamente incerto, quanto ela havia concluído. Tudo dependia, como ela calculava, dele conseguir um posto na igreja, o que, naquele momento, parecia não haver a menor chance.

Assim que voltaram para a carruagem, a Sra. Jennings estava ávida por informações; porém, como Elinor queria espalhar o mínimo possível do que havia sido obtido de forma tão injusta, limitou-se a fazer uma breve repetição dos detalhes mais simples, que ela tinha certeza que Lucy, pelo bem de sua própria reputação, gostaria que fossem sabidos. A continuação do noivado entre eles, e os meios para promover seu encerramento, foi tudo o que contou; e isto arrancou da Sra. Jennings a seguinte natural observação:

– Esperar que ele consiga um cargo na igreja! Sim, todos nós sabemos como isso vai acabar. Eles esperarão doze meses e, ao descobrir que não deu em nada, aceitarão uma paróquia que renda cinquenta libras por ano, com os juros sobre as duas mil libras dele, e o pouco que o Sr. Steele e o Sr. Pratt puderem dar a ela. Então, terão um bebê por ano! E que Deus os ajude! Como serão pobres! Preciso ver o que consigo dar a eles para ajudar a mobiliar sua casa. Duas criadas e dois serviçais, sim! Como falei outro dia. Não, não, precisarão contratar uma garota robusta, que faça todo tipo de trabalho. A irmã de Betty não servirá mais para eles.

A manhã seguinte trouxe a Elinor uma carta por correio expresso, escrita pela própria Lucy. Dizia o seguinte:

"Bartlett's Building, março.

Espero que minha estimada Srta. Dashwood perdoe a liberdade que tomo ao escrevê-la; mas sei que sua afeição por mim fará com que fique contente em ouvir um relato tão bom sobre mim e meu querido Edward, depois de todas as dificuldades que superamos ultimamente, então não me desculparei mais, e sim direi que, graças a Deus, apesar de termos sofrido horrivelmente, estamos ambos muito bem, agora, e tão felizes quanto sempre seremos, com o amor um do outro. Tivemos grandes provações e grandes perseguições, mas ao mesmo tempo, somos gratos a muitos amigos, inclusive você mesma, cuja grande bondade sempre estará em minha memória, e na de Edward também, a quem contei tudo. Tenho certeza de que ficará contente em saber, assim como a querida Sra. Jennings, que passei duas felizes horas com ele ontem à tarde, e ele não pensou em se separar de mim, apesar de eu ter insistido para que o fizesse, como achava que era meu dever, pelo bem da prudência, e teria me separado dele para sempre, naquele mesmo momento, caso ele consentisse. Mas ele disse que jamais permitiria que isso acontecesse, não se importava com a fúria da mãe, enquanto tivesse meu amor. Nossas perspectivas não são muito boas, isso é certo, mas devemos aguardar e ter esperanças. Ele entrará para a igreja logo e, caso você possa recomendá-lo a qualquer pessoa que tenha um cargo para conceder, estou certa de que não se esquecerá de nós, assim como a Sra. Jennings, tenho certeza de que ela falará bem de nós para Sir John, ou o Sr. Palmer, ou qualquer amigo que possa nos auxiliar. A pobre Anne carrega muita culpa pelo que fez, mas fez pensando agir certo, então não digo nada. Espero que a Sra. Jennings não se importe de nos visitar, caso ela passe por aqui esta manhã; seria muita gentileza, e meus primos ficariam orgulhosos em conhecê-la. Meu papel pede que termine esta carta; e peço que mande minhas gratas e respeitosas lembranças a ela, a Sir John, Lady Middleton e seus lindos filhos, quando tiver a chance de vê-los, e meu amor à Srta. Marianne,

Sua, etc."

Assim que Elinor terminou de ler acarta, fez o que havia concluído ser a verdadeira intenção da remetente, colocando-a nas mãos da Sra. Jennings, que a leu em voz alta, com muitos comentários de satisfação e louvor:

– Muito bem! Como escreve bem! Sim, foi bastante apropriado oferecer a ele a chance de terminar o noivado, se quisesse. Típico de Lucy. Pobrezinha! Quisera poder conseguir uma colocação na igreja, para ele, do fundo de meu coração. Ela me chama de querida Sra. Jennings, veja. Ela tem um coração tão bom. Acho que fez muito bem. Esta frase foi muito bem escrita. Sim, sim, irei visitá-la, claro. Como é atenciosa em pensar em todos! Obrigada, minha cara, por mostrar-me a carta. É uma das cartas mais bonitas que já li e um elogio à mente e ao coração de Lucy.

Capítulo 39

As Srtas. Dashwood, a esta altura, já estavam na capital há mais de dois meses e a impaciência de Marianne por ir embora aumentava a cada dia. Sentia saudades do ar, da liberdade, do silêncio do campo; e imaginava que, se algum lugar pudesse lhe trazer paz, seria Barton. Elinor estava quase tão ávida por ir embora quanto ela, e só menos decidida a fazê-lo de imediato por ter consciência das dificuldades de uma viagem tão longa, que Marianne não se convencia a reconhecer. Começou, contudo, a pensar seriamente em fazer os preparativos e já havia mencionado seus desejos à sua gentil anfitriã, que resistiu a eles com toda a eloquência de sua boa vontade, quando um plano foi sugerido, o qual, apesar de mantê-las longe de casa por mais algumas semanas, pareceu a Elinor ser muito mais propício do que qualquer outro. Os Palmer partiriam para Cleveland ao final de março, para o feriado da Páscoa; e a Sra. Jennings, com ambas as suas amigas, recebeu um convite bastante caloroso de Charlotte para ir com eles. Só isso não seria o suficiente para a cortesia da Srta. Dashwood, mas foi reforçado com tanta verdadeira educação pelo próprio Sr. Palmer que, em conjunto com a grande mudança nos modos deles para com elas, desde que ficaram sabendo que sua irmã estava infeliz, a induziu a aceitar com prazer.

Quando contou a Marianne o que tinha feito, contudo, sua primeira reação não foi muito auspiciosa.

– Cleveland! – exclamou ela, em grande agitação. – Não, não posso ir a Cleveland!

– Está esquecendo – disse Elinor, gentilmente – que sua localização não é... que não está nos arredores de...

– Mas é no condado de Somerset. Não posso ir para o condado de Somerset. Lá, onde esperava ir... não, Elinor, não pode esperar que eu vá até lá.

Elinor não quis discutir a justeza de se superar tais sentimentos; só tentou contradizê-los enfatizando outros. Referiu-se à ideia, portanto, como uma medida que estabeleceria o momento em que poderiam voltar para sua querida mãe, de um modo mais aconselhável e confortável do que qualquer outro plano, e talvez sem grandes demoras. De Cleveland, que ficava a alguns quilômetros de distância de Bristol, a viagem até Barton não durava mais do que um dia, apesar de ser um dia longo; e o criado de sua mãe poderia facilmente ir até lá para acompanhá-las. E, visto que não seria o caso de ficarem mais do que uma semana em Cleveland, poderiam estar em casa dentro de pouco mais de três semanas. Como o amor de Marianne pela mãe era sincero, sobrepujou os males imaginários com pouca dificuldade.

A Sra. Jennings estava tão pouco cansada de suas hóspedes que insistiu abertamente para que voltassem com ela para Londres, depois de Cleveland. Elinor ficou grata pela consideração, mas não podia mudar seus planos; e, tendo obtido a concordância de sua mãe, tudo o que se relacionava ao seu retorno foi combinado, na medida do possível, e Marianne encontrou algum alívio em anotar as horas que ainda a separavam de Barton.

– Ah, Coronel, não sei o que você e eu faremos sem as Srtas. Dashwood – foi como a Sra. Jennings o recebeu, quando a visitou pela primeira vez após terem combinado a partida delas –, pois estão decididas a ir para casa, depois de visitarmos os Palmer. E como ficaremos acabrunhados, quando eu voltar! Senhor! Ficaremos sentados, olhando um para a cara do outro, entediados como dois gatos.

Talvez a Sra. Jennings esperasse, com esta vigorosa descrição de seu futuro tédio, provocá-lo a fazer o pedido que o permitiria escapar de tal aborrecimento; e, se era esta sua intenção, logo teve bons motivos para pensar que tinha sido bem-sucedida, pois quando Elinor foi até a janela, para examinar as dimensões de uma gravura que ia copiar para sua amiga, ele a seguiu com um olhar significativo e conversou com ela ali, por muitos minutos. O efeito de tal discurso sobre a dama tampouco escapou à observação da Sra. Jennings, pois apesar de ser honrosa demais para entreouvir, tendo até mesmo mudado de poltrona de propósito para não espionar e se sentado em uma perto do piano, que Marianne tocava, não pôde deixar de ver que Elinor corava, se agitava e prestava atenção demais ao que ele dizia, para concentrar-se em sua tarefa. Como maior confirmação de suas esperanças, durante o intervalo entre as músicas de Marianne, algumas palavras ditas pelo Coronel inevitavelmente chegaram a seus ouvidos, que indicavam que ele estava pedindo desculpas pelo mau estado de sua casa. Isto decidiu o assunto, para além de qualquer dúvida. Ela estranhou o fato de ele considerar necessário fazer isso, mas supôs que era a etiqueta apropriada. O que Elinor respondeu ela não conseguiu ouvir, mas julgou, lendo seus lábios, que não considerava uma objeção relevante. E a Sra. Jennings a elogiou intimamente por sua honestidade. Conversaram, então, por mais alguns minutos, sem que ela conseguisse entender uma palavra, quando outra tempestiva interrupção na performance de Marianne fez com que ouvisse as seguintes palavras, na voz calma do Coronel:

– Temo que não possa ocorrer muito em breve.

Surpresa e chocada ao ouvir uma fala tão pouco típica de um amante, ela estava prestes a exclamar: "Deus! O que poderia atrapalhar?", mas, contendo-se, limitou-se à seguinte interjeição em voz baixa:

– Isso é muito estranho! Decerto ele não precisa esperar ficar mais velho.

Tal postergação por parte do Coronel, contudo, não pareceu ofender ou afrontar sua bela companheira, pois quando terminaram a conferência e foram para cantos diferentes, a Sra. Jennings ouviu Elinor dizer claramente, com um tom de voz que demonstrava estar sendo sincera:

– Sempre me considerarei muito grata ao senhor.

A Sra. Jennings ficou deleitada com sua gratidão e só estranhou o fato de que, após ouvir tal frase, o Coronel conseguisse despedir-se delas, como imediatamente o fez, com o maior sangue frio e sem dar-lhe nenhuma resposta! Ela nunca poderia ter imaginado que seu velho amigo fosse um pretendente tão indiferente.

O que aconteceu entre eles de verdade foi o seguinte:

– Me contaram – disse ele, com grande compaixão – sobre a grande injustiça que seu amigo, o Sr. Ferrars, sofreu por parte de sua família; pois, se compreendi o caso direito, viraram as costas a ele, por ter persistido em seu noivado com uma jovem muito merecedora. Fui informado corretamente? Foi isso o que aconteceu?

Elinor disse a ele que sim.

– A crueldade, a crueldade precipitada – respondeu ele, acalorado – de separar, ou tentar separar, dois jovens há muito ligados um ao outro, é terrível. A Sra. Ferrars não sabe o que pode estar fazendo... o que pode estar levando seu filho a fazer. Vi o Sr. Ferrars uma ou duas vezes, em Harley Street, e gostei muito dele. Ele não é o tipo de jovem de quem se consiga ficar íntimo rapidamente, mas o vi o suficiente para desejar-lhe bem por seus próprios méritos e, sendo seu amigo, desejo ainda mais. Fiquei sabendo que ele pretende se ordenar. Poderia fazer a gentileza de dizer a ele que o vicariato de Delaford, que acabou de ficar vago, conforme fui informado pela correspondência desta manhã, é dele, se ele achar que é digno de sua aceitação. Mas disso, talvez, considerando-se suas infelizes circunstâncias atuais, pode ser absurdo duvidar. Apenas gostaria que fosse mais valioso. É uma casa paroquial, porém pequena; o último vigário que ocupou o cargo, creio eu, não tirava mais do que duzentas libras por ano e, apesar de poder ser melhorada, temo que não consiga chegar a um valor que permita a ele obter uma renda muito confortável. Do modo como as coisas estão, contudo, terei o maior prazer em concedê-la a ele. Tenha a bondade de assegurá-lo disso.

A surpresa de Elinor ao ouvir isso não poderia ter sido maior, nem se o Coronel a houvesse pedido em casamento. A concessão, que até dois dias atrás ela havia considerado impossível, já havia sido feita, permitindo que Edward se casasse; e ela, de todas as pessoas do mundo, havia sido escolhida para informá-lo! Sua emoção era tamanha, que a Sra. Jennings atribuiu a uma causa diferente; sua estima pela benevolência e sua gratidão pela amizade que haviam instado o Coronel Brandon a agir de tal forma foram profundamente reconhecidas e calorosamente expressadas. Ela o agradeceu do fundo do coração, falou sobre os princípios e a disposição de Edward da forma elogiosa que sabia que ele merecia e prometeu se desincumbir de sua tarefa com prazer, se o Coronel quisesse passar uma empreitada tão agradável para outra pessoa. Mas, ao mesmo tempo, ela não pôde deixar de pensar que ninguém a realizaria tão bem quanto o próprio Coronel. Era uma tarefa da qual, querendo evitar com que Edward ficasse constrangido por dever um favor a ela, ela ficaria muito feliz de ser poupada. Mas o Coronel Brandon, devido a motivos de igual delicadeza, também recusou e parecia desejar muito que a notícia fosse transmitida através de Elinor, sendo assim ela não continuou contestando. Edward, ela acreditava, ainda estava na cidade e, felizmente, a Srta. Steele havia lhe dito seu endereço. Portanto, poderia comprometer-se a informá-lo durante o dia. Após isso ter sido decidido, o Coronel Brandon começou a falar sobre sua própria sorte em ter obtido um vizinho tão respeitável e agradável, e foi então que mencionou, lamentando, que a casa era pequena e insossa; um mal que Elinor desconsiderou, como a Sra. Jennings supôs que havia feito, pelo menos no que se referia a seu tamanho.

– Não imagino que o fato de a casa ser pequena – disse ela – seja qualquer inconveniência para eles, pois será proporcional a sua família e renda.

Naquele momento, o Coronel ficou surpreso ao descobrir que ela estava considerando o casamento do Sr. Ferrars uma consequência certa da concessão, pois ele mesmo não supunha ser possível que a casa paroquial de Delaford poderia ensejar uma renda que qualquer pessoa acostumada ao estilo de vida dele se arriscaria a aceitar – e disse isso a ela.

– Este pequeno vicariato não pode fazer mais do que deixar o Sr. Ferrars confortável como homem solteiro; não permite que ele se case. Sinto dizer que meu patrocínio termina com isso e meu interesse dificilmente se estende para além. Se, contudo, advier alguma circunstância que me permita ajudá-lo mais, pensarei sobre ele de forma bastante diferente da que penso agora, se não estiver, no futuro, pronto para lhe ser tão útil quanto desejaria estar agora. O que faço agora parece não ser nada, visto que permite a ele que progrida tão pouco rumo a seu principal e único objeto de felicidade. Seu casamento continuaria sendo um alvo distante; pelo menos, temo que não poderia ocorrer muito em breve.

Esta foi a frase que, quando interpretada de maneira equivocada, ofendeu tanto os delicados sentimentos da Sra. Jennings; mas, após esta narração do que de fato aconteceu entre Coronel Brandon e Elinor, enquanto estavam de pé perto da janela, a gratidão expressa por ela, ao se despedirem, pareceu tão excitada e adequadamente expressa quanto se houvesse advindo de um pedido de casamento.

Capítulo 40

– Bem, Srta. Dashwood – disse a Sra. Jennings, sorrindo de forma sagaz, assim que o cavalheiro havia saído –, não perguntarei o que o Coronel estava lhe dizendo, pois juro que tentei não ouvir, mas não pude deixar de escutar o suficiente para entender o que ele queria. E asseguro-lhe que nunca fiquei mais contente em minha vida e desejo-lhe felicidades, do fundo do meu coração.

– Obrigada, senhora – disse Elinor –, é uma questão que me traz muita alegria e reconheço a bondade do Coronel Brandon profundamente. Não há muitos homens que agiriam como ele agiu. Poucas pessoas têm um coração tão compassivo! Nunca fiquei mais surpresa, em toda a minha vida.

– Meu Deus! Minha cara, você é muito modesta. Não fiquei nem um pouco surpresa, pois andei pensando muito, ultimamente, que nada seria mais provável.

– A senhora julgou com base em seu conhecimento da benevolência do Coronel; mas, não podia prever que a oportunidade ocorreria tão cedo.

– Oportunidade! – repetiu a Sra. Jennings. – Oh! Quanto a isso, quando um homem se decide a fazer tal coisa, de um jeito ou de outro encontra a oportunidade. Bem, minha cara, desejo-lhe felicidades mais uma vez; e, se é que já houve algum casal feliz neste mundo, creio que logo saberei onde procurá-lo.

– A senhora pretende ir a Delaford atrás deles, suponho – disse Elinor, com um sorriso fraco.

– Sim, minha querida, pretendo, mesmo. E quanto à casa estar em más condições, não sei o que o Coronel quis dizer, pois está tão bem quanto qualquer outra casa que já vi.

– Ele disse que está precisando de reforma.

– Bem, e de quem é a culpa? Por que ele não a reforma? Quem deveria fazê-lo, senão ele mesmo?

Foram interrompidas pela chegada do criado, anunciando que a carruagem estava à porta; e a Sra. Jennings, preparando-se para sair, disse:

– Bom, minha querida, preciso ir antes mesmo de ter falado metade do que queria. Contudo, poderemos discutir tudo à noite, pois estaremos sozinhas. Não a convido para vir comigo, pois ouso dizer que sua mente está ocupada demais com este assunto para que queira companhia. Além disso, você deve estar querendo contar para sua irmã sobre isso.

Marianne havia saído da sala antes da conversa começar.

– Certamente, senhora, contarei a Marianne, mas não mencionarei para mais ninguém, por ora.

– Oh! Está bem – disse a Sra. Jennings, um tanto quanto decepcionada. – Então não quer que eu conte a Lucy, pois acho que vou até Holborn, hoje.

– Não, senhora, nem para Lucy, por favor. Postergar um dia não fará diferença e, até que eu tenha escrito para o Sr. Ferrars, acho que o assunto não deveria ser mencionado para ninguém mais. Farei isso imediatamente. É importante não perder tempo, pois ele terá muito o que fazer em relação às suas ordens, é claro.

Esta fala primeiro deixou a Sra. Jennings confusa. Por que ela precisaria escrever para o Sr. Ferrars com tanta pressa, não pôde compreender, de início. Após refletir por uns momentos, contudo, teve uma feliz ideia e exclamou:

– Oh, sim! Compreendo. Será o Sr. Ferrars. Bem, melhor para ele. Sim, claro, ele precisa ser ordenado logo e estou muito feliz em descobrir que as coisas já estão tão adiantadas, entre vocês. Mas minha cara, isso não é um pouco incomum? Não deveria o próprio Coronel Brandon escrever? Certamente que ele é a pessoa adequada.

Elinor não entendeu o começo da fala da Sra. Jennings, tampouco achou que valia a pena questionar; e, portanto, só respondeu referindo-se à última parte.

– O Coronel Brandon é um homem tão cortês, que prefere que qualquer um que não seja ele anuncie suas intenções ao Sr. Ferrars.

– Então você tem que fazê-lo. Bom, este é um tipo estranho de delicadeza! Contudo, não a atrapalharei – disse, vendo-a se preparar para escrever. – Sabe de seus assuntos melhor do que ninguém.

Adeus, minha cara. Não ouvia nada que me agradasse tanto, desde que Charlotte teve o bebê.

E foi-se embora; mas, voltando, depois de um momento, disse:

– Estava pensando na irmã de Betty, minha cara. Ficaria muito feliz de arranjar para ela uma patroa tão boa. Mas se ela serve para ser criada pessoal de uma dama, não sei dizer. É uma excelente criada e muito habilidosa com uma agulha. Contudo, você pensará nisso em seu próprio tempo.

– Claro, senhora – respondeu Elinor, sem prestar muita atenção no que ela dizia e mais ansiosa por ficar sozinha do que entender o assunto.

Como ela começaria – como ela se expressaria, em seu bilhete para Edward, era tudo o que ocupava sua mente, naquele momento. As circunstâncias particulares entre eles tornavam difícil algo que, para qualquer outra pessoa, seria a coisa mais fácil do mundo. Ela temia tanto falar demais como falar pouco e sentou-se, deliberando, inclinada sobre o papel e com a pena na mão, até que foi interrompida pela entrada do próprio Edward.

Ele havia encontrado com a Sra. Jennings na porta, enquanto ela andava até sua carruagem, quando vinha deixar seu cartão de despedida; e ela, após desculpar-se por não dar meia-volta, insistiu para que ele entrasse, dizendo que a Srta. Dashwood estava no andar de cima e queria falar com ele sobre um assunto bastante importante.

Elinor estava justamente se sentindo agradecida, em meio à sua perplexidade, pelo fato de que, por mais difícil que fosse se explicar adequadamente por carta, era preferível a dar a informação pessoalmente, quando seu visitante entrou, forçando-a a fazer o maior dos esforços. Sua surpresa e confusão foram bastante grandes, mediante tal aparição repentina. Não o via desde antes de seu noivado vir a público e, portanto, antes de ele saber que ela estava informada do fato. Isso fez com que a consciência do que estava pensando e do que tinha para contar a ele a deixasse desconfortável, por alguns minutos. Ele também ficou bastante aflito e sentaram-se juntos em um estado de embaraço muito promissor. Se havia se desculpado pela intromissão ao entrar, ele não se lembrava; porém, determinado a pecar por excesso de cautela, pediu desculpas formais, assim que conseguiu dizer alguma coisa, após puxar uma cadeira.

– A Sra. Jennings me contou – disse ele – que deseja falar comigo sobre algo, pelo menos foi o que entendi. Ou certamente que não teria me intrometido em sua tarefa deste modo; apesar de que, ao mesmo tempo, teria lamentado ter que sair de Londres sem vê-la, ou a sua irmã, sobretudo considerando que é provável que levará um tempo... não é provável que eu tenha o prazer de encontrá-las novamente. Irei a Oxford amanhã.

– Não partiria, contudo – disse Elinor, recuperando-se e determinada a terminar o que tinha que fazer, o mais rápido possível –, sem receber nossas congratulações, ainda que não pudéssemos dá-las pessoalmente. A Sra. Jennings estava certa no que disse. Tenho algo importante para contar-lhe, que estava prestes a comunicar por carta. Fui incumbida de uma tarefa das mais agradáveis – falou ela, com a respiração mais rápida do que de costume. – O Coronel Brandon, que esteve aqui há apenas dez minutos, pediu que lhe dissesse que, tendo sido informado de que deseja entrar para a igreja, tem o maior prazer em oferecer-lhe a paróquia de Delaford, que acabou de ficar vazia, e só gostaria que fosse mais valiosa. Permita-me congratulá-lo por ter um amigo tão respeitável e prudente, e fazer coro ao desejo dele de que a propriedade, que rende cerca de duzentas libras ao ano, fosse muito mais considerável, de modo que permitisse que você... que pudesse ser mais do que uma acomodação temporária... que pudesse, em resumo, concretizar todas as suas ideias de felicidade.

O que Edward sentiu, já que nem ele mesmo conseguiu expressar, não pode-se esperar que qualquer outra pessoa diga por ele. Sua aparência demonstrava toda a surpresa que tal informação tão inesperada, tão imprevista, não podia deixar de excitar; mas disse só estas duas palavras:

– Coronel Brandon!

– Sim – continuou Elinor, fortalecendo sua resolução, pois um pouco da pior parte já havia passado –, o Coronel Brandon tem a intenção de que isto sirva de testemunho de sua preocupação com o que aconteceu recentemente... com a situação cruel em que a conduta injustificável de sua família lhe colocou... preocupação esta que tenho certeza que Marianne, eu mesma e todos os seus amigos compartilhamos. E, da mesma forma, como prova da alta estima que ele tem por seu caráter e sua particular aprovação de seu comportamento nesta ocasião.

– O Coronel Brandon me concedendo um vicariato! Será possível?

– A crueldade de seus próprios parentes fez com que ficasse atônito a encontrar gentileza em outros lugares.

– Não – respondeu ele, com repentina consciência –, não me surpreendo em encontrar gentileza em você; pois não ignoro o fato de que devo tudo a você, à sua bondade. Reconheço... expressaria, se pudesse... mas como bem sabe, não sou um bom orador.

– Engana-se. Afirmo que deve inteiramente, pelo menos quase que inteiramente, a seu próprio mérito, e ao fato do Coronel Brandon estar ciente do seu merecimento. Não tive qualquer influência sobre o assunto. Nem mesmo sabia, até que compreendi a intenção dele, que o vicariato estava vago; tampouco me havia ocorrido que ele poderia ter tal concessão para fazer. Na qualidade de meu amigo, de amigo de minha família, ele pode, talvez – na verdade, eu sei que teve, um prazer ainda maior em concedê-lo a você; mas juro que não deve nada a uma solicitação minha.

A verdade a obrigou a reconhecer uma pequena parcela no assunto, mas estava, ao mesmo tempo, tão reticente em parecer a benfeitora de Edward, que reconheceu-o com hesitação, o que contribuiu para fixar, na mente dele, a suspeita que havia recentemente lhe ocorrido. Por um curto tempo, ele ficou sentado, perdido em pensamentos, após Elinor ter parado de falar. Por fim e como se fosse um esforço, disse:

– O Coronel Brandon parece ser um homem de grande valor e respeitabilidade. Sempre ouvi falarem dele como tal e sei que seu irmão o estima muito. Ele é, sem dúvidas, um homem sensato e, quanto a seus modos, um perfeito cavalheiro.

– É, mesmo – respondeu Elinor –, acredito que perceberá, ao conhecê-lo melhor, que ele é tudo o que ouviu dizer, e já que serão vizinhos tão próximos, pois entendo que a casa paroquial fica perto da casa principal, é particularmente importante que ele seja, mesmo, tudo isso.

Edward não respondeu, mas quando ela virou o rosto, lançou a ela um olhar tão sério, tão franco, tão triste, que parecia dizer que ele desejaria que a distância entre a casa paroquial e a casa principal fosse muito maior.

– O Coronel Brandon, acredito, está hospedado em St. James Street – disse ele, logo depois, levantando-se de sua cadeira.

Elinor disse a ele o número da casa.

– Devo apressar-me, então, para expressar a ele a gratidão que você não me permitiu expressar para você; para assegurá-lo de que me deixou muito feliz... extremamente feliz.

Elinor não tentou detê-lo; então se despediram, com uma garantia muito sincera, por parte dela, de seu contínuo desejo de felicidade para ele, por ocasião de todas as mudanças que pudessem se abater sobre ele; e, por parte dele, com o que era mais uma tentativa de retribuir esse desejo, do que o poder de expressá-lo.

– Da próxima vez que o vir – disse Elinor, para si mesma, após a porta se fechar atrás dele –, será como o marido de Lucy.

E, com esta expectativa agradável, ela sentou-se para reconsiderar o passado, lembrar-se das palavras e tentar compreender tudo o que sentia por Edward; e, é claro, refletir sobre seu próprio descontentamento.

Quando a Sra. Jennings chegou em casa, apesar de ter voltado de uma visita a pessoas que nunca havia visto antes e sobre as quais, portanto, tinha muito o que dizer, sua mente estava muito mais ocupada pelo importante segredo sob sua posse, do que por qualquer outra coisa, de modo que voltou ao assunto, logo que Elinor apareceu.

– Bem, minha cara – exclamou ela –, mandei o jovem até você. Não fiz a coisa certa? E suponho que não tenha tido qualquer dificuldade... ele não esteve muito reticente para aceitar sua proposta?

– Não, senhora; isso não seria muito provável.

– Bom, e quando ele ficará pronto? Pois tudo parece depender disso.

– Na realidade – disse Elinor –, sei tão pouco sobre este tipo de coisa, que mal posso conjecturar quanto ao tempo ou aos preparativos necessários; mas suponho que dois ou três meses concluirão a ordenação dele.

– Dois ou três meses! – bradou a Sra. Jennings. – Senhor! Minha querida, como fala sobre o assunto tão calmamente! E o Coronel consegue esperar dois ou três meses? Deus meu! Estou certa de que eu perderia a paciência! E apesar de ficar muito feliz em fazer uma gentileza para o pobre Sr. Ferrars, não acho que valha a pena esperar por ele dois ou três meses. Certamente que poderiam encontrar outra pessoa que serviria muito bem; alguém que já tenha tomado ordens.

– Minha cara senhora – disse Elinor –, no que pode estar pensando? O único objetivo do Coronel Brandon é ser útil ao Sr. Ferrars.

– Deus te abençoe, minha querida! Não pode querer me persuadir de que o Coronel só se casará com você para poder dar dez guinéus ao Sr. Ferrars!

O engano não perdurou depois disso e uma explicação logo foi dada, com a qual ambas se divertiram bastante, naquele momento, sem qualquer perda de alegria para nenhuma das duas, pois a Sra. Jennings só mudou de uma forma de deleite para outra, sem abrir mão da esperança que tinha em relação à primeira.

– Sim, sim, a casa paroquial é pequena – disse ela, após a primeira efusão de surpresa e satisfação ter se esvaído – e é muito provável que esteja, mesmo, precisando de reformas. Mas ouvir um homem se desculpar, como eu pensei, por uma casa que, pelo que sei, tem cinco salas de estar no andar térreo, e creio que a governanta me disse que consegue abrigar quinze pessoas para passar a noite! E logo para você, acostumada a morar no chalé de Barton! Pareceu-me bastante ridículo. Mas minha cara, precisamos fazer com que o Coronel faça algumas melhorias à casa paroquial, para torná-la mais confortável para eles, antes que Lucy se mude para lá.

– Mas o Coronel Brandon não parece achar que o vicariato seja lucrativo o suficiente para permitir que se casem.

– O Coronel é um bobo, minha querida; por ter duas mil libras por ano, ele pensa que ninguém consegue se casar tendo menos. Acredite em mim, se eu estiver viva, visitarei a casa paroquial de Delaford antes do fim de setembro, e tenho certeza que não irei, se Lucy não estiver lá.

Elinor concordava com ela quanto à probabilidade de que eles não esperariam mais nada.

Capítulo 41

Edward, tendo expressado seus agradecimentos ao Coronel Brandon, prosseguiu com sua felicidade até a casa de Lucy, e estava tão contente ao chegar a Bartlett's Buildings que ela pôde assegurar à Sra. Jennings, que a visitou no dia seguinte, para dar-lhe os parabéns, que nunca o havia visto com um humor tão bom.

Sua própria felicidade, seu próprio humor estavam, pelo menos, bastante certos, e ela se juntou à Sra. Jennings, com a maior satisfação, em sua expectativa de estarem todos confortavelmente reunidos na casa paroquial de Delaford antes do fim de setembro. Estava tão longe, ao mesmo tempo, de se recusar a dar a Elinor o crédito que Edward gostaria de ter-lhe dado, que falou de sua amizade da forma mais agradecida, pronta a admitir que estavam em dívida para com ela, e declarou que nenhum esforço pelo bem dos dois, por parte da Srta. Dashwood, a surpreenderia, no presente ou no futuro, pois acreditava que ela era capaz de fazer tudo o que pudesse por aqueles que valorizava. Quanto ao Coronel Brandon, ela não só estava pronta a adorá-lo como um santo, como também muito ávida por vê-lo sendo tratado como tal, em todos os aspectos; ansiosa para que os pagamentos a ele devidos por seus inquilinos fossem aumentados ao máximo; e resolveu aproveitar-se ao máximo, em Delaford, de seus criados, sua carruagem, seu gado e suas aves.

Fazia mais de uma semana que John Dashwood as havia visitado em Berkeley Street e visto que, desde então, elas só demonstraram interesse pela saúde de sua esposa através de uma única pergunta, Elinor começou a sentir a necessidade de ir visitá-la. Esta era uma obrigação, contudo, que não só ia de encontro a seus próprios desejos, como também não teve o auxílio do encorajamento de suas companheiras. Marianne, não contente com recusar-se terminantemente a ir, tentou de todos os modos impedir que sua irmã fosse também; e a Sra. Jennings, apesar de sua carruagem estar sempre à disposição de Elinor, detestava tanto a Sra. John Dashwood, que nem mesmo sua curiosidade para ver como ela estava, desde a descoberta, ou seu forte desejo de afrontá-la, ficando do lado de Edward, foram o suficiente para fazer com que superasse sua falta de vontade de estar na companhia dela outra vez. A consequência foi que Elinor saiu sozinha para fazer uma visita que ninguém tinha menos vontade de fazer, e para sujeitar-se a uma conversa com uma mulher que nenhuma das outras duas tinha tantos motivos quanto ela para detestar.

Os criados lhe disseram que a Sra. Dashwood não estava, mas antes de a carruagem partir, seu marido acidentalmente saiu. Expressou grande prazer em ver Elinor, disse-lhe que estava indo fazer uma visita a Berkeley Street e, assegurando-lhe que Fanny ficaria muito feliz em vê-la, convidou-a a entrar.

Subiram as escadas até a sala de estar. Não tinha ninguém.

– Fanny está em seu próprio quarto, suponho – disse ele. – Irei até ela, pois tenho certeza de que ela não fará a menor objeção a ver você. Muito pelo contrário. Agora, especialmente, não pode haver... aliás, você e Marianne sempre foram grandes favoritas dela. Por que Marianne não veio?

Elinor deu a desculpa que pôde em nome dela.

– Fico feliz em vê-la sozinha – respondeu ele –, pois tenho muito para contar. Este vicariato do Coronel Brandon, é verdade? Ele o concedeu mesmo a Edward? Ouvi ontem por coincidência e estava indo vê-la propositalmente para perguntar mais sobre o assunto.

– É a mais pura verdade. O Coronel Brandon concedeu o vicariato de Delaford a Edward.

– É mesmo! Bem, isto é muito surpreendente! Sem nenhum relacionamento! Nenhuma ligação entre eles! E hoje em dia os vicariatos têm cada preço! Qual é o valor do dele?

– Cerca de duzentas libras por ano.

– Muito bem. E pela próxima concessão de um vicariato deste valor... supondo-se que o último beneficiário tenha estado doente, e que tenha sido provável que fosse vagar logo... ele poderia ter conseguido, estimo, mil e quatrocentas libras. E como ele não decidiu esta questão antes da morte desta pessoa? Agora, sim, seria tarde demais para vendê-lo, mas um homem tão sensato quanto o Coronel Brandon! Estranho que ele tenha sido tão imprudente em relação a um assunto tão comum e natural! Bom, estou convencido de que há muita inconsistência na natureza de quase todos os seres humanos. Entretanto, suponho, agora que estou lembrando, que o caso possa ser assim. Edward só ocupará o cargo até que a pessoa para quem o Coronel Brandon tenha realmente vendido o vicariato atinja idade o suficiente para assumi-lo. Sim, sim, foi isso que aconteceu, pode acreditar.

Elinor o contradisse com bastante certeza; e, relatando que ela mesma ficou responsável por transmitir a oferta do Coronel Brandon para Edward e, portanto, compreendia os termos sob os quais havia sido feita, o obrigou a aceitar sua autoridade.

– É verdadeiramente espantoso! – exclamou ele, após ouvir o que ela disse. – Qual pode ser o motivo do Coronel?

– Um muito simples: ser útil ao Sr. Ferrars.

– Bem, bem; o que quer que o Coronel Brandon possa ser, Edward é um homem muito sortudo. Não mencione o assunto para Fanny, pois apesar de eu já ter contado a ela, e ela estar aguentando muito bem, não vai gostar de ouvir muitas discussões sobre o caso.

Elinor teve um pouco de dificuldade em impedir-se de observar que achava que Fanny conseguiria aguentar com compostura uma melhoria na condição financeira de seu irmão, que não empobreceria nem ela mesma, nem seu filho.

– A Sra. Ferrars – acrescentou ele, abaixando a voz até o tom digno de um assunto tão importante – não sabe nada sobre isso, no momento, e acredito ser melhor manter o assunto escondido dela, por tanto tempo quanto for possível. Quando o casamento acontecer, temo que ela precisará ficar sabendo de tudo.

– Mas por que esta precaução? Apesar de não podermos supor que a Sra. Ferrars tenha a menor satisfação em saber que seu filho tem dinheiro o suficiente para se sustentar, pois isso deve estar completamente fora de questão, por que, com base em seu comportamento recente, devemos supor que ela sinta qualquer coisa? Ela cortou laços com seu filho, o expulsou para sempre e conseguiu com que todos sobre quem tinha alguma influência fizessem o mesmo. Certamente que, após fazer isso, não se pode imaginar que ela sinta qualquer tristeza ou alegria por conta dele. Ela não pode estar interessada em nada que aconteça com ele. Não seria fraca o suficiente para jogar fora o conforto de um filho e, ainda assim, reter a ansiedade de uma mãe!

– Ah, Elinor – disse John –, seu raciocínio é muito bom, mas baseia-se em uma ignorância da natureza humana. Quando a infeliz união de Edward ocorrer, pode acreditar que sua mãe ficará tão magoada quanto se nunca o tivesse expulsado; e, portanto, todas as circunstâncias que possam acelerar este terrível evento devem ser escondidas dela, o máximo possível. A Sra. Ferrars nunca poderá esquecer que Edward é seu filho.

– Fico surpresa; pensaria que quase já teria escapado de sua memória, a esta altura.

– Está sendo injusta com ela. A Sra. Ferrars é uma das mães mais afetuosas do mundo.

Elinor ficou em silêncio.

– Agora estamos planejando – disse o Sr. Dashwood, após uma curta pausa – que Robert se case com a Srta. Morton.

Elinor, sorrindo ao ouvir o tom de importância, sério e decisivo, de seu irmão, respondeu com tranquilidade:

– A dama, suponho, não tem escolha nesta questão.

– Escolha! O que quer dizer?

– Só me referi ao fato de que suponho, com base no seu modo de falar, que deve ser a mesma coisa para a Srta. Morton, casar-se com Edward ou com Robert.

– Certamente, não há diferença; pois Robert será considerado, agora, para todos os fins, o filho mais velho; e no que tange a todo o resto, os dois são jovens bastante agradáveis, não acho que um é superior ao outro.

Elinor não disse mais nada e John também ficou em silêncio, por um tempo. Suas reflexões terminaram assim:

– Posso garantir uma coisa, minha cara irmã – disse ele, tomando-a pela mão gentilmente e continuando em um sussurro horroroso –, e garantirei, porque sei que ficará contente. Tenho bons motivos para pensar... na verdade, fiquei sabendo por uma fonte confiável... não que eu tenha ouvido exatamente da boca da Sra. Ferrars, mas de sua filha... que, em resumo, quaisquer objeções que podiam haver contra uma certa... uma certa conexão, compreende? Ela teria preferido mil vezes, não teria lhe causado nem a metade do aborrecimento que esta situação causa. Fiquei feliz em ver que a Sra. Ferrars considerava as coisas por este ângulo, é uma circunstância bastante gratificante para todos nós. "Teria sido, sem comparação", disse ela, "o menor dos males, e ela ficaria feliz, agora, em aceitar". Contudo, tudo isto está fora de cogitação, qualquer ligação não deve ser conjecturada ou mencionada, sabe, nunca poderia ser, tudo isso já passou. Mas pensei em contar-lhe isso porque sei o quanto deve deixá-la contente. Não que você tenha qualquer motivo para se lamentar, minha cara Elinor. Não há dúvidas de que se sairá muito bem, tão bem, ou ainda melhor, talvez, considerando-se tudo. Esteve com o Coronel Brandon nos últimos dias?

Elinor havia ouvido o suficiente, se não para agradar sua vaidade e aumentar sua autoestima, para agitar seus nervos e preencher sua mente. Então, ficou feliz por ser poupada da necessidade de dizer muito em resposta, bem como de ouvir mais alguma coisa vinda de seu irmão, pela chegada do Sr. Robert Ferrars. Após alguns minutos de conversa, John Dashwood, lembrando-se de que Fanny ainda não havia sido informada sobre a presença de sua irmã, saiu da sala para ir buscá-la, e Elinor foi deixada para estreitar seu relacionamento com Robert, que confirmava, com sua despreocupação alegre e com a fatuidade de seus modos enquanto usufruía do amor e da generosidade da mãe, em prejuízo do irmão banido, conquistados somente por seu próprio estilo dissoluto de vida e pela integridade do irmão, a opinião mais desfavorável que ela havia formado sobre sua mente e seu coração.

Estavam sozinhos há menos de dois minutos, quando ele começou a falar de Edward; pois ele também tinha ouvido falar sobre o vicariato e tinha muitas indagações sobre o assunto. Elinor repetiu os detalhes da história, como havia dado a John; e seu efeito sobre Robert, apesar de muito diferente, não foi menos chocante do que sobre o primeiro. Ele riu sem moderação. A ideia de Edward entrar para o clero, e viver em uma casa paroquial, o divertia imensamente; e quando acrescentava-se a isso a imagem de Edward lendo preces em uma sobrepeliz branca e publicando os proclamas de casamento entre John Smith e Mary Brown, ele não conseguia pensar em nada mais ridículo.

Elinor, enquanto esperava o término daquela tolice, em silêncio e imóvel seriedade, não pôde impedir que seu olhar se fixasse nele com uma expressão que demonstrava todo o desprezo que ele incitava. Era um olhar, entretanto, muito bem dado, pois dava vazão a seus sentimentos e impedia que ele os percebesse. Ele caiu em si, não devido a qualquer bronca por parte dela, mas à sua própria sensatez.

– Podemos tratar o assunto como se fosse uma piada – disse ele, por fim, recuperando-se do ataque de riso afetado que tinha aumentado a hilaridade genuína do momento –, mas é uma questão das mais sérias. Pobre Edward! Está arruinado para sempre. Lamento muito por isso, pois sei que ele tem um ótimo coração; é um dos camaradas mais bem-intencionados do mundo, talvez. Não deve julgá-lo, Srta. Dashwood, com base no pouco tempo que o conhece. Pobre Edward! Seus modos decerto não são naturalmente alegres. Mas nem todos nós nascemos, sabe, com as mesmas qualidades, o mesmo estilo. Pobre camarada! Vê-lo em um círculo de estranhos já era digno de pena o suficiente! Mas juro que acredito que ele tem um coração tão bom quanto o de qualquer outro no reino; e declaro e protesto que nunca fiquei tão surpreso em minha vida do que quando fiquei sabendo de tudo. Não podia acreditar. Minha mãe foi a primeira a me contar e eu, sentindo que precisava agir de forma resoluta, disse a ela: "Minha cara senhora, não sei o que pretendes fazer nesta ocasião, mas quanto a mim, devo dizer que se Edward se casar com esta jovem, nunca mais quero vê-lo". Fiquei consternado, de verdade! Pobre Edward! Ele se acabou por completo. Se exilou para sempre de toda a sociedade decente! Mas, como eu disse para minha mãe, não fiquei nem um pouco surpreso, pois já era de se esperar, com o estilo de educação que ele teve. Minha pobre mãe ficou quase que desvairada.

– Já viu a dama?

– Sim, uma vez, enquanto ela estava hospedada nesta casa, calhei de fazer uma visita de uns dez minutos e vi o suficiente. A mais insignificante e inadequada garota do campo, sem estilo ou elegância, e quase que sem beleza. Lembro-me dela com perfeição. Justamente o tipo de garota que eu suporia capaz de cativar o pobre Edward. Me ofereci de pronto, assim que minha mãe me contou sobre o assunto, para conversar com ele e dissuadi-lo de seguir com a união; mas já era tarde demais para fazer qualquer coisa, pois infelizmente eu não estava presente no começo e não fiquei sabendo de nada até que a ruptura já havia acontecido, quando já não podia mais interferir. Mas se houvesse sido informado algumas horas antes, creio que teria sido muito provável que pudesse ter conseguido algo. Certamente teria conversado com Edward de modo bastante enfático. "Meu caro", eu teria dito, "pense no que está fazendo. Está formando uma união muito degradante e que sua família desaprova de forma unânime". Não consigo parar de pensar, em resumo, que poderia ter encontrado um jeito. Mas agora é tarde; ele deve estar passando por privações, sabe; isso é certo. Sérias privações.

Ele havia acabado de estabelecer esta questão com grande compostura, quando a entrada da Sra. Dashwood pôs um fim ao assunto e chegou ao ponto de expressar preocupação com o fato de Elinor e sua irmã partirem da cidade tão em breve, pois esperava vê-las mais; um esforço no qual seu marido, que a acompanhara até a sala e prestava atenção arrebatada a tudo o que dizia, parecia enxergar tudo de mais afetuoso e gracioso.

Capítulo 42

Mais uma curta visita a Harley Street, durante a qual Elinor foi parabenizada por seu irmão por viajar até Barton sem gastar um centavo e pelo fato de que o Coronel Brandon as seguiria até Cleveland dentro de um dia ou dois, concluiu a comunicação entre os irmãos na capital. Um débil convite de Fanny para que fossem até Norland quando estivessem passando por lá, o que era o evento mais improvável, junto com uma garantia mais calorosa, porém menos pública, de John para Elinor, da rapidez com que ele a visitaria em Delaford, era tudo o que predizia qualquer encontro entre eles no interior.

A divertia observar que todos os seus amigos pareciam determinados a mandá-la para Delaford; um lugar que, dentre todos os outros, ela menos gostaria de visitar ou onde desejaria residir, pois não só era considerado seu futuro lar por seu irmão e pela Sra. Jennings, como também Lucy, ao se despedirem, convidou-a com insistência para visitá-la lá.

Logo no início de abril, bem cedo pela manhã, os dois grupos, de Hanover Square e de Berkeley Street, partiram de suas respectivas casas para se encontrarem na estrada, no horário marcado. Para o conforto de Charlote e da criança, a viagem levaria mais de dois dias, e o Sr. Palmer, viajando mais rápido com o Coronel Brandon, se encontraria com elas em Cleveland, logo após chegarem.

Marianne, por mais escassos que houvessem sido seus momentos de prazer em Londres e por mais ávida que estivesse por deixá-la, não conseguiu, quando chegou a hora, despedir-se sem grande sofrimento da casa onde teve esperança e confiança em Willoughby, agora extintas para sempre. Tampouco conseguiu abandonar a cidade na qual Willoughby permanecia, ocupado com novos compromissos e esquemas, dos quais ela não compartilhava, sem derramar muitas lágrimas.

A satisfação de Elinor, no momento da partida, era mais positiva. Não tinha tal objeto para fixar seus pensamentos persistentes e não estava deixando para trás ninguém de quem sua separação eterna a daria um minuto de tristeza; estava contente por se livrar da perseguição da amizade de Lucy, grata por levar sua irmã para longe sem ser vista por Willoughby desde seu casamento e aguardava ansiosamente o que alguns meses de tranquilidade em Barton poderiam fazer para restaurar a paz de espírito de Marianne e confirmar a sua própria.

Sua viagem transcorreu em segurança. O segundo dia as levou até o estimado, ou proibido, condado de Somerset, que era considerado pela imaginação Marianne ora de um jeito, ora de outro; e, na manhã do terceiro dia, chegaram a Cleveland.

Cleveland era uma casa espaçosa e de arquitetura moderna, situada em um gramado inclinado. Não tinha bosque, mas os jardins para passeios eram razoavelmente grandes; e, como todos os outros lugares de mesma importância, tinha sua plantação de arbustos aberta e uma trilha mais fechada, um caminho de cascalho que circundava uma plantação, levava até a frente da casa. O gramado era pontilhado por árvores; a casa em si estava sob a proteção de abetos, sorveiras e acácias, e um arvoredo contendo todos eles, entremeados com altos álamos negros, escondia a edificação de serviço.

Marianne entrou na casa com o coração se enchendo de emoção por estar a apenas cento e trinta quilômetros de distância de Barton e não a cinquenta de Combe Magna; e, antes de ter passado cinco minutos dentro de suas paredes, enquanto as outras estavam ajudando Charlotte a mostrar o bebê para a governanta, já havia saído novamente, fugindo por entre os arbustos serpeantes. Naquele momento, do templo grego, seu olhar, passando por uma vasta extensão de terras em direção sudeste, repousou sobre as colinas mais distantes do horizonte e a fez imaginar que, de seus cumes, Combe Magna podia ser vista.

Em tais momentos de preciosa e valiosa infelicidade, ela deleitou-se com lágrimas de agonia por estar em Cleveland; e, voltando por um caminho diferente até a casa, sentindo todo o privilégio da liberdade do campo, de poder andar por todos os cantos em livre e deliciosa solidão, decidiu passar quase todas as horas de todos os dias em que estivesse com os Palmer na indulgência de tais passeios solitários.

Voltou a tempo de juntar-se aos outros, enquanto saíam da casa, para fazer uma excursão pelas cercanias. Passaram o resto da manhã tranquilamente, descansando no jardim de temperos, examinando as trepadeiras sobre seus muros e escutando o jardineiro se lamuriando por causa das pragas, jogando tempo fora na estufa, onde a perda de suas plantas preferidas, que haviam sido descuidadamente expostas ao tempo e mortas pelos últimos dias de geada, fez com que Charlotte risse; e também visitando o pátio em que mantinham as aves, onde ela encontrou novas fontes de diversão nas esperanças desapontadas da criada responsável pelos animais, devido às galinhas que abandonaram os ninhos, ou foram pegas por raposas, ou à rápida diminuição de pintinhos que pareciam promissores.

A manhã estava bonita e seca, e Marianne, planejando sair, não havia se preparado para qualquer mudança no tempo, durante sua estadia em Cleveland. Portanto, foi com grande surpresa que se viu impedida de passear após o jantar, por uma persistente chuva. Estava contando com um passeio ao crepúsculo até o templo grego, e talvez pelo terreno todo, e uma noite meramente fria ou úmida não a teria impedido; mas uma chuva pesada e persistente nem mesmo ela consideraria um tempo agradável para dar um passeio.

Formavam um grupo pequeno e as horas passavam em silêncio. A Sra. Palmer tinha seu filho e a Sra. Jennings o tapete em que estava trabalhando; conversavam sobre os amigos que haviam deixado para trás, organizavam os compromissos de Lady Middleton e imaginavam se o Sr. Palmer e o Coronel Brandon passariam de Reading naquela noite. Elinor, por menos envolvida que estivesse no assunto, juntava-se a elas, e Marianne, que tinha o dom de encontrar o caminho da biblioteca em todas as casas, por mais que esta fosse evitada pela família em geral, logo pegou para si um livro.

Por parte da Sra. Palmer não faltava nada, que não pudesse ser suprido por bom humor constante e amistoso, para que elas se sentissem em casa. A franqueza e cordialidade de seus modos mais do que compensavam a falta de compostura e elegância que costumava fazer com que fosse deficiente em polidez; sua gentileza, indicada por seu rosto tão bonito, era cativante, e sua tolice, apesar de evidente, não era repulsiva, pois não era convencida. E Elinor deixava tudo passar, menos sua risada.

Os dois cavalheiros chegaram no dia seguinte, a tempo de jantar tarde, ensejando um agradável aumento do grupo e uma bem-vinda variedade às suas conversas, que havia sido bastante reduzida por uma longa manhã de chuva contínua.

Elinor havia visto o Sr. Palmer tão pouco, e naquele pouco tempo testemunhado tamanha variedade em seus modos para com ela mesma e sua irmã, que não sabia o que esperar dele dentro de sua própria família. Descobriu-o, entretanto, um cavalheiro perfeito em seu comportamento para com todos os seus hóspedes e apenas ocasionalmente rude com sua esposa e a mãe dela; descobriu-o muito capaz de ser um companheiro agradável e só era impedido de ser sempre assim por uma aptidão grande demais para considerar-se muito superior às pessoas em geral, como se sentia em relação à Sra. Jennings e Charlotte. Quanto ao resto de sua personalidade e hábitos não eram marcados, pelo que Elinor pôde perceber, por quaisquer traços incomuns a seu sexo e à sua idade. Comia bem e não tinha horário para nada; era afeiçoado ao filho, apesar de fingir indiferença; e matava o tempo, pelas manhãs, jogando bilhar, quando deveria estar dedicando-se aos negócios. Contudo, gostou dele, no geral, muito mais do que esperara, mas não lamentava não poder gostar mais, por ter sido levada, observando seu epicurismo, egoísmo e convencimento, a lembrar-se com complacência do temperamento generoso, gostos simples e modéstia de Edward.

Recebeu notícias de Edward, ou pelo menos de alguns assuntos relativos a ele, do Coronel Brandon, que tinha estado no condado de Dorset e que, tratando-a como a amiga desinteressada do Sr. Ferrars e sua própria gentil confidente, contou-lhe muito sobre a casa paroquial de Delaford, descrevendo suas deficiências e o que pretendia fazer para consertá-las. Seu comportamento para com ela, neste assunto, assim como em todos os outros detalhes, seu franco prazer em revê-la após uma ausência de apenas dez dias, sua presteza em conversar com ela e respeito por sua opinião poderiam muito bem justificar a opinião da Sra. Jennings de que era afeiçoado a ela, e teria sido suficiente para fazer com que ela mesma suspeitasse disso, talvez, se Elinor não continuasse acreditando, como acreditara desde o começo, que Marianne era a verdadeira favorita dele. Mas, sendo as coisas do jeito que eram, tal ideia não havia entrado em sua cabeça, exceto por sugestão da Sra. Jennings; e não podia deixar de pensar que ela mesma era a melhor observadora entre as duas: observava os olhos dele, enquanto a Sra. Jennings só se concentrava em seu comportamento; e, devido ao fato de que seus olhares de solicitude ansiosa por Marianne estar sentindo, na cabeça e na garganta, o começo de uma forte gripe, não foram expressos em palavras, escaparam inteiramente à atenção da senhora, mas Elinor descobria neles os sentimentos ávidos e a preocupação desnecessária de um apaixonado.

Dois deliciosos passeios ao crepúsculo, na terceira e quarta noites de sua estadia, não somente no cascalho seco do caminho de arbustos, como também por todas as partes do terreno, especialmente nas mais distantes, onde havia um pouco mais de mata selvagem do que no resto, onde as árvores eram mais velhas e a grama mais comprida e molhada, haviam, auxiliados pela imprudência ainda maior de sentar-se com sapatos e meias molhados, feito com que Marianne pegasse um resfriado tão forte que, apesar de ignorado ou negado por um ou dois dias, ensejou a preocupação de todos e a atenção dela mesma, conforme piorava. Conselhos jorraram de todos os cantos e, como de costume, foram todos desconsiderados. Apesar de estar lânguida e febril, com dores nos membros, tosse e dor de garganta, dizia que uma boa noite de sono a curaria por completo e foi com dificuldade que Elinor convenceu-a, quando foi para a cama, a tentar um ou dois dos remédios mais simples.

Capítulo 43

Marianne acordou, na manhã seguinte, no horário de costume. Respondeu a todas as perguntas dizendo que estava melhor e tentou prová-lo realizando suas tarefas costumeiras. Mas passar um dia sentada, tremendo na frente da lareira, com um livro na mão que não conseguia ler, ou deitada, cansada e lânguida, sobre o sofá, não demonstrou muito bem sua melhora. E quando finalmente foi deitar-se cedo, ainda mais indisposta, o Coronel Brandon ficou surpreso com a compostura de sua irmã que, apesar de ter cuidado de Marianne o dia inteiro, contra os desejos dela, forçando-a a tomar remédios à noite, confiava na certeza e eficácia do sono, assim como ela, e não sentia real preocupação.

Uma noite irrequieta e febril, entretanto, decepcionou as expectativas de ambas; e quando Marianne, após insistir em levantar-se, confessou ser incapaz de se sentar ereta e voltou para a cama, Elinor já estava muito disposta a aceitar o conselho da Sra. Jennings e chamar o apotecário que cuidava da família Palmer.

Ele veio, examinou a paciente e, apesar de encorajar a Srta. Dashwood a esperar que poucos dias devolveriam a saúde de sua irmã, declarou que sua doença tinha tendências infecciosas e, permitindo que a palavra "infecção" escapasse de seus lábios, imediatamente preocupou a Sra. Palmer, por conta do bebê. A Sra. Jennings, que desde o começo achara a doença de Marianne mais grave do que Elinor, agora parecia bastante séria, ao ouvir o relato do Sr. Harris e, confirmando os medos e cuidados de Charlotte, insistiu na urgente necessidade de que se retirasse com a criança; e o Sr. Palmer, apesar de tratar suas apreensões como bobagens, achou a ansiedade e chateação de sua esposa grandes demais para suportar. A partida dela, portanto, foi estabelecida e, dentro de uma hora após a chegada do Sr. Harris, ela se foi, com o menininho e a babá, para a casa de um parente próximo do Sr. Palmer, que morava algumas milhas do outro lado de Bath, onde seu marido prometeu, mediante franca solicitação, encontrá-la dentro de alguns dias, e para onde ela pediu, quase que com tanta insistência, que sua mãe a acompanhasse. A Sra. Jennings, contudo, com tamanha bondade que fez com que Elinor a amasse de verdade, declarou sua resolução de não sair de Cleveland enquanto Marianne estivesse doente, e de tentar, com seus próprios cuidados atenciosos, fazer o papel da mãe de quem ela a havia tirado. E Elinor descobriu que ela era, o tempo todo, uma ajudante das mais dispostas e ativas, desejosa de dividir com ela todo o cansaço e, com sua maior experiência em cuidar dos outros, extremamente útil.

A pobre Marianne, lânguida e abatida devido à natureza de sua doença, e sentindo-se mal da cabeça aos pés, não podia mais esperar que estaria melhor no dia seguinte. E a ideia do que o amanhã teria trazido, se não fosse por esta infeliz doença, tornou cada dor mais severa, pois deveriam ter partido para casa naquele mesmo dia e, acompanhadas o caminho todo por um criado da Sra. Jennings, pego sua mãe de surpresa na tarde seguinte. O pouco que dizia era para lamentar este inevitável atraso, apesar de Elinor tentar animá-la e fazê-la acreditar, como ela mesma acreditava, naquele momento, que a demora seria curta.

O dia seguinte não trouxe quase nenhuma mudança no estado da paciente; ela certamente não estava melhor e, exceto pelo fato de não haver alterações, não parecia estar pior. O grupo havia sido ainda mais reduzido, pois o Sr. Palmer, apesar de muito pouco disposto a partir, devido à sua verdadeira gentileza e também por não querer parecer ter se deixado assustar pela esposa, foi finalmente convencido pelo Coronel Brandon a cumprir sua promessa de se juntar a ela. Enquanto preparava-se para ir, o próprio Coronel Brandon, com muito mais força de vontade, começou a aventar a possibilidade de ir junto. Neste ponto, contudo, a generosidade da Sra. Jennings se interpôs, da forma mais razoável; pois mandar o Coronel embora enquanto sua amada estava tão preocupada com a irmã seria privá-los, ambos, na opinião dela, de todo consolo. Portanto, dizendo-lhe que sua permanência em Cleveland era necessária para si mesma, e que queria que jogasse piquet com ela à noite, enquanto a Srta. Dashwood estivesse no quarto com a irmã, entre outras coisas, insistiu tanto para que ficasse, que ele não pôde fingir por muito tempo cogitar sua proposta, por estar satisfazendo seus próprios desejos, especialmente quando o pedido da Sra. Jennings foi reforçado pelo do Sr. Palmer, que parecia aliviado em deixar em sua casa uma pessoa tão capaz de auxiliar ou aconselhar a Srta. Dashwood, em caso de emergência.

Marianne foi, é claro, mantida ignorante de todos estes acordos. Não sabia que havia sido o motivo da expulsão dos proprietários de Cleveland, cerca de sete dias após a chegada deles. Não ficou surpresa por não ver a Sra. Palmer e, por não ter ficado preocupada, nunca mencionou seu nome.

Dois dias depois da partida do Sr. Palmer, a situação dela continuava a mesma, com poucas variações. O Sr. Harris, que a atendia todos os dias, ainda falava com confiança sobre uma melhora rápida, e a Srta. Dashwood estava igualmente otimista; mas as expectativas dos outros não eram, nem de longe, tão alegres. A Sra. Jennings havia se convencido, logo de início, que Marianne nunca se recuperaria, e o Coronel Brandon, cuja principal utilidade era ouvir os agouros da Sra. Jennings, não estava em um estado de espírito propício para resistir à sua influência. Ele tentava usar a razão para afastar seus medos, que lhe pareciam absurdos quando considerava a opinião do apotecário; mas as muitas horas de cada dia, durante as quais era deixado sozinho, eram favoráveis demais a ideias melancólicas e ele não conseguia tirar da cabeça a convicção de que nunca mais veria Marianne sã.

Na manhã do terceiro dia, entretanto, os maus presságios dos dois já tinham sido quase extirpados, pois, quando o Sr. Harris chegou, declarou que sua paciente havia evoluído bastante. Seu pulso estava mais forte e todos os seus sintomas melhores do que na última visita. Elinor, com todas as suas esperanças confirmadas, estava felicíssima, contente por ter, em suas cartas para a mãe, seguido seu próprio instinto, ao invés do de seus amigos, e feito um relato bastante leve da indisposição que as forçara a ficar por mais tempo em Cleveland, praticamente já marcando a data em que Marianne poderia viajar.

Mas o dia não terminou de forma tão auspiciosa quanto começara. Ao cair da noite, Marianne começou a passar mal outra vez, ficando mais lânguida, irrequieta e desconfortável do que antes. Sua irmã, contudo, ainda otimista, estava disposta a atribuir a mudança ao mero cansaço causado por ter se levantado para que trocassem seus lençóis e, administrando os tônicos prescritos, assistiu com satisfação Marianne pegar no sono, do qual esperava os efeitos mais benéficos. Seu sono, apesar de não ter sido tão calmo quanto Elinor desejara, durou um tempo considerável e, ansiosa por observar os efeitos do descanso por si só, decidiu sentar com ela a noite toda. A Sra. Jennings, sem saber de nada sobre qualquer mudança na condição da paciente, foi dormir cedo; sua criada, que era uma das pessoas que mais ajudavam a cuidar de Marianne, estava distraindo-se nos cômodos da governanta, e Elinor ficou sozinha com a irmã.

O repouso de Marianne foi ficando cada vez mais perturbado e sua irmã, que assistia atentamente a suas contínuas mudanças de posição e ouvia os frequentes, porém inarticulados, sons de reclamação que saíam de seus lábios, estava quase acordando-a daquele sono tão desconfortável, quando ela repentinamente acordada por algum barulho acidental em algum lugar da casa, levantou-se apressada e, com ansiedade febril, exclamou?

– A mamãe está vindo?

– Ainda não – respondeu a outra, escondendo seu terror e ajudando Marianne a deitar-se outra vez –, mas ela estará aqui, espero, muito em breve. É um longo caminho, sabe, de Barton até aqui.

– Mas ela não pode vir por Londres – exclamou Marianne, do mesmo modo apressado –, não a verei, se ela vier por Londres.

Elinor percebeu, alarmada, que não estava falando coisa com coisa e, ao tentar acalmá-la, sentiu seu pulso descontrolado. Estava mais fraco e mais rápido do que nunca! E como Marianne continuava a delirar sobre a mãe, sua preocupação aumentou tanto que decidiu mandar chamar o Sr. Harris de pronto e despachar um mensageiro até Barton para avisar sua mãe. Perguntar ao Coronel Brandon sobre o melhor jeito de resolver a última tarefa foi um pensamento que ocorreu-lhe imediatamente depois de ter decidido fazê-lo; então, assim que chamou a criada para substituí-la na cabeceira da irmã, desceu correndo até a sala de estar, onde ela sabia que ele geralmente se encontrava até muito mais tarde do que aquele horário.

Não havia tempo para hesitação. Seus medos e dificuldades foram expostos a ele. Ele não teve coragem ou confiança para tentar remover seus medos; ouviu todos em silencioso desânimo. Mas suas dificuldades foram enfrentadas, pois ofereceu-se como o mensageiro que buscaria a Sra. Dashwood com uma prontidão que parecia demonstrar que já havia se decidido a fazê-lo. Elinor não opôs qualquer resistência que não fosse facilmente superada; prestou-lhe agradecimentos breves, porém fervorosos, e enquanto ele mandava seu criado levar uma mensagem ao Sr. Harris e alugar cavalos, ela escreveu uma curta carta para sua mãe.

O consolo, naquele momento, de ter o Coronel Brandon como amigo, ou como companheiro para sua mãe, foi motivo de profunda gratidão. Um companheiro cujo juízo serviria de guia, cujo auxílio aliviaria e cuja amizade acalmaria sua mãe; na medida em que o choque de receber tal convocação pudesse ser amenizado, a presença, os modos e a ajuda dele o amenizariam.

Ele, enquanto isso, o que quer que estivesse sentindo, agiu com toda a firmeza de uma mente composta, fez todos os arranjos necessários com a maior rapidez e calculou com exatidão o momento em que Elinor poderia esperá-lo de volta. Nenhum segundo foi desperdiçado com atrasos. Os cavalos chegaram antes mesmo do que esperavam e o Coronel Brandon, apenas apertando sua mão com um olhar de solenidade e falando algumas palavras em tom baixo demais para que ela compreendesse, apressou-se a entrar na carruagem. Àquela altura, era mais ou menos meia-noite, e ela voltou aos aposentos de sua irmã para esperar a chegada do apotecário e ficar de guarda sobre ela a noite inteira. Foi uma noite de sofrimentos quase que iguais para ambas. Horas se passaram, Marianne sem dormir, com dores e delirando, e Elinor acometida de cruel ansiedade, antes que o Sr. Harris aparecesse. Agora que estava apreensiva, pagava por toda a certeza que outrora sentira, e a criada, que passou a noite acordada a seu lado, pois ela não permitiu que chamasse a Sra. Jennings, a torturou ainda mais, com insinuações sobre o que sua patroa havia pensado desde o início.

Os pensamentos de Marianne continuavam intermitentemente fixos, de forma incoerente, em sua mãe e, sempre que mencionava seu nome, apertava o coração da pobre Elinor que, admoestando a si mesma por ter feito pouco caso de tantos dias de doença e ávida por algum alívio imediato, começou a pensar que tudo seria em vão, que havia demorado demais e imaginou sua mãe chegando tarde demais para ver sua querida filha, ou para vê-la lúcida.

Estava prestes a chamar o Sr. Harris de novo, ou, se ele não pudesse vir, outra pessoa, quando ele chegou, mas não antes das cinco horas da manhã. Sua opinião, contudo, compensou um pouco seu atraso, pois apesar de reconhecer uma alteração muito inesperada e desagradável na paciente, não admitiu que o perigo fosse sério e falou que um novo tratamento traria alívio com tamanha confiança que, em um menor grau, passou para Elinor. Prometeu voltar dentro de três ou quatro horas e deixou a paciente e sua nervosa acompanhante mais calmas do que as havia encontrado.

Com forte preocupação e muitas broncas por não ter sido chamada em auxílio delas, a Sra. Jennings ficou sabendo do acontecido, na manhã seguinte. Sua primeira apreensão, agora restaurada com mais razão, a deixou certa do que aconteceria. Apesar de tentar confortar Elinor, sua convicção sobre o perigo que a irmã corria não a permitia oferecer o consolo da esperança. Seu coração estava verdadeiramente condoído. O rápido declínio e a morte precoce de uma menina tão jovem e tão adorável quanto Marianne teriam afetado alguém menos interessado, mas sobre a Sra. Jennings tiveram um efeito maior. Foi sua companheira por três meses, continuava sob seus cuidados e todos sabiam que havia sido fortemente magoada e há muito tempo infeliz. Também tinha que testemunhar a aflição de sua irmã, que era sua preferida; e quanto à mãe delas, quando a Sra. Jennings considerava que Marianne provavelmente era, para ela, o que Charlotte era para si, sua empatia por seus sofrimentos era sincera.

O Sr. Harris foi pontual em sua segunda visita, mas decepcionou-se com o resultado da última prescrição. Seus remédios haviam falhado; a febre persistia e Marianne continuava em um pesado estupor, apesar de mais quieta. Elinor, percebendo todos os seus medos, propôs chamar outra pessoa. Mas ele julgou ser desnecessário, dizendo que tinha mais uma coisa para tentar, um novo tratamento, sobre cujo sucesso estava tão certo quanto o do anterior. Concluiu sua visita com afirmações encorajadoras que chegaram aos ouvidos, porém não ao coração, da Srta. Dashwood. Ela estava calma, exceto quando pensava em sua mãe, mas estava quase sem esperanças. E permaneceu neste estado até o meio-dia, sem sair da beira da cama da irmã, com seus pensamentos pulando de uma imagem de dor para outra, de um ente querido sofrendo para o outro, e com seu espírito oprimido ao máximo pela conversa da Sra. Jennings, que não teve escrúpulos em atribuir a severidade e o perigo desta doença às muitas semanas de indisposição que a decepção de Marianne havia causado. Elinor reconheceu a razoabilidade da ideia, o que tornou suas reflexões ainda mais infelizes.

Lá pelo meio-dia, contudo, ela começou, cautelosamente, com um medo de decepcionar-se que a manteve em silêncio por algum tempo, a acreditar, a esperar, que percebia uma ligeira mudança no pulso de sua irmã; esperou, observou e examinou, repetidas vezes. E, finalmente, com uma agitação mais difícil de encobrir com sua calma exterior do que toda a sua agonia anterior, ousou comunicar suas esperanças. A Sra. Jennings, apesar de ser forçada, ao examiná-la, a reconhecer uma reanimação temporária, tentou impedir que sua jovem amiga criasse expectativas sobre a evolução da melhora e Elinor, repassando mentalmente todos os motivos de descrença, disse a si mesma que não devia ficar esperançosa. Mas era tarde demais. A esperança já havia entrado em sua mente e, sentindo o alvoroço causado por esse sentimento, debruçou-se sobre sua irmã para observar – o que, nem ela sabia. Meia hora se passou e o sintoma favorável continuava abençoando-a. Outros mais surgiram para confirmá-lo. Sua respiração, sua pele, seus lábios, todos alegravam Elinor com sinais de melhora e Marianne fixou os olhos nela com um olhar racional, apesar de lânguido. Ansiedade e esperança agora a oprimiam em medidas iguais e não permitiram que tivesse um momento de tranquilidade até a chegada do Sr. Harris, às quatro horas, quando suas afirmações e felicitações pela recuperação de sua irmã, que havia superado até mesmo suas expectativas, deram-lhe confiança, conforto e lágrimas de alegria.

Marianne estava melhor, sob todos os aspectos, o apotecário a declarou completamente fora de perigo. A Sra. Jennings, talvez satisfeita com a justificação parcial de seus presságios pela preocupação da madrugada, permitiu-se confiar no julgamento dele e admitiu, com sincera alegria, e logo com inequívoca felicidade, a probabilidade de uma recuperação completa.

Elinor não conseguiu ficar alegre. Sua felicidade era de um tipo diferente e levava a tudo, menos a festejos. Marianne ter voltado à vida, à saúde, aos amigos e à sua mãe devotada era uma ideia que enchia seu coração de sensações de delicioso conforto e o expandia em fervente gratidão, mas não levava a demonstrações externas de alegria, nem a palavras ou sorrisos. Tudo dentro de seu peito era satisfação, silenciosa e firme.

Permaneceu ao lado da irmã, com poucas intermissões, durante toda a tarde, acalmando todo medo, satisfazendo todas as indagações de seu humor fragilizado, atendendo a todos os seus desejos e observando quase todos os olhares e respiros. A possibilidade de uma recaída ocorria-lhe, é claro, em alguns momentos, para lembrá-la do que era ansiedade; mas quando via, em seus exames frequentes e detalhados, que todos os sintomas de recuperação continuavam e testemunhou Marianne, às seis horas da tarde, mergulhar em um sono quieto, constante e, pelo que tudo indicava, confortável, ela aquietou todas as suas dúvidas.

Agora chegava o momento em que podia-se esperar o retorno do Coronel Brandon. Às dez horas, ela esperava, não muito mais tarde, sua mãe estaria livre do horrível suspense sob o qual deveria estar, naquela hora, viajando em direção a elas. O Coronel, também! Talvez tão digno de pena quanto sua mãe. Oh, como era lento o progresso do tempo que os mantinha em ignorância!

Às sete horas, deixando Marianne tranquilamente adormecida, juntou-se à Sra. Jennings na sala de estar, para tomarem chá. Seus medos a impediram de tomar o café da manhã e a repentina piora da irmã não havia permitido que comesse muito no almoço; então o refresco que tomava naquele momento, com a sensação de contentamento que sentia, foi bastante bem-vindo. A Sra. Jennings tentou convencê-la, quando terminaram, a descansar um pouco antes da chegada da mãe e permitir que ela mesma tomasse seu lugar ao lado de Marianne; mas Elinor não sentia fadiga, nem se julgava capaz de adormecer naquele momento, e não quis ser mantida longe da irmã nem por um único instante. Portanto, a Sra. Jennings acompanhou-a escada acima, até o quarto da doente, para certificar-se de que tudo continuava bem, deixando-a lá com sua tarefa e seus pensamentos, e retirou-se para seu próprio quarto, para escrever cartas e dormir.

A noite estava fria e tempestuosa. O vento rugia ao redor da casa e a chuva açoitava as janelas; mas Elinor, com tanta felicidade dentro de si, não se importou. Marianne dormiu durante todos os golpes; e os viajantes tinham uma bela recompensa aguardando-os, para todas as inconveniências pelas quais estavam passando.

O relógio bateu as oito. Se já fossem dez, Elinor estaria convencida de que, naquele momento, ouvia uma carruagem chegando à casa, e tão forte foi sua impressão de que ouvia, mesmo, apesar da quase impossibilidade de eles já terem chegado, que andou até o quarto de vestir conjugado e abriu uma das janelas, para averiguar a verdade. Imediatamente viu que seus ouvidos não a tinham enganado. O brilho das lamparinas de uma carruagem entrou em seu campo de visão. À incerta luz das lamparinas, imaginou poder discernir que estava sendo puxada por quatro cavalos, e isto, apesar de demonstrar a excessiva preocupação de sua pobre mãe, forneceu alguma explicação para a rapidez inesperada.

Nunca em sua vida Elinor havia tido tanta dificuldade em manter-se calma, quanto naquele momento. A ciência do que sua mãe devia estar sentindo, enquanto a carruagem estacionava na frente da porta, a dúvida, o medo, talvez o desespero! E o que ela mesma tinha para contar! Com tal conhecimento, era impossível permanecer calma. Tudo o que lhe restava era ser rápida; e, portanto, demorando-se só o tempo que levou para chamar a criada da Sra. Jennings para ficar com sua irmã, desceu correndo as escadas.

A comoção no vestíbulo, enquanto ela passava por um saguão interno, assegurou-a de que eles estavam mesmo na casa. Correu até a sala de estar, entrou, e viu somente Willoughby.

Capítulo 44

Elinor, dando um passo atrás devido a surpresa, com uma expressão de horror ao vê-lo, obedeceu ao primeiro impulso de seu coração e virou-se para sair da sala, e sua mão já estava quase na maçaneta, quando ele avançou rapidamente e disse, em um tom mais de ordem do que de súplica:

– Srta. Dashwood, por meia hora – por dez minutos – peço que fique.

– Não, senhor – respondeu ela, com firmeza –, não ficarei. Seu assunto não pode ser comigo. Os criados, suponho, esqueceram-se de dizer que o Sr. Palmer não está em casa.

– Ainda que houvessem me dito – exclamou ele, com veemência – que o Sr. Palmer e todos os seus parentes estavam no inferno, eu não teria dado meia-volta. Meu assunto é com você, e só com você.

– Comigo! – disse ela, atônita. – Bem, senhor, seja rápido e, se puder, menos agressivo.

– Sente-se e serei as duas coisas.

Ela hesitou; não sabia o que fazer. A possibilidade de o Coronel Brandon chegar e encontrá-la ali passou por sua mente. Mas prometeu que o ouviria e sua curiosidade estava tão envolvida quanto sua honra. Após se recobrar por um minuto, concluindo que a prudência exigia celeridade e que sua aquiescência seria o melhor jeito de consegui-la, caminhou em silêncio até a mesa e sentou-se. Ele pegou a cadeira à sua frente e, por trinta segundos, nenhuma palavra foi dita por nenhum dos dois.

– Peço que seja rápido, senhor – disse Elinor, impaciente –, não tenho tempo a perder.

Ele estava sentado em uma postura de profunda meditação e parecia não ouvi-la.

– Sua irmã – disse ele, de forma abrupta, um momento depois – está fora de perigo. Ouvi do criado. Deus seja louvado! Mas é verdade? É mesmo verdade?

Elinor não quis falar. Ele repetiu a pergunta com ainda mais ansiedade.

– Pelo amor de Deus, conte-me, ela está fora de perigo, ou não?

– Esperamos que esteja.

Ele se levantou e andou até o outro lado da sala.

– Se eu tivesse ficado sabendo há meia hora... mas já que estou aqui – disse ele, com uma vivacidade forçada, enquanto voltava para sua cadeira –, que diferença faz? Uma vez na vida, Srta. Dashwood... será a última, talvez... nos alegremos juntos. Estou em um ótimo humor para festejar. Diga-me honestamente – pediu com um rubor mais profundo espalhando-se pelas faces –, você me considera mais um cafajeste, ou um tolo?

Elinor encarou-o com ainda mais assombro do que antes. Começou a pensar que ele deveria ter bebido; a estranheza de tal visita, e também de tais modos, não parecia compreensível de outra forma. E, com esta impressão, ela levantou-se, dizendo:

– Sr. Willoughby, aconselho-o a voltar para Combe. Não tenho tempo para ficar com o senhor. Qualquer que seu assunto comigo possa ser, será melhor lembrado e explicado amanhã.

– Compreendo – respondeu ele, com um sorriso expressivo e uma voz perfeitamente calma –, sim, estou bastante bêbado. Uma caneca de cerveja com rosbife em Marlborough foi o suficiente para deixar-me assim.

– Em Marlborough! – exclamou Elinor, cada vez entendendo menos o que ele queria dizer.

– Sim. Saí de Londres esta manhã às oito horas e os únicos dez minutos que passei fora de minha carruagem, desde então, foram para almoçar em Marlborough.

A firmeza de seus modos e a inteligência de seu olhar, enquanto falava, convenceram Elinor de que, ainda que outra loucura imperdoável o houvesse levado até Cleveland, ele não tinha ido por estar intoxicado. Ela disse, após recompor-se:

– Sr. Willoughby, deve perceber, e eu certamente percebo que, depois do que tudo o que passou, o senhor vir até aqui deste modo e forçar sua companhia sobre mim exigem uma desculpa bastante extraordinária. O que quer com isso?

– Quero – disse ele, com extremo vigor –, se puder, fazer com que me odeie um grau a menos do que odeia agora. Quero oferecer algum tipo de explicação, algum tipo de desculpa, pelo que se passou; abrir meu coração inteiramente para você e, convencendo-a de que apesar de ter sido sempre um estúpido, mas nem sempre um patife, obter algo parecido com perdão por parte de Ma... de sua irmã.

– Este é o verdadeiro motivo de sua vinda?

– Juro que sim – foi o que respondeu, com um ardor que a fez lembrar do antigo Willoughby e, contra sua vontade, a fez pensar que estava sendo sincero.

– Se isto é tudo, já pode ficar satisfeito, pois Marianne o perdoa, já o perdoou há tempos.

– Perdoou? – exclamou ele, no mesmo tom ávido. – Então me perdoou antes do que devia. Mas me perdoará novamente e com motivos mais razoáveis. Agora me ouvirá?

Elinor assentiu com a cabeça.

– Não sei – disse ele, após uma pausa de expectativa por parte dela, e reflexão, por parte dele – como você pode ter explicado meu comportamento para sua irmã, ou que motivo diabólico pode me ter imputado. Talvez não melhore sua opinião sobre mim, mas vale a pena tentar, e contarei tudo. Logo que me tornei íntimo de sua família, não tinha outra intenção, outro objetivo para a amizade, que não fosse passar meu tempo de forma agradável, enquanto fosse obrigado a permanecer em Devon. Não pude deixar de ficar impressionado com a personalidade adorável e os modos interessantes de sua irmã, e o comportamento dela para comigo, quase que desde o início, era de tal tipo... é surpreendente, quando reflito sobre o que era, sobre o que ela era, que meu coração tenha sido tão insensível! Mas no começo, devo confessar, somente minha vaidade foi alimentada. Descuidado coma felicidade dela, pensando somente em minha própria diversão, dando vazão a sentimentos aos quais sempre havia tido o hábito de ceder, tentei agradá-la, através de todos os meios em meu poder, sem qualquer intenção de retribuir seu afeto.

A Srta. Dashwood, àquela altura, voltando seus olhos para ele, com o mais furioso desprezo, interrompeu-o, dizendo:

– Dificilmente vale a pena Sr. Willoughby, que o senhor continue falando, ou que eu continue escutando. Tal início não pode ser seguido por mais nada. Não me magoe mais, fazendo com que o ouça falar mais sobre o assunto.

– Insisto que ouça tudo o que tenho a dizer – respondeu ele. – Minha fortuna nunca foi grande e eu sempre tive gostos caros, sempre tive o hábito de me associar com pessoas de melhor renda. Todos os anos, desde que atingi a maioridade, ou até mesmo antes, acredito, minhas dívidas aumentavam; e a morte de minha velha prima, a Sra. Smith, me libertaria. Ainda assim, visto que tal evento tinha data incerta e possivelmente distante, já havia há algum tempo me decidido por reestabelecer minhas circunstâncias casando-me com uma mulher de posses. Me unir à sua irmã, portanto, não poderia ser cogitado; e, com maldade, egoísmo, crueldade, pelos quais nenhum olhar indignado ou de desprezo, nem mesmo o seu, Srta. Dashwood, pode me repreender o suficiente, agi daquela maneira, tentando conquistar seu afeto, sem pensar em retribuí-lo. Mas uma coisa pode ser dita em meu favor: até mesmo naquele horrível estado de vaidade, não sabia a extensão do mal que causei, porque, naquela época, não sabia o que era amar. Mas já cheguei a saber? Pode-se duvidar, pois se já houvesse amado, poderia ter sacrificado meus sentimentos à avareza, à vaidade? Ou, mais ainda, poderia ter sacrificado os dela?

Mas foi o que fiz. Para evitar um estado de comparativa pobreza, que o afeto e a companhia dela teriam privado de todos os seus horrores, eu perdi, elevando-me a um estado de afluência, tudo o que poderia tê-los tornado uma bênção.

– Então chegou a acreditar – perguntou Elinor, um pouco apaziguada – que a amava?

– Resistir àqueles atrativos, opor-me a tal ternura! Há algum homem neste mundo que conseguiria tê-lo feito? Sim, descobri estar afeiçoado a ela, gradativa e inconscientemente; e as horas mais felizes de minha vida foram as que passei com ela, quando senti que minhas intenções eram honradas e meus sentimentos inocentes. Contudo, quando me resolvi definitivamente a pedi-la em casamento, me permiti adiar o momento de fazê-lo, dia após dia, devido a não estar disposto a ficar noivo enquanto minhas circunstâncias estivessem tão embaraçadas. Não utilizarei argumentos, neste ponto, tampouco tentarei impedi-la de discorrer sobre o absurdo, e o que for pior do que um absurdo, de ter hesitado em colocar minha confiança onde minha honra já estava. Os eventos provaram que fui um tolo ardiloso, criando, com grande circunspecção, uma possível oportunidade de tornar a mim mesmo digno de desprezo e infeliz para todo o sempre. Por fim, entretanto, tomei minha decisão, e havia decidido, assim que conseguisse conversar com ela sozinho, justificar a atenção com a qual a havia tratado e assegurá-la abertamente do afeto que já tinha feito tanto esforço para exibir. Mas nesse ínterim, durante as poucas horas que se passaram, antes de eu ter a oportunidade de falar com ela em particular, uma circunstância ocorreu... uma circunstância desafortunada, que arruinou toda a minha resolução e, com ela, todo o meu conforto. Uma descoberta foi feita – neste ponto, ele hesitou e desviou o olhar para baixo. – A Sra. Smith tinha, de algum modo, sido informada, imagino que por um parente distante interessado em privar-me de sua consideração, de uma ligação, uma relação... mas não preciso me explicar mais – acrescentou ele, olhando para ela ruborizado e com uma expressão inquisitiva –, sua amizade íntima... você provavelmente já ouviu toda a história há muito tempo.

– Ouvi – respondeu Elinor, também ruborizando e endurecendo seu coração, contra qualquer compaixão por ele –, ouvi tudo. E como poderia explicar qualquer parte de sua culpa nesta história horrível, confesso que está além de minha compreensão.

– Lembre-se – exclamou Willoughby – de quem contou-lhe sobre isso. É uma pessoa imparcial? Reconheço que a situação e o caráter dela deveriam ter sido respeitados por mim. Não pretendo me justificar, mas, ao mesmo tempo, não posso deixar que você suponha que não tenho nada a declarar, que por ela ter sido maltratada, ela não teve uma parcela de culpa, e porque eu fui um libertino, ela deve ter sido uma santa. Se o ardor da paixão dela, a fraqueza de sua mente... não pretendo, contudo, defender-me. O afeto dela por mim merecia melhor tratamento e com frequência me lembro, recriminando-me, da ternura que, por um curto período de tempo, teve o poder de ensejar retribuição. Desejo, do fundo do coração, que isso nunca houvesse acontecido. Mas prejudiquei a mim mesmo mais do que a ela; e prejudiquei, também, uma pessoa cujo afeto por mim era tão caloroso quanto o dela e cuja mente é... oh, infinitamente superior!

– Sua indiferença, entretanto, em relação àquela infeliz garota, devo dizer, por mais desagradável que seja a discussão de tal assunto, não é desculpa para sua cruel negligência. Não pense que se eximiu da temerária crueldade por sua parte, com qualquer fraqueza, qualquer falta de bom-senso de nascença por parte dela. Devia estar ciente que, enquanto se divertia em Devon, atrás de novos esquemas, sempre feliz, sempre alegre, ela havia sido deixada na mais extrema das indigências.

– Mas juro por Deus que não sabia – respondeu, acalorado –, não me lembrava que não havia dado meu endereço a ela, e ela poderia ter descoberto usando um pouco de senso comum.

– Bem, senhor, e o que disse a Sra. Smith?

– Acusou-me do delito de imediato, e pode imaginar meu atordoamento. A pureza de sua vida, a formalidade de suas ideias, sua ignorância do mundo, tudo estava contra mim. Não pude negar a história em si e todas as minhas tentativas de amenizá-la foram em vão. Ela estava previamente disposta, acredito, a duvidar da moralidade de minha conduta no geral e estava, ademais, descontente com a pouca atenção, o pouco tempo que dedicara a ela durante aquela visita. Em resumo, terminou em uma ruptura completa. Por pouco, eu poderia ter me safado. Do alto de sua moralidade, boa mulher que é, ofereceu-se para perdoar o que havia ocorrido, se eu me casasse com Eliza. Isto não poderia ser, então fui formalmente expulso de sua consideração e de sua casa. A noite seguinte a este evento (eu deveria partir na manhã seguinte) passei deliberando sobre como minha conduta futura deveria ser. O esforço foi grande, mas terminou cedo demais. Meu afeto por Marianne, minha absoluta convicção de sua afeição por mim, tudo isso foi insuficiente para sobrepujar o medo da pobreza, ou suplantar aquela falsa ideia da necessidade de riqueza que eu tinha inclinação para sentir, e que circular entre pessoas de posse havia aumentado. Tinha motivos para acreditar que conquistaria minha atual esposa, se quisesse pedi-la em casamento, e me convenci a pensar que não havia mais nada prudente que pudesse fazer. Uma cena forte, contudo, me aguardava, antes que pudesse sair do condado de Devon. Tinha combinado de jantar com sua família naquele mesmo dia; alguma desculpa, portanto, seria necessária para que eu pudesse cancelar o compromisso. Se eu deveria escrever tal desculpa, ou dizê-la em pessoa, foi objeto de um longo debate. Ver Marianne, eu imaginava, seria horrível, e duvidei até mesmo se conseguiria vê-la e manter minha resolução. Naquele sentido, contudo, subestimei minha própria magnanimidade, como ficou demonstrado, pois fui, a vi, a vi ficar arrasada e arrasada a deixei, a deixei esperando nunca mais vê-la.

– Por que foi até lá, Sr. Willoughby? – perguntou Elinor, em tom de censura. – Um bilhete teria cumprido todos os propósitos. Por que foi necessário visitar-nos?

– Foi necessário para meu próprio orgulho. Não aguentaria sair do interior de modo que levasse vocês, ou o resto da vizinhança, a suspeitar de qualquer parte do que havia acontecido entre mim e a Sra. Smith; resolvi, então, fazer uma visita ao chalé, no caminho para Honiton. A visão de sua querida irmã, contudo, foi horrível; e, para piorar a situação, encontrei-a sozinha. Vocês todas haviam ido não sei para onde. Eu havia me despedido dela logo na noite anterior, tão completa e firmemente decidido a fazer a coisa certa! Algumas horas a teriam prendido a mim para sempre, e lembro-me de como estava feliz e contente, enquanto andava do chalé até Allenham, satisfeito comigo mesmo, deleitado com todo mundo! Mas naquela ocasião, em nossa última conversa como amigos, abordei-a com tamanha culpa que quase me tirou o poder de fingir. Sua tristeza, decepção, suas profundas lamentações, quando contei a ela que seria obrigado a sair de Devon imediatamente... nunca esquecerei. Combinadas, também, com tanta confiança, tanta fé em mim! Oh, Deus, que cafajeste frio eu fui!

Ficaram ambos em silêncio, por alguns momentos. Elinor falou primeiro:

– Falou a ela que voltaria logo?

– Não sei o que disse a ela – respondeu ele, com impaciência –, menos do que devia ao passado, sem dúvidas, e provavelmente mais do que era justificado pelo futuro. Não consigo pensar nisso. Não adianta. E então, chegou sua querida mãe, para me torturar ainda mais, com toda a sua gentileza e confiança. Graças a Deus que me torturou, mesmo! Eu estava arrasado. Srta. Dashwood, não faz ideia do conforto que me dá, refletir sobre minha própria infelicidade. Me recrimino tanto pela loucura estúpida e vil de meu próprio coração, que todos os meus sofrimentos passados, devidos à ela, são só exultação e triunfo para mim, agora. Bom, parti, deixei para trás tudo o que amava e fui ao encontro de quem, na melhor das hipóteses, eu me sentia só indiferente. Minha viagem até a capital, com meus próprios cavalos e, portanto, com tanto tédio, sem ninguém com quem conversar... – e continuou, com ironia – quando pensava no que vinha à frente, tudo era tão convidativo! E quando refletia sobre Barton, as memórias eram tão tranquilizantes! Oh, foi uma viagem maravilhosa!

Ele parou.

– Bem, senhor – disse Elinor, que, apesar de sentir pena dele, começou a ficar impaciente para que se fosse –, e isso é tudo?

– Ah, não! Esqueceu-se do que aconteceu na capital? A infame carta. Ela mostrou-a a você?

– Sim, vi todos os bilhetes enviados.

– Quando o primeiro bilhete dela chegou até mim (o que aconteceu rápido, pois passei todo aquele tempo na capital), o que senti foi, como comumente se diz, impossível de expressar. De forma mais simples, talvez simples demais para excitar qualquer emoção, meus sentimentos foram muito, muito dolorosos. Toda linha, toda palavra eram, para usar a metáfora batida que a querida escritora das cartas, se estivesse aqui, proibiria, uma faca no coração. Ficar sabendo que Marianne estava na cidade era, no mesmo linguajar, como ser atingido por um raio. Raios e facas! Que bronca ela me daria! Seu gosto, suas opiniões, acredito que os conheço melhor do que os meus próprios, e tenho certeza de que me são mais caros.

O coração de Elinor, que havia passado por diversas mudanças durante aquela extraordinária conversa, agora amolecia outra vez; ainda assim, sentiu o dever de cercear tais ideias.

– Isto não está certo, Sr. Willoughby. Lembre-se de que é casado. Conte-me só o que sua consciência lhe disser que é necessário que eu ouça.

– O bilhete de Marianne, assegurando-me de que eu ainda lhe era tão caro quanto antes, apesar das muitas, muitas semanas que passáramos separados, de que ela era tão constante em seus sentimentos e tão cheia de confiança na constância dos meus, despertou todo o meu remorso. Digo que despertou, porque o tempo e Londres, os negócios e a devassidão, o haviam apaziguado, até certo ponto, e eu estava me tornando um vilão consumado, acreditando estar indiferente a ela e decidindo acreditar que ela, também, havia se tornado indiferente a mim; me convencendo que nossa ligação passada tinha sido um negócio medíocre e insignificante, dando de ombros como prova de que assim o era e silenciando toda admoestação, superando todo escrúpulo, dizendo para mim mesmo, de vez em quando: "ficarei muito contente em ouvir que ela está bem casada". Porém, aquele bilhete me fez tomar nova consciência de mim mesmo. Senti que ela me era mais querida do que qualquer outra mulher no mundo e que eu a estava tratando horrivelmente mal. Mas naquela época, tudo havia acabado de ser combinado entre mim e a Srta. Grey. Recuar seria impossível. Tudo o que eu tinha que fazer era evitar vocês duas. Não enviei resposta a Marianne, pretendendo, com isso, preservar-me de sua atenção. E por um tempo, estava até mesmo determinado a não fazer uma visita a Berkeley Street; mas, finalmente, julgando ser melhor fingir que era um conhecido indiferente e comum, observei vocês todas saírem de casa, numa manhã, e deixei meu cartão.

– Observou-nos saindo de casa!

– Isso mesmo. Ficaria surpresa em ouvir quantas vezes as observei, quantas vezes estive prestes a alcançá-las. Entrei em muitas lojas para evitar que me vissem, enquanto passavam de carruagem. Hospedado em Bond Street, como estava, quase nenhum dia se passou sem que eu visse uma de vocês de relance, e nada além da mais constante vigilância por minha parte, um desejo predominante de ficar fora de suas vistas, poderia ter nos separado por tanto tempo. Evitei os Middleton o máximo possível, assim como qualquer outra pessoa que fosse um conhecido em comum. Sem saber que estava na cidade, contudo, trombei com Sir John, acredito, no primeiro dia que passaram lá, e no dia seguinte ao que deixei meu cartão na casa da Sra. Jennings. Ele me convidou para uma festa, um baile em sua casa, naquela noite. Ainda que ele não houvesse me contado, como encorajamento, que você e sua irmã estariam lá, eu teria considerado provável demais e não teria confiado que poderia estar em companhia dele. A manhã seguinte trouxe outro curto bilhete de Marianne; ainda afetuosa, franca, sem artifícios, confiante, tudo o que podia fazer a minha conduta ainda mais odiosa. Mas pensei nela, creio eu, em todos os minutos. Se conseguir sentir pena de mim, Srta. Dashwood, sinta pena da situação em que eu estava naquele momento. Com sua irmã ocupando minha mente e meu coração, fui forçado a fazer o papel de feliz amante de outra mulher! Aquelas três ou quatro semanas foram as piores de todas. Bem, finalmente, não preciso contar-lhe, fui forçado a vê-las; e que papelão fiz! Que noite de agonia foi aquela! Marianne, bela como um anjo, de um lado, chamando-me de Willoughby naquele tom! Oh, céus! Estendendo a mão para mim, pedindo-me uma explicação, com aqueles olhos encantadores fixados com tamanha solicitude em meu rosto! E Sophia, ciumenta como o demônio, do outro lado, parecendo tudo o que era... bom, não importa. Acabou. Que noite! Fugi de todas vocês assim que pude, mas não antes de ter visto o doce rosto de Marianne branco como a morte. Aquela foi a última vez que a vi, sua aparência da última vez que botei olhos nela. Foi uma visão apavorante! Porém, quando pensei, hoje, que ela estava morrendo, foi um tipo de conforto para mim, imaginar que eu sabia exatamente como ela pareceria para os que a vissem pela última vez neste mundo. Ela estava na minha frente, constante em minha visão, enquanto viajava, com aquela mesma aparência e cor.

Uma curta pausa de ponderação mútua se seguiu. Willoughby, se recompondo primeiro, encerrou-a com o que segue:

– Bem, irei apressar-me e partirei. Sua irmã está melhor e fora de perigo?

– Fomos assegurados disso.

– Sua pobre mãe, também! Devotada a Marianne.

– Mas a carta, Sr. Willoughby, sua própria carta; tem algo a dizer sobre isso?

– Sim, sim, aquela, em particular. Sua irmã me escreveu de novo, sabe, na manhã seguinte. Você viu o que ela disse. Estava tomando café com os Ellison, e a carta dela, com algumas outras, me foi trazida até lá, das minhas acomodações. Calhou de chamar a atenção de Sophia antes da minha; e seu tamanho, a elegância do papel, a letra, tudo a deixou suspeita. Uma vaga história havia chegado a seus ouvidos, sobre minha ligação com alguma dama no condado de Devon, e o que havia acontecido diante de seus olhos, na noite anterior, demonstrou quem a jovem era, e a fez ficar mais enciumada do que nunca. Então, fingindo um ar brincalhão, que é lindo numa mulher que a gente ame, ela abriu a carta e leu seu conteúdo. Foi bem recompensada por sua impudência. Leu o que a fez ficar arrasada. Sua infelicidade, eu poderia ter aguentado, mas seu ardor, sua malícia... precisaram ser apaziguados, a qualquer custo. E, em resumo, o que acha do estilo de escrita de minha esposa? Delicado, terno, verdadeiramente feminino, não é?

– Sua esposa! A carta estava escrita com sua própria letra.

– Sim, mas só levo o crédito por ter copiado, com servidão, aquelas frases que tive vergonha de assinar. A original foi toda dela; seus próprios felizes pensamentos e gentil dicção. Mas o que eu poderia fazer! Estávamos noivos, tudo sendo preparado, a data quase marcada. Mas estou falando como um tolo. Preparação, data! Honestamente, o dinheiro dela era necessário para mim e, em uma situação como a minha, tudo deveria ser feito para impedir um término. E, afinal de contas, que diferença faria para meu caráter, na opinião de Marianne e seus amigos, o linguajar em que minha resposta estivesse? Teria um único objetivo. Minha intenção era declarar-me um cafajeste e, se o fizesse com uma reverência ou com um golpe, seria de pouca importância. "A opinião deles sobre mim está arruinada para sempre", disse eu, para mim mesmo, "estou excluído para sempre de sua companhia, eles já me consideram um camarada sem princípios, esta carta só os fará me considerar um canalha". Este foi meu raciocínio, enquanto, em um tipo de indiferença desesperada, copiei as palavras de minha esposa e dei adeus às últimas relíquias de Marianne. Seus três bilhetes, infelizmente, estavam todos em minha carteira, senão teria negado sua existência e os guardado para sempre. Mas fui obrigado a abrir mão deles e nem pude beijá-los. E a mecha de cabelo eu também sempre carregava comigo na mesma carteira, que foi vasculhada pela minha senhora com a mais atraente virulência. A querida mecha, todas as lembranças, foram arrancadas de mim.

– Está agindo muito mal, Sr. Willoughby, de forma muito repreensível – disse Elinor, enquanto sua voz, contra sua vontade, traía sua compaixão –, não deveria falar desta forma, nem da Sra. Willoughby, nem de minha irmã. Você tinha feito sua escolha. Não foi forçado a nada. Sua esposa tem direito sobre sua polidez, seu respeito, pelo menos. Ela deve ser afeiçoada a você, ou não teria se casado com o senhor. Tratá-la com grosseria e falar dela em um tom de desfeita não são nenhuma reparação a Marianne, tampouco posso supor que sejam um alívio para sua própria consciência.

– Não fale comigo sobre minha esposa – disse ele, com um pesado suspiro –, ela não merece sua compaixão. Sabia que não sentia nada por ela, quando nos casamos. Bem, casar foi o que fizemos, viemos para Combe Magna para vivermos felizes e depois voltamos à capital para vivermos alegres. E agora, sente pena de mim, Srta. Dashwood? Ou disse tudo isso por nada? Sou, ainda que somente um pouco, menos culpado, em sua opinião, do que era antes? Minhas intenções não forem sempre erradas. Minha explicação removeu alguma parte de minha culpa?

– Sim, certamente removeu alguma coisa... um pouco. Provou-se, no todo, menos culpado do que acreditava antes. Provou que seu coração é menos maldoso, muito menos maldoso. Mas mal sei... com a tristeza que causou... mal sei o que poderia ter tornado as coisas piores.

– Pode repetir para sua irmã, quando ela se recuperar, o que contei a você? Permita-me melhorar aos olhos dela, também, assim como aos seus. Me disse que ela já me perdoou. Deixe-me imaginar que um melhor conhecimento de meu coração e de meus atuais sentimentos fará com que ela me estenda um perdão mais espontâneo, mais natural, mais gentil e menos formidável. Conte a ela sobre minha infelicidade e penitência; diga a ela que meu coração nunca foi inconstante com ela e, se puder, que ela me é mais cara, neste momento, do que jamais foi.

– Contarei a ela tudo o que for necessário para o que pode ser chamado, comparativamente, de sua justificação. Mas não me explicou o motivo específico de sua visita agora, ou como ficou sabendo da doença dela.

– Ontem à noite, no saguão do teatro em Drury Lane, encontrei Sir John Middleton e, quando ele viu quem era, pela primeira vez nestes dois meses, falou comigo. Que ele havia cortado relações comigo desde meu casamento, eu havia percebido, sem surpresa ou ressentimento. Agora, contudo, sua alma bondosa, honesta e estúpida, cheia de indignação contra mim e de preocupação com sua irmã, não pôde resistir à tentação de me contar o que achava que deveria, apesar de provavelmente não pensar que iria me aborrecer de modo tão profundo. De forma tão brusca quanto conseguiu, contou-me que Marianne Dashwood estava morrendo de uma febre infecciosa em Cleveland; uma carta recebida aquela manhã da Sra. Jennings declarava que seu perigo era dos mais iminentes, que os Palmer haviam se retirado com medo etc. Fiquei chocado demais para poder fingir que não me importei, nem mesmo para o alheio Sir John. Seu coração se apaziguou ao ver o meu sofrer, e uma parte tão considerável de sua aversão desapareceu que, quando nos despedimos, ele quase apertou minha mão, enquanto me lembrava de uma promessa sobre um filhotinho de sabujo. O que senti ao saber que sua irmã estava morrendo; e morrendo, ainda por cima, acreditando que eu era o homem mais maldoso da face da terra, desprezando-me, odiando-me em seus últimos momentos. Pois como eu poderia saber que horríveis intenções não me haviam sido imputadas? Uma pessoa eu tinha certeza de que me descreveria como sendo capaz de tudo. O que senti foi horrível! Logo tomei minha decisão e, às oito da manhã de hoje, estava em minha carruagem. Agora sabe de tudo.

Elinor não respondeu. Seus pensamentos estavam fixos nos males irreparáveis que se tornar independente cedo demais, e seus consequentes hábitos de ociosidade, libertinagem e luxo, tiveram sobre a mente, o caráter e a felicidade de um homem que, junto com todas as vantagens de personalidade e talentos, tinha também uma disposição naturalmente aberta e honesta, além de um temperamento sensível e afetuoso. O mundo o havia tornado extravagante e vaidoso; extravagância e vaidade o haviam tornado frio e egoísta. A vaidade, enquanto buscava seu próprio triunfo vil às custas dos outros, o envolveu em uma ligação verdadeira, que a extravagância, ou pelo menos seu fruto, a necessidade, exigiu que sacrificasse. Cada propensão falha, ao levá-lo pelo caminho do mal, o havia levado também à punição. A ligação que ele rompeu exteriormente, indo contra sua honra, seus sentimentos, contra todos os seus melhores interesses, agora dominava todos os seus pensamentos, quando já não era mais permitida; e a união pela qual ele havia, sem escrúpulos, magoado sua irmã, provavelmente seria uma fonte de infelicidade para ele mesmo, de um tipo muito mais incurável. Ela foi despertada de tal reflexão depois de alguns minutos, por Willoughby que, acordando de um devaneio igualmente doloroso, levantou-se em preparação para partir e disse:

– Não faz sentido ficar aqui; devo ir.

– Vai voltar para a cidade?

– Não, para Combe Magna. Tenho negócios a tratar lá; de lá, irei para a capital dentro de um ou dois dias. Adeus.

Ele estendeu a mão. Ela não pôde recusar a dar a dela; ele a apertou com afeto.

– Então tem, mesmo, uma opinião melhor de mim agora do que antes? – perguntou ele, soltando-a e encostando-se na prateleira sobre a lareira, como se esquecesse que estava de partida.

Elinor garantiu a ele que sim; que perdoava, sentia pena, desejava-lhe bem. Estava até mesmo interessada em sua felicidade e acrescentou alguns conselhos gentis sobre o comportamento que tinha mais probabilidades de promovê-la. Sua resposta não foi muito encorajadora.

– Quanto a isso – disse ele –, devo trilhar meu caminho no mundo como puder. Felicidade doméstica está fora de questão. Se, contudo, me for permitido pensar que você e os seus sentem um interesse em meu destino e em minhas ações, poderia ser o meio.... poderá me deixar alerta, pelo menos poderá ser algo pelo qual viver. Marianne está certamente perdida para mim, para sempre. Ainda que eu estivesse, por sorte, livre outra vez...

Elinor o interrompeu com uma reprimenda.

– Bem – respondeu ele –, adeus. Agora irei embora e viverei com medo de um único evento.

– A que se refere?

– O casamento de sua irmã.

– Está enganado. Ela nunca estará mais fora do seu alcance do que está agora.

– Mas ela pertencerá a outra pessoa. E se essa pessoa for justamente aquele que, dentre todos os outros, eu menos poderia aguentar... mas não ficarei, para desfazer toda a sua compassiva boa vontade para comigo, mostrando que não conseguiria perdoar a consequência daquilo que eu mesmo causei. Adeus, que Deus te abençoe!

E, com estas palavras, ele quase saiu correndo da sala.

Capítulo 45

Elinor, por algum tempo depois da partida dele, até mesmo depois de o barulho de sua carruagem ter se esvanecido, ficou atormentada demais por uma multidão de ideias, completamente diferentes umas das outras, mas cujo resultado geral era tristeza, para pensar até mesmo em sua irmã.

Willoughby, aquele que, apenas meia hora atrás, ela abominara como o mais desprezível dos homens, o próprio Willoughby que, apesar de todos os seus defeitos, despertava um pouco de comiseração pelo sofrimento por eles produzido, e que agora a faziam considerá-lo separado eternamente de sua família, com uma ternura e um lamento proporcionais, como ela logo reconheceu, mais aos desejos, do que aos méritos dele. Ela sentia que a influência dele sobre sua mente era aumentada por circunstâncias que não deveriam ter qualquer peso; por sua personalidade incomumente atraente, aqueles modos abertos, afetuosos e animados, que não era nenhum mérito possuir. E por aquele amor ainda ardente por Marianne, ao qual não era inocente ceder. Mas reconheceu tudo isso muito, muito antes de começar a sentir sua influência diminuir.

Quando então voltou para a inconsciente Marianne, encontrou-a acabando de acordar, tão revigorada pelo sono longo e doce quanto sua irmã podia esperar. O coração de Elinor estava pleno. O passado, o presente, o futuro, a visita de Willoughby, a segurança de Marianne e a expectativa da chegada de sua mãe a lançaram em tamanho estado de agitação que a impediu que sentisse o mínimo de cansaço e só a fez temer se delatar para a irmã. Curto foi o tempo, contudo, em que tal medo a pôde afetar, pois dentro de meia hora após a partida de Willoughby, ela foi outra vez atraída para o andar de baixo, pelo barulho de outra carruagem. Ávida por poupar a mãe de momentos desnecessários de horrível suspense, correu até o saguão e chegou à porta da frente bem a tempo de recebê-la e apoiá-la enquanto entrava.

A Sra. Dashwood, cujo terror, enquanto se aproximavam da casa, havia quase produzido a convicção de que Marianne já se fora, não teve voz para perguntar dela, nem para cumprimentar Elinor; mas Elinor, não esperando cumprimentos, nem perguntas, imediatamente propiciou o alegre alívio, e sua mãe, recebendo-o com toda a sua costumeira afeição, ficou tão tomada por felicidade quanto estivera pelo medo. Entrou na sala de estar apoiada na filha e no amigo, e lá, derramando lágrimas de alegria, apesar de ainda incapaz de falar, abraçou Elinor repetidas vezes, afastando-se dela, em intervalos, para apertar a mão do Coronel Brandon, com uma expressão que demonstrava, de uma só vez, sua gratidão e sua certeza de compartilhar com ele o êxtase do momento. Ele compartilhava dele, contudo, em um silêncio ainda maior que o dela.

Assim que a Sra. Dashwood se recuperou, ver Marianne foi seu primeiro desejo. Em dois minutos, já estava com sua amada filha, ainda mais querida devido à ausência, à infelicidade e ao perigo. O deleite de Elinor, ao ver o que cada uma das duas sentia no reencontro, só foi cerceado pela apreensão de impedir que Marianne dormisse mais um pouco; mas a Sra. Dashwood conseguia ficar calma, até mesmo ser prudente, quando a vida de uma filha estava em jogo, e Marianne, satisfeita de saber que sua mãe estava ao seu lado e consciente de estar fraca demais para conversar, sujeitou-se prontamente ao silêncio e à quietude prescritos por todos os que estavam cuidando dela. A Sra. Dashwood insistiu em sentar-se ao lado dela a noite toda e Elinor, obedecendo ao pedido da mãe, foi para a cama. Mas o descanso, que parecia ser exigido por uma noite inteira sem dormir, e muitas horas da mais exaustiva ansiedade, esquivou-se dela devido à agitação de sua mente. Willoughby, o "pobre Willoughby", como ela agora se permitia chamá-lo, estava constantemente em seus pensamentos. Antes, não queria ouvir sua justificativa por nada nesse mundo, e agora por vezes se culpava, por vezes se inocentava, por tê-lo julgado de maneira tão dura antes. Mas sua promessa de contar tudo à irmã era invariavelmente dolorosa. Temia fazê-lo, temia seus possíveis efeitos sobre Marianne; duvidava que, após tal explicação, ela pudesse ser feliz com outra pessoa e, por um momento, desejou que Willoughby enviuvasse. Então, lembrando-se do Coronel Brandon, repreendeu-se, sentindo que a recompensa de sua irmã era devida aos sofrimentos e à constância dele, mais do que aos de seu rival, e desejou tudo, menos a morte da Sra. Willoughby.

O choque da chegada do Coronel Brandon em Barton havia sido bastante atenuado para a Sra. Dashwood por sua preocupação prévia; tão grande fora sua inquietação em relação a Marianne, que já havia decidido partir para Cleveland naquele mesmo dia, sem esperar mais notícias, e já tinha feito tantos preparativos para sua viagem antes da chegada dele, que a família Carey já estava sendo esperada, a qualquer momento, para buscar Margaret, visto que a mãe não estava disposta a levá-la para um lugar onde poderia haver uma infecção.

Marianne continuou a melhorar a cada dia e a enorme alegria da Sra. Dashwood, demonstrada em sua aparência e humor, provou que era, como repetidamente se declarava, a mulher mais feliz do mundo. Elinor não podia ouvir a declaração, ou testemunhar suas provas, sem às vezes pensar se sua mãe se lembrava de Edward. Mas a Sra. Dashwood, confiando no relato moderado sobre a decepção de Elinor, que ela mesma havia enviado, era levada pela exuberância de sua alegria a pensar somente naquilo que a aumentaria. Marianne havia sido devolvida a ela depois de um perigo para o qual, como ela agora começava a sentir, seu próprio erro de julgamento, ao encorajar sua desafortunada afeição por Willoughby, tinha contribuído; porém, com sua recuperação, sua mãe tinha mais uma fonte de júbilo, desconhecida de Elinor. Foi informada do fato, assim que tiveram a primeira oportunidade de conversarem sozinhas:

– Finalmente estamos a sós. Minha Elinor, você ainda não sabe de toda a minha felicidade. O Coronel Brandon ama Mariane. Ele mesmo me contou.

Sua filha, sentindo-se, ao mesmo tempo, contente e desconfortável, surpresa e não surpresa, prestou atenção em silêncio.

– Você nunca se pareceu comigo, querida Elinor, senão me surpreenderia com sua compostura neste momento. Se eu houvesse tirado um tempo para pensar em todas as coisas boas que desejo para minha família, teria decidido que o Coronel Brandon se casar com uma de vocês era o objeto mais desejável. E acredito que, entre vocês, Marianne é quem ficaria mais feliz com ele.

Elinor ficou um tanto inclinada a perguntar à mãe o motivo de pensar daquela forma, por achar que não poderia indicar nenhuma razão baseada em uma consideração imparcial das idades, personalidades ou sentimentos dos dois. Mas sua mãe sempre se deixava levar por sua imaginação, em qualquer assunto interessante e, portanto, ao invés de fazer uma pergunta, apenas respondeu com um sorriso.

– Abriu seu coração para mim, ontem, enquanto viajávamos. Escapou sem que percebesse ou pretendesse. Eu, como pode imaginar, não podia falar de nada além de minha filha; ele não podia esconder sua aflição. Vi que era tão grande quando a minha, e ele, talvez pensando que mera amizade, como está em voga hoje em dia, não justificaria tamanha empatia; ou talvez sem pensar em nada, suponho... cedendo a sentimentos irresistíveis, me contou sobre sua afeição franca, terna e constante por Marianne. Ele se apaixonou por ela, minha querida, na primeira vez que a viu.

Com o relato, Elinor percebeu não o linguajar ou as declarações do Coronel Brandon, mas sim os naturais enfeites da imaginação ativa de sua mãe, que modificava como queria tudo o que a deleitasse.

– Sua afeição por ela, infinitamente maior do que qualquer coisa que Willoughby sentiu ou fingiu, muito mais calorosa, sincera e constante, o que quer que chamemos, resistiu durante todo o tempo em que sabia da infeliz predisposição de Marianne por aquele jovem indigno! E sem egoísmo, sem encorajar nenhuma esperança! Se ele a visse feliz com outro... que mente nobre! Tamanha franqueza, tamanha sinceridade! Ninguém pode se enganar com ele.

– O caráter do Coronel Brandon – disse Elinor – como um homem excelente já foi bem estabelecido.

– Sei que sim – respondeu sua mãe, seriamente –, senão depois de tamanha surpresa, eu seria a última a encorajar tal afeição, ou até mesmo me comprazer com ela. Mas ele ter vindo até mim, como fez, com uma amizade tão ativa, tão disposta, é o suficiente para provar que é um dos homens mais dignos que existem.

– Seu caráter, contudo – respondeu Elinor –, não se baseia em um ato de gentileza, praticado devido a seu afeto por Marianne, se seu altruísmo estivesse fora de questão. A Sra. Jennings e os Middleton já são íntimos dele há tempos e igualmente o apreciam e respeitam. E até mesmo o que eu sei sobre ele, apesar de não fazer muito tempo, é bastante considerável. E o valorizo e estimo tanto que, se Marianne puder ser feliz com ele, estarei tão disposta quanto a senhora a pensar que uma ligação entre nossas famílias seria a maior bênção do mundo. O que respondeu a ele? Permitiu que ele tivesse esperanças?

– Oh, meu amor! Naquele momento, não conseguia falar de esperança, nem para ele, nem para mim mesma. Marianne podia estar morrendo. Mas ele não pediu esperanças ou encorajamento. Fez uma confissão involuntária, uma declaração irreprimível a uma amiga consoladora e não um pedido a uma mãe. Ainda assim, depois de um tempo eu disse, pois logo de início eu estava bastante atordoada, que se ela sobrevivesse, como eu acreditava que iria, minha maior felicidade seria promover o casamento entre eles. E, desde nossa chegada, desde nossa imensa alegria em vê-la segura, repeti a ele com mais veemência, dei-lhe todo o encorajamento que estava em meu poder. Tempo, bem pouco tempo, falei para ele, faz maravilhas; o coração de Marianne não será desperdiçado para sempre com um homem como Willoughby. Os próprios méritos do Coronel logo o conquistarão.

– Julgando pelo humor do Coronel, a senhora ainda não o fez ficar tão otimista.

– Não. Ele acha que o afeto de Marianne é profundo demais para qualquer mudança, ainda que em um longo período de tempo, e mesmo que supusesse que seu coração está livre, é modesto demais para acreditar que, com tamanha diferença de idade e personalidade, ele poderia fazer com que ela o ame. Neste sentido, contudo, ele está muito enganado. Ele ser mais velho que ela é inclusive uma vantagem, pois seu caráter e princípios já estão estabelecidos. E sua personalidade, estou bem convencida, é exatamente do tipo que faria sua irmã feliz. E também sua aparência, seus modos contam todos a seu favor. Evidente que não é tão bonito quanto Willoughby; mas, ao mesmo tempo, há algo muito mais agradável em sua expressão. Sempre houve algo, se é que se lembra, no olhar de Willoughby, de vez em quando, que eu não gostava.

Elinor não se lembrava; mas sua mãe, sem esperar sua concordância, prosseguiu:

– E seus modos, os modos do Coronel, não são somente mais agradáveis para mim do que os de Willoughby jamais foram, como também são de um tipo que sei que atrairá mais firmemente o afeto de Marianne. Sua gentileza, sua genuína consideração pelos outros e sua simplicidade honesta e máscula estão muito mais de acordo com sua verdadeira personalidade do que a animação, por vezes artificial, e por vezes intempestiva, do outro. Tenho muita certeza de que, ainda que tivéssemos descoberto que Willoughby é uma pessoa boa, o contrário do que se mostrou, Marianne nunca teria sido tão feliz com ele, quanto será com o Coronel Brandon.

Ela pausou. Sua filha não podia concordar inteiramente com ela, mas sua discordância não foi falada em voz alta e, portanto, não causou ofensa.

– Em Delaford, ela estará a pouca distância de mim – acrescentou a Sra. Dashwood –, ainda que eu permaneça em Barton. E é bem provável, pois ouvi dizer que é um vilarejo grande, que deva haver uma pequena casa ou chalé lá por perto, que nos cairia tão bem quanto nossa atual localização.

Pobre Elinor! Aí estava um novo esquema para fazer com que fosse para Delaford! Mas seu espírito era teimoso.

– Sua fortuna, também! Pois na minha idade, sabe, todo mundo se importa com isso; e apesar de não saber, e tampouco querer saber, quanto ele realmente tem, tenho certeza de que é bastante.

Àquela altura, foram interrompidas pela entrada de alguém e Elinor retirou-se para pensar sozinha sobre tudo o que havia ouvido e desejar que seu amigo fosse bem-sucedido, ainda que, ao desejá-lo, sentisse uma pontada de pena de Willoughby.

Capítulo 46

A doença de Marianne, apesar tê-la enfraquecido, não havia durado o suficiente para fazer com que sua recuperação fosse lenta; e, com sua juventude e força natural, e a presença de sua mãe lhe auxiliando, ocorreu tão sem contratempos que a permitiu, dentro de quatro dias após a chegada da mãe, ir para o quarto de vestir da Sra. Palmer. Ao chegar lá, mediante sua própria solicitação, o Coronel Brandon foi convidado a visitá-la, pois estava impaciente por agradecê-lo por ter ido buscar sua mãe.

A emoção dele ao entrar no quarto, vendo a aparência alterada dela e ao receber a mão pálida que ela lhe estendeu, foi tamanha, que Elinor imaginou advir de algo mais do que sua afeição por Marianne, como a consciência de que outros sabiam do fato. E ela logo descobriu, em seu olhar melancólico e rosto ruborizado, enquanto olhava para sua irmã, que provavelmente estava se lembrando de muitas cenas passadas, trazidas de volta pela semelhança entre Marianne e Eliza, que ele já havia reconhecido, e que agora deveria estar acentuada pelos olhos encovados, a pele descolorida, a postura indicando fraqueza e o caloroso reconhecimento de que estava em dívida com ele.

A Sra. Dashwood, observando tudo o que se passava com tanta atenção quanto a filha, mas com pensamentos sob influências diferentes e, portanto, olhando tudo com intenções bastante distintas, não viu nada no comportamento do Coronel que não adviesse das sensações mais simples e evidentes, enquanto que, nos atos e palavras de Marianne, convenceu-se de que via o início de algo mais do que gratidão.

Ao fim de um ou dois dias, com Marianne ficando visivelmente mais forte a cada doze horas, a Sra. Dashwood começou a falar sobre voltar para Barton, instada pelo seu próprio desejo e pelos de suas filhas. Seus preparativos dependiam de dois de seus amigos: a Sra. Jennings não podia sair de Cleveland enquanto as Dashwood lá estivessem, e o Coronel Brandon foi logo convencido, pela solicitação de todos, a considerar sua estadia lá tão certa quanto a dela, ainda que não tão indispensável. Em atendimento ao pedido dele e da Sra. Jennings, a Sra. Dashwood foi convencida a aceitar usar a carruagem do Coronel para a viagem de volta, para maior conforto de sua filha doente; e o Coronel, a convite da Sra. Dashwood e da Sra. Jennings, cuja personalidade ativa a tornava amigável e hospitaleira para com os outros, assim como para si mesma, concordou, com prazer, retribuir com uma visita ao chalé, dentro de algumas semanas.

O dia da separação e partida chegou, e Marianne, após despedir-se atenciosa e longamente da Sra. Jennings, uma despedida tão grata, cheia de respeito e desejos de felicidades, que parecia devida a um oculto reconhecimento de ter sido ingrata em algum momento, e depois do adeus ao Coronel Brandon com a cordialidade de uma amiga, foi cuidadosamente auxiliada por ele a subir na carruagem, parecendo ansioso para que ela ocupasse pelo menos metade do espaço. A Sra. Dashwood e Elinor seguiram-na e os outros foram deixados sozinhos, para falar sobre as viajantes e lamentar seu próprio tédio, até que a Sra. Jennings foi convocada à sua carruagem, para obter consolo diante da perda de suas duas jovens companheiras, com as fofocas de sua criada. O Coronel Brandon, então, iniciou sua solitária jornada até Delaford.

As Dashwood viajaram por dois dias e Marianne aguentou o percurso sem muito cansaço. Tudo o que a mais zelosa afeição, o mais solícito cuidado, pudesse fazer para deixá-la confortável foi realizado por suas duas observadoras companheiras, e ambas foram recompensadas com seu bem-estar físico e sua calmaria de espírito. Para Elinor, observar sua irmã foi particularmente bem-vindo. Ela, que vira a irmã sofrendo durante semanas, oprimida por uma agonia no coração que nenhuma das duas tinha coragem de mencionar ou força para esconder, agora testemunhava com alegria, que ninguém poderia compartilhar, uma aparente compostura que, sendo o resultado de séria reflexão, como ela esperava, deveria levar a contentamento e alegria.

Conforme se aproximavam de Barton e entravam em paisagens onde todo campo e toda árvore traziam uma lembrança peculiar e dolorosa, Marianne foi ficando cada vez mais quieta e pensativa, virando o rosto para que não fosse vista e olhando fixamente para fora da janela. Mas, neste ponto, Elinor não se surpreendeu, nem a culpou; e quando percebeu, enquanto a ajudava descer da carruagem, que ela havia chorado, viu somente uma emoção absolutamente natural, que não excitava nada além de pena e, por sua discrição, merecia ser elogiada. Em todo o comportamento que se seguiu, Elinor reconheceu a direção de uma mente que começava a fazer um esforço razoável, pois logo que entraram na sala de estar, Marianne olhou ao seu redor com firmeza resoluta, como se estivesse determinada a se acostumar com a visão de todos os objetos que pudessem fazê-la se lembrar de Willoughby. Falou pouco, mas tentava exprimir alegria com todas as suas frases e, apesar de um suspiro às vezes lhe escapar, nunca ocorria sem a compensação de um sorriso. Após o jantar, experimentou o piano. Foi até ele, mas a primeira partitura que viu era uma ópera que lhe havia sido dada por Willoughby, contendo alguns de seus duetos preferidos e cuja capa exibia seu nome escrito na letra dele. Aquela não serviria. Sacudiu a cabeça, colocou a partitura de lado e, após passar os dedos sobre as teclas por uns minutos, reclamou que estavam fracos e fechou o instrumento. Entretanto, declarou com firmeza que praticaria muito no futuro.

A manhã seguinte não trouxe uma diminuição destes sintomas felizes. Pelo contrário, com mente e corpo fortalecidos pelo descanso, aparentava estar em um humor genuinamente melhor, e falava como tal, ansiosa pela volta de Margaret e mencionando que a alegria pelo restauro do núcleo familiar e pela retomada das atividades e companhia era a única coisa que desejava.

– Quando o tempo melhorar e eu tiver recuperado minhas forças – disse ela –, faremos longos passeios juntas, todos os dias. Andaremos até a fazenda na beirada do vale e veremos como estão as crianças; caminharemos até as novas plantações de Sir John em Barton Cross e Abbeyland e iremos várias vezes até as ruínas do velho Priorado e tentaremos identificar suas fundações até onde nos disseram que costumavam estar. Sei que ficaremos felizes. Sei que passaremos um verão alegre. Não pretendo acordar depois das seis e deste horário até o jantar, passarei todos os momentos entre música e leitura. Já fiz meu plano e estou determinada a estudar com afinco. Já conheço nossa própria biblioteca bem demais, para que recorra a ela para algo além de divertimento. Mas há muitas obras dignas de se ler em Barton Park e outras mais modernas que sei que posso pegar emprestadas do Coronel Brandon. Lendo seis horas por dia, atingirei, em doze meses, um nível de instrução que atualmente considero que me falta.

Elinor a elogiou por um plano com origens tão nobres quanto este, apesar de sorrir ao ver que a mesma imaginação ativa, que antes a levara ao extremo da indolência lânguida e lamentação egoísta, agora a levava a exceder-se com um esquema de tarefas racionais e autocontrole virtuoso. Seu sorriso, contudo, transformou-se em um suspiro, ao lembrar de que ainda não havia cumprido sua promessa a Willoughby e ficou com medo de que o que tinha para comunicar pudesse desestabilizar a mente de Marianne outra vez e arruinar, pelo menos por um tempo, esta bela perspectiva de ocupada tranquilidade. Disposta, portanto, a postergar a temida hora, decidiu aguardar até que a saúde da irmã estivesse mais segura. Mas esta resolução foi feita só para ser descumprida.

Marianne já havia passado dois ou três dias em casa, antes que o tempo melhorasse o suficiente para que alguém em convalescença como ela, pudesse se aventurar lá fora. Mas finalmente uma manhã suave e agradável apareceu, do tipo que instigava os desejos da filha e a confiança da mãe, então Marianne, apoiada no braço de Elinor, foi autorizada a passear por tanto tempo quanto conseguisse sem se cansar, no caminho na frente da casa.

As irmãs partiram em um ritmo lento, que a fraqueza de Marianne permitia para um exercício que até então não haviam tentado, desde que ficara doente; e tinham se afastado da casa apenas o suficiente para terem uma visão completa da colina, da importante colina que ficava atrás do chalé, quando Marianne disse calmamente, ao fazer uma pausa, com o olhar repousando sobre a colina:

– Ali, exatamente ali – disse, apontando com uma mão –, naquele monte mais elevado; foi ali que caí. E ali que vi Willoughby pela primeira vez.

Sua voz ficou embargada ao mencionar o nome dele, mas acrescentou, recuperando-se:

– Fico feliz em descobrir que posso olhar para o lugar com tão pouca dor! Falaremos sobre este assunto um dia, Elinor? – disse ela, hesitando. – Ou seria errado? Consigo falar sobre isso agora, espero, como deveria.

Elinor convidou-a com ternura a se abrir.

– Quanto a arrependimento – disse Marianne –, já não sinto mais, no que tange a ele. Não quero falar sobre o que senti por ele, e sim o que sinto agora. Hoje, se eu pudesse me certificar de uma questão, se eu pudesse pensar que ele não esteve sempre atuando, que me enganou o tempo todo; mas, acima de tudo, se eu pudesse ter a certeza de que ele nunca foi tão maldoso quanto meus medos às vezes me indicaram, desde que a história daquela infeliz garota...

Ela parou. Elinor regozijou-se ao ouvir suas palavras e respondeu:

– Se pudesse ter certeza disso, acha que ficaria mais calma?

– Sim. Minha paz de espírito está envolvida nisso, pois não só é horrível suspeitar da malícia de alguém que foi o que ele foi para mim, como também o que isso me faz pensar de mim mesma. O que, em uma situação como a minha, além da afeição mais vergonhosamente escancarada, poderia me expor a...

– Como, então – perguntou sua irmã –, você explicaria o comportamento dele?

– Eu suporia que ele... oh, ficaria muito feliz em supor que ele foi só inconstante, muito inconstante.

Elinor não disse mais nada. Estava debatendo consigo mesma quanto à elegibilidade de começar a história naquele instante, ou se devia adiá-la até que Marianne estivesse melhor. Então, caminharam devagar por mais alguns minutos, em silêncio.

– Não lhe desejo um bem demasiado grande – disse Marianne, finalmente, com um suspiro – quando desejo que suas reflexões íntimas possam ser tão desagradáveis quanto as minhas. Ele sofrerá o suficiente com elas.

– Está comparando sua conduta com a dele?

– Não. A estou comparando com o que devia ter sido; a comparo com a sua.

– Nossos casos têm pouca semelhança.

– Têm mais semelhança do que nossos comportamentos. Minha querida Elinor, não deixe que sua gentileza defenda o que eu sei que seu juízo censura. Minha doença me fez pensar... me deu tempo e calma para que fizesse reflexões sérias. Muito antes de eu estar bem o suficiente para falar, já estava perfeitamente capaz de refletir. Considerei o passado: vi em meu próprio comportamento, desde o início de nossa amizade com ele, no último outono, nada além de uma série de atos imprudentes para comigo mesma e uma falta de gentileza para com os outros. Vi que meus próprios sentimentos haviam preparado meu sofrimento e que minha falta de força de vontade para resistir a eles quase me levou ao túmulo. Minha doença, eu bem sabia, havia sido causada inteiramente por mim mesma, por ter negligenciado minha própria saúde o que, mesmo naquela época, eu sabia ser errado. Se eu tivesse morrido, teria sido autodestruição. Não percebi o perigo que corria, até que foi superado; mas com as sensações que essas lembranças me trouxeram, fico surpresa com minha recuperação, com o fato de o meu próprio desejo de viver, de ter tempo para me expiar perante

Deus e vocês todos, não ter me matado. Se eu tivesse morrido, como não a teria deixado infeliz, você, minha enfermeira, minha amiga, minha irmã! Você, que testemunhou todo o meu egoísmo irascível de antigamente, que conhecia todos os anseios de meu coração! Como eu teria sobrevivido em suas memórias! Nossa mãe, também! Como você poderia tê-la consolado? Não consigo expressar a ojeriza que sinto de mim mesma. Sempre que penso no passado, encontro um dever que descumpri, ou alguma falha à qual cedi. Todos parecem ter sido prejudicados por mim. A gentileza, a constante gentileza da Sra. Jennings, eu retribui com ingrato desprezo. Com os Middleton, os Palmer, as Steele, até mesmo todos os nossos conhecidos, eu fui insolente e injusta, com o coração endurecido para seus méritos e um temperamento irritado até mesmo pela consideração deles. Com John, com Fanny, sim, até mesmo com eles, por menos que mereçam, não agi da forma a que tinham direito. Mas você, acima de todos, acima até de nossa mãe, foi prejudicada por mim. Eu, e somente eu mesma, conhecia seu coração e as tristezas que carrega; ainda assim, no que me influenciou? Não a ponto de me levar a agir com a compaixão que traria benefícios para você e para mim. Seu exemplo estava diante de meus olhos; mas do que adiantou? Tive mais consideração para com você e seu bem-estar? Imitei sua resignação, diminuí seu autocontrole, participando dos deveres de paciência ou gratidão que você, até então, havia sido forçada a cumprir sozinha? Não; me eximi de todos os esforços exigidos pelo dever ou pela amizade, quando sabia que você estava infeliz, tanto quanto acreditava que estava calma, sem reconhecer que outros além de mim podiam estar sofrendo, lamentando a perda somente daquele coração que me abandonou e maltratou e deixando você, por quem professava afeição sem limites, ser infeliz pelo meu próprio bem.

Aqui cessou o rápido fluxo de seu espírito de reprovação e Elinor, ansiosa por apaziguá-la, apesar de honesta demais para lisonjeá-la, deu-lhe o imediato elogio e apoio que sua franqueza e arrependimento tanto mereciam. Marianne apertou sua mão e respondeu:

– És muito gentil. O futuro será a minha prova. Já estabeleci meu plano e, se puder aderir a ele, meus sentimentos serão controlados e meu temperamento melhorado. Não preocuparão mais aos outros, ou torturarão a mim mesma. Viverei, de hoje em diante, somente para minha família. Você, mamãe e Margaret serão tudo no mundo para mim; compartilharão meu amor inteiramente entre vocês. De vocês, de meu lar, nunca mais terei o menor incentivo para me retirar e, se conviver com outras pessoas, será só para mostrar que meu espírito se tornou humilde, meu coração se corrigiu e que consigo praticar as cortesias, os deveres menores da vida, com gentileza e paciência. Quanto a Willoughby... dizer que o esquecerei logo, ou que o esquecerei um dia, seria inútil. Minhas memórias dele não poderão ser superadas por qualquer mudança de circunstância ou opinião. Mas serão dominadas, controladas pela religião, pela razão, por constante ocupação.

Fez uma pausa e depois acrescentou, em voz baixa:

– Se ao menos eu pudesse saber o que se passa no coração dele, tudo ficaria mais fácil.

Elinor, que já havia passado algum tempo refletindo se seria adequado fazer o relato, sem chegar a uma decisão, ouviu isso; e, percebendo que refletir não adiantava nada e que tomar uma decisão levaria a tudo, logo pôs-se a falar.

Conseguiu narrar a história habilidosamente, conforme esperava. Preparou sua ansiosa ouvinte com cuidado; relatou de forma simples e honesta os principais pontos sobre os quais Willoughby assentara sua desculpa; fez justiça a seu arrependimento e só amenizou suas declarações de atual afeição. Marianne não disse uma palavra. Tremia, fixou o olhar no chão e seus lábios ficaram mais brancos do que sua doença os havia deixado. Mil perguntas brotaram em seu coração, mas não ousou fazer nenhuma. Controlou cada sílaba com ansiedade ofegante; sua mão apertou a da irmã e lágrimas escorreram por suas faces.

Elinor, temendo que estivesse cansada, a guiou até a casa. Até que chegaram à porta do chalé, imaginando como devia estar curiosa, apesar de não fazer nenhuma pergunta, falou somente de Willoughby e da conversa que tiveram, dando todos os detalhes sobre a fala e aparência dele, quando podia se dar ao luxo de ser detalhista com segurança. Assim que entraram em casa, Marianne, com um beijo de gratidão e estas quatro palavras, quase que imperceptíveis através de suas lágrimas: "Conte para a mamãe", retirou-se da companhia da irmã e subiu as escadas devagar. Elinor não quis perturbar uma solidão tão razoável quanto a que sua irmã pretendia e, com a mente ansiosa prevendo seu resultado e decidindo retomar o assunto mais tarde, caso Marianne não o fizesse, foi até a sala de estar, para cumprir o pedido que lhe havia sido feito quando se separaram.

Capítulo 47

A Sra. Dashwood não ficou insensível ao ouvir a justificação de seu antigo preferido. Regozijou-se ao vê-lo inocentado de uma parte da culpa que lhe havia sido imputada; sentiu pena dele; desejou que fosse feliz. Mas os sentimentos de antes não puderam ser resgatados. Nada poderia devolvê-lo a Marianne como um homem de palavra ou caráter idôneo. Nada poderia fazer com que ela esquecesse o que a filha havia sofrido por causa dele, ou remover a culpa de sua conduta em relação a Eliza. Nada poderia fazer com que voltasse a ocupar seu antigo lugar na estima dela, ou prejudicar os interesses do Coronel Brandon.

Se a Sra. Dashwood tivesse ouvido a história da boca do próprio Willoughby, como sua filha, se houvesse testemunhado a aflição dele e tivesse estado sob a influência de suas expressões e modos, é provável que sua compaixão fosse maior. Mas Elinor não tinha o poder ou o desejo de despertar nos outros, com sua explicação em segunda mão, os sentimentos que haviam, de início, sido causados nela. Reflexão havia trazido calma a seu julgamento e deixado mais sóbria sua opinião sobre o merecimento de Willoughby; desejava, portanto, declarar somente a simples verdade e expor os fatos que eram realmente devidos ao caráter dele, sem qualquer enfeite de ternura que desse rédeas à imaginação.

Naquela noite, quando estavam as três juntas, Marianne começou a falar sobre ele, de novo; mas a reflexão irrequieta em que estivera pelos últimos minutos, seu rubor e voz trêmula, enquanto falava, claramente mostravam que não o fez sem esforço.

– Quero assegurar a ambas – disse ela – de que compreendo tudo, como devem desejar.

A Sra. Dashwood a teria interrompido de imediato, com ternura tranquilizante, se Elinor, que queria muito ouvir a opinião sem influências da irmã, não tivesse pedido que ficasse em silêncio, com um rápido gesto. Marianne continuou devagar:

– É um grande alívio para mim, o que Elinor me contou esta manhã. Agora ouvi exatamente o que queria ter ouvido.

Sua voz se perdeu, por alguns momentos, mas, ao recuperar-se, ela acrescentou, com ainda mais calma do que antes: – Agora estou perfeitamente satisfeita, não desejo mais mudanças. Nunca poderia ter sido feliz com ele, após ter ficado sabendo, como teria mais cedo ou mais tarde, de tudo isso. Não teria tido confiança, ou estima. Nada poderia ter evitado tais sentimentos.

– Eu sei, eu sei – exclamou a mãe –, ser feliz com um homem de práticas libertinas! Com alguém que prejudicou tanto a paz de espírito de um de nossos amigos mais queridos, um dos melhores homens que conhecemos! Não, minha Marianne não tem o tipo de coração que ficaria feliz com um homem desses! Sua consciência, sua sensível consciência, teria sentido tudo o que a consciência de seu marido deveria ter sentido.

Marianne suspirou e repetiu:

– Não desejo que nada mude.

– Você considera a questão – disse Elinor – exatamente como uma boa mente e um intelecto sólido deveriam; e ouso dizer que percebe, tão bem quanto eu, não somente nisto, como também em muitas outras circunstâncias, motivo o suficiente para se convencer de que seu casamento a teria envolvido em muitos problemas e desapontamentos, os quais teria aguentado com o escasso apoio de um afeto, por parte dele, que é muito menos certo. Se houvessem se casado, sempre seriam pobres. Ele mesmo reconheceu que tem gostos caros e toda a sua conduta declara que abnegação é uma palavra que não conhece. As exigências dele, em conjunto com a sua inexperiência, tendo uma renda pequena, muito pequena, certamente teriam causado aflições que não seriam menos penosas para você, só por não ter passado por elas antes. O seu senso de honra e honestidade a teria levado, estou certa, quando tomasse ciência de sua situação, a tentar economizar de todas as formas que pensasse serem possíveis; e, talvez, enquanto sua frugalidade afetasse somente seu próprio conforto, você poderia se forçar a praticá-la, mas para além disso... e quão pouco os maiores esforços de administração, que fizesse sozinha, impediriam a ruína que começara antes mesmo de seu casamento? Mais do que isso, se tivesse tentado, ainda que da forma mais razoável, reduzir os divertimentos dele, não é de se temer que, ao invés de prevalecer sobre sentimentos tão egoístas, você teria diminuído sua influência sobre o coração dele e tê-lo feito se arrepender da união que lhe trouxera tantas dificuldades?

Os lábios de Marianne tremeram e ela repetiu a palavra: "Egoísta?", em um tom que implicava: "Pensa mesmo que ele é egoísta?".

– Todo o seu comportamento – respondeu Elinor –, desde o começo, até o fim da história, foi baseado em egoísmo. Foi egoísmo que primeiro o fez brincar com sua afeição; que o fez, depois, quando ele mesmo havia se afeiçoado a você, postergar sua confissão, e que finalmente o levou a sair de Barton. Sua própria diversão, ou seu próprio bem-estar, foi seu principal guia, em todos os aspectos.

– É bem verdade. A minha felicidade nunca foi seu objetivo.

– Hoje em dia – continuou Elinor –, ele se arrepende do que fez. E por que? Porque descobriu que não fez bem a ele mesmo. Não o fez feliz. Suas circunstâncias agora não têm empecilho, ele não sofre deste tipo de mal; e só consegue pensar no fato de que se casou com uma mulher cujo temperamento não é tão amigável quanto o seu. Mas daí se segue que, se houvesse se casado com você, ele teria sido feliz? As inconveniências teriam sido diferentes. Nesta hipótese, ele teria sofrido com os problemas pecuniários que, por terem sido removidos, ele agora pensa que não são importantes. Ele teria tido uma esposa de cujo temperamento não poderia reclamar, mas sempre necessitaria de alguma coisa, sempre seria pobre; e provavelmente logo teria começado a pensar nos inúmeros confortos de uma propriedade sem dívidas e de uma boa renda como sendo muito mais importantes, até mesmo do que felicidade doméstica, do que o mero temperamento de uma esposa.

– Não tenho dúvidas disso – disse Marianne – e não tenho nada a lamentar; nada, exceto minha própria tolice.

– Diga a imprudência de sua mãe, ao invés disso, minha filha – disse a Sra. Dashwood –, ela é que deve assumir a culpa.

Marianne não deixou que continuasse falando e Elinor, satisfeita por ambas reconhecerem seus próprios erros, quis evitar qualquer análise do passado que pudesse enfraquecer o espírito de sua irmã; deste modo, persistindo no primeiro assunto, continuou:

– Creio que uma observação possa ser feita, de forma justa, sobre toda a história: todas as dificuldades de Willoughby surgiram de sua primeira violação da virtude, seu comportamento em relação a Eliza Williams. Este crime foi a origem de todos os outros menores e de todo o seu atual descontentamento.

Marianne concordou calorosamente com tal observação e sua mãe foi levada, através da mesma, a enumerar os sofrimentos e méritos do Coronel Brandon, com o afeto que sua amizade e intenções, juntas, ditavam. Sua filha não pareceu, contudo, ouvir muito do que dizia.

Como esperava, Elinor viu, nos dois ou três dias que se seguiram, que Marianne não continuou a recuperar as forças como antes; porém, como sua resolução continuava firme e ainda tentava parecer estar alegre e bem, confiou nos efeitos que o tempo teria sobre sua saúde.

Margaret voltara e a família estava novamente toda junta, mais uma vez acomodada no chalé; e, ainda que não se dedicassem a seus estudos usuais com o mesmo vigor de quando haviam chegado em Barton, pelo menos planejavam uma enérgica dedicação a eles, no futuro.

Elinor começou a ficar impaciente por notícias de Edward. Não ouviu nada sobre ele, desde que saíra de Londres, nenhuma novidade sobre seus planos, nem mesmo sobre sua atual residência. Trocou algumas cartas com seu irmão, por conta da doença de Marianne, e a primeira enviada por John continha a seguinte frase: "Não sabemos nada sobre nosso desafortunado Edward e não podemos fazer perguntas sobre este assunto tão proibido, mas concluímos que continua em Oxford". Esta foi toda a informação sobre Edward que pudera retirar da correspondência, pois seu nome não foi nem mesmo mencionado nas cartas seguintes. Entretanto, ela não estava destinada a permanecer ignorante do que se passava com ele, por muito mais tempo.

O criado da família foi enviado, uma manhã, a Exeter para tratar de negócios e quando, enquanto servia a mesa, terminara de responder às perguntas de sua patroa quanto à tarefa que cumprira, esta foi sua voluntária comunicação:

– Suponho que saiba, senhora, que o Sr. Ferrars se casou.

Marianne teve um violento sobressalto, fixou o olhar em Elinor, viu-a ficar pálida e caiu de volta na cadeira, aos prantos. A Sra. Dashwood, cujos olhos, enquanto respondia à pergunta do criado, haviam intuitivamente ido na mesma direção, ficou chocada ao perceber, na expressão de Elinor, o quanto ela verdadeiramente sofria, e um momento depois, aflita também pelo estado de Marianne, ficou sem saber a que filha dar a maior parte de sua atenção.

O criado, que só viu que a Srta. Marianne estava passando mal, teve a presença de espírito de chamar uma das aias que, com auxílio da Sra. Dashwood, carregou-a para a sala ao lado. Àquela altura, Marianne já estava um pouco melhor, então sua mãe a deixou aos cuidados de Margaret e da aia e voltou para Elinor que, apesar de continuar atordoada, já havia recuperado o uso de suas faculdades mentais e de sua voz, o suficiente para começar a perguntar a Thomas qual era a fonte de sua informação. A Sra. Dashwood imediatamente tomou para si tal tarefa e Elinor teve o benefício da comunicação, sem precisar fazer o esforço de obtê-la.

– Quem te contou que o Sr. Ferrars se casou, Thomas?

– Eu mesmo vi o Sr. Ferrars, senhora, esta manhã em Exeter, e sua esposa também, Srta. Steele, como era chamada. Estavam estacionando uma carruagem à porta da estalagem New London, enquanto eu entrava lá com uma mensagem da Sally, que trabalha em Barton Park, para o irmão dela, que é um dos mensageiros. Calhou que olhei para cima quando passei pela carruagem, então vi logo que era a Srta. Steele mais nova; então tirei meu chapéu, ela me reconheceu e me chamou, perguntando da senhora e das senhoritas, especialmente da Srta. Marianne, e pediu que eu lhes desse os cumprimentos dela e do Sr. Ferrars e dissesse que sentiam muito por não ter tempo de vir visitá-las, mas estavam com muita pressa para seguir viagem, pois ainda tinham muito caminho a percorrer, mas que, ainda assim, quando voltassem, iriam vir visitá-las.

– Mas ela te disse que estava casada, Thomas?

– Sim, senhora. Sorriu e disse que havia mudado de nome, desde a última vez que estivera por estas bandas. Sempre foi uma jovem muito afável e aberta, e com um comportamento bem cortês. Então, tomei a liberdade de desejar-lhe felicidades.

– O Sr. Ferrars estava na carruagem com ela?

– Sim, senhora, eu o vi reclinado no assento, mas ele não levantou o olhar; nunca foi do tipo de cavalheiro que gosta de conversar.

O coração de Elinor facilmente explicava o fato de ele não se expressar e a Sra. Dashwood decerto chegou à mesma conclusão.

– Não havia mais ninguém na carruagem?

– Não, senhora, só eles dois.

– Sabe de onde estavam vindo?

– Vieram direto da capital, como a Sra. Ferrars me contou.

– E estavam indo mais para o oeste?

– Sim, senhora, mas não muito mais longe. Logo estarão de volta e então farão uma visita.

Àquela altura, a Sra. Dashwood olhou para a filha, mas Elinor sabia muito bem que não deveria esperar a visita deles. Reconheceu a personalidade de Lucy na mensagem inteira e estava bastante certa de que Edward nunca passaria perto delas. Observou em voz baixa, para a mãe, que provavelmente estavam indo para a casa do Sr. Pratt, perto de Plymouth.

Parecia que Thomas não tinha mais informações para dar. A expressão de Elinor indicava que queria ouvir mais.

– Os viu partir, antes de voltar para cá?

– Não, senhora, os cavalos estavam sendo trazidos naquela hora, mas não pude esperar mais, estava com medo de me atrasar.

– A aparência da Sra. Ferrars estava boa?

– Sim, senhora, me disse que estava muito bem; e, na minha opinião, ela sempre foi uma jovem muito bonita e parecia extremamente contente.

A Sra. Dashwood não conseguiu pensar em mais nenhuma pergunta, então Thomas e a toalha de mesa, agora igualmente desnecessários, foram dispensados. Marianne já havia mandado a criada dizer que não queria comer mais nada. A Sra. Dashwood e Elinor também tinham perdido o apetite e Margaret podia se considerar muito sortuda, pois, com tantas aflições que ambas as suas irmãs haviam sofrido nos últimos tempos, tantos motivos que tiveram para se descuidarem de suas refeições, ela mesma nunca foi obrigada a passar sem o jantar.

Quando a sobremesa e o vinho foram pedidos, e a Sra. Dashwood e Elinor ficaram sozinhas, permaneceram juntas por um longo tempo, em semelhante estado de reflexão e silêncio. A Sra. Dashwood temia fazer qualquer comentário e não ousou oferecer consolo. Tinha acabado de descobrir que se enganara ao acreditar na descrição que Elinor havia feito de si mesma e corretamente concluiu que tudo tinha sido propositalmente amenizado naquele momento, para poupá-la de mais infelicidade do que já estava sofrendo por conta de Marianne. Descobriu que se deixou enganar pela atenção cuidadosa e delicada da filha, acreditando que aquela ligação, que já havia compreendido muito bem antes, era muito mais insignificante do que pensara, ou do que agora se provou ser. Temia, tendo sido convencida disso, ter agido de forma injusta, desatenta, quase cruel, com Elinor, pois a aflição de Marianne, por ser mais aberta, mais imediata diante dela, havia ocupado demasiadamente seu coração e a feito esquecer que, em Elinor, poderia ter uma filha que sofria quase tanto quanto a outra, mas com menos suscitação voluntária e maior força de vontade.

Capítulo 48

Elinor agora estava ciente da diferença entre a expectativa de um evento, por mais que se diga para a mente considerá-lo como certo, e a própria certeza. Descobrira que, ainda que contra sua vontade, sempre admitira uma esperança, enquanto Edward permanecesse solteiro, de que algo ocorreria para impedir que se casasse com Lucy; que alguma resolução tomada por ele mesmo, alguma mediação por parte de amigos, ou alguma oportunidade melhor para a senhorita surgiria, para ajudar com a felicidade de todos. Mas agora estava casado e ela censurava seu próprio coração por ter enganado a si mesmo sorrateiramente, aumentando muito mais a dor causada pela informação.

Ele ter se casado tão cedo, antes (como ela imaginava) de entrar para a igreja e consequentemente antes de estar de posse do vicariato, surpreendeu-a um pouco, de início. Mas logo viu como era provável que Lucy, com toda a sua cautela em relação a seus próprios interesses, com sua pressa para amarrá-lo, ignorasse tudo, menos o risco de demora. Haviam se casado, se casado na capital, e agora apressavam-se a visitar o tio dela. O que Edward não devia ter sentido, ao estar a menos de sete quilômetros de distância de Barton, ao ver o criado da mãe dela, ao ouvir a mensagem de Lucy!

Ela supunha que logo se estabeleceriam em Delaford. Delaford, aquele lugar pelo qual tudo conspirara para fazer com que ela se interessasse; que ela desejava conhecer e, ao mesmo tempo, evitar. Os viu, em um instante, na casa paroquial; viu em Lucy a administradora ativa e inventiva, reunindo em si um desejo de elegância com a maior frugalidade e com vergonha de que suspeitassem de metade das práticas econômicas que empregava; perseguindo seus próprios interesses a cada segundo, cortejando a boa opinião do Coronel Brandon, da Sra. Jennings e de todos os seus conhecidos ricos. Em Edward... não sabia o que via, ou o que queria ver. Feliz ou infeliz, nada a agradava; tirou de seus pensamentos todas as imagens dele.

Elinor teve esperança de que algum de seus parentes em Londres fosse escrever a elas, para anunciar o acontecimento e dar mais detalhes, mas os dias se passaram e não trouxeram nenhuma carta, nenhuma notícia. Apesar de não ter certeza de que alguém era culpado, aborreceu-se com todos os amigos ausentes. Eram todos sem consideração ou indolentes.

– Quando vai escrever ao Coronel Brandon, senhora? – foi a pergunta que brotou de sua impaciência para que algo acontecesse.

– Escrevi para ele semana passada, meu amor, e espero vê-lo, ao invés de receber uma carta dele. Insisti sinceramente para que viesse nos visitar e não me surpreenderia vê-lo chegar, hoje ou amanhã, ou qualquer outro dia.

Isto era algo a esperar. O Coronel Brandon devia ter alguma informação para dar.

Mal havia acabado de se convencer disso, quando a figura de um homem a cavalo atraiu seu olhar para a janela. Ele parou no portão do chalé. Era um cavalheiro, era o próprio Coronel Brandon. Agora ficaria sabendo de mais notícias e sentiu-se trêmula ao pensar nisso. Mas... mas não era o Coronel Brandon; não tinha seu jeito, nem sua altura. Se fosse possível, ela diria que era Edward. Olhou outra vez. Ele havia acabado de desmontar. Não poderia estar enganada, era mesmo Edward. Afastou-se da janela e se sentou.

– Ele está vindo da casa do Sr. Pratt de propósito para nos ver. Ficarei calma; serei senhora de mim mesma.

Em um momento, se deu conta que as outras também perceberam seu erro. Viu sua mãe e Marianne mudarem de cor, viu-as olhando para ela e sussurrando algo uma para a outra. Daria tudo para conseguir falar e fazê-las compreender que esperava que não se comportassem de forma fria ou insultuosa com ele. Mas não tinha voz e foi obrigada a deixar tudo a critério delas.

Nenhuma sílaba foi dita em voz alta. Todas esperaram a entrada do visitante em silêncio. Seus passos foram ouvidos sobre o caminho de cascalho; depois de um momento, estava no corredor, e depois de outro, à frente delas.

Sua expressão ao entrar na sala não estava alegre, nem na opinião de Elinor. Sua face estava pálida de nervosismo, parecia estar com medo do modo como seria recebido e ciente de que não merecia uma recepção gentil. A Sra. Dashwood, contudo, agindo de acordo com os desejos da filha pela qual pretendia se deixar guiar quanto a tudo, estendeu sua mão a ele e desejou-lhe felicidades.

Ele corou e gaguejou uma resposta ininteligível. Os lábios de Elinor moveram-se junto com os de sua mãe e quando o momento de agir havia passado, desejou ter apertado sua mão, também. Mas era tarde demais, então sentou-se e falou sobre o tempo, com uma expressão que pretendia que fosse franca.

Marianne havia saído de vista o mais que podia, para esconder sua agitação; e Margaret, entendendo uma parte do caso, mas não tudo, pensou ser sua responsabilidade agir de forma respeitável, então sentou-se na poltrona mais longe dele que encontrou e manteve-se em silêncio.

Quando Elinor acabou de se regozijar com o tempo seco, uma pausa horrível ocorreu. Foi interrompida pela Sra. Dashwood, que sentiu-se obrigada a dizer que esperava que ele tivesse deixado a Sra. Ferrars bem. Ele respondeu apressadamente que sim.

Outra pausa.

Elinor, decidindo esforçar-se, apesar de temer o som da própria voz, disse:

– A Sra. Ferrars está em Longstaple?

– Em Longstaple! – respondeu ele, com um ar de surpresa. – Não, minha mãe está na capital.

– Minha intenção – disse Elinor, pegando sua costura de cima da mesa – foi perguntar sobre a Sra. Edward Ferrars.

Ela não ousou levantar os olhos, mas sua mãe e Marianne fixaram seus olhares nele. Ele corou, pareceu ficar perplexo, olhou ao redor com uma expressão de dúvida e, após hesitar um pouco, disse:

– Talvez queira dizer... meu irmão... está se referindo à Sra. Robert Ferrars.

– Sr. Robert Ferrars! – repetiram Marianne e a mãe, em uma entonação do mais absoluto espanto. E, apesar de Elinor não conseguir falar, até mesmo os seus olhos estavam fixos nele, com a mesma surpresa impaciente. Ele levantou-se da poltrona e andou até a janela, aparentemente por não saber o que fazer; pegou uma tesoura que estava sobre o parapeito e, estragando a própria tesoura e a bainha que a guardava, cortando-a em pedaços enquanto falava, disse depressa:

– Talvez não saibam... podem não ter ficado sabendo que meu irmão recentemente se casou... com a mais nova... com a Srta. Lucy Steele.

Suas palavras foram recebidas com um indescritível assombro, por parte de todas, menos Elinor, que permaneceu sentada, inclinada sobre sua costura, em tamanho estado de agitação que fazia com que mal percebesse onde estava.

– Sim – disse ele –, casaram-se na semana passada e agora estão em Dawlish.

Elinor não pôde mais ficar sentada. Quase saiu correndo do cômodo e, logo que a porta se fechou atrás dela, irrompeu em lágrimas de alegria, que de início temeu que não fosse mais parar. Edward, que até então não havia olhado para nada além dela, a viu sair apressada e talvez tenha visto, ou até mesmo ouvido, sua emoção; pois logo depois entrou em um devaneio que nenhuma observação, pergunta ou declaração afetuosa da Sra. Dashwood pôde penetrar e finalmente, sem dizer uma palavra, saiu da sala e caminhou até o vilarejo, deixando as outras atônitas e perplexas com a mudança de sua situação, tão maravilhosa e repentina, perplexidade que elas não tinham como apaziguar, senão com suas próprias conjecturas.

Capítulo 49

Por mais incríveis que as circunstâncias da liberdade dele pudessem parecer para toda a família, era fato que Edward estava livre; e como utilizaria tal liberdade era facilmente predeterminado por todas, pois após experimentar as delícias de um noivado imprudente, firmado sem o consentimento de sua mãe, como já havia feito por mais de quatro anos, não podiam esperar mais nada dele, após a derrocada daquele relacionamento, a não ser a imediata promoção de um novo.

Sua tarefa em Barton era, na verdade, algo simples. Só queria pedir a Elinor que se casasse com ele e, considerando que ele não era inexperiente em fazer tal pergunta, pareceu estranho ele ter se sentido tão desconfortável, neste caso, como realmente se sentiu, tão necessitado de encorajamento e ar fresco.

Por quanto tempo ele andou até se decidir, contudo, quanto demorou até surgir uma oportunidade de agir, de que modo se expressou e como foi recebido não precisam ser contados em detalhes. Somente isto precisa ser dito: quando todos se sentaram à mesa, às quatro horas, cerca de três horas depois de sua chegada, ele havia conquistado sua dama, obtido o consentimento da mãe dela e não era um dos homens mais felizes do mundo somente nas entusiásticas declarações de amor, como também na realidade da razão e da verdade. Se encontrava verdadeiramente além da felicidade comum. Tinha mais do que o triunfo corriqueiro de um amor correspondido, para alegrar seu coração e levantar seu ânimo. Estava livre, sem uma mancha em seu caráter, de uma conexão que há muito o deixava infeliz, com uma mulher que não amava mais havia tempos; e imediatamente obteve segurança com outra, sobre quem pensou sem esperanças, logo que começou a desejar. Havia passado, não da dúvida ao suspense, e sim da infelicidade para alegria, e a mudança foi reconhecida com uma felicidade genuína, irreprimível e grata que suas amigas nunca haviam visto nele.

Seu coração agora estava aberto a Elinor, todas as suas fraquezas e erros confessados e seu primeiro apego juvenil a Lucy tratado com toda a dignidade filosófica dos vinte e quatro anos.

– Foi uma inclinação tola e insignificante de minha parte – disse ele –, a consequência da ignorância da vida e da falta de ocupação. Se minha mãe houvesse me dado uma profissão ativa, quando fui tirado dos cuidados do Sr. Pratt aos dezoito anos, penso que... não, tenho certeza que isso jamais teria acontecido. Pois apesar de eu ter saído de Longstaple com o que pensei, na época, ser uma preferência irrefreável pela sobrinha dele, se eu tivesse tido alguma tarefa, algum objetivo para ocupar meu tempo e manter-me à distância dela por alguns meses, eu logo teria superado a afeição imaginária, especialmente me misturando mais com o mundo, o que teria feito, naquela hipótese. Mas, ao invés de ter o que fazer, ao invés de alguma profissão ser escolhida para mim, ou de ter tido a permissão de escolher uma por conta própria, voltei para casa para ficar completamente ocioso; e, durante os doze meses que se seguiram, não tive nem a tarefa de aparências, que pertencer a uma universidade me teria permitido, pois não fui matriculado em Oxford até os dezenove anos. Não tinha, portanto, absolutamente nada para fazer, a não ser achar que estava apaixonado, e como minha mãe não tornava meu lar confortável sob nenhum aspecto, como não tinha em meu irmão um amigo ou companheiro e não gostava de conhecer pessoas novas, não era incomum que eu fosse com frequência a Longstaple, onde sempre me sentia em casa e sabia que seria bem recebido. Foi assim que passei a maior parte do meu tempo, dos dezoito aos dezenove. Lucy parecia ser tudo o que era agradável e cordato. Também era bonita; pelo menos, era o que achava naquela época e tinha visto tão poucas outras mulheres, que não conseguia fazer comparação ou identificar defeitos. Considerando-se tudo, portanto, imagino que nosso noivado não tenha sido, na época, uma tolice peculiar ou imperdoável, apesar de ter sido algo insensato, como foi provado, desde então, de todas as maneiras.

A mudança que algumas horas haviam causado nas mentes e na felicidade das Dashwood foi tamanha, tão grande, que prometia a todas a satisfação de uma noite sem dormir. A Sra. Dashwood, feliz demais para ficar confortável, não sabia como amar Edward ou elogiar Elinor o bastante; não sabia como ficar grata o suficiente pela liberdade dele sem manchas sobre sua delicadeza, tampouco como dar aos dois tempo para que conversassem e, ao mesmo tempo, aproveitar a visão e a companhia de ambos.

Marianne só conseguia expressar sua felicidade por meio de lágrimas. Comparações ocorreram, lamentos surgiram e sua alegria, apesar de tão sincera quanto seu amor por sua irmã, era de um tipo que não lhe dava animação, nem o poder de falar.

Mas e Elinor – como poderiam seus sentimentos ser descritos? Do momento em que soube que Lucy estava casada com outro e Edward estava livre, até o momento em que ele justificou todas as esperanças, ela sentiu-se tudo, menos tranquila. Mas quando o segundo momento havia passado, quando viu que todas as suas dúvidas e preocupações haviam sido removidas, comparou sua situação com o que era antes, viu-o honradamente liberto de seu anterior noivado, aproveitando sua liberdade para pedir sua mão e declarar um afeto tão terno e constante quanto ela sempre havia suposto que fosse, então sua felicidade a oprimiu, a subjugou. E, disposta como a mente humana é a se familiarizar facilmente com qualquer mudança para melhor, precisou de muitas horas para que seu ânimo se acalmasse, ou que seu coração obtivesse um pouco de tranquilidade.

Edward agora ficaria no chalé por, pelo menos, uma semana, pois a despeito de quaisquer outras solicitações que pudessem ser feitas a ele, seria impossível que menos de uma semana fosse passada aproveitando a companhia de Elinor, ou dizendo metade de tudo o que havia a ser dito sobre o passado, o presente e o futuro. Porque, apesar de duas criaturas racionais não conseguirem passar algumas horas no árduo trabalho de conversar incessantemente sem ficar sem assunto, com os apaixonados é diferente. Entre eles, nenhum assunto termina, nenhuma comunicação é feita, até que tenha sido feita pelo menos vinte vezes.

O casamento de Lucy, com a interminável e razoável surpresa entre todos eles, foi uma das primeiras discussões entre os dois amantes e o conhecimento de Elinor sobre ambas as partes do casal fez com que a união lhe parecesse uma das circunstâncias mais extraordinárias e inexplicáveis que já havia ouvido. Como podiam ter se encontrado e que atração poderia ter feito Robert se casar com uma garota sobre cuja beleza ele já havia falado, para a própria Elinor, sem qualquer admiração – uma garota que, ainda por cima, já estava noiva de seu irmão, e por quem ele havia sido expulso da família – estava além de sua compreensão. Para seu coração, era uma circunstância maravilhosa, para sua imaginação era ridícula, mas para sua razão, seu juízo, era um quebra-cabeças.

Edward só pôde tentar explicar supondo que, talvez, após terem se encontrado por acidente, a vaidade de um havia sido tão estimulada pela bajulação da outra, que levou gradativamente a tudo o que se seguiu. Elinor lembrou-se do que Robert havia lhe contado em Harley Street, sobre sua opinião de como teria mediado o problema de seu irmão, se lhe houvessem pedido a tempo. Repetiu a história para Edward.

– É a cara de Robert – foi sua observação imediata. – E isso – acrescentou – talvez seja o que lhe passou pela cabeça, quando primeiro se encontraram. E Lucy talvez tenha pensado, de início, somente em fazer com que ele viesse em meu auxílio. Outras intenções podem ter surgido depois.

Há quanto tempo estavam juntos, contudo, ele sabia precisar tanto quanto ela, pois em Oxford, onde ele havia permanecido desde que saíra de Londres, não tinha meios de receber notícias dela, a não ser através dela mesma e de suas cartas, as quais até a última, não foram menos frequentes, nem menos afetuosas do que o normal. Não ocorreu a ele nenhuma suspeita, para se preparar para o que se seguiu; e quando, finalmente, ficou sabendo da notícia bombástica através de uma carta da própria Lucy, ele passou um tempo meio que atordoado pela surpresa, o horror e a felicidade de tal libertação. Colocou a carta nas mãos de Elinor:

"Prezado Senhor.

Estando certa de que há muito perdi sua afeição, me considerei livre para dar a minha a outro, e não tenho dúvidas de que serei tão feliz com ele quanto já pensei que seria com você; mas me recuso a aceitar sua mão, enquanto seu coração pertence a outra. Desejo sinceramente que seja feliz com sua escolha e não será culpa minha se não formos tão próximos quanto nosso parentesco agora torna apropriado. Posso dizer com segurança que não guardo mágoas de você e tenho certeza que será generoso demais para nos prejudicar. Seu irmão conquistou inteiramente minha afeição e, como não podemos viver um sem o outro, acabamos de voltar do altar e estamos a caminho de Dawlish para passar algumas semanas, lugar que seu irmão tem muita curiosidade em conhecer, mas pensei que devia, primeiro, incomodá-lo com estas poucas linhas. Permanecerei sempre sua amiga e cunhada, que lhe deseja tudo de bom,

Lucy Ferrars.

Queimei todas as suas cartas e devolverei seu retrato assim que puder. Faça a gentileza de destruir meus bilhetes, mas sinta-se à vontade para ficar com o anel que contém a mecha do meu cabelo."

Elinor leu e devolveu a carta, sem fazer qualquer comentário.

– Não pedirei sua opinião sobre a composição – disse Edward. – Por nada nesse mundo eu deixaria que uma carta dela fosse vista por você, antigamente. Para uma cunhada, é ruim o suficiente, mas para uma esposa! Como me envergonhei com as cartas dela! E acredito que posso dizer que, desde o primeiro semestre de nosso insensato... negócio... esta é a única carta que recebi dela, cujo conteúdo compensou os defeitos de estilo.

– Como quer que tenha acontecido – disse Elinor, após uma pausa –, eles estão casados. E sua mãe atraiu para si mesma uma punição mais do que merecida. A independência que deu para Robert, devido a seu ressentimento contra você, deu a ele o poder de fazer sua própria escolha, e ela efetivamente subornou um filho, com mil libras ao ano, para praticar o mesmo ato pelo qual deserdou o outro, que pretendia praticá-lo. Dificilmente ficará menos magoada com Robert por se casar com Lucy, do que teria ficado com você.

– Ficará mais magoada, pois Robert sempre foi o preferido dela. A magoará ainda mais e, com base no mesmo princípio, o perdoará muito antes.

Como estavam as coisas entre eles, Edward não sabia, pois não tentou se comunicar com a família. Saiu de Oxford menos de vinte e quatro horas depois da chegada da carta de Lucy, com um único objetivo em mente, a estrada mais próxima que levasse até Barton, não tendo tido tempo de pensar em fazer nada que não se relacionasse estritamente com tal estrada. Não podia fazer nada, até estar certo de seu destino com a Srta. Dashwood; e, julgando por sua rapidez em ir atrás daquele destino, é de se supor, apesar dos ciúmes que sentira do Coronel Brandon, apesar da modéstia com a qual pensara em seus próprios méritos e da educação com que falara sobre suas dúvidas, que ele não esperara, no todo, uma recepção muito cruel. Era seu papel, contudo, dizer que esperara, sim, e o disse de forma muito bonita. O que ele pode dizer daqui doze meses, fica a critério da imaginação dos maridos e esposas.

Elinor estava certa de que Lucy tinha tido a intenção de enganar, de cometer um último ato de malícia, ao enviar aquela mensagem através de Thomas; e o próprio Edward, agora inteiramente ciente de seu caráter, não teve escrúpulos em julgá-la capaz das maiores maldades ousadas e perversas. Apesar de saber há tempos, antes mesmo de conhecer Elinor, sobre sua ignorância e falta de esclarecimento em algumas de suas opiniões, isso havia sido imputado por ele à sua falta de educação; e, até sua última carta chegar até ele, havia sempre acreditado que era uma garota bem-humorada e de coração bom, completamente afeiçoada a ele. Nada senão tal convicção poderia tê-lo impedido de colocar um fim ao noivado que, muito antes de sua descoberta ter ensejado a fúria de sua mãe, era uma contínua fonte de inquietude e arrependimento para ele.

– Achei que fosse meu dever – disse ele –, a despeito de meus sentimentos, dar a ela a opção de continuar o noivado ou não, quando fui deserdado por minha mãe e fiquei sem nenhum amigo no mundo que me ajudasse. Em tal situação, quando parecia não haver nada que tentasse a avareza ou vaidade de qualquer pessoa, como poderia supor que algo além do mais desinteressado afeto era seu estímulo, quando ela insistiu, tão franca e acaloradamente, em compartilhar meu destino, qualquer que ele fosse? Até mesmo agora, não consigo compreender os motivos para ela ter agido de tal forma, ou que vantagem imaginária poderia ser para ela se prender a um homem pelo qual não tinha a menor afeição, e que duas mil libras era todo o dinheiro que tinha no mundo. Não podia prever que o Coronel Brandon iria me conceder um vicariato.

– Não, mas podia supor que algo ocorreria em seu favor; que sua própria família, com o tempo, iria ceder. E, de qualquer forma, ela não perdeu nada continuando com o noivado, pois provou que não ditou seus desejos, nem suas ações. Sua relação com você era respeitável e lhe rendeu apreço entre os amigos; e, se nada mais vantajoso aparecesse, seria melhor para ela casar-se com você do que ficar solteira.

Edward, é claro, ficou convencido de que nada poderia ter sido mais natural do que a conduta de Lucy, nem mais evidente do que o motivo para tal.

Elinor o admoestou, com a severidade com que as damas recriminam a imprudência que as lisonjeia, por ter passado tanto tempo com elas em Norland, quando ele deveria ter consciência de sua própria inconstância.

– Seu comportamento foi de fato muito errado – disse ela –, porque, sem mencionar minha própria convicção, nossos parentes foram todos levados a imaginar e esperar aquilo que, devido à sua situação na época, jamais poderia acontecer.

Ele só pôde alegar não estar ciente de seus próprios sentimentos e ter uma confiança equivocada na força de seu compromisso.

– Fui tolo o bastante para pensar que, porque minha palavra havia sido dada a outra, não poderia haver perigo em estar com você, e que a consciência de meu noivado manteria meu coração tão seguro e sagrado quanto minha honra. Sentia que a admirava, mas disse a mim mesmo que era apenas amizade. E até que comecei a fazer comparações entre você e Lucy, não sabia a que ponto havia chegado. Após isso, suponho, agi errado mesmo, passando tanto tempo em Sussex e os argumentos que usei para me convencer de que era adequado não foram melhores do que estes: o perigo é para mim mesmo; não estou prejudicando ninguém, a não ser eu mesmo.

Elinor sorriu e sacudiu a cabeça.

Edward soube com prazer que o Coronel Brandon era esperado no chalé, pois desejava não só conhecê-lo melhor, como também ter a oportunidade de convencê-lo de que não se ressentia mais do fato de ter dado a ele o vicariato de Delaford:

– Após tê-lo agradecido de forma tão pouco graciosa, como o fiz na ocasião, ele deve pensar que nunca o perdoei.

Neste ponto, ele ficou surpreso por nunca ter visitado o lugar. Mas havia se interessado tão pouco pela questão, que devia a Elinor todo o seu conhecimento sobre a casa, o jardim, as terras, o tamanho da paróquia, a condição das plantações e o valor dos alugueis, pois ela tinha sido informada de muitas coisas pelo Coronel Brandon e ouvido com tanta atenção que já dominava o assunto.

Somente uma questão ainda estava para ser decidida entre eles, uma dificuldade a ser superada. Haviam se unido por afeição mútua, com a mais calorosa aprovação daqueles que os amavam de verdade; seu conhecimento íntimo um do outro parecia demonstrar que sua felicidade era certeira; e só precisavam de algo para sustentá-los. Edward tinha duas mil libras e Elinor uma, o que, com a propriedade de Delaford, era tudo o que eles podiam chamar de seus. Pois seria impossível que a Sra. Dashwood pudesse dar-lhes alguma coisa e nenhum dos dois estava apaixonado o suficiente para crer que trezentas e cinquenta libras por ano os propiciaria os confortos da vida.

Edward não havia perdido totalmente as esperanças de que alguma mudança favorável ocorreria em sua mãe e estava contando com isso para complementar sua renda. Mas Elinor não tinha tal confiança, pois visto que Edward continuaria sem poder se casar com a Srta. Morton, e a Sra. Ferrars só havia se referido, em seu linguajar lisonjeiro, a Edward se casar com Elinor como sendo menos pior do que com Lucy Steele, ela temia que a ofensa de Robert só serviria para enriquecer Fanny.

Cerca de quatro dias depois da chegada de Edward, o Coronel Brandon apareceu, para completar a satisfação da Sra. Dashwood e dar a ela a dignidade de ter, pela primeira vez desde que se mudara para Barton, mais companhia do que caberia na casa. Edward pôde manter o privilégio do primeiro a chegar, e o Coronel Brandon, portanto, seguia todas as noites aos seus antigos aposentos em Barton Park, de onde costumava voltar pelas manhãs, cedo o suficiente para interromper a primeira conversa dos apaixonados antes do café.

Sua estadia de três semanas em Delaford, onde, pelo menos às noites, não tinha nada para fazer a não ser calcular a desproporção entre trinta e seis e dezessete, o trouxera a Barton em um estado de espírito que precisava ser melhorado pela aparência de Marianne, toda a gentileza de sua recepção e todo o encorajamento das palavras da mãe dela para que ficasse alegre. Entre tais amigos, contudo, e tal lisonja, ele se animou. Nenhum rumor sobre o casamento de Lucy havia chegado a seus ouvidos; ele não sabia de nada e as primeiras horas de sua visita foram, consequentemente, passadas ouvindo e admirando-se. A Sra. Dashwood explicou-lhe tudo e ele encontrou novos motivos para se deleitar com o que havia sido feito pelo Sr. Ferrars, visto que acabou promovendo os interesses de Elinor.

Seria desnecessário dizer que a opinião dos cavalheiros um sobre o outro progrediu tanto quanto sua amizade, pois não poderia ser de outro jeito. A semelhanças entre eles, quanto a seus princípios e sua sensatez, disposição e modo de pensar, provavelmente teria sido suficiente para que se tornassem amigos, sem qualquer outro atrativo; mas o fato de estarem apaixonados por duas irmãs, e duas irmãs que se gostavam, fez com que o apreço mútuo fosse inevitável e imediato, sendo que, sob outras circunstâncias, teria exigido os efeitos do tempo e julgamento.

As cartas da capital que teriam feito, alguns dias antes, todos os nervos de Elinor tremerem de emoção, chegaram àquela altura para serem lidas com menos emoção do que divertimento. A Sra. Jennings escreveu para contar a incrível história, para desabafar sua indignação contra a garota leviana e exprimir sua compaixão pelo pobre Sr. Edward que, ela tinha certeza, era devotado à assanhada imprestável e estava, de acordo com todos os relatos, de coração partido em Oxford. "Penso", continuava a carta, "que nada nunca foi feito de forma tão sorrateira, pois apenas dois dias antes, Lucy me visitou e passou duas horas em minha companhia. Ninguém suspeitava de nada, nem mesmo Nancy que, pobrezinha, veio até mim chorando no dia seguinte, aterrorizada pela Sra. Ferrars e sem saber como chegar até Plymouth. Pois parece que Lucy pegou emprestado todo o dinheiro dela antes de ir casar, de propósito, imaginamos, para se exibir, e a pobre Nancy não tinha nem sete xelins; então fiquei muito contente em dar-lhe cinco guinéus para ir até Exeter, onde ela está planejando ficar três ou quatro semanas com a Sra. Burgess, esperando, como eu disse a ela, reencontrar o Reverendo. E devo dizer que a crueldade de Lucy em não levá-la junto na carruagem é pior do que tudo. Pobre Sr. Edward! Não consigo parar de pensar nele, mas a senhora precisa chamá-lo para ir até Barton e a Srta. Marianne precisa tentar confortá-lo".

Os problemas do Sr. Dashwood eram mais solenes. A Sra. Ferrars era a mulher mais desafortunada do mundo – a pobre Fanny estava sofrendo com tal golpe e ele considerava a sobrevivência de ambas, após o choque, uma grata surpresa. A ofensa de Robert era imperdoável, mas a de Lucy era infinitamente pior. Nenhum dos dois deveriam ser mencionados à Sra. Ferrars e, ainda assim, se ela pudesse no futuro, ser convencida a perdoar o filho, a esposa dele nunca seria reconhecida como sua nora, ou poderia aparecer em sua presença. O segredo que guardaram a respeito de tudo o que se passou entre eles foi considerado um aumento enorme da transgressão, pois caso algum dos outros houvesse suspeitado de alguma coisa, as medidas apropriadas teriam sido tomadas para impedir o casamento; e ele exortava Elinor a juntar-se a ele em suas lamentações pelo noivado de Lucy com Edward não ter terminado em casamento, pois então ela não teria tido o poder de espalhar ainda mais infelicidade pela família. Continuou como se segue:

"A Sra. Ferrars ainda não mencionou o nome de Edward, o que não nos surpreende; mas, para nossa enorme surpresa, não recebemos uma única carta dele, desde então. Contudo, talvez tenha se mantido em silêncio por medo de ofender, então darei a ele uma indireta, enviando-lhe uma carta em Oxford, com a indicação de que eu e a irmã dele acreditamos que uma carta adequadamente submissa da parte dele, talvez endereçada a Fanny, e mostrada por ela à mãe, pode não ser considerada uma impertinência; pois todos conhecemos a ternura do coração da Sra. Ferrars e sabemos que ela não deseja nada além de um bom relacionamento com seus filhos".

Este parágrafo era de alguma importância para as perspectivas e a conduta de Edward. Fez com que ele se decidisse a tentar uma reconciliação, apesar de não exatamente do modo indicado por seu cunhado e sua irmã.

– Uma carta adequadamente submissa! – repetiu ele. – Eles querem que eu implore o perdão de minha mãe pela ingratidão de Robert para com ela, e violação da honra para comigo? Não me sujeitarei; o que se passou não me deixou nem humilde, nem penitente. Fiquei bastante feliz; mas isso não os interessaria. Não penso que qualquer submissão de minha parte seria adequada.

– Você pode pedir que seja perdoado – disse Elinor –, por ter causado ofensa; e penso que agora possa ousar declarar alguma apreensão por ter começado o noivado que ensejou a ira de sua mãe contra você.

Ele concordou que poderia.

– E, quando ela o houver perdoado, talvez um pouco de humildade possa ser conveniente, ao contar a ela sobre o segundo noivado, que é quase tão imprudente, na opinião dela, quanto o primeiro.

Ele não fez oposição, mas continuou resistindo à ideia de uma carta adequadamente submissa; e, portanto, para facilitar as coisas, visto que declarou estar muito mais disposto a fazer concessões em pessoa do que por carta, ficou decidido que, ao invés de escrever a Fanny, ele iria para Londres e pediria pessoalmente que intercedesse por ele.

– E se eles demonstrarem mesmo interesse – disse Marianne, com sua nova candura de personalidade – em intermediar uma reconciliação, pensarei que nem mesmo John e Fanny são totalmente desprovidos de mérito.

Após apenas três ou quatro dias de visita do Coronel Brandon, os dois cavalheiros partiram de Barton juntos. Iriam até Delaford, para que Edward pudesse conhecer um pouco de seu futuro lar e ajudar seu patrono e amigo a decidir que melhorias eram necessárias; e, de lá, após passar duas noites, ele seguiria jornada até a capital.

Capítulo 50

Após adequada resistência por parte da Sra. Ferrars, violenta e firme o suficiente apenas para preservá-la da recriminação que ela parecia sempre temer, a de ser doce demais, Edward foi admitido a sua presença e declarado novamente seu filho.

A família dela havia flutuado demais, nos últimos tempos. Por muitos anos, ela teve dois filhos; mas o crime e a aniquilação de Edward, algumas semanas antes, lhe tiraram um deles; a similar aniquilação de Robert a havia deixado, por uma quinzena, sem nenhum. E agora, com a ressuscitação de Edward, ela tinha um, outra vez.

Apesar de ter conseguido permissão para reviver, contudo, ele não sentia que a continuação de sua existência estaria segura até ter revelado seu atual noivado, pois temia que a divulgação de tal circunstância podia modificar repentinamente sua constituição e fazê-lo bater as botas tão rápido quanto da outra vez. Portanto, revelou o fato com cautela e apreensão e foi ouvido com inesperada tranquilidade. De início, a Sra. Ferrars tentou dissuadi-lo de se casar com a Srta. Dashwood, com todos os argumentos que pôde; disse a ele que, com a Srta. Morton, ele teria uma mulher de classe superior e maior fortuna, e reforçou a declaração observando que a Srta. Morton era a filha de um nobre, com trinta mil libras, enquanto que a Srta. Dashwood era somente a filha de um cavalheiro sem título e com, no máximo, três mil. Porém, quando descobriu que, apesar de reconhecer a veracidade de sua declaração, ele não estava, de modo algum, inclinado a se deixar guiar por ela, ela julgou ser mais sábio aceitar, com base na experiência passada. Então, após a postergação descortês que considerava devida à sua própria dignidade, e que serviu para impedir qualquer suspeita de boa vontade, ela emitiu seu decreto de consentimento para o casamento de Edward e Elinor.

O que se disporia a fazer para aumentar a renda dos dois era o próximo item a ser considerado; e, neste ponto, parecia claro que, apesar de Edward ser, então, seu único filho, não era o primogênito, pois apesar de Robert estar inevitavelmente se beneficiando de duas mil libras por ano, nenhuma objeção foi feita a Edward entrar para a igreja para receber duzentas e cinquenta no máximo, tampouco foi feita alguma promessa, para o presente ou o futuro, além das dez mil libras, que haviam sido dadas para Fanny.

Entretanto, era tudo o que podiam desejar, e mais do que o esperado por Edward e Elinor; e a própria Sra. Ferrars, com suas evasivas desculpas, parecia a única pessoa que havia ficado surpresa com o fato de não ter dado mais a eles.

Com uma renda bastante suficiente para suas necessidades deste modo garantida a eles, não tinham mais nada a esperar após Edward tomar posse do vicariato, além da casa ficar pronta, pois o Coronel Brandon, ansioso para que Elinor ficasse confortável nela, estava fazendo melhorias consideráveis no local. E, após esperar algum tempo pela conclusão das reformas, após terem passado, como de costume, por mil decepções e atrasos devido à inexplicável lerdeza dos trabalhadores, Elinor descumpriu a primeira resolução firme de não se casar até que tudo estivesse pronto e a cerimônia ocorreu na igreja de Barton, no início do outono.

Passaram o primeiro mês depois do casamento com seu amigo, na casa principal, de onde podiam supervisionar o progresso das obras na casa paroquial e dirigir tudo como quisessem, pessoalmente; podiam escolher papeis, projetar jardins e inventar trilhas. As profecias da Sra. Jennings, apesar de um tanto quanto misturadas, foram cumpridas, na maior parte, pois pôde visitar Edward e sua esposa na casa paroquial antes do fim de setembro, e viu que Elinor e o marido, como acreditava, eram um dos casais mais felizes do mundo. Não lhes faltava nada, além do casamento do Coronel Brandon e Marianne, e pastos muito melhores para suas vacas.

Após se estabelecerem, foram visitados por quase todos os seus parentes e amigos. A Sra. Ferrars foi inspecionar a felicidade que quase tinha vergonha de ter autorizado; e até mesmo os Dashwood gastaram dinheiro com a viagem de Sussex até eles, para sua honra.

– Não direi que estou decepcionado, minha querida irmã – disse John, enquanto caminhavam juntos, uma manhã, na frente dos portões de Delaford House –, isso seria demais, pois você foi certamente uma das jovens mais sortudas do mundo. Mas confesso que me daria muito prazer chamar o Coronel Brandon de cunhado. Sua propriedade aqui, suas terras, sua casa, tudo está em condições tão respeitáveis e excelentes! E seus bosques! Não vi árvores em nenhum lugar do condado de Dorset como estas aqui de Delaford Hanger! E apesar de Marianne não parecer exatamente o tipo de pessoa que o atrairia, ainda assim acho aconselhável que vocês os hospedem com frequência, pois visto que o Coronel Brandon passa tanto tempo em casa, ninguém sabe o que pode acontecer. Pois quando as pessoas são forçadas a passar muito tempo juntas e veem pouco outras pessoas... e você sempre terá o poder de realçar as qualidades dela e etc. Em resumo, não perderá nada se lhe der uma chance, entende?

Apesar de a Sra. Ferrars ter ido visitá-los e sempre os tratar com um fingimento de afeição decente, eles nunca tiveram sua verdadeira consideração e preferência. Isso estava reservado a Robert e à astúcia de sua esposa, que a conquistaram dentro de poucos meses. A sagacidade egoísta de Lucy, que havia sido o que primeiro fez com que Robert se enrolasse em tal situação, foi o principal instrumento de libertação; pois sua respeitosa humildade, atenções assíduas e intermináveis bajulações, assim que teve a mínima oportunidade de exercê-las, fizeram com que a Sra. Ferrars aceitasse a escolha do filho e o reestabeleceu completamente em sua consideração.

Todo o comportamento de Lucy no imbróglio e a prosperidade que recebeu de recompensa, portanto, podem ser considerados o exemplo mais encorajador daquilo que uma perseguição franca e incessante de seus próprios interesses, por mais que seu progresso pareça obstruído, pode alcançar em termos de fortuna, sacrificando somente tempo e consciência. Quando Robert buscou conhecê-la melhor pela primeira vez e a visitou discretamente em Bartlett's Buildings, foi somente com o propósito suposto por seu irmão. Apenas queria persuadi-la a desistir do noivado e, visto que o único empecilho era a afeição de ambos, ele esperava que uma ou duas conversas poriam um fim ao assunto. Neste sentido, contudo, e somente neste, ele errou; pois, apesar de Lucy logo lhe dar esperança de que sua eloquência a convenceria depois de algum tempo, mais uma visita e mais uma conversa eram sempre necessárias para produzir tal convicção. Alguma dúvida sempre permanecia na mente dela quando se despediam, que só podia ser removida por mais meia hora de conversa com ele. O comparecimento dele foi, deste modo, assegurado, e o resto se seguiu naturalmente. Ao invés de falarem sobre Edward, aos poucos passaram a falar só de Robert, assunto sobre o qual ele sempre tinha mais o que dizer do que qualquer outro, e no qual ela logo se mostrou tão interessada quanto ele mesmo. E, em resumo, tornou-se evidente para ambos que ele havia suplantado seu irmão por completo. Ficou orgulhoso de sua conquista, orgulhoso de ter enganado Edward e muito orgulhoso de se casar em segredo, sem o consentimento da mãe. O que se seguiu a partir daí já é sabido. Passaram alguns meses muito felizes em Dawlish, pois ela tinha muitos parentes e velhos conhecidos para encontrar, e ele desenhou várias plantas de magníficos chalés; e, voltando de lá para a capital, obtiveram o perdão da Sra. Ferrars, com o simples expediente de pedi-lo, que foi adotado por instigação de Lucy. O perdão compreendeu de início, como seria de se esperar, somente Robert, e Lucy, que não devia nada à mãe dele e, portanto, não poderia ter descumprido qualquer dever, passou mais algumas semanas sem perdão. Porém, perseverando em humildade de conduta e mensagens, condenando a si mesma pela ofensa de Robert e expressando tristeza pela descortesia com que estava sendo tratada, obteve a altiva consideração que a deleitou com sua graciosidade e que bem rápido a elevou, logo depois, ao mais alto estado de afeição e influência. Lucy se tornou tão necessária para a Sra. Ferrars quanto Robert ou Fanny; e, apesar de Edward nunca ter sido cordialmente perdoado por já ter pretendido se casar com ela, e Elinor, superior à ela no que tange a fortuna e a nascimento, ser tratada como uma intrusa, Lucy era considerada, sob todos os aspectos como uma filha favorita. Estabeleceram-se na capital, recebiam um auxílio bastante generoso da Sra. Ferrars e tinham a melhor das relações com os Dashwood; deste modo, exceto os ciúmes e a indisposição entre Fanny e Lucy, dos quais seus maridos obviamente participavam, assim como as frequentes brigas domésticas entre Robert e Lucy, nada poderia ser maior do que a harmonia em que todos viviam juntos.

O que Edward tinha feito para perder o direito da primogenitura poderia intrigar muitas pessoas; e o que Robert tinha feito para sucedê-lo poderia deixá-las ainda mais confusas. Era um arranjo, contudo, justificado em relação a seus efeitos, senão suas causas; pois nada no estilo de vida de Robert indicava que se arrependia do tamanho de sua renda, deixando pouco demais para o irmão ou ficando com uma parte demasiado grande para si mesmo. E, se Edward fosse julgado com base no pronto cumprimento de todos os seus deveres, em sua crescente afeição por sua esposa e seu lar e em seu constante bom humor, poderia se supor que estava tão contente com seu destino e tão livre de qualquer desejo de trocar de vida com seu irmão quanto o próprio Robert.

O casamento de Elinor separou-a de sua família tão pouco quanto puderam arranjar, fazendo com que o chalé em Barton se tornasse quase inútil, pois sua mãe e irmãs passavam muito mais do que a metade de seu tempo com ela. A Sra. Dashwood agia por motivos políticos, tanto quanto por prazer, ao frequentemente visitar

Delaford, pois seu desejo de unir Marianne e o Coronel Brandon era tão franco quanto o que John havia expressado, apesar de mais generoso. Era, agora, sua principal meta. Por mais preciosa que a presença de sua filha fosse para ela, não desejava nada mais do que transferir o constante usufruto da companhia de Marianne para seu valoroso amigo, e vê-la estabelecida na casa principal era também o desejo de Edward e Elinor. Todos eles sentiam a tristeza do Coronel, assim como seus próprios deveres, e Marianne era considerada unanimemente a sua melhor recompensa.

Com tal conspiração contra ela, com um conhecimento tão profundo da bondade do Coronel, com a certeza da afeição dele que finalmente havia percebido, apesar de muito depois do que os outros, o que ela poderia fazer?

Marianne Dashwood havia nascido sob uma estrela extraordinária. Havia nascido para descobrir que suas próprias opiniões estavam erradas e para contrariar, com seus próprios atos, suas máximas preferidas. Havia nascido para superar um afeto formado ainda aos dezessete e, sem qualquer sentimento maior do que forte estima e profunda amizade, voluntariamente dar sua mão a outro! E este outro, um homem que sofreu tanto quanto ela, devido a uma afeição anterior; que, dois anos antes, ela havia considerado velho demais para se casar; e que ainda buscava a proteção de um casaco de flanela!

Mas foi isso que aconteceu. Ao invés de se sacrificar por uma paixão irresistível, como outrora esperara, ao invés de morar o resto de sua vida com a mãe e encontrar prazer somente em isolamento e estudo, conforme havia decidido em seus momentos mais calmos e compostos, ela se viu, aos dezenove anos, sujeitando-se a um novo relacionamento, assumindo novos deveres, entrando em uma nova casa, como esposa, chefa de uma família e senhora de um vilarejo.

O Coronel Brandon agora estava tão feliz quanto todos aqueles que gostavam mais dele acreditavam que merecia ser. Obteve consolo em Marianne por todos seus sofrimentos passados; a afeição e a companhia dela devolveram animação à sua mente e alegria a seu espírito. E todos os amigos que os observavam estavam convencidos de que Marianne também havia encontrado sua própria felicidade, ao fazê-lo feliz. Marianne nunca poderia amar pela metade e seu coração inteiro se tornou, com o tempo, tão devotado ao marido quanto havia sido a Willoughby.

Willoughby não pôde ficar sabendo de seu casamento sem uma pontada de dor; e sua punição foi concluída logo depois, com o perdão voluntário da Sra. Smith que, declarando que o casamento dele com uma mulher de caráter era a fonte de sua clemência, deu-lhe motivos para acreditar que, se tivesse agido de forma honrada com Marianne, ele poderia ter sido feliz e rico ao mesmo tempo. Não há necessidade de duvidar da sinceridade de seu arrependimento por ter agido mal, que ensejou sua própria punição; tampouco de que ele por muito tempo pensou no Coronel Brandon com inveja e em Marianne com pesar. Mas não se deve acreditar que ele ficou para sempre inconsolável, que fugiu da sociedade ou que contraiu uma melancolia constante em seu temperamento, tampouco que morreu de coração partido, pois não fez nada disso. Viveu uma vida ativa e frequentemente divertida. Sua esposa não estava sempre de mau humor, tampouco era seu lar sempre desconfortável; e, com sua criação de cavalos e cachorros, além da prática de esportes de todo tipo, ele não obteve um grau ínfimo de infelicidade doméstica.

Por Marianne, contudo, apesar da descortesia de ter sobrevivido à perda dela, ele sempre reteve aquela afeição firme que o fazia se interessar por tudo o que se passava com ela e tornou-a seu modelo de perfeição feminina secreto. Muitas belezas que despontaram no futuro foram ofendidas por ele, por não se compararem à Sra. Brandon.

A Sra. Dashwood teve a prudência de permanecer no chalé, sem pretender mudar-se para Delaford; e, felizmente para Sir John e a Sra. Jennings, quando Marianne foi tirada deles, Margaret já havia atingido uma idade mais do que apropriada para participar de bailes e não muito inadequada para que supusessem que tinha algum pretendente.

Entre Barton e Delaford havia aquela comunicação constante que um afeto familiar forte naturalmente dita; e, entre os méritos e a felicidade de Elinor e Marianne, não se pode classificar como menos considerável o fato de que, apesar de serem irmãs e morarem a uma distância tão pequena uma da outra, que quase podiam enxergar suas casas, conseguiram viver sem desentenderem-se ou causar atrito entre seus maridos.

FIM

Pintura a óleo, de 1875, baseada em uma aquarela pintada por sua irmã Cassandra em 1810 – autor desconhecido

JANE AUSTEN (1775 - 1817)